슬기로운 생활

# 슬기로운 생활

초판 1쇄 찍은 날 | 2018년 1월 19일
초판 1쇄 펴낸 날 | 2018년 1월 26일

지은이 | 정이연
펴낸이 | 예경원

편집 | 주승아

펴낸곳 | 예원북스
등록번호 | 제396-2012-000132호
등록일자 | 2012. 7. 25
YRN | 제1-0208호

주소 | 경기도 고양시 일산동구 호수로 646-24 위너스21-Ⅱ 206A호 (우) 10401
전화 | 031-819-9431 팩스 | 031-817-9432
http://cafe.naver.com/yewonromance
E-mail | yewonbooks@naver.com

ISBN 979-11-6098-778-2 03810

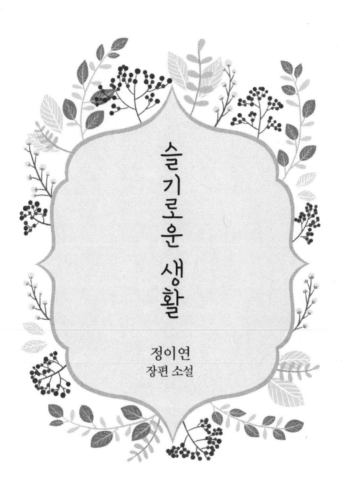

# 슬기로운 생활

정이연
장편 소설

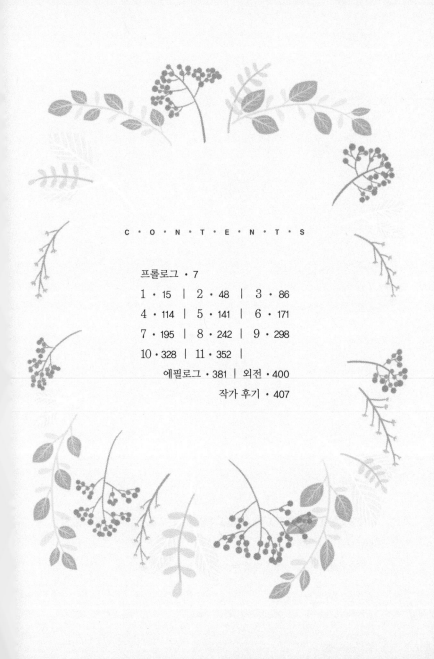

C · O · N · T · E · N · T · S

프롤로그 · 7

1 · 15 | 2 · 48 | 3 · 86

4 · 114 | 5 · 141 | 6 · 171

7 · 195 | 8 · 242 | 9 · 298

10 · 328 | 11 · 352 |

에필로그 · 381 | 외전 · 400

작가 후기 · 407

▶ 들어가는 말

\* 본 소설에서 나오는 단체, 기업, 사건, 지명 등은 실제와 무관함을 알려
드립니다.
\* 〈슬기로운 생활〉은 〈절대강자〉와 시리즈 작품입니다.

프롤로그

　서울 서초동에 위치한 〈서울 백반집〉은 역사가 무려 50년이나 되는 곳이었다. 예전부터 주로 주머니 사정이 어려운 사람들이 많이 찾아오는 곳으로, 현재에도 살인적인 서울 물가에도 점심 백반 정식이 5,000원밖에 하지 않았다. 덕분에 손님은 늘 차고 넘쳤고, 점심시간이 시작되는 12시부터 테이블이 꽉 차서 조금이라도 늦으면 자리가 없어 한참이나 대기해야 했다.

　〈서울 백반집〉이 단순히 가격만 저렴했다면 이 정도로 오랜 기간 사랑받진 못했을 것이다. 주메뉴인 고추장 불고기와 고등어 정식은 서울에선 따라올 곳이 없다고 평을 받을 만큼 맛있어서 오래된 단골이 많았다. 그중에서도 근처에 법원과 검찰청이 모여 있어 법조인들이 많았다.

　주말 아침, 가게 문이 열리자마자 찾아온 노신사 역시 마찬가지였다. 젊은 시절을 서초동에서 보냈던 그는 주인과 익숙하게 인사를 나눈 후에 자리를 찾아 앉는다. 주말에다가 아침이었지만 서초동은 쉬는 날 없이 돌아가는 곳이었기에 테이블 몇몇 곳엔 형사로 보이는 사람들과 검사로 보이는 이들이 뒤섞여 식사를 하고 있었다.

후배들이 열심히 뛰고 있다는 생각에 노신사의 입술에 웃음기가 머무는 것도 잠시, 곧 고등어 정식과 함께 소주 한 병을 시킨다. 반주에 취미가 있는 것도 아니었지만 술을 마시지 않으면 계속 한숨만 내뱉고 있을 것 같았기 때문이다.

"뭔 아침부터 술이래?"

"어머니, 세상살이가 마음처럼 되지가 않네요."

어머니라 불린 여잔 〈서울 백반집〉을 운영 중인 여 사장이었다. 올해 팔순이 되면서 자식들은 식당을 정리하라고 하고 있었지만, 여 사장은 꿋꿋하게 자신의 터전을 지키고 있었다. 바로 지금처럼 오래된 단골들과 수다를 떠는 게 즐거웠기 때문이다.

여 사장이 가볍게 웃었다.

"아이고. 지검장님, 그걸 이제 알았대? 예전에 득도한 줄 알았더니."

지검장이라 불린 남자는 서울중앙지검장까지 오른 황진영이었다. 젊은 시절 그는 법을 수호하기 위해 노력했다. 하지만 안타깝게도 군사독재 시절을 거치면서 자신의 뜻대로 되는 일은 없었고, 이로 인해 늘 괴로워했다. 스물일곱, 어린 나이에 소년 급제를 해 영감 소리를 들었지만 그는 이해할 수 없는 조직의 논리에 부딪혀 산전수전을 겪어야 했다. 지검장 자리에까진 올랐지만 그게 전부였다.

그가 자신의 뜻을 펼친 건 공권력을 마음대로 휘두를 수 있는 검사복을 벗고 난 후부터였다. 법복을 벗고 자신의 뜻을 펼칠 수 있는 '마루 법률 사무소'를 차리고 나서야 그는 진정으로 억울한 자들의 편에 서 있을 수 있게 되었다.

그렇게 인생이 술술 풀리는 줄 알았는데, 노신사는 뒤늦게 한계에 부딪혔다는 듯 한숨을 와락 내뱉었다.

"자식 농사가 제일 힘듭니다."

"왜, 또 슬기가 속을 썩여?"

여주인은 알 만하다는 듯 깔깔 웃음을 터뜨렸다. 그러자 진영이 정확하다는 듯 숨을 와락 내뱉었다.

"그래도 참 시간 빠르다. 막내가 벌써 서른넷인가?"

"네, 그렇죠. 그 나이까지 결혼 생각은 없다고 하니까 걱정이죠."

"그래도 아들이잖아. 딸이었으면 걱정되겠지만 남자 나이 서른넷이면 늦은 것도 아닌데 뭐."

주인장의 말에 진영의 표정이 어두워졌다. 정말 술이 필요한 타이밍이어서 그는 주인장이 건넨 소주를 따 잔을 채웠다. 주인의 말은 전혀 위로가 되지 않았다.

넷째인 황도현은 뱃속에 있을 때부터 황진영의 기대를 한껏 받으며 태어난 아이였다. 셋째까지 줄줄이 아들이었던 상황에서 의사가 분홍색 옷을 준비하라기에 딸인 줄 알고 이름을 미리 '슬기'라고 정해놓기도 했었다.

하지만 기쁨도 잠시. 태어난 아이는 딸이 아닌 아들이었다. 그래도 셋째와 여섯 살 터울이 날 정도로 늦게 온 아이에게 무한한 사랑을 주었는데, 결과물은 영 꽝이다.

"아이고, 뭐가 속상해서 그렇게 들이부어? 황 지검장 정도면 자식 농사 제대로 지었구만."

"다른 자식들도 속 썩이지만 넷째는 정말 강적이라고요."

"하하하! 자식 앞에선 황 지검장도 어쩔 수 없구만. 그럼 필요한 거 있으면 말해."

후덕한 인상의 주인장이 마지막까지 웃음을 흘리며 주방으로 돌아갔다.

반쯤 좀비나 다름없는 이들이 가게 안으로 들어왔다가 진영을 알아보고서 몇몇은 인사를 건넨다.

그들의 어깨를 토닥이길 몇 번, 진영은 약속 시간에 맞춰 도착한 중년 남성을 보았다. 세월의 흔적이 고스란히 보이는 얼굴이었지만 강직한 얼굴과 나이가 무색할 정도로 단단한 몸은 보는 것만으로도 위압감이 느껴질 정도였다.

중년 남성은 곧장 진영에게 다가오더니 허리를 숙여 깍듯하게 인사를 건넸다.

"오랜만입니다, 지검장님."

"아이고, 최 소장! 정말 오랜만이야."

종훈의 모습에 진영은 반가움에 활짝 웃었다. 두 사람은 군 시절에 이어진 연을 아주 오랫동안 이어오고 있었다.

햇병아리 군법무관과 장교로 만난 두 사람은 각 조직에서 최고 정점까지 올랐다. 햇병아리 군법무관은 사사건건 상관과 부딪혔지만 TK 출신으로 서울중앙지검장까지 올라갈 수 있었다. 장교였던 최종훈은 승승장구해 현재 별 두 개를 단 군고위장성이 되었다.

일곱 살이란 나이 차이에도 젊은 시절을 함께 공유한 두 사람은 꽤 자주 만나 서로의 근황을 물어보곤 했었다. 하지만 최근 들어 자주 만나지 못했다. 각기 생활이 바빴기 때문이다.

오랜만에 회포나 풀자 해서 만난 자리였지만 진영은 그 짧은 사이를 참지 못하고 소주 한 병을 호로록 비워 버렸다.

"먼저 시작하셨습니까?"

종훈이 빈 소주병을 보고 묻자 진영이 뒷머리를 긁적였다.

"오늘 아침에 넷째가 또 속을 뒤집어놔서 먼저 시작할 수밖에 없었네."

"넷째라면 중앙지검에서 일하고 있는 아들 말하는 거지요?"

"그래, 맞아. 사고뭉치 막내."

사고뭉치 막내.

그 말을 듣는 순간 종훈 역시 자신의 막내가 떠오른 건지 한숨을 푹 내뱉는다.

"제 막내랑 비슷합니다. 제 막내딸도 한 고집 하거든요."

황진영의 슬하에 아들이 네 명 있듯이 최종훈 밑으로는 딸이 셋 있었다. 진영은 딸을 얻지 못해 평생 한이 되었다면 종훈은 그 반대였다.

하지만 비슷한 점은 많았다. 두 사람 모두 막내들 때문에 속을 썩이는 건 똑같다. 황진영의 막내는 화려한 싱글을 표방하며 연애도 결혼도 모두 귀찮다는 입장이었지만, 종훈의 경우엔 조금 심각했다.

막내딸이 모델로 활동하며 전 세계를 누빈다는 것엔 이젠 반쯤 포기하고 있었다. 결혼도 안 한 과년한 여자가 외박을 밥먹듯이 하는 상황이야 오래전부터 있었으니 어떻게든 참겠는데, 홀러덩 벗은 몸으로 사진을 찍는 건 도저히 용납이 안 됐다. 아무리 딸의 직업이 그런 것이라지만 보수적이고 폐쇄된 군에 오랫동안 몸을 담은 그로선 이해하려고 노력조차 할 수 없는 일이었다.

"그래도 내 자식 기가 더 셀걸?"

"저희 막내 딸년도 만만치 않습니다."

두 사람은 마치 누가 누가 더 용자 자식을 두었는가를 두고 경쟁이라도 하듯 속에 있던 이야기를 내뱉었다. 황진영의 아들은 가벼운 연애만 주구장창 하더니 최근엔 그 역시 하고 있지 않은 듯해서 걱정이라고 했고, 최종훈의 딸은 밖에서 무슨 일을 하는지조차 모르겠다며 불안한 딸이라고 했다.

"결혼할 생각이 없으면 독립 당시 빌려줬던 돈을 모두 내놓으라고 했거든. 이참에 연 끊자고. 그러니까 뭐라고 했는 줄 아나? 검사 월급 뻔히 알면서 뇌물이라도 받으라는 거냐고 오히려 내게 뭐라고 하는 거 있지?"

"우리 막내는 가출 중입니다. 기집애가 세상 무서운 줄 모르고."

둘 다 동시에 한숨을 내뱉었다. 그러더니 아침부터 소주잔을 기울인다. 두 사람 모두 사회적으로 명예를 얻었고, 위치 또한 높았지만 자식들의 문제만큼은 그렇지 못했다. 나머지 자식들은 모두 잘 자라주어서 괜찮았지만 막내들은 손톱 밑에 박힌 가시처럼 따끔거리는 존재들이었다.

연거푸 술잔을 기울이던 진영이 어떤 결론에 이른 건지 종훈을 본다. 그러더니 현자의 말씀을 깨달은 사람처럼 눈을 반짝였다.

"막내딸이 꽤 강단이 있다고 했지?"

"겁을 상실한 것도 강단이라고 하면 강단이라고 할 수 있겠지만…… 설마 막내끼리 연결해 주자는 겁니까? 그런 거라면 첫째 딸 어떠십니까? 군 생활 중인데……."

"말 잘 듣는다는 그 자식 말이지?"

"네. 거기에다가 어릴 때부터 공부도 잘했었습니다. 체력이야

말할 것도 없고요."

"감당할 수 있겠나? 우리 넷째, 완전 놈팽이라네."

그러면서 덧붙이는 말이 가관이다. 본가에서 지냈던 때, 집 앞으로 찾아온 여자만 열 손가락으로 다 헤아릴 수 없다 했다. 개중에선 아들을 죽이겠다고 했던 여자까지 있었다며 진영이 한숨을 푹 내뱉자 종훈이 서둘러 고개를 젓는다.

첫째 최경자는 서른셋이 될 동안 연애 한번 제대로 해보지 못했다. 주위에 남자들이 득실거리는 군부대에서 일하고 있었지만 모두 동지이자 동료일 뿐, 경자는 아버지의 뜻에 따라 순종적인 삶을 살아왔다.

"그럼 둘째는……."

"기자 생활한다는 아이 말하는 건가?"

"꾀돌이니까 감당할 수 있을 겁니다."

종훈은 둘째 최강자를 언급했다. 최강자는 올해 서른둘로 정음일보 기자였다. 어릴 때부터 수재 소리를 들어왔던 자식으로 종훈에게 있어선 자랑이 되어준 딸이었다.

원체 머리가 좋은 딸이었으니 아무리 까다로운 남자라 하더라도 요리할 수 있을 거란 말에 진영은 단호히 물었다.

"우리 넷째랑 연결해 주기엔 너무 아까운 자식 아닌가?"

"……."

그래, 생각해 보니 아까운 딸이다.

더욱 머리가 좋은 만큼 자신의 뜻에 순순히 따라주지 않는 자식이기도 했다. 생판 모르는 남자와 선을 봐서 결혼하라고 하면 그래선 안 되는 이유를 100가지라도 만들어서 자신을 설득시킬 자식이었다.

"남의 집 귀한 딸내미 고생시키면서까지 치워 버리고 싶은 건 아니네."

진영의 말에 종훈 역시 공감한다는 듯이 고개를 끄덕였다. 그렇다면 남는 건 막내 최민자밖에 없었다. 종훈의 인생에 있어서 끝없는 숙제를 안겨주는, 막내딸밖에.

"그럼 한 번 자리를 마련해 볼까요?"

"그래. 둘이 만나보고 이뤄지면 좋은 거고 안 되면 어쩔 수 없는 거고."

"좋습니다."

두 사람은 의기투합해 고개를 끄덕였다. 그러면서도 각기 고민에 빠져든다.

이 망할 막내를 어떻게 선 자리에 앉혀놓지?

순순히 따라줄 인간들이 아니었기 때문에 괜한 이야기를 한 건 아닐까, 생각을 하면서도 이 김에 오랜 숙제를 치워 버리는 것도 괜찮다는 결론에 이르렀다.

특히, 최종훈은 더더욱이.

"가출한 거 잡아오면 무슨 수를 써서든 앉혀놓겠습니다."

힘 있는 목소리로 말한 종훈이 소주잔을 들자 진영 역시 소주잔을 들었다.

짠!

유리잔이 부딪혀 맑은 소리를 냈다.

# 1

　존재만으로도 사람들의 이목을 집중시키는 유형의 인간들이 있다. 사람들의 호감을 자극할 만큼 좋은 외형을 지닌 이들도 그렇겠지만, 분위기 자체가 타인을 압도시키는 자들도 있다. 그러니까 전자의 경우엔 타고난 무기였지만 후자의 경우엔 인생 전반이 만들어준 이미지였다.

　검은색 슈트를 멋지게 빼입은 이 남자 '황도현'은 그 두 가지 부류에 모두 속했다. 타고난 것도 있었지만 노력에 의해 지금의 완성체가 되었다.

　태닝을 한 것 같은 구릿빛 피부에 다부진 체격을 가진 그는 대한민국 평균 키를 훤히 웃도는 184㎝의 훤칠한 키와 함께 마스크 또한 꽤나 훌륭했다. 피지컬은 어디 가서도 뒤처지지 않는다는 말이다.

　황도현은 브라운관에서 볼 법한 인물처럼 잘났지만 그의 매력

15

포인트 중 첫 번째를 꼽으라 하면 다들 미소를 이야기한다. 입술이 호를 그릴 때면 그 누구든 무장해제시켜 버린다. 어린아이처럼 천진난만해 보이기도 했지만 서른 중반의 남자가 가지는 매력 역시 동시에 가지고 있었다.

거기에다가 그는 연수원 시절, 수석을 할 만큼 뛰어난 수재였다. 인생에서 굳이 고난을 하나 꼽자면 딸을 원했던 부모님이 막내인 황도현까지 아들이자 좌절했던 역사밖에 없었다.

검사로서의 지위는 그에게 아우라까지 주어서 따르지 않을 여자가 없을 정도라 했다. 그에 대한 근거로 황도현은 연수원 시절부터 수많은 선 자리를 제안받았고, 서울중앙지검에서 근무하는 지금에도 심심치 않게 만남을 청해오는 상사들이 많았다.

그는 많은 이들의 선망의 대상이었지만 안타깝게도 연애와 결혼에 쏟을 에너지는 없었다. 연수원 시절 수석을 차지한 덕에 첫 발령지는 서울중앙지검 형사1부에서 3년을 보냈다. 평소에 처리해야 할 사건을 기본 백 건씩은 끌어안고 있다 보니 말 그대로 눈코 뜰 새 없이 바빴다.

그사이, 그는 충실하게 해오던 연애에 마침표를 찍었다. 하지만 다들 이를 믿어주지 않는 분위기였기에, 매번 '연애는 생각 없습니다'와 '결혼 생각은 애초에 없었습니다'를 앵무새처럼 반복하고 있었다.

이는 오랜만에 만난 연수원 시절 스승과의 저녁 식사 자리에서도 이어질 게 뻔했다. 자신의 생각을 어떻게 잘 피력할 수 있을까, 고민하면서 그는 약속 장소인 일식집 안으로 들어갔다.

"여어, 황 프로. 오랜만이야."

"오랜만입니다, 교수님."

사법연수원 교수와 연수원생으로 인연을 맺은 두 사람은 후에도 간혹 식사 자리를 만들고 있었다. 검사 생활을 평탄하게 하기 위해선 인맥만큼 중요한 것이 없었기 때문이다.

하지만 그것을 제외하고서도 이젠 변호사로 일하고 있는 김병태는 황도현을 특별하게 아꼈다. 빠릿빠릿하게 일 잘한다는 평판을 듣고 있는 제자가 꽤나 기특했기 때문이다.

자리에 앉은 두 사람은 그간 있었던 근황을 간략하게 전했다. 주된 대화는 황도현의 발령에 대해서였다. 1학년 때야 성적순으로 정해지니 그의 중앙지검행이 당연했지만, 2학년 때에 강력부로 옮겨 간 것은 이야기가 달랐다.

"내년엔 대검 쪽으로 빠질 수도 있다면서? 이야, 트라이앵글이 가까워지는 건가? 승진 코스만 밟겠네."

트라이앵글이란 검사들이 선호하는 근무처인 법무부, 대검, 서울중앙지검을 일컬었다. 높은 자리로 올라가기 위해선 이 트라이앵글을 모두 거쳐야 한다는 게 정평이었다.

하지만 도현은 아직 모를 일이라며 짧게 고개를 저었다.

"아직 강력부에 배속된 지 얼마 되지도 않았는데요, 뭐."

"그래도 황 프로야 여기저기서 끌어주는 사람들이 많잖아. 연수원 시절부터 황 프로 찍은 선배들이 어디 한둘이었어?"

"그거야 사윗감으로 점찍은 거 아니었습니까?"

"알면 이제 좀 넘어오지?"

병태의 말에 도현은 그럴 줄 알았다며 웃었다. 아직 주문한 음식이 나오기도 전이었는데 본론부터 꺼낼 모양이었다.

도현은 능숙하게 대화의 주제를 다른 곳으로 돌리려 했지만 병태는 이번만은 그냥 넘어가지 않겠다는 듯이 직설적으로 말했다.

"아직도 결혼 생각 없는 거냐? 아직도 김태한 총장님이 너한테 눈독 들이고 있는데."

여기서 말을 막지 않으면 검찰 내의 주요직에 '앉았던' 혹은 '앉아 있는' 분들 중에 딸 가진 사람들의 이름은 다 언급이 될 것 같다.

그가 곤혹스럽다는 듯 반듯한 이마를 구겼다.

"안 그래도 다른 선배를 통해서도 제안이 들어오긴 했는데…… 그 따님분이 하는 일이 없다고 하더라고요. 전 일하는 직장 여성이 좋습니다."

"그럴 줄 알고 다른 분한테도 부탁받았다. 하늘 로펌장님 둘째 딸. 알지?"

"……하아, 교수님."

"한 번 만나기라도 해봐. 혹시 또 알아? 네 마음이 바뀔지."

이번엔 대책까지 마련해 왔다. 어떻게 해서든 도현의 마음을 돌려 한 자리라도 제대로 성사할 모양이다.

병태는 사법연수원 교수로 나가 있었던 때에 후배 부장검사들에게 부탁을 참 많이 받았다. 될 성싶은 나무가 있다면 소개를 해달라는 거였는데, 사법연수원 교수의 2대 임무 중 하나였으니 그러려니 받아들였다.

하지만 문제가 있다면 선배고 후배고 모두 한 남자를 가장 먼저 언급한다는 거였다. 바로 눈앞에 있는 '황도현'이었다.

황도현은 이미 법조귀족이었다. 아버지가 중앙지검장이었고, 위의 형 중 두 명 역시 뛰어난 성적으로 사법연수원을 마치고 변호사와 검사로 일한 이력이 있었다. 이것만으로도 모두 탐을 낼 만한 인재였는데 인물은 두말하면 잔소리일 만큼 좋고, 머리는 말할 것도 없으니 다들 얼마나 눈독을 들였겠는가.

하지만 황도현은 모든 제안을 거절했다. 부족할 게 없는 사람이었으니 처음엔 연애결혼이라도 지향하나, 라는 생각을 했지만 알고 보니 골치 아픈 제안은 거절하고 보는 쪽이었다. 하지만 검사로 일하기 전까진 꾸준하게 연애를 했으니 병태가 포기하지 못하는 것도 당연했다.

"예전엔 꽤 꾸준히 만났었잖아. 지금이라도 늦지 않았으니까……."

"저는 비혼입니다. 미혼이 아니라 비혼. 결혼 생각이 아예 없어요."

"왜? 왜 그 좋은 걸 안 하려고 그래? 여자야 경력 단절이다, 시댁과의 갈등이다 해서 결혼 기피하는 거 이해하겠는데, 남잔 실보다 득이 많잖아."

이해타산적인 말이었다. 도현 역시 공감한다는 듯 웃는다. 아이처럼 천진난만한 웃음처럼 보였지만 여자가 보기에는 충분히 매력적인 성인 남성의 미소를.

입술을 커다랗게 휘며 웃는 모습에 병태가 입을 꾹 다물었다.

아니, 왜 이 잘난 얼굴을 썩히기만 하냐고.

젊고 미래가 창창한 남자가 결혼 생각이 없다는 말을 순순히 믿을 순 없었다. 아니, 설사 그 말이 진실이라고 하더라도 병태는 이해가 되지 않는다는 듯 콧잔등을 찌푸렸다.

"그런데 순순히 믿으라고?"

병태의 말에 도현은 곤란한 표정을 짓더니 볼을 긁적인다. 이제껏 그저 생각이 없다는 말로 거절을 해왔지만 이번엔 꽤 그럴싸한 이유를 덧붙여 줘야 할 것 같았다.

"저희 집 아들만 넷입니다."

"그거야 알고 있지. 황 지검장님이 아들 부자인 거."

"첫째 형이야 대학 때 만난 형수님이랑 잘살고 있지만 밑에 형님들 보십시오. 둘째 형님은 이혼남에 셋째 형님은 오 변호사한테 잡혀 살잖습니까."

"황 교수야, 지금 미국에서 공부하면서 연애하고 있고, 황 변호사야, 애인이 워낙 강적이잖아. 오 변호사 성질머리야 너도 잘 알 거고. 그래도 오 변호사가 요즘엔 꽤 마음 돌렸다던데? 결혼도 진지하게 생각하고 있는 모양이더라."

병태의 말에 도현이 기가 막힌다는 듯 웃음을 내뱉었다. 어째 이 바닥에선 자신의 사생활 따윈 없는 모양이었다.

"어째 저희 집안일을 저보다 잘 알고 계십니다?"

"황씨네가 유명하긴 하지."

황진영 前지검장은 슬하에 네 명의 아들을 두었다.

첫째 황도민은 유일하게 법조인이 아니었는데, 현재 경북 봉화에서 의사생활을 하고 있었다. 그의 아내 김선아와는 대학 CC로 슬하에 1남 1녀를 두고 행복하게 살고 있었다.

둘째 황도중은 이혼남 싱글대디였다. 검사 일을 하면서 오랫동안 결혼 생활을 유지하지 못했고, 현재에는 미국 캘리포니아에서 박사 학위 취득 중에 있었다. 토끼 같은 딸과 동갑네기 이탈리아계 미국인 애인과 함께 지내고 있었는데, 곧 결혼식을 올릴 거란 소식이 풍문처럼 들려오고 있었다.

셋째 황도한은 대형 로펌에서 변호사로 일하고 있었다. 12년 연애한 오정아 변호사와 2년째 동거 중에 있었다. 도한은 결혼하고 싶어했지만 오정아 변호사 쪽에서 극구 반대 중이었다. 자신의 커리어가 끊어질 수 있다는 이유에서였는데, 오정아 변호사 역시 뛰어난 수재로 사법연수원 차석 졸업생이었다. 하지만 강남에 빌딩을 세 개나 가지고 있는 아버지 밑에서 자라 돈에 구애받지 않고 어려운 사람들을 위해 일하는 중이었다.

여기에 막내인 황도현은 중앙지검에서 승승장구 중이었으니 네 형제 모두 유명하지 않을 수가 없었다.

도현의 위로 세 명의 형들이 모두 결혼을 했거나 할 계획들이 있었다. 여기에 자신까지 보탤 필요는 없지 않냐는 듯이 말했다.

"연애와 결혼에 시간을 쏟는 게 아깝습니다."

자신의 몸에 가득하던 연애 세포들이 사라진 결정적인 이유는 형사1부에 발령을 받으면서였다.

"야근을 밥 먹듯이 했더니 생각도 없고요. 온갖 정신과 체력을 일에 쏟았더니 그 이후로는 모든 게 귀찮아졌습니다."

"선을 봐서 하는 결혼은 에너지가 많이 필요치 않아. 든든한 뒷배를 얻는다고 생각하면 좋잖아."

그러면서 대기업 오너의 딸도 있다는 말을 덧붙인다.

"넌 줄도 있고, 학벌도 되는데, 돈만 없잖아. 앞으로 검사 생활 편하게 하려면 재력도 필요해. 황 지검장님이 옛날부터 승진과 돈에는 관심 없었잖아."

능력에 비해 너무 빨리 검사 옷을 벗었다며 병태는 아쉬워했다. 황 지검장이 연수원 교수였던 시절에 가르쳤던 제자 중 한 명이었던 터라 스승님에 대한 안타까움에서 한 말이었다. 하지만 도현 또한 익히 들어왔던 말이라는 듯 웃는다.

그러면서 한다는 말이 병태의 이마를 탁 치게 만들었다.

"스승님, 제가 누구 자식이라고 생각하십니까?"

"이런. 네 말발은 도통 따라갈 수가 없다. 이러니 법정에서 만나지 않길 바라지."

어쩔 수 없다는 듯이 병태가 고개를 내저었다. 돈에 관심이 없는 아비 밑에서 자랐으니 자신 역시 그러하다는 뜻이다.

그 어떠한 공격도 튼튼한 방패로 막아버리니 그라고 별수야 있겠는가.

"황소고집."

짧은 일갈에 도현이 승자의 미소를 지었다. 이걸로 오늘도 잘 방어했다는 생각이 들었다.

때마침 종업원이 짜장면과 탕수육을 들고 안으로 들어왔다.

"짜장면 드세요. 면 불겠습니다."

"내 마음은 더 팅팅 불어, 이 녀석아."

"저희 아버지랑 똑같은 말씀을 하십니다?"

"말이라도 못하면."

그렇게 말을 하면서도 병태는 젓가락으로 면과 소스를 휘저었다.

"맛있게 드세요."

사람 좋은 웃음을 지은 도현이 짜장면을 먹기 시작하자 곁에서 지켜보던 병태가 입맛을 다셨다.

능글맞은 태도에 승질이 삐죽 나면서도 미워할 수는 없었다.

나도 딸이 있었으면 한 번 들이밀어 보는 건데.

아쉬운 마음에 입맛을 쩝쩝 다신 그가 면을 후루룩 빨아들였다.

❖

쿵쿵쿵쿵!

몸을 울릴 만큼 커다란 음악 소리에 저절로 몸이 들썩인다. 최근 문화가 나이트에서 클럽으로 넘어갔다고는 하지만 고리타분한 검사님들은 아직도 룸이 있는 곳에서 회식을 하는 경우가 많았다. 선배들에게 배워 폭탄주 마니아들이 많았기 때문이다.

선배들에게 회식을 배워서 그런지, 사법연수원 동기 모임 역시 〈썬 나이트〉에서 잡혔다. 도착한 룸 테이블 위엔 양주 세 병과 맥주 스무 병이 정병처럼 서 있다.

뒤늦게 자리에 참석한 도현이 이를 보고 깜짝 놀라 동기들을 보았다. 나이는 모두 달랐지만 같은 시기에 임관을 한 동기이기에 대화는 편하게 오고 갔다.

"내일은 없어? 오늘 일요일이야."

도현이 기함하며 말했다. 테이블에서 시선을 떼지 않은 채.

현재 들어와 있는 술만 마신다면 괜찮겠지만 왠지 여기에서 끝나지 않을 것 같은 불길한 예감이 들었다.

"심 부산고검장님이 만드신 유명한 사자성어가 있잖아."

도현보다 대학 2년 선배이자 현재 서울동부지검에서 근무 중인 이 검사가 운을 뗐다. 그러자 나머지 다섯 명의 검사들이 익히 알고 있다는 듯 동시에 말한다.

"업무불구."

'내일 일 걱정하면 술을 마실 수 없다' 라는 뜻이었다. 그 말인즉 내일도 없이 들이붓겠다는 말이다.

"자자. 그럼 제조 들어간다."

"텐텐? 아니면 7부?"

"오늘은 7부로 하자. 나 어제도 회식 때문에 엄청 들이부었어."

"에이. 약한 모습 좋지 않아, 김 프로!"

이 자리에서 유일한 여 검사인 장하늘 검사가 외쳤다. 그러자 김 검사가 한 손으로는 마른세수를 하며 다른 손으론 OK 사인을 보낸다. 먹고 죽자는 뜻이다.

술자리는 금방 무르익었다. 다들 하루하루 제 뼈를 깎는 심정으로 일하는 이들이다 보니 스트레스 지수는 보통의 샐러리맨보다 높았다. 검사도 요즘엔 고급 샐러리맨들이라고는 하지만 어쩔 수 없이 '저녁 있는 삶'과는 거리가 멀 수밖에 없었다. 그들 앞으로 쌓여 있는 사건들 중에서 하나라도 중하지 않은 일이 없었고, 빠르게 사건을 처리하지 않으면 상사의 닦달이 이어졌다.

예전에야 억울한 사람들을 생각해 의협심에 불타올라 일을 한 적도 있었지만 그건 1학년을 졸업하면서 함께 떠나보냈다. 자신의 몸이 힘드니 다들 자연스럽게 의무적으로 일처리를 하는 경우도 많아졌다.

회포를 풀려다 보니 술병 역시 빠르게 비었다. 도현의 예상대로 맥주가 떨어지는 바람에 10병이나 더 주문한 뒤에야 그들은 이번에 있었던 인사이동에 대한 대화를 끝낼 수 있었다.

현재 참석한 이들은 일곱 명이었지만 원래 모임 인원은 열다섯 명이었다. 이번에 여덟 명이 지방으로 내려가면서 모임이 단출해졌다.

남은 이들은 무사히 서울에 남았다는 안도감을 품음과 동시에 대화가 저렴한 쪽으로 튀었다.

"오늘 물 좋던데?"

"유부남은 자중 좀 하지? 요즘 SNS 때문에 비밀은 없는 거 알지?"

사법연수원 시절, 든든한 친정을 얻은 김 검사가 음흉하게 웃으며 말하자 장 검사가 타박하듯 말했다. 그러면서도 '남자들이란 하여튼'이라며 혀를 끌끌 찬다.

"여기에 유부남 아닌 사람은 황 프로밖에 없는데?"

"그럼 황 프로만 나가서 놀면 되겠네."

결국 자신에게 부메랑처럼 돌아오는 대화에 도현은 잔을 기울이다 말고 사람들을 보았다. 음흉한 시선들을 보아하니 또 자신을 가지고 이것저것 씹어댈 거라 생각하자 그가 잔을 내려놓는다.

"에이, 황 프로 소문 못 들었어?"

이것 봐.

예상대로 흘러가는 대화에 그가 한숨을 폭 내뱉었다. 하지만 자신에 관한 소문이 무엇인지 궁금해 되물었다.

"이번에는 또 어떤 소문?"

그의 질문에 정작 말을 꺼낸 이 프로가 능글맞게 웃기만 할 뿐 답을 하지 않는다.

뭐지?

자신이 모르는 소문이 또 뭐가 있나 싶어 도현의 고개가 옆으로 기울었다. 제발 멀쩡한 소문이었음 좋겠다는 생각과 함께.

중앙지검에서 첫 근무를 했을 때 업무를 제외한 첫 소문은 사실 자신이 과거에 결혼 전력이 한 번 있다는 거였다. 동기들이 이에 대해 적극적인 해명을 해준 덕분에 소문은 금방 사그라들었지만 아직도 이를 믿는 이들이 있다는 말을 들었었다.

이혼남 다음엔 뭘까.

그것보다 더 하기 힘든 말이라는 생각에 도현의 걱정이 커져 갈 때였다.

"게이래, 너."

"······뭐?"

도현이 멍한 표정을 지었다. 정말이지 이건 상상조차 하지 못했던 소문이었다.

"모르는 사람들이 떠들어대는 거지. 쟤 대학 때 기억 안 나? 유명한 일화 있잖아."

"아아."

도현과 같은 시기에 학교를 다니지 않아도 한국 법대를 나온 이들이라면 대부분 아는 사건이었다.

하지만 도현은 아직도 기분이 좀처럼 나아지지 않는 건지 미간을 좁히고 있었다.

게이라니. 내가 게이라니!

세상 살다 보니 별소리를 다 듣는다는 생각이 들면서도 이 소문 때문에라도 연애를 해야 할 것 같았다. 성소수자들을 비하하거나 그들을 이상한 눈으로 보는 건 아니었지만 자신의 성적 취향이 그쪽으로 오해받는다면 이야기는 달라진다.

"그 여자애랑은 연락하고 지내냐?"

목이 타서 다시 술잔을 기울이던 도현이 호기심이 가득한 눈들을 보았다. 어찌 된 게 주위엔 자신의 연애사에 지대한 관심을 가진 사람들밖에 없는 것 같다.

"형이라면 칼 들고 설친 여자랑 연락하고 지내겠어?"

도현이 미간을 좁히자 다들 답을 알겠다는 듯이 고개를 끄덕였다.

사건은 황도현이 법대 3학년인 시절에 일어났다. 같은 대학 음대에 다니던 1학년 여학생을 잠시 만나 반 년 정도 연애를 했다.

그러다가 황도현이 사법시험 2차에서 떨어지는 일이 생겼다. 실패를 모르던 때에 있었던 일이기에 황도현은 꽤 큰 충격을 받았다.

그때 황도현은 여자친구를 정리했다. 하지만 여자친구는 도현과의 이별을 받아들이지 않았고 계속 뒤를 쫓아다녔다.

처음엔 뒤를 밟는 수준이었지만 집착은 점점 커져서 결국 학교에서 칼을 휘두르는 지경에 이르렀다. 이 일로 여학생은 학교를 그만둬야 했지만 도현은 자신의 탓도 있다며 선처를 베풀었다. 물론다시는 황도현 앞에 나타나지 않겠다는 조건이 붙었다.

그 후로 여학생은 독일로 도피성 유학을 떠났고, 사건은 일단락되었다. 소문은 그때부터 지워지지도 않고 도현의 뒤를 계속 따라붙었지만.

그 일 말고도 도현의 연애사는 그리 순탄하지 않았다. 두 사람의 감정이 동시에 끝나는 경우보단 도현 쪽이 먼저 끝나는 일이 많았으니 여자 쪽에서야 마른하늘에 날벼락 같은 일이었겠지만 말이다.

"너 안전이별이 걱정돼서 연애 안 하는 거냐? 우리 부장님이 너아직도 여자친구 없는지 여쭤보시더라."

장 검사의 물음에 도현이 자리에서 일어났다. 갑작스러운 움직임에 다들 '뭐야?' 라는 눈길로 바라보자 그가 심드렁한 어조로 답한다.

"오늘 생겼다 그래."

"어디 가?"

"물 좋다며. 나가보려고."

그가 능숙하게 자릴 피하자 전부다 김샜다는 표정이었다.

"하여튼 저 자식, 능구렁이처럼 잘도 빠져나가."

룸을 빠져나가기 전 자신의 뒤에 대고 하는 말에도 도현은 못들은 척했다. 다들 왜 이리 남의 일에 관심을 두는지 알 수 없다는 생각을 하며.

쿵. 쿵. 쿵!

무대가 있는 1층과는 달리 2층은 비교적 조용했다. 하지만 귀를 때리는 음악 소리는 여전히 커서 신경에 거슬릴 정도였다.

하지만 도현은 다른 이유로 걸음을 멈췄다. 화장실로 가는 복도에 서 있는 한 커플 때문이었다.

아직 꽤 거리가 있어 두 사람이 어떤 대화를 나누는지는 몰라도 분위기는 충분히 읽을 수 있었다. 여잔 벽에 등을 기대고 있었고, 남잔 그녀를 가두듯 몸을 밀착하고 있었다.

"방을 잡지."

혀를 끌끌 찬 그가 걸음을 옮겼다. 하지만 화장실로 가기도 전에 다시 걸음을 멈춰야 했다.

남자의 커다란 손이 여자의 몸을 더듬고 있었다. 멀리서 볼 땐 남자 키가 참 작아 보였는데 가까이에서 보니 여자가 지나치게 큰 거였다.

남자의 어깨 때문에 여자의 얼굴은 잘 보이지 않았지만 몸매는 호리병처럼 예쁜 곡선을 이루고 있었다. 자신의 매력이 무엇인지 잘 아는 여자인 듯, 여자의 골반에 계속 시선이 머문다.

"뭐야?"

여자의 몸을 보고 있던 도현이 어깨를 떨었다. 남자의 깜짝 놀란 음성 때문이었다.

관심을 거두고 싶어도 커플에게 계속 시선이 갔다.

"왜? 너도 더듬었잖아."

꽤 가까운 거리였기에 여자의 목소리가 명확하게 들렸다. 낮은 음성이 신경을 긁었다.

하지만 두 사람은 황도현이 가까이에 다가온 것도 모른 채 저들만의 대화에 빠져 있었다. 주로 몸의 대화였기에 보는 사람으로 하여금 민망한 장면들이었다.

하지만 도현은 두 사람을 흥미진진한 눈으로 보았다. 두 사람의 전세가 방금 전과는 180도 달라졌기 때문이다.

남잔 여자에게서 한 걸음 떨어져 있었다. 덕분에 예쁘장한 여자의 얼굴이 보였다. 진한 화장을 하고 있을 줄 알았는데, 그건 아니었다. 투명하고 맑은 피부가 꽤 눈에 들어오는 여자다.

하지만 여자의 얼굴보다 황도현을 더 감탄하게 만든 건 여자의 손이었다. 남자의 가슴을 더듬던 손은 어느 순간 아래로 내려갔다. 감질나게 닿았다 떨어지는 손길에 남자가 침을 꿀꺽 삼킨다. 목울대가 꿀렁였다.

하지만 여자의 유혹은 거기에서 멈추지 않았다. 아무리 대한민국 성생활이 꽤 개방적으로 바뀌었다고 하더라도, 사람들이 오고 가는 길에서 여자가 남자의 몸을 더듬는 건 흔한 일이 아니었다. 아니, 남자의 몸을 더듬는 수준이 아니었다. 예쁘게 관리한 손은 어느 순간 남자의 사타구니 안을 쓰다듬고 있었다. 과감한 손길에 남자도 지켜보던 도현의 몸도 뻣뻣하게 굳어졌다.

와우.

도현의 눈동자가 감탄으로 젖어들었다.

"너는 더듬어도 되고, 난 안 돼? 그런 게 어디 있어?"

서걱서걱.

호를 그리고 웃는 눈빛은 매혹적이었다. 하지만 정작 사타구니를 내어준 남자는 아닌가 보다.

"이, 이거…… 윽!"

급소를 붙잡힌 남자가 작게 비명을 내질렀다. 유혹을 위해 급소를 붙잡은 게 아니었다. 여잔 급소를 마치 과즙을 짜낼 것처럼 힘껏 붙잡고 있었다.

"아! 아악!"

남자의 비명에 도현의 미간도 함께 좁아졌다. 자신이 붙잡힌 것도 아니었는데, 손은 저절로 급소 쪽으로 향한다. 당해보지 않아도 저 고통을 알 것 같았다.

하지만 여자의 행동은 거기에서 끝나지 않았다. 여자가 요녀처럼 웃더니 남자의 귓가에 입술을 가져다 댄다. 아주 작은 목소리여서 무어라 말했는지는 들리지 않았지만 남자가 겁에 질려 헐레벌떡 뛰어가는 걸 보니 알 만했다.

"뭐야, 진짜. 골 때리는 여자네."

적지 않은 수의 여자를 만났고 다양한 유형의 여자를 알고 있었다. 하지만 제 주위엔 저런 타입의 여잔 없었다.

도망가는 남자의 뒤에 대고 가운데 손가락을 세우는 여잘 보며 그가 유쾌한 웃음을 지으며 화장실 안으로 들어갔다.

'재미있는 여자네.'


새벽 1시.

도현은 손목시계를 확인한 후에 여전히 술에 젖어 있는 동기들을 보았다. 몸 안의 수분을 모두 알코올로 바꿔 버릴 작정인지 다들 엉덩이를 뗄 생각들이 없어 보였다.

모인 이들 중 미혼은 자신과 여자인 장 검사뿐이었지만 직업이 직업이다 보니 늦게 들어가는 일이 잦아, 유부남들의 휴대전화도 조용하기만 했다.

"자, 다들 잔 주시고!"

이 검사의 말에 다들 습관적으로 술잔을 비운 후에 내밀었다. 7시에 모임을 시작했는데, 새벽 1시가 되어도 술자리는 여전히 무르익어 가는 분위기였다.

"이만 각자 가정으로……."

슬슬 몸이 피곤하기도 해서 도현은 잔을 비우지 않은 채 말했다. 하지만 다들 이렇게 자리를 파하기엔 아쉬운지 한마디씩 덧붙인다.

"어허. 제일 젊은 청년이 왜 이러시나. 집에서 기다리는 사람도 없으면서."

"그래그래. 오늘 이렇게 헤어지면 언제 또 만날지 모르잖아."

밤늦게까지 술을 마시는 게 하루 이틀도 아닌데 아마추어처럼 왜 이러냐는 말에 도현이 마른세수를 했다. 회식이야 업무의 연장선상이었지만 이번 모임은 성격이 달랐다. 인맥관리 혹은 과한 업무에 지친 동지들이 만나 회포를 푸는 자리 정도였다.

"집엔 없지만 회사엔 날 기다리는 일이 쌓여 있거든?"

"이거 산통 깨지게 왜 이래? 누군 일 없나?"

"그러니까 다들 이만 일어나자고."

"싫어싫어! 더 마실 거야!"

어린 아이가 떼를 쓰는 것처럼 이 검사가 빽 소리를 질렀다. 쪽수로도 밀리는 상황이니 천하의 황도현이라고 해도 별수 없다.

조금 더 시간이 흐른 후에 슬쩍 일어나야겠다.

술을 말끔하게 비운 도현이 잔을 내밀자 이 검사가 헤실헤실 웃는다. 그러다가 곧 이어진 도현의 말에 표정이 차게 식었다.

"오늘 누가 살아남는지 보자고."

"그러지 마. 네가 그러면 무서워."

도현은 적당하게 분위기를 맞춰주는 쪽으로 가닥을 잡고선 술잔을 빠르게 비워냈다. 누구든 한 명은 장렬하게 전사를 해야 술자리가 끝날 것 같았다.

피곤에 찌든 몸은 금방이라도 쓰러질 것처럼 힘들다. 하지만 알코올이 들어갈수록 정신만은 또렷해지는 기분이었다.

그렇게 또 얼마의 시간이 지났을까.

장 검사가 자신 먼저 일어나겠다며 슬쩍 눈치를 준 후에 도망쳤고, 연신 폭탄주를 제조하던 이 검사가 처음으로 쓰러졌다. 나머지 인간들도 각기 대화를 나누느라 바빴으니 자신 역시 도망가야겠다는 생각에 슬쩍 엉덩이를 떼고 밖으로 나왔다.

"후."

그가 안도의 한숨을 내뱉었다.

한 놈만 팬다는 정신으로 이 검사와 연신 술을 들이켰더니 예상보단 빨리 벗어날 수 있었다.

손목시계를 확인한 그가 집으로 돌아간 후에 몇 시간이나 잘 수 있나 셈을 할 때였다.

"괜찮아요?"

"아응."

남자의 물음과 여자의 신음이 동시에 들려온 건.

고개를 든 도현이 미간을 좁혔다. 한 여자가 화장실에서 나오다 말고 자리에 주저앉자 남자가 다가서는 모습이 보였다. 몸에 착 달라붙는 파란색 원피스가 낯익었다.

"어?"

도현이 여자를 자세히 보기 위해 미간을 모았다. 분명 아까 골 때리는 상황을 연출했던 그 여자였다. 그 후로 꽤 시간이 지나긴 했지만 여잔 지나칠 만큼 취해 있었다.

"이거 놔."

방금 전 급소를 붙잡힌 남자가 아닌 다른 남자였다. 일행인가 싶어 살펴보는데 그건 아닌지 여자가 거칠게 고개를 내저었다. 화려한 머리카락이 허공에서 나풀나풀 휘날린다.

"왜 이래? 방금 전까진 달라붙더니."

"그거야 그쪽이 나를 먼저 붙잡았잖아요. 그리고 말은 똑바로 해야지. 내가 언제 들러붙었어? 비틀거렸지."

여잔 이 순간에도 따박따박 말을 하고 있었다. 말꼬리를 잡는 수준이었지만 취한 것 같은 몸짓과는 달리 발음은 아주 정확했다.

"많이 취했는데, 이만 자리 옮기지?"

남자가 여자의 허리를 붙잡아 일으켜 세웠다. 방금 전까지만 해도 거칠게 반항하던 여자는 갑자기 순한 양이 되어 남자의 가슴에 머리를 기댄다.

그냥 신경 끌까.

고민하던 그가 직업적 양심에 찔려 한숨을 푹 내뱉었다. 왠지 이 대로 자리를 비우면 내일 이 현장에서 사건이 일어나 참고인 진술을 하게 될 것 같은 느낌이 들었다. 그리고 자신의 느낌은 대부분 들어맞았다.

"별로 안 마셨는데…… 어지러워요."

여잔 허리를 붙잡힌 줄도 모른 채 위험 수위를 왔다 갔다 하는 말만 했다.

아, 젠장!

대법원 앞에 있는 정의의 여신 디케가 자신을 또렷한 눈으로 바라보고 있는 것만 같다. 그래, 귀찮고 짜증나는 상황이긴 했지만 어쩔 도리가 없다는 듯 그가 걸음을 옮겼다.

우뚝.

두 사람 앞에 걸음을 멈춘 도현은 자신을 쳐다보는 두 개의 시선에 뒤늦게 후회했다. 하지만 후회해 봤자 이미 늦었다. 입이 필터링을 거치지 않은 말을 멋대로 떠들어댔다.

"이 상태가 별로 안 마신 상태면 평소엔 얼마나 마신다는 겁니까?"

두 사람의 앞을 가로막은 도현이 여자를 뚫어져라 보며 물었다. 그러자 곁에 선 남자가 이건 뭐냐는 듯한 표정으로 묻는다.

"뭡니까?"

"보면 모르겠습니까?"

지금 내가 오지랖을 피우고 있지 않습니까.

그는 차마 뒷말을 덧붙이지 못한 채 입을 꾹 다물었다. 이 상황에선 이 여자를 모르는 것보다는 아는 상황으로 풀어나가는 게 더 득이 될 것 같았다.

"어? 누구……."

"벌써 내 얼굴을 잊은 겁니까? 두 시간이나 함께 술을 마셨는데?"

여잔 자신이 누군지 알아내기 위해 눈을 가늘게 뜬다. 하지만 도통 생각이 나지 않는 모양인지 연신 고개를 갸웃거린다.

당연하다. 이 여자와 자신은 술을 마신 적이 없었으니까. 첫 만남은 자신이 관음증 환자처럼 여자를 관찰하고 지켜보았을 뿐, 여잔 자신의 존재를 몰랐다.

잔뜩 취한 여자를 범죄로부터 구한다 하더라도 뒤처리가 귀찮았다.

역시 그냥 지나칠까?

'어? 미안합니다. 다른 여성분이랑 착각했네요.'

그 정도 말이면 눈앞에 있는 남자의 심기를 거슬리지 않고 이 자리를 빠져나갈 수 있을 것 같기도 했다.

하지만 자신은 서울중앙지검 강력부 검사였다. 이 땅의 법을 수호해야 하는. 물론 자신이 하는 일이라고는 사건 후의 뒷일을 판단하고 벌을 주는 거였지만 기왕이면 피해자 없이 상황을 해결할 수 있는 게 더 좋지 않겠는가.

황도현은 애써 강압적인 분위기를 풍기며 마음에도 없는 말을 내뱉었다.

"이만 넘겨주시죠? 이 여잔 제가 주워 담아갈 거니까."

"재수가 없으려니."

"그 말 되돌려 주고 싶습니다만. 이리 넘겨주시죠."

남자가 거의 던지듯 여잘 떠넘기더니 이내 욕을 하며 사라진다.

"그 욕 되돌려 주고 싶네."

젠장.

그가 욕지거리를 내뱉으며 제 품으로 들어온 여잘 보았다. 여잔 술에 취해 몸을 버둥거리고 있었다. 아무래도 제대로 서고 싶은 모양이었지만 다리에 힘이 들어가지 않는지 몇 번이고 무릎이 꺾였다.

이런 주정뱅이라니.

방금 전 도도한 표정으로 급소를 붙잡던 여잔 어디에 갔냐 이 말이다.

그가 여잘 한심한 눈으로 보았다. 그러자 여자 역시 이를 눈치챘나 보다. 방금 전 남자가 물은 것에 대한 답을 한다. 물론 변명에 가까운 답이었다.

"거의 안 마시죠. 술 한 잔에 칼로리가 얼마나 높은 줄 알아요? 그거 다 태우려면 헬스장에서 내가 살아야 하는데…… 젊음을 헬스장에 모두 바칠 수는 없……."

띄엄띄엄 말을 잇던 여자가 미간을 좁혔다. 이제야 남자가 낯선 이라는 걸 알게 된 모양인지 고개를 힘껏 휘저으며 정신을 차리려 애를 썼다. 그러면서도 묻는다.

"그런데 누구세요? 두 시간 전에 술 마신 적 없잖아요."

여자의 말에 그는 짧게 웃음을 내뱉었다.

"별로 안 취하신 모양입니다. 정확하게 기억을 하시는 걸 보면."

"술에 취하진 않았어요. 그냥 속이 미식거리고, 멍하고……."

"정정하겠습니다. 많이 취하셨네요."

반쯤 감긴 눈을 보며 그가 말했다. 어떻든 이번 일에 개입을 해 버렸긴 하지만 이만 자신의 집으로 돌아가고 싶었다. 여자만큼은 아니지만 자신 역시 꽤나 마셨기에 이만 휴식이 필요했다.

"고마워요. 하지만 주워 담아갈 필요는 없어요. 내 발로 갈 거니까."

그가 비틀거리는 여자의 어깨를 붙잡았다.

필요 없다고 말은 하고 있었지만 상태를 봐선 도저히 혼자 두고 갈 수 없었다.

도대체 이 여자 방은 어디야?

분명 근처에 일행이 있는 방이 있을 거다. 더욱 여자의 외모만 봐선 충분히 튀는 존재였으니 웨이터가 여자의 방을 알 것 같기도 했다.

"정신 좀……!"

정신 좀 차리고 어서 네가 있을 곳으로 돌아가라고 말하고 싶었다. 하지만 정말 기가 막히게도 몇 번이고 무거운 눈꺼풀을 들어 올리던 여자가 순간 졸도하듯 쓰러진다.

거의 180㎝에 가까운 여자가 허물어지듯 앞으로 쓰러지자 황도현은 뛰어난 반사 신경으로 여자의 몸을 붙잡았다.

"뭐지? 뭐야."

그가 자신의 팔뚝에 몸이 접혀 축 늘어진 여잘 보았다. 그는 두 가지에 놀랐다. 첫 번째는 여자가 갑자기 졸도하듯 쓰러진 것에 놀랐고, 두 번쨀 여자의 몸이 키에 비해 지나치게 가벼워 놀랐다.

하지만 그런 것들을 다 차치할 만큼 커다란 문제가 생겼다. 기절한 여자를 자리에 앉혀놓고 아무리 어깨를 붙잡고 흔들어도 깨어나지 않는다는 것이었다.

그가 황당하다는 눈으로 여잘 보았다. 그러다가 위로 올라간 치마에 속옷이 훤히 보이자 욕지거리를 안으로 삼키며 외투를 벗었다.

이런 사람은 술을 마시면 안 돼. 나라에서 금지시켜야 한다고!

법으로라도 다스려야지, 안 그럼 사회적 비용이 너무 든단 말이지.

그가 속으로 구시렁구시렁 욕을 하며 여자의 허벅지 위에 제 외투를 내려놓았다. 검은색 속옷이 가려지자 그가 숨을 훅 내뱉었다.

그때 음악 소리를 뚫고 사람의 음성이 들리자 고개를 돌렸다. 그곳엔 황도현도 잘 알고 있는 유명 배우가 서 있었다. 대한민국에서 적어도 다섯 손가락 안에 드는 미남 배우였다.

그가 자신과 쓰러진 여자를 보며 몸을 멈칫 떠는 게 보였다.

'뭐지?'

황도현이 미간을 좁힐 때였다. 저 멀리서 웨이터가 '무슨 일이시죠?' 라는 물음과 함께 다가왔다.

"이 여자, 룸 어디인지 압니까?"

"어? 최민 씨네."

다가온 웨이터는 다행히도 여자를 잘 알고 있는 모양이다. 그가 한숨 놨다는 듯 숨을 훅 내뱉었다.

"알면 어딘지 말씀해 주시죠."

"혹시 8번 룸 손님이세요?"

"그런데요?"

8번 룸 손님이라고 묻는 말은 '검사님이신가요?' 와 같았다.

그가 고개를 끄덕이자 웨이터가 흠칫 놀라 몸을 떨었다.

뭐야, 이 반응은.

그가 안 좋은 예감을 할 때였다. 웨이터가 그의 예상과 별반 다르지 않은 말을 한 것은.

"아…… 저, 일행분들은 모두 가셨는데요?"

검사의 촉은 웨이터가 지금 거짓말을 하고 있다고 말했지만 여기에서 취조하듯 물을 수가 없었다.

"그럼 이 여자 짐은 어디에 있습니까?"

"어, 그게…… 잠시만요."

그렇게 말한 웨이터가 떨떠름한 표정으로 서둘러 걸음을 옮긴다. 조금 떨어진 거리에서 무전을 치고 있는 모습을 보며 도현이 머리카락을 거칠게 쓸어 올렸다.

시간은 벌써 새벽 2시 50분을 넘어가고 있었다. 지금 당장 택시를 붙잡아 타고 집에 간다고 하더라도 집에 가면 새벽 3시를 훌쩍 넘긴다는 뜻이었다.

운동은 건너뛰어야겠네.

그가 발을 탁탁 굴리며 내일은 미친 듯이 피곤한 하루가 될 거란 예감에 사로잡힐 때였다. 다가온 웨이터가 어색하게 웃으며 말했다.

"가지고 오신 게 없는데요?"

"그럴 리가요."

황도현은 믿기지 않는다는 어투로 말했다. 하지만 웨이터는 그에게 믿어달라는 식으로 방금 전과 별반 다르지 않는 말을 앵무새처럼 말했다.

"맡기신 짐은 없었습니다."

"뭐요?"

그게 말이 되냐 이 말이다. 그럴 수밖에 없었다. 여잔 얇은 재질의 원피스만 입고 있었다. 몸에 착 달라붙은 원피스를 더듬지 않더라도 소지품은 하나도 없다는 걸 알 수 있었다.

대한민국 국민 중에 외출을 하는데 휴대전화 하나 안 들고 나온다는 게 말이 되나? 아니, 휴대전화는 그렇다 치더라도 나이트에 왔으면 지갑 정도는 들고 왔을 텐데 그것도 없었다.

"휴대전화도 지갑도 없이 왔다는 말입니까?"

"그건 잘 모르겠는데…… 따로 맡고 있는 짐은 없습니다."

180cm에 육박하는 짐 덩어리를 떠맡아 버렸다. 범죄가 일어날 거라는 막연한 예상만으로.

이쯤 되니 짜증이 머리끝까지 솟았다.


온몸에 땀이 찔끔찔끔 흘렀다. 한여름에 가까워진 날씨였으니 이상할 것도 없었지만, 황도현은 오랜만에 제대로 된 운동을 하는 기분이 들었다.

처음으로 셋째 형을 따라 다니기 시작했던 유도가 도움이 되는 기분이 들었다. 물론 셋째 형은 힘들다고 1년 만에 그만두었고, 자신은 승부욕 때문에 고1까지 했기에 형을 따라 했다고 말하기엔 무리가 있었지만.

여자를 들쳐 업고서 힘들게 방까지 올라온 그는 거의 기행에 가까울 정도로 한 손으로 여자의 허벅지를 받쳐 든 채 다른 손으로 문을 열었다.

삐리릭!

문이 열리는 소리와 함께 그는 신에게 구원받은 기분과 함께 안으로 들어갔다. 널찍한 침대가 보이자마자 그는 거의 여자를 던지다시피 내려놓았다.

털썩!

소리가 지나치게 컸지만 그는 거칠게 숨을 몰아쉬며 넥타이를 끌어냈다.

"와! 황도현!"

그가 자신의 이름을 빽 부르며 숨을 몰아쉬었다.

넌 세상에 조금 더 무심해질 필요가 있어!

그렇게 외치며.

침대에 누워 있는 여잔 에어컨 바람 때문인지 이불을 찾아 슬금슬금 몸을 움직이고 있었다.

부모의 원수처럼 여자를 바라보던 그가 자리에서 벌떡 일어나더니 냉장고로 향한다. 시원한 냉수가 필요했다.

벌컥벌컥!

목울대가 크게 울릴 만큼 물을 들이켠 그가 참고 있던 숨을 왈칵 내뱉었다. 작은 PT병에 담긴 물을 반 이상 비워냈지만 그래도 갈

증이 가시질 않아 다시 한 번 물을 마셨다.

"이름이 뭐예요?"

"풉!"

갑자기 뒤에서 들려오는 낮은 음성에 도현은 마시던 물을 고스란히 뱉어냈다. 턱을 타고 물이 주르륵 흘러내렸음에도 그는 깜짝 놀란 눈으로 여잘 본다. 언제 일어난 건지 상체를 일으키고 앉은 여자가 그를 보고 있었다.

"일어났습니까? 일어났으면……."

물통을 테이블에 놓아둔 그가 여자에게 다가갔다. 여잔 시선으로 그를 좇았는데, 뭔가를 바라는 듯 갈구하는 눈빛이었다. 그리고 황도현은 그게 무엇인지 알고 있는 성인 남성이었다. 술기운은 이성을 날려 버리는 간악한 재주가 있었다. 그리고 여잔 그 간악한 술수에 걸려든 고주망태였다.

이 여자에게 이제 자신은 그만 집으로 돌아간다고 말을 하고, 여자의 허리에 묶어둔 외투 또한 달라고 하려고 할 때였다. 여자가 긴 팔을 쭉 뻗더니 가까이 다가온 그의 팔목을 붙잡는다.

"취, 취했……!"

깜짝 놀란 황도현이 답지 않게 당황해 외쳤다. 좀처럼 언성을 높이는 일도, 웬만한 일에는 눈 하나 깜짝하지 않을 만큼의 담력도 있는 사내였지만 좀처럼 예상하지 못했던 상황에 몸을 버둥거렸다.

하지만 여잔 힘이 얼마나 강한지 중심을 잃은 그를 침대로 잡아끌더니 곧장 몸을 일으켰다. 여자가 무릎을 세워 앉자 매끈한 허벅지가 훤히 드러났다.

"취했습니다."

"그래서요?"

여자가 마치 요녀처럼 웃으며 무릎으로 다가온다. 도현은 뒤늦게 상황을 파악하고 자리에서 일어나려 했지만 여자가 그의 가슴을 힘껏 누르며 이를 막았다.

이게 무슨 상황이야?

그가 허망한 얼굴로 여자를 올려다보았다. 슬금슬금 다가온 여잔 어느새 자신의 배 위에 사뿐히 올라가 있었다.

천하의 요녀처럼 웃는 여자를 보며 도현이 표정을 굳혔다.

"지금 어디에 올라가 계신 겁니까?"

"배 위요."

그러면서 까르르 웃은 여자가 손을 슬금슬금 움직인다. 도현의 뺨을 쓰다듬던 손길은 어느 순간 은밀히 목을 더듬었다.

터치는 가벼웠다. 하지만 그게 더 감질나 욕구를 불러일으킨다. 이러다간 이성이 통으로 날아가 버릴 것 같았다.

와, 황도현. 너 짐승이냐?

술에 취한 여자가 덮치는 상황에서도 힘껏 고개를 드는 또 다른 인격체를 보며 그가 속으로 비명을 내질렀다. 자신의 몸뚱어리에 붙어 있는 다른 인격체는 이성의 지배를 받지 않는, 철저한 짐승이었다.

몸을 숙인 여자가 금방이라도 입을 맞출 것처럼 가까운 거리에서 그를 내려다보았다. 황도현은 일을 핑계로 오랫동안 성관계를 가지지 않았으며, 그 어떠한 만남에도 관심을 두지 않았다.

때때로 자위라는 행위로 정액을 빼주었다면 이토록 흥분하지 않았겠지만 안타깝게도 그는 몸에 사리가 쌓일 만큼 절제된 삶을 살아왔다. 본의 아니게 말이다.

하지만 이번에도 검사라는 사회적 지위가 그의 이성을 붙잡아줬다. 더욱 이런 식으로 여자에게 당하는 건 그의 이성관과도 거리가 멀었다.

입술이 닿을 만큼 가까워지자 그가 커다란 손을 뻗어 공간 사이를 막았다. 순간, 입술이 틀어막힌 여자가 눈을 동그랗게 떴다.

"이봐. 이름도 모르는 여자야. 당신이 맨정신이었으면 원나잇 정도는 나도 즐기면서 할 수 있거든? 하지만 당신은 지금 취했어. 눈이 완전히 맛이 갔다고."

"내가 취해……? 폭탄주 세 잔 마신 게 다인데……."

손 때문에 웅얼웅얼 말한 여자가 고개를 갸웃거렸다. 마치 어린아이처럼.

그 몸짓이 지금의 이 상황과는 너무 어울리지 않아 도현은 기가 차다는 듯 헛웃음을 뱉는다.

"다라니. 그게 내가 보기엔 당신의 주량이야. 아니, 주량을 뛰어넘어 섰어."

"내 이름은 최민이에요."

분명 자신은 이 여잘 혼내고 있었다. 하지만 여잔 그의 말을 제대로 들은 게 맞는지 자신의 이름을 말했다. 그러면서 묻는다.

"당신은요?"

몸이 밀착된 상황에서 나누기엔 적절하지 않은 대화였다. 더욱 여자의 피부와 닿은 손바닥은 뜨거웠다.

알코올 때문일까. 아니면 이 여잔 보통의 사람보다 체온이 높은 걸까.

마치 델 것처럼 뜨거운 피부에 그가 침을 꿀꺽 삼킨 후에 제 이름을 말했다.

"황도현입니다."

사실 둘러대도 됐다. 자신의 이름이 아닌 다른 이름을 대는 게 더 현명할지도 모른다.

하지만 그는 솔직하게 자신의 이름을 말했고, 부드럽게 휘어지는 눈매를 보았다.

웃음이 참 매력적이란 생각을 했다. 아니, 그걸 빼고서라도 작은 얼굴에 오밀조밀 모여 있는 이목구비나, 커다란 키와 굴곡진 몸매는 남자라면 누구나 한 번쯤 핥아보고 싶을 정도로 매력 있었다.

그런 여자가 지금 자신을 덮치려 하고 있었다.

"그럼 이름은 알았네. 이제 충분하죠?"

이쯤 되니 홀라당 넘어가 주고 싶었지만 안타깝게도 방금 전에 말했다시피 이건 황도현의 취향과 거리가 멀었다.

입술 사이를 가로 막고 있던 손을 뺀 그가 자신의 가슴 위에 얹어져 있던 두 손을 붙잡았다. 그러더니 순식간에 위치를 바꾼다.

"꺄!"

여자가 비명을 내질렀다. 분명 방금 전까지만 해도 도현의 배 위에 앉아 있던 여자가 지금은 침대에 누운 채 그를 올려다보고 있었다.

놀란 눈이 제법 귀여워 보였다. 하지만 그게 전부다. 그는 술 취한 여자를 안을 만큼 정신머리가 나간 남자도 아니었을 뿐더러 여자에게 리드를 당할 만큼 실없지도 않았다.

그가 이를 으드득 갈았다.

"이봐요, 최민 씨."

"네."

최민이 그를 멍한 눈으로 올려다보았다. 뒤늦게 여자의 눈빛이 보통 술에 취한 사람들과 많이 다르다는 걸 알았지만 지금은 그게 중요한 게 아니었다.

"오늘 나 같은 신사를 만난 걸 행운으로 알아요."

나 같은 신사도 흔들린다고 말하고 싶었지만 그는 애써 말을 꿀떡 삼켰다. 그런 후 무릎을 세워 일어나 흐드러진 꽃처럼 누워 있는 여잘 내려다보았다.

"아니면 다음날 분명 후회했을 테니까."

❖

검사에게는 중요한 3보가 있다고 하는데 그중 하나가 '보고'이다.

주요 사안에 대해서는 상부에게 철저한 보고가 이루어져야 뒤탈이 없다. 어느 지검이나 마찬가지이겠지만 특히 중요하고 큰 사건들이 모이는 서울중앙지검에선 이를 '법'과 동일시하여 보고 있었다.

그에 비춰보았을 때 월요일 아침에 있는 회의는 가장 중요한 일정 중 하나였다. 하지만 거의 해가 뜰 시간에 집에 도착하여 쓰러지듯 잠든 도현은 반쯤 정신이 나가 있었다. 술이야 진즉에 깼지만 잠이 부족했다.

그는 정신력으로 버티며 회의에 귀를 기울이려 노력했다. 더욱 저번 달부터 강력부엔 꽤나 중요한 사건들을 줄줄이 진행 중에 있어서 분위기도 무거웠다.

검사들의 수사보고가 이어졌고, 도현은 그에 맞춰 고개를 몇 번 끄덕였다. 별달리 보고할 상황이 없어 다행이란 생각마저 드는 시간이었다.

팀원들의 보고가 끝나자 이 부장검사가 전달 상황이 있다는 듯 펜으로 책상을 탁탁 내려쳤다. 노트만 보고 있던 검사들의 시선이 동시에 그녀에게로 모여들었다.

"이번 달에 여성아동범죄조사부에 들어온 데이트 강간 약물 사건만 하더라도 12건이야. 형사부는 셀 것도 없고. 주로 사용된 약물은 GHB인데, 클럽과 나이트에 중간책이 풀고 있는 모양이야."

GHB는 소량만 사용하면 정신이 몽롱해지면서 쾌감을 느낄 수 있게 하지만, 많은 양을 술에 타 먹이면 순간적으로 정신을 잃게 만드는 약물이었다. 일명 물뽕으로 무색의 액체여서 강간 범죄에 많이 이용되고 있는 약물이었다.

비교적 '히로뽕'으로 불리는 필로폰이나 '코카인' 보다는 가벼운 느낌이어서 젊은이들 사이에는 호기심으로 접하는 경우도 많아 더욱 심각했다.

그가 고개를 끄덕이며 다이어리에 GHB를 쓴 후에 동그라미를 쳤다. 그사이에도 부장은 할 말이 끝나지 않았다는 듯 말을 이었다.

"이쯤 되면 단순히 사건만 처리하는 수준이겠지? 그런데 최근 첩보가 하나 들어왔거든. 유명 연예인과 대기업 자제님들께서 이 약물로 파티를 벌이고 있다고."

유명 연예인.

그 말에 도현은 어제 보았던 배우 '남혁'을 떠올렸다.

이상하게도 이 순간 그 이름과 함께 호텔 방에 홀로 두고 온 여자가 떠올랐다.

혹시……

그가 고개를 들어 부장을 보았다.

"이와 관련된 것으로 보이는 사건 중에 가장 최근에 접수된 건 바로 오늘 새벽 썬 나이트에서 일어난 강간 사건이야. 피해자 여성은 룸에서 술을 마셨는데 그다음부터 기억이 없다 하고."

새벽. 썬 나이트.

도현의 눈이 동그랗게 떠졌다.

"듣기로는 어제 황 검사가 거기에서 모임 했다며?"

"아, 네."

"이 바닥에 비밀이 있어? 소문은 빛보다 빠르지."

어떻게 알았냐는 도현의 표정을 읽었나 보다. 부장 검사가 가볍게 답한 후에도 도현에게서 시선을 떼지 않았다.

"이번 사건은 황 검사가 맡아볼래? 맡고 있던 건 저번 주에 끝났잖아."

거기에다가 다른 검사들은 저마다 꽤나 심각한 사건들을 맡고 있었다. 강력부 자체가 마약이나 조폭 사건을 맡다 보니 심각하지 않은 사건은 없었지만.

간단하게 말하자면 가장 한가한 건 황도현이란 뜻이었다. 더욱 그 역시 이번 사건에 관심이 간다는 표정을 지었다.

"네, 알겠습니다."

"좋아. 백업 필요하면 이야기하고. 강남서에서 파견 올 거야."

"알겠습니다."

그가 이번엔 다이어리에 '최민'이란 글자를 적었다.

그녀는 대한민국 톱 모델이었다. 그쪽엔 관심이 없다 보니 단번에 알아보지 못했지만 초록창에 검색을 하면 '최민'이란 사람 중에서 가장 먼저 뜨는 여자.

이번 사건에서 그녀는 내부자일까. 아니면 외부자일까.

그는 최민의 이름 옆에 '아마도 내부자'란 글자를 적어 넣었다.

2

약 한 달 전, 최 씨 집안 셋째 딸인 최민자는 가출을 감행했다. 고등학교를 졸업한 이후로 나름의 생존방식으로 선택한 가출은 서른이 가까워진 이 나이까지 이어지고 있었던 것이다.

첫 촬영장소는 프랑스였다. 봄에 한여름 의류를 입고서 촬영을 진행한 최민자는 뉴욕으로 이동했다. 그 후로 20대 중반, 자주 쇼에 서곤 했던 디자이너 뉴욕 컬렉션에 참여한 이후에 두 차례 화보를 찍었다.

업계에서의 최민자는 '최민'이라는 이름으로 톱의 자리에 올라있었지만, 그건 무대 위에서 일뿐. 집에서 최민은 '최민자'가 되어 수시로 집을 나가고, 밖에서 무슨 짓거리를 하고 돌아다니는지 모를 골칫덩어리 막내딸이었다.

하지만 이제 그녀의 커리어는 무시하지 못할 수준에 올랐다. 중 3 때 우연히 화보 아르바이트를 하게 되면서 시작된 모델 생활은 아버지의 눈을 피해 어머니의 도움을 받으며 고등학교 때까지 이어졌다. 고등학교 때 이미 서울 컬렉션 쇼 무대 위에 올랐고, 디자이너 사이에서 이름을 알리기 시작했다.

하지만 어릴 적부터 욕심이 많고, 관심이 있는 분야에 있어서는 최고에 올라야 속이 풀렸던 최민자는 아주 간 큰 계획을 세운다. 그건 아버지에게 거짓말을 하고서 모델 생활을 계속 지속하는 일이었다.

어머니의 묵인 아래, 민자는 뉴욕으로 떠났다. 대학을 다닌다는 거짓말을 하고서.

더 넓은 물에서 놀고 싶다는 이유에서 온 뉴욕. 민자는 이곳에서 가족의 도움을 받지 않고서 2년이나 생활했다.

애초엔 좀 더 오래 머무를 계획이었지만, 아버지에게 들키는 순간 자유는 끝났다. 꿈을 이루기 위해 달려온 시간이라기에 2년은 너무 짧았다. 스물두 살의 끄트머리에 낯선 땅을 밟았고, 스물다섯을 넘기기도 전에 한국으로 돌아와야 했다.

"여긴 그대로네."

이스트리버에 서서 브루클린교를 보며 민자가 씁쓸한 웃음을 머금었다.

뉴욕은 민자에게 있어서 아주 복합적인 감정을 불러일으키는 도시였다. 아무것도 없었기에 오히려 더 호기로울 수 있었던 나이에 와서 여러 쇼에 서기 위해 매번 바쁘게 움직였다. 좋은 에이전시를 만나 꽤 체계적인 관리를 받기도 했지만 그게 전부였다. 좌절과 기쁨을 동시에 안겨주었던 땅은 후에 돌이켜 보니 고단한 감정만 안겨주었다. 20대 초반에 이 땅은 자신을 계속 밀어내고 있다는 느낌을 받았었다.

서른이 가까워진 나이에 다시 온 땅에서 자신은 이젠 완전한 이방인이 되어 있었지만 민자는 홀가분하게 감정을 털어냈다. 모델로서 이루고자 했던 건 모두 이루어냈다. 뉴욕에서 한국으로 끌려온 후에 아버지 때문에 강제로 가져야 했던 반년의 공백을 제외하고선 쉼 없이 쇼에 섰고, 화보를 찍었다. 하고 싶지 않은 일은 애초에 하지도 않았다. 인생에서 가장 중요한 건 자신이었고, 스트레스를 받으면서까지 일을 하고 싶지 않았다.

　자신만큼 원하는 대로 인생을 살아온 사람도 적을 거야.

　더욱 좌절도 있었지만 결국은 그렇게도 원하던 무대에 매번 서지 않았던가.

　이제 그만 한국으로 돌아갈 시간이었다. 자신의 삶이 있는 곳으로.

　오후 3시, 인천국제공항에 도착한 민자는 입국장을 나서면서 휴대전화를 켰다. 전원이 켜지자마자 휴대전화가 쉴 새 없이 울렸다.

「민자야, 너 지금 어디에 있어? 아직도 해외야?」
「아버지 화 많이 나셨다.」
「이번엔 정말 그냥 넘어가실 것 같지가 않아.」
「문자 보면 전화 좀 해.」
「최민자.」
「최민자 이 미친년.」

엄마와 언니들에게서 차례대로 도착하는 문자는 폭탄에 가까웠다. 부재중 전화는 50통을 넘어서고 있었다.

신랄하게 욕한 둘째 언니의 욕 문자를 본 민자가 코웃음을 쳤다.

"언제부터 날 그렇게들 생각했다고."

분노에 휩싸인 아버지의 모습이 떠올랐다. 하지만 민자는 인천에 있는 본가로 돌아가는 대신 강남에 있는 호텔로 향했다.

집을 나온 지도 3주.

최근엔 가출을 감행한 일이 적었기에 당장 집으로 돌아가는 건 천하의 최민자라고 하더라도 무서웠다. 더욱 가족들의 반응이 심상치가 않았다. 이번엔 사달이 나도 단단히 날 것 같았다.

대책 마련 후에 집으로 들어가지 않으면 아직도 자식을 소유물로 생각하는 아버지 손에 아작 날지도 모른다.

호텔 방을 잡은 민자는 캐리어를 한곳에 세워둔 후에 침대에 벌러덩 누웠다.

"강자 언니한테 연락해 볼까……."

첫째 언니한테 연락을 해봤자 빨리 집에 들어와서 석고대죄 하라는 소리밖엔 안 할 테니 똑똑한 둘째 언니한테 연락하는 게 현명할 거다. 더욱 언니는 자취까지 하고 있었으니 상황이 나빠지면 언니 집에서 비빌 수도 있으니 1석 2조일 것 같았다.

슬슬 연락을 해볼까.

흠, 쉽게 넘어올 것 같진 않은데.

가늠하는 눈으로 휴대전화를 보던 민자는 때마침 울리는 전화를 받았다. 유나에게서 걸려온 전화였다.

[언제 들어왔어?]

"방금 호텔 들어왔어."

[뉴욕은 그대로디?]

유나의 물음에 민자는 '짜증 나게 그대로더라' 라고 말했다.

그녀는 민자가 뉴욕에서 모델 활동을 할 때 만난 친구였다. 유나는 패션 공부를 위해 민자처럼 무작정 유학길에 올랐던 꿈 많은 청춘이었다. 지금은 강남에서 샵을 운영하고 있는 금수저이기도 했고, 매일 파티에 젖어 생활하는 진정한 클러버이기도 했다.

[오늘 저녁에 파티 있는데 갈래? 썬 나이트에서.]

오늘은 클럽이 아닌 나이트인가 보다. 하지만 파티라는 점에선 별다를 게 없었다.

"나이트 싫어. 시끄러워."

[나 혼자 가기 싫단 말이야. 응? 응? 같이 가자!]

"넌 어떻게 혼자하기 싫은 게 그렇게 많냐."

한숨을 내뱉은 민자가 한심하다는 듯이 말했지만 유나는 함께 가기로 마음을 먹은 건지 계속 떼를 썼다.

"이럴 거면 애초에 물어보긴 왜 물어봐? 그냥 가자고 하지."

[그러면 민폐 같잖아.]

"민폐 맞아, 너."

짧게 일갈했지만 유나는 익숙하다는 듯이 까르르 웃음을 터뜨렸다.

원래라면 자신과는 달리 자그마한 유나가 귀여워 알았다고 답해 줬겠지만 오늘은 몸이 너무 피곤했다. 좁은 비행기를 타고 내내 날아왔더니 몸도 무거운 게 제 컨디션이 아니었다.

"옷도 없는데……."

[샵으로 와. 안 그래도 너한테 입혀보고 싶은 신상 있어.]

기다렸다는 듯이 하는 말에 민자는 결국 두 손 두 발 다 들 수밖에 없었다.

그렇게 민자는 한국에 오자마자 유나의 샵으로 가 여름 신상이라는 원피스를 몇 벌이나 갈아입어야 했다. 평생 옷을 입었다 벗은 것만 해도 수천 벌이었지만 그때만큼 지쳤던 적은 없었던 것 같다. 결국 고른 옷은 파란색의 몸에 착 달라붙는 원피스였다.

그 옷을 입고 참석한 파티는 정기적인 모임이라고 했다. 언론에서 심심치 않게 보았던 이들부터 이름은 들어봤던 자들까지. 돈이 많거나 인물이 뛰어난 사람들이 모여 얼큰하게 취하는 파티를 열었다.

하지만 파티 참석자가 많지는 않았다. 정기적으로 모이는 멤버는 여덟 명 정도라 했고, 네 명에서 다섯 명 정도는 매번 바뀐다 했다.

개중 민자가 가장 많은 대화를 나눈 건 배우 남혁이었다. 저번 달에 영화 촬영을 마쳤다며, 지금은 실컷 먹고 놀아도 된다고 말했다. 그러면서 건네는 말들은 꽤 유쾌해서 민자 역시 편안한 마음에 술잔을 몇 번 기울였다.

하지만 그녀는 사람들에게 아주 당당하게 말할 수 있을 만큼 '말술'이었다. 웬만한 사람들보다는 훨씬 잘 마셨고, 최장 12시간, 최고 소주 여덟 병까지 마셨을 때도 취한 적이 없었다.

그런 그녀가 술을 마시지 않는 건 아주 단순한 이유였다.

다이어트.

남들이 보기엔 군살 하나 없이 매끈한 몸이었지만 카메라 앞에선 달랐다. 더욱 모델은 자신에게 어울리는 스타일의 옷만 입을 수도 없었고, 콤플렉스를 가릴 수도 없었다.

워낙 살이 잘 찌는 체질이기도 했지만 몸도 예전 같지 않았다. 화보를 찍지 않는 비시즌에도 하루에 세 시간씩 꾸준한 운동 후에 필라테스까지 병행하고 있을 정도였다.

타인에게 완벽한 워너비 몸매를 보여줘야 하는 직업이기에 음식도 신경 썼다. 식사를 건너뛰면 오히려 살이 찌기에 잘 챙겨 먹기는 했지만 주로 저염식 식단으로 먹었고, 먹는 양 역시 그렇게 많지는 않았다.

음식 하나도 신경 써서 먹는데, 마음대로 술을 마실 리가 없다. 알코올은 미친 칼로리를 자랑했고, 함께 곁들여 먹는 안주도 만만치 않았다.

파티에서도 마찬가지였다. 남혁이 건네는 술을 세 잔 정도 마셨던 것 같은데, 눈을 뜬 건 낯선 호텔이다.

연신 눈을 깜빡인 민자가 거칠게 머리카락을 쓸어 올린 후에 짜증스레 표정을 굳혔다.

"뭐지?"

눈동자는 혼란스러웠다. 자신이 잡은 방과 인테리어는 비슷했지만 전혀 다른 호텔이었다.

"뭐야."

어제 무슨 일이 있었던 거지?

연신 물음을 내뱉던 민자는 마지막, 파티를 참석했다는 걸 떠올리곤 서둘러 옷부터 확인했다.

"후."

안도의 한숨이 나오기도 잠시, 허리에 감겨 있는 남성용 슈트 재킷을 집어 들었다.

"이건 또 뭐야?"

민자의 고개가 연신 기울었다. 도통 자신에게 일어난 일을 파악하지 못하고 있었다.

하지만 다행히 옷은 잘 입고 있었고, 성관계를 한 감각도 없었다. 술 먹고 잘 모르는 남자와 침대에서 뒹굴지 않았음에 안도한 것도 잠시, 곧 견딜 수 없는 두통이 찾아왔다.

"윽."

머리를 움켜쥔 민자가 연신 끙끙 앓았다. 숙취와는 다른 두통에 머리가 반으로 똑 하고 짜개지는 느낌이 들었다. 난생처음 느껴보는 고통에 민자는 연신 머리를 꾹꾹 눌렀다.

두통이 사라질 즈음, 이번엔 속이 뒤집혔다. 입을 틀어막은 민자가 서둘러 침대에서 벗어나 화장실로 뛰어들어 간다.

"웩!"

변기통을 붙잡은 민자가 속에 있던 것을 게워냈다. 하지만 당연하게도 쏟아져 나오는 건 위액밖에 없었다. 먹은 게 술이 전부였으니 그럴 수밖에.

한참 미식거리는 속과 씨름을 하던 그녀는 한차례 고통이 지난 후에 힘없이 바닥에 앉았다. 멍한 눈을 연신 깜빡이던 그녀가 이내 인상을 팍 찌푸린다.

"무슨 일이 있었던 거야?"

파티에 참석한 후로 생각나는 건 희미하게 보이던 세상.

그리고 다음날에 일어나 보니 낯선 호텔 방에 홀로 남아 있었다. 아니, 누구 것인지 모를 슈트 재킷이 신데렐라 구두처럼 남겨져 있었다.

하지만 당황만 하고 있을 수는 없었다. 살아생전 필름이 끊겨 본 건 처음이었지만, 우선 자신에게 일어난 일들을 알아봐야 하지 않겠는가. 더욱 자신을 호텔 방까지 데려다준 남자의 정체도 알아내야 했다.

방으로 돌아간 민자는 자신의 휴대전화를 찾기 시작했다. 하지만 정말 기가 막히게도 휴대폰은 물론이고, 지갑도 없었다.

최근에 휴대전화 번호를 바꿔서 가물가물한 번호를 떠올린 그녀가 호텔 전화를 집어 들었다. 전화를 걸어봤지만 폰이 꺼져 있다는 기계음만 들렸다.

허! 바꾼 지 얼마나 됐다고.

당황한 표정으로 어제 있었던 일을 설명해 줄 수 있는 유나에게도 전화를 해봤지만 역시나 받지 않았다.

"뻗었나?"

샵을 열 시간이 지났음에도 유나가 전화를 받지 않자 민자의 고개를 갸웃거렸다.


"어제 저 누구랑 나갔어요?"

민자는 웨이터가 건넨 클러치백과 휴대전화를 받으며 물었다. 다행히 자신의 물건은 썬 나이트에 잘 보관이 되어 있었다.

바꾼 지 두 달도 되지 않은 휴대전화를 찾아서 다행이라는 생각이 들었다. 휴대전화 액정을 만지작거리던 민자는 배터리가 없어서 폰이 켜지지 않자 클러치백에 넣었다.

"웬 남자분이랑 나가셨는데 처음 본 손님이었습니다."

"그래요? 알겠어요."

웨이터에게 물건을 보관해 줘서 고맙다는 말과 함께 지갑에서 팁을 꺼내 내밀었다.

"감사합니다!"

"아니에요. 아, 맞다. 제 일행은요? 유나요. 언제쯤 나갔나요?"

"아, 함께 오신 일행분도 거의 새벽 4시쯤에 가셨어요."

"혼자요?"

"아니요. 다른 일행분과 함께요."

다른 사람들이 잘 챙겼으리란 생각이 들었다. 더욱 유나의 말에 의하면 그들은 친구이지 않은가.

인사를 건넨 민자가 걸음을 옮겼다. 어깨에 걸치고 있는 이름 모를 남자의 재킷이 유독 신경 쓰였다.

하지만 그걸 모두 상쇄하고도 남을 만큼 몸이 무거웠다. 당장 호텔로 돌아가 푹 쉬고 싶었다.

서울중앙지검은 이름처럼 검찰 기관 중에서 중심 역할을 하는 곳이었다. 검사만 190명에 달하고, 일반 직원까지 포함하면 1,000명에 달하는 엄청난 규모를 자랑했다. 그중에서도 황도현 검사는 강력부에 속해 있었다.

그의 검사실 안엔 이번 사건 조사를 위해 여섯 명이 모여 있었다. 아직은 수사 초반이었기에 경찰에선 세 명의 형사가 파견을 나온 게 전부였지만 워낙 사건 규모가 커서 후속 파견까지 오기로 되어 있었다.

"그럼 김 형사님은 중간책을 찾는 것부터 해주세요."

"네, 알겠습니다. 땅개라고, 이 바닥 생리를 잘 아는 놈을 하나 알고 있습니다. 찾는데 그리 어렵지 않을 겁니다."

"썬 나이트 웨이트들도 알고 있는 게 있을 겁니다."

"삐끼들이요?"

"네."

"알겠습니다. 그쪽도 파보겠습니다."

김 형사가 손바닥만 한 노트에 수사 지시 상황을 빠르게 적어내려 갔다. 그사이 도현은 곁에 앉아 있는 박 형사를 보았다.

"박 형사님은 형사부에 접수된 데이트 강간 피해자들을 만나주세요. GHB 약물이 사용된 사건 위주로요."

"전부 다요?"

"네. 그리 많지는 않습니다."

회의를 진행하고 있던 도현이 자리에서 일어났다. 그러더니 자신의 자리 뒤편에 쌓여 있는 조서들을 가져와 박 형사의 앞에 내려놓는다.

탁!

"히익……."

박 형사가 숨을 들이켰다. 도현이 내려놓은 조서는 결코 적지 않은 양이었다. 하지만 도현은 어려울 것이 하나도 없다는 듯이 웃으며 말한다.

"피의자가 송치되어 있는 사건들이 많으니까 구입처를 위주로 알아보시면 될 것 같습니다."

영감님이 까라면 까야지.

박 형사는 마치 그런 얼굴로 고개를 끄덕였다. 일선에서 뛰고 있는 형사들에게 지시를 모두 내린 도현이 이번엔 깔끔한 슈트를 입고 있는 정여화를 보았다.

그녀는 늘 깔끔한 슈트에 예쁘게 화장을 하고 다니는 사람이었다. 드라마나 영화에서 흔히들 검사하면 떠올리는 이미지의 모습이었다.

"정 계장님은 피해자와 함께 있었다는 친구 소환해 주시고요."

"네."

여화는 짧은 답과 함께 고개를 끄덕였다. 올해 서른일곱 살의 정여화는 베테랑 수사관이었다. 어중간한 검사들보단 훨씬 도움이 되는 인물로 검찰뿐만 아니라 경찰, 각종 로펌까지 인맥이 있어 정보통으로 분류되었다.

믿음직한 모습에 도현의 시선이 이번엔 그 곁에 앉아 있는 남 검사에게로 향했다. 검은 바지 정장을 입고 있는 남 검사는 부담스러울 만큼 빤히 도현을 보고 있었다.

도현이 펜으로 뺨을 긁적였다. 어수룩한 웃음은 지금 그가 곤란한 상황에 놓여 있음을 보여주었다.

"그리고 남 검사님은……."

"네! 전 뭘 하면 될까요?"

남인주는 임용된 지 60일도 되지 않은 초임 검사였다. 의욕이 가득한 모습이었지만 도현은 연신 웃으며 말을 잇지 못하더니 이내 정 계장을 보았다. 정 계장은 도현과 눈이 마주치자 절대 싫다는 듯 작게 고개를 저었다.

하지만 초임 검사는 아직 배울 게 많았다. 사법연수원 시절 두 달 정도 시보 생활을 거친 것으로는 검찰의 생리를 모두 이해하는 건 불가능할뿐더러, 시보 시절에 수사검사실에 배치되었다고는 하지만 간단한 사건만 맡아 처리한 게 전부였기에 무늬만 검사였지 아직은 풋내기였다.

"정 계장님과 함께 참고인 조사해 주세요."

"네, 알겠습니다!"

도대체 뭘 그리 열심히 적고 있는 건지는 몰라도 남 검사가 열심히 펜을 놀렸다. 의욕이 하늘을 찌른다 하여 문제 될 건 없었지만 지금은 잠시만 눈을 떼도 사고를 칠 때였다.

도현이 정 계장을 보자 그녀가 알겠다는 듯 한숨을 푹 내뱉는다. 곁에서 잘 지켜보겠다는 뜻이었다.

사건 지시가 모두 끝났다. 하지만 이번 일이 어느 정도까지 수사가 뻗을지 알고 있는 건 담당 검사인 황도현뿐이었다.

그는 이번 일을 함께 처리하게 된 팀원들을 보며 당부의 말을 했다.

"GHB건은 모두 이관될 겁니다. 파견 인원 올 때까지 초기 수사 확실하게 해주시고요. 또한 정 계장님은 이와 관련된 첩보들은 모두 정리해서 보고서 형태로 올려주십시오."

"네, 알겠습니다."

정 계장은 초임 검사라는 거대한 짐까지 떠넘겼으면서 이럴 거냐는 표정이었다. 하지만 도현은 씩 웃으며 '잘 부탁합니다'라고 했다.

회의가 끝나고 각자 자신의 일을 하기 위해 흩어졌다. 하지만 도현은 여전히 그 자리에 앉아 휴대전화 액정을 본다. 아버지의 이름이 떠 있었다. 불길한 예감이 들었다.

하지만 아버지의 전화를 무시할 수는 없었기에 도현은 숨을 훅 뱉은 후에 전화를 받았다.

"오랜만입니다, 아버지."

[바쁘냐.]

"한가하다고 하면 세금 도둑이라고 하실 거면서."

도현은 가볍게 농담을 던지면서 자리에 가 앉았다.

[바쁘다는 거구나.]

"네."

그가 날카로운 눈으로 증거물 사진을 보았다. 저번 달에 접수되었다는 강간 사건의 증거물이었다.

피해자의 몸은 깨끗했다. 피해자가 정신을 잃은 상태에서 일어난 강간 사건이었기에 외부 흉터 하나 없이 말끔한 건 당연했지만 이런 경우엔 판사로부터 유죄를 받아내기에 까다로웠다.

[그래도 잠시 시간 내라.]

"지금요?"

[그래. 저녁은 먹어야 할 것 아니냐.]

경찰이 올린 사건조서를 펼친 황도현이 미간을 좁혔다. 도대체 무슨 말씀을 하시려고 이러는 걸까.

결론은 하나로 귀결되어 도현은 어떤 식으로든 이 만남을 피하고 싶었다. 그래서 아버지에겐 꽤 잘 먹혀들어 가는 이유를 들었다.

"배당받은 사건이 있어서 오늘은……."

[서울 백반집이다.]

"……."

이 시간에 무슨 저녁을 먹어? 점심 먹은 지 얼마나 됐다고.

그가 얼굴을 종잇장처럼 일그러뜨리며 휴대폰 액정을 확인했다. 겨우 다섯 시나 된 줄 알았는데, 시간은 꽤나 흘러 퇴근 시간에 가까워져 있었다. 물론 그는 오늘도 야근이겠지만.

"알겠습니다."

꽤 지질한 잔소리를 '오늘도' 들어야 할 것 같았다.

저녁 시간에 맞춰 많은 이들이 〈서울 백반집〉으로 모여들기 시작했다. 서초동은 불이 쉬 꺼지지 않는 동네였다. 그리고 그 불은 월요일에 가장 밝게 빛난다.

야근을 밥 먹듯이 하는 사람들이 많은 곳이다 보니 집밥을 떠올리는 〈서울 백반집〉은 인기가 많았다. 도현 역시 일주일에 한 번은 찾곤 하는 곳이었다.

"오, 슬기 왔어?"

"어머니, 슬기가 아니라 도현이에요."

"한 번 슬기는 영원한 슬기지."

주인장의 말에 도현이 고개를 절레절레 저었다. 법복을 입기도 전, 학창 시절부터 아버지의 손을 잡고 온 곳이었다. 하지만 그 이전에 아버지의 오랜 단골집이었기에 주인장은 황도현의 탄생 역사를 잘 알고 있었다.

이젠 이름을 정정해 주는 것도 지친다는 듯 도현이 시무룩한 표정을 지었다. 장난으로 짓는 표정이라는 걸 알기에 주인장은 유쾌하게 웃음을 터뜨렸다.

"하여튼 우리 손주, 귀엽기도 하지. 황 지검장 안에 있어."

"네. 어머니 저는 돼지 김치찌개요."

"알았어. 금방 가져다줄게."

도현은 가게에서 가장 깊숙한 자리로 향했다. 다른 곳과 분리를 해놓은 싸구려 비즈 커튼까지 걷고 안으로 들어간 도현은 술잔을 기울이고 있는 아버지를 보았다.

황진영은 검사 시절부터 주당으로 아주 유명했다. 아버지의 밑으로 들어가면 다들 폭탄주를 제조하는 기술만큼은 검찰 내에서 손꼽히게 된다는 전설까지 내려오는 인물이다 보니 하루도 빠뜨리지 않고 술을 잡수신다.

익숙한 모습에 도현은 진영의 맞은편 자리에 앉으며 물었다.

"무슨 일이세요?"

"뭐가 그렇게 바쁘냐. 숨 좀 돌리고 천천히 이야기해도 되지."

"아버지, 저 이야기하러 나온 거 아닙니다. 저녁 먹으러 나온 거지."

도현은 사전에 잔소리를 막을 모양이었다. 하지만 그의 아버지가 누구던가. 황진영 아니던가. 수류탄과 장총으로 피해자만 열 명 이상을 낸 살인마 앞에서도 눈 하나 깜짝하지 않고서 자백을 얻어낸 전설적인 양반이었다. 아들을 요리하는 것쯤은 식은 죽 먹기란 말이다.

"그럼 술은 못하겠구나. 네가 가장 싫어하는 말을 할 참인데."

"제가 싫어하는 거 아시면 하지 마세요. 혼자도 좋습니다. 자유롭고."

"자유에는 대가가 따르는 법이다. 자유로운 결정엔 책임 역시 따르지."

"그래서 앞으로 그 대가에 책임을 다하며 살 생각입니다."

"그래, 그러면 이 아버지의 이야기 정도는 들어야 한다. 그 대가 중에 하나니까."

"……."

도현이 기가 질린다는 표정으로 고개를 절레절레 저었다. 아들의 승복을 받아낸 진영은 둘러말하지 않고 본론을 꺼냈다.

"참한 아가씨가 있다."

"제 결혼 문제에 있어서만큼은 모두 참한 아가씨겠죠. 치마만 입을 수 있으면 죄다 찍어 붙이려고 하시잖아요."

도현은 진영이 주문한 고등어에 젓가락을 가져다 댔다. 살을 잘 발라서 입안에 넣으니 갑자기 허기가 진다.

"말 참 예쁘게 한다."

"선배님이니 아시잖습니까. 이 일을 계속하다보면 말이 곱게 나가는 경우가 그리 많지가 않습니다. 더욱 부당한 일에는요."

"결혼을 하라는 말이 부당하다는 거냐?"

"당연하죠. 인격 말살에 가깝습니다. 결혼을 원하지 않는 아들에게 주구장창 잘 알지도 못하는 여자 이야기를 하시는 건요. 그리고 사실 아버지도 소개하려는 여자들을 잘 모르시지 않습니까. 그 여자의 가족만 알고 있지."

하등 틀린 말이 없었다. 대부분 소개를 하려는 여자 쪽 가족만 알았지, 실상 며느리로 받아들이는 당사자는 직접 만난 적이 없었다.

하지만 진영은 찔린 속을 숨기며 고저 없이 말했다.

"내 오랜 지인의 딸이다."

"싫습니다."

숨도 쉬지 않고 거부를 한 도현은 때마침 나오는 밥을 받아 들었다. 보글보글 끓는 김치찌개를 한술 크게 떠 밥과 삭삭 비볐다.

참 맛나게 식사를 하는 아들을 탐탁지 않은 눈으로 보던 진영이 마인드컨트롤을 했다. 이대로 물러설 순 없었다.

아들의 말대로 결혼 생각이 없는 사람에게 계속된 권유는 나쁜 짓이라는 걸 알고 있다. 하지만 모든 부모는 자식이 행복하게 살길 바란다. 자신이 걸어왔던 길이 정석인 것마냥 맹신하기도 했다.

그는 자고로 사람으로 태어났으면 결혼을 해야 안정된다는 생각을 가지고 있었다. 어디 한군데 마음 붙이지 못하고 일에만 몰두하는 아들이 걱정되기도 했다.

"아비 되는 사람은 최종훈 소장이다."

"아, 그분이요?"

"그래. 그 집 셋째 딸인데 최민자라고 현재 모델 일을 하고 있다 더구나."

슥슥 맛있게 밥을 비벼 입안으로 밀었다. 역시 〈서울 백반집〉 돼지고기 김치찌개는 맛이 끝내줬다.

내가 이 맛을 못 잊어서 굴욕의 과거인 '슬기'라는 이름을 듣고도 여기에 오지.

그가 심드렁한 생각을 하며 김치찌개를 한술 떠먹었다. 단짠의 정석이었다.

"모델이라니. 아버지의 취향과는 거리가 머시네요."

"네놈 취향엔 맞지."

이름이 '최민자'라니.

몸매는 끝내주더라도 정말 촌스러운 이름이었다. 그가 관심 없다는 듯 고개를 저은 후에 이번엔 어묵볶음을 집어 들었을 때였다.

"최민이라는 가명으로 활동……."

"네?"

"뭐?"

깜짝 놀란 도현을 보며 오히려 진영이 더 놀랐다. 하지만 도현은 방금 전 자신이 들은 이름이 맞는지 재차 확인하기 위해 되물었다.

"방금 뭐라고……."

"최민이라는 이름으로 활동하고 있다고. 알아보니까 정말 유명한 사람이더구나. 너한테 찍어 붙이기엔……."

그 뒤로 진영은 한참이고 말을 이었다. 자신이 생각해 봐도 놈팽

이인 너에겐 아까운 여자라던가, 키가 크고 아주 늘씬해서 너와 잘 어울릴 것 같다는 말이라던가.

하지만 황도현의 귀엔 아무것도 들리지 않았다.

'최민'.

그 이름만이 뇌리에 박혔을 뿐.

"모델 최민이요? 상대가 정말 최민입니까?"

"그래. 왜 알고 있는 사람이냐?"

"아는 것 같기도 하고, 모르는 것 같기도 한. 그런 애매한 관계 죠."

그렇게 말한 황도현이 입술을 길게 늘어뜨리면서 웃었다. 그 웃음이 마치 장난꾸러기를 연상시켰다.

호텔에 최민을 내버려 두고 왔을 때, 그는 꽤 짜릿하고 헛웃음이 나오는 경험을 했다고 생각했다. 하지만 참석한 회의에서 그녀의 이름을 다시 들었을 땐 허망했다.

타이밍 한 번 젠장이네.

한 박자 빠른 타이밍에 운도 없다고 생각했는데, 이번엔 그 생각을 완벽하게 뒤엎는 상황에 '이건 운명이 아닌가'라는 생각마저 들었다. 그런 허무맹랑한 단어를 믿지도 않으면서.

"선보겠습니다."

"……뭐?"

아들에게 최민자와 선을 봐야 하는 이유 서른세 번째를 이야기하고 있던 황진영이 이번에도 깜짝 놀라 되물었다. 이번엔 아버지에게 재차 확인을 시켜줘야 할 타이밍이란 사실에 그가 미소 띤 얼굴로 답했다.

"선보겠다고요."

"이렇게 쉽게? 네가? 혹시 뭐 다른 꿍꿍이가 있는 거 아니냐? 내 얼굴에 똥칠을 할 생각이라면……."

혹 잔머리의 귀재인 아들이 아주 신박한 상황으로 자신을 엿 먹이려는 건 아닐까, 진영이 의심했다. 곧 이어지는 말 역시 이런 자신의 생각에 확신을 굳히는 것이었다.

"운명 같아서요."

"……."

어쩌지? 지금이라도 최 소장한테 연락을 해야 하나?

고민하던 진영이 아들을 말없이 바라보았다. 그러더니 갑자기 새끼손가락을 앞으로 내민다.

"아주 평범하게 만나고 온다고 약속해라."

"……이 나이에 새끼손가락까지 걸어야겠습니까?"

도현이 황당하는 표정으로 물었지만 진영은 진지했다.

"그래. 만약 약속을 어기면 그 손가락을 끊어갈 거다."

"아버지. 저 강력부 검사입니다. 그런 말에 눈 하나 깜짝……."

"진심이야."

짧은 말에 도현이 서둘러 새끼손가락을 걸었다.

"네, 알겠습니다."

아버지는 한 번 한다면 하는 분이셨다.

❖

호텔 앞에 대기 중이던 호진은 뒷좌석 문이 열리자 고개를 돌렸다. 커다란 선글라스를 낀 민자가 차 문을 닫고 있었다.

"누나! 연락이 왜 이렇게 안 돼요?"

호진이 버럭 소리를 질렀다. 민자는 한국에 입국한 이후로 장장 이틀 동안 잠수를 탔다. 아무리 스케줄이 없는 날이라고 하더라도 전화기가 계속 꺼져 있어서 걱정이 이만저만이 아니었는데, 너무 멀쩡한 모습으로 나타난 것이다.

관리해야 하는 연예인이 연락이 되지 않자 매니저인 호진은 계속 애를 태웠었다. 하지만 이런 그의 마음을 알 리 없는 민자는 심드렁한 표정으로 선글라스를 벗었다.

"휴대전화를 착각했어."

"네? 누나 휴대폰 두 대예요?"

"아니. 어쩌다가 보니 한 대가 더 생겼어."

나이트에서 돌아온 민자는 잡아두었던 호텔로 돌아가 늘어지게 잠을 잤다. 컨디션이 아무래도 정상이 아니었기 때문이다. 과음을 했다 하더라도 지나치게 몸이 무거웠다. 이상하다는 생각을 했지만 그것보단 잠을 자는 게 더 중요했다.

그런 그녀가 다시 잠에서 깨어난 건 자정에 가까운 시간이었다. 일어나자마자 그녀는 자기 전에 충전기를 꽂아두었던 휴대전화를 켰다. 그리고 알았다. 휴대전화가 제 것이 아니라는 걸. 액정에 뜬 화면이 낯설었다.

다행히도 들고 갔던 핸드백 가장 밑에 자신의 휴대전화가 깔려 있었지만 엄한 휴대전화를 떠안아 버렸다.

이거 난감하네.

혹 주인에게서 전화가 걸려올까 싶어 폰을 켜두었지만 이상하리만치 아무 연락도 없었다. 자신처럼 바꾼 지 얼마 안 된 휴대전화였지만 주인은 무관심한 듯, 아니면 아직 휴대전화를 잃어버린 걸 모르는 듯 연락이 없었다. 거기에다가 대인관계 또한 영 별로인지 다른 이들에게 걸려오는 문자나 전화도 없었다. 잠금이 되어 있어서 연락처를 볼 수도 없었기에 난감한 상황이었다.

나이트클럽이나 경찰서에 가져다주는 것도 방법일지 모르겠다.

"근데 이번 CF는 왜 한다고 하신 거예요? 다른 건 회사에서 하라고 해도 무시하시더니."

"거기 사장한테 내가 지대한 관심을 가지고 있거든."

"태원전자 사장이요?"

"어."

호진의 얼굴이 일그러졌다.

쟤가 왜 저런 눈으로 날 본대?

민자가 '뭐?'라고 되묻자 호진은 그걸 진정 몰라서 묻냐는 표정으로 답했다.

"누나, 나무가 너무 높지 않아요? 물론 태원이고, 사장이 잘생기기도 했지만……."

천하의 최민자라고 하더라도 남자의 수준이 너무 높지 않냐는 것이다. 차성윤 사장은 태원일가 사람으로 재벌가 중에서도 손가락 안에 꼽히는 인물이었기 때문이다. 여성잡지에서는 '결혼하고 싶은 남자' 순위에 미남 배우들과 이름을 나란히 하는 경우도 많아서 엄청난 주목을 받는 재벌가 일원 중 한 명이었다.

하지만 민자는 그 말이 무척 기분이 나빴나 보다. 인상을 팍 찌푸리며, 언성을 높였다.

"내 스타일 아니거든?!"

"관심 있다면서요."

남녀라 하더라도 모두 '이성적 관심'은 아니다. 물론 아직 아무것도 모르는 풋내기인 홍호진에겐 그럴지도 모르겠지만.

"단순한 놈. 그냥 가족애 같은 거야."

민자가 혀를 끌끌 찼다. 마치 '이 누님이 한 수 가르쳐 준다' 라는 표정으로.

물론 민자가 다양한 유형의 남자들과 연애를 해오긴 했다. 하지만 보통 일반 사람들이 보기에 '그게 무슨 연애야? 에이' 라고 말할 법한 것들이었다. 최민자에게 있어서 연애는 항상 후자였다. 그녀의 인생에서 가장 중요한 건 '자기 자신'이었고, 그다음은 힘들게 쟁취한 '일'이었다.

아들을 바랐던 집에서 셋째 딸로 태어났기에 인생 자체는 투쟁의 역사였고, 그 시간 동안 민자는 이기적일 만큼 자신을 챙기지 않으면 손해라는 걸 알아왔다.

아버지의 말이라면 무조건 순종적이고, 아무리 부당한 요구라고 하더라도 그 뜻대로 살아온 첫째 언니 경자와 대한민국에서도 손꼽힐 만큼 머리 좋은 둘째 언니 강자 밑에서 제 뜻을 관철시키기에 자신이 가진 건 너무 평범했고, 그와 반대로 생각은 비상했다.

지금의 최민자가 어떻게 만들어졌는지 알 리 없는 호진은 미간을 좁힌다. 평범한 집에서 사랑받으면서 자란 홍호진에게 최민자는 그냥 이상한 사람이었다.

"……누나 오늘 이상해요."

"언제는 안 이상했고?"

"오늘 유독 더 이상하다고요."

간이 배 밖으로 나왔는지 호진이 따박따박 말대꾸를 했다. 이렇게 홍호진이 기어오를 때 민자는 어떻게 해야 하는지 잘 알고 있었다. 둘이 함께한 세월이 벌써 2년이다.

"맞을래?"

그녀의 말에 홍호진은 예상했던 대로 입을 꾹 다물었다.

그가 쥐 죽은 듯 조용해지자 민자는 휴대전화를 확인했다. 유나가 미처 확인하지 않은 메시지가 산처럼 쌓여 있었다.

정말 무슨 일이 있는 건 아닐까?

유나는 평소 스마트폰 중독이 아닐까, 의심을 받을 정도로 휴대전화를 손에서 떼어놓지 않았다. 더군다나 유나와 알게 된 이후부터 특별한 일을 제외하고선 이토록 연락이 안 되었던 적도 없었다.

다시 전화를 걸어볼까?

그런 고민을 할 때였다.


「나 이제야 살아났다. 완전 좀비였어. 오늘은 보기 힘들 듯. 공장 가봐야 해.」


"진짜 이상한데……."

분명 혼잣말이었건만 꽉 막힌 도로에도 요령껏 운전을 하고 있던 호진이 답했다.

"네, 누나 이상해요. 그걸 이제 알았어요? 전 처음 만났을 때부터 알……."

"너 진짜 조용히 안 할래?"

"내 입으로 말도 못하나."

구시렁구시렁, 비 맞은 중처럼 읊조리는 말에 민자가 인상을 확 찌푸렸다.

"오늘 사고 한번 확 쳐 봐?"

"누나, 제발 자중해 주세요. 저 지금 운전 중이에요. 아시죠? 누나 지금 사고 치면 저만 죽는 게 아니라 누나도 죽어요."

"이게 입만 살아선."

"다 누님 덕분입니다. 강력한 말발 없이는 살아남기 힘든 자리죠. 누님 매니저."

성질대로 한번 해봐?

민자가 호진의 뒤통수를 힘껏 노려보았다.

하지만 그녀가 폭주하기도 전에 차가 멈춰 섰다. 차는 어느새 목적지에 당도해 있었다.

"넌 여기서 기다려."

"왜요?"

선글라스를 끼며 차 문을 열던 민자가 호진을 보았다.

"형부감 보러 가는 거니까."

시니컬하게 웃은 민자가 차에서 내렸다.


와, 진짜 잘생겼네. 인물값 제대로 하겠다.

차성윤 사장을 처음으로 본 민자의 감상은 이거였다. 사람에 대한 첫인상은 보통 외모가 결정짓기 마련이고, 이에 빗대었을 때 차성윤 사장은 참 인상이 좋은 사람이었다.

평소 강자를 통해서만 들었던 차성윤에 대한 이미지는 천하의 냉혈한이었다. 돈은 썩어날 정도로 많고, 얼굴은 참기름을 발라놓은 것처럼 잘생겼으며, 매너까지 좋다는 것이다. 거기에다가 성격도 좋고, 천하의 최강자를 번번이 무릎 꿇릴 만큼 머리까지 좋은 남자였다.

듣기만 해도 완벽한 남자였지만 강자는 늘 야박한 평가를 내렸다.

뭐라고 했더라? 빈틈 하나 없는 게 열라 재수 없다고 그랬나? 인간 냄새가 안 난다고 했었나?

아주 오랜 과거, 학창 시절 때 들었던 말을 떠올려 보려 했지만 쉽지가 않았다. 명확하게 떠오르는 건 늘 차성윤 사장을 드륵드륵 갈아 먹을 것 같은 강자의 반응뿐이다.

그래서 자신 역시 차성윤 사장에 대한 이미지가 안 좋았는데, 실제로 만나본 차성윤 사장은 언론에 비치던 모습보다 훨씬 멋진 남자였다.

하지만 오늘은 이 남자가 얼마나 잘생겼나 확인하기 위해 이곳까지 온 게 아니었다. 이번 신형 휴대폰 모델인 자신과 직접 계약을 하겠다고 차성윤 사장이 연락을 해왔기 때문이다.

모델 계약을 위해서 태원전자 사장이 나선다? 어불성설이다. 그는 모델 '최민'을 보고 싶었던 게 아니었다. 아마도 자신이 늘 차성윤 사장에 대해 궁금해했던 것처럼 그 역시 최강자의 동생 '최민자'가 궁금했던 걸지도 모른다.

물론 지금은 무심한 표정을 가장해 얌전 빼며 앉아 계셨지만.

하지만 안타깝게도 최민자는 자신의 속마음을 숨긴 채 겉과 속이 다른 사람은 가까이에 두지 않는다. 아니, 가까이에 두고 놀리는 걸 좋아했다.

"차성윤 사장님."

"네."

"내가 왜 이번 일 받아들인 줄 알아요?"

"……네?"

당황한 성윤의 목소리가 갈라졌다. 그 모습이 귀엽게 보여 민자가 짧게 웃음을 내뱉었다.

"아시잖아요. 저 국내 활동은 쇼밖에 안 하는 거. 그런데도 저한테 CF 제의하신 거 보면 다 알고 계신 거 아니에요?"

마치 이 제의를 받아들일 걸 알기라도 한 것처럼.

판단이 서자 최민자는 더 이상 호기심을 억누르지 않기로 했다.

"그래서 저도 궁금해졌거든요. 차성윤 사장님에 대해."

사실 아주 오래전부터 차성윤 사장을 만나고 싶었지만 그럴 기회가 없었다. 태원 오너가의 사람을 만나고 싶다고 하여 쉽게 만날수 있는가.

하지만 기회가 왔으니 그녀는 자신의 호기심을 에둘러 말하지않았다.

"저한테 이번 일 제의하신 거. 꽤 특별한 이유가 있다고 지레짐작하고 있거든요."

역시나 정곡을 찔렀는지 성윤의 얼굴이 딱딱하게 굳어졌다. 하지만 민자는 여전히 여유로운 모습으로 말을 이었다.

"그래서 이번 일 받아들였어요."

"⋯⋯."

"계약서에 서명해도 되죠?"

"그러시죠."

민자의 물음에 성윤은 한참의 시간이 흐른 후에야 답했다.

차성윤 사장은 짧은 시간에 감정을 갈무리했다. 사업을 하는 사람이었으니 놀라울 것도 없어서 민자는 계약서를 읽기도 전에 시원하게 서명을 했다.

할 일을 마친 그녀가 자리에서 일어났다. 그리고 티셔츠에 걸어둔 선글라스를 끼며 유쾌하게 웃는다.

"나머지 계약에 관한 건 에이전시랑 이야기해 주세요. 저 머리나빠서 종이와 관련된 건 영 젬병이거든요. 누구와는 달리. 유전자가 다 그쪽으로 몰빵했거든요. 둘째 언니 쪽으로."

"네, 알겠습니다."

"그럼 전 이만 가볼게요. 제가 한 달 동안 가출 상태라서, 지금 쯤 아버지가 총이라도 탈취해서 절 기다리고 계실지도 몰라요. 그럼 다음에 뵐게요."

유쾌하게 웃은 그녀가 차성윤 사장의 집무실을 나섰다. 문을 닫고 나온 그녀는 비서들의 인사를 받은 후에 곧장 엘리베이터로 향했다.

이번 일을 받아들인 건 물론이오, 오늘 이 자리에도 나오길 잘했다. 오랜 궁금증이 풀렸기 때문이다.

"감 잡았네."

강자와 성윤 사이에 흐르는 미묘한 감정을 눈치챈 그녀는 속이 시원하다는 듯이 작게 콧노래를 불렀다. 아무래도 꽤 무료하게 흘러가던 인생에 작은 즐거움이 생길 것 같았다.

밖으로 나온 민자는 자신을 기다리고 있던 차에 올랐다.

"어디로 갈까요?"

"호텔 갔다가 집에 가야겠어."

"인천 집이요?"

"아니, 언니 집."

민자가 작은 악마처럼 웃었다.


드르륵.

커다란 캐리어를 끌고 걸음을 옮기던 민자가 오피스텔 원룸 앞에 멈춰 섰다. 한 달을 생각하고 싼 짐이었지만, 모델치고 옷을 신경 써서 입는 편은 아니어서 꽤 단출했다.

"이 정도면 되겠지?"

작은 핸드백에서 하얀 봉투를 꺼낸 민자가 오피스텔로 오기 전에 뽑은 현금을 확인했다. 우선은 든든한 지원군을 매수하기 전까지 시간을 벌기 위한 자금이었다.

"좋아. 일단 여기부터 뚫고 들어가자고."

딩동!

초인종 소리와 함께 문이 열렸다. 야근을 밥 먹듯이 하는 강자가 다행히도 오늘은 집에 있었다.

"너 집에 가."

이거 쉽지 않겠는데?

민자가 언니의 눈치를 슬쩍 보았다. 하지만 이대로 물러날 수는 없기에 최대한 불쌍한 표정을 지어 보았다.

"언니, 하루만 재워줘."

"오늘 들어가나 내일 들어가나 똑같거든?"

"아, 그래도 마음의 준비는 해야 할 것 아니야!"

"야 이 화상아. 그냥 집에 들어가서 나 죽었슈 하고 머리통 내밀어. 그럼 밀리는 정도로 끝날 테니까."

그러면서 강자가 단단하게 팔짱을 꼈다. 지금 당장이라도 집에 들어가라는 종용에 민자가 준비해 두었던 봉투를 꺼냈다.

"자."

익숙한 거래였다. 민자는 모델 활동을 하기 위해 장기간 외박을 해야 할 일이 종종 생겼다. 그럴 때면 늘 어머니에게만 몰래 이야기를 하고 집을 나왔다. 가족들은 그걸 두고서 '가출'이라고 말을 했고, 민자 역시 별다른 토를 달지 않았다. 아버지의 허락을 받지 않았으니 집에서 그렇게 명명해도 이상할 게 없었다.

짧든 길든 외박을 한 후에 민자는 바로 집으로 들어가는 대신에 강자의 집을 찾았다. 어떨 때는 호텔에서 며칠 머무르기도 했지만 잠시뿐이었다. 호텔은 깔끔했지만 생활을 하기에는 불편함이 많았다. 거기에다가 최민자는 나름 얼굴까지 알려진 인물이었다.

그때마다 두 사람은 거래를 했다. 민자는 돈을 내밀었고, 강자는 늘 봉투 안에 들어 있는 금액을 확인한 후에 흥정을 걸어왔다. 이번 역시 마찬가지다.

"이 정도론 턱도 없다. 이번엔 나도 그냥 못 넘어갈걸? 내 목숨값이 이십만 원이라니. 너무 싸지. 암."

이 정도 금액으로는 어림도 없다는 말에 민자는 이미 예상을 했다는 듯 지갑에서 돈을 꺼내 내밀었다. 돈을 받아 든 강자가 잽싸게 옆으로 물러났다.

"들어와."

"치사하게 정말."

"치사하다니? 이번에는 진짜 아버지한테 죽을걸? 그 양반 요즘 벼르고 있는 거 몰라?"

"정말 죽이기야 하겠어?"

이런 일이 한두 번도 아니었기에 민자는 꽤 호기로운 반응이었다. 하지만 강자는 이번엔 정말 반응이 심상치 않다는 말을 했다. 원래의 최 소장 반응과 많이 달랐기 때문이다.

예전에 이와 비슷한 일이 있었을 때의 종훈은 민자가 집에 들어오지 않는 그날로부터 길길이 날뛰었다. 그런데 지금은 다르다. 무서우리만치 조용해서 마치 폭풍 전야 같았다.

"정말 죽일 양반이니까 내일 해 뜨자마자 집에 가. 내가 재워줬다는 소리는 하지 말고."

그러고 보니 작년 가을에 외박했을 때 아버지가 최후 경고를 날렸다. 다음에 또 이런 일이 있으면 정말 가만히 두지 않겠다고.

"알았어."

트렁크를 세워둔 민자가 익숙하게 욕실을 찾아들어 갔다. 그러면서도 못내 찜찜한 듯 미간을 좁힌다.

이번엔 정말 죽는 거 아니겠지?

안 좋은 예감이 들었다.

"응, 엄마. 나 지금 집 앞이에요."

[아버지한테 미리 말은 해뒀는데…… 화가 정말 많이 나셨어.]

"각오는 하고 있어요."

매번 했던 각오였다. 시집가기 전까지 독립은 절대 안 된다는 아버지의 뜻에 따라 한집에 살고 있었으니 부딪칠 수밖에 없었다.

오늘은 쉬이 물러서지 않으리라 마음먹은 민자가 초인종을 눌렀다. 그러자 답 대신 문이 삐익 하고 열린다.

자그마한 마당을 지난 민자는 현관문 앞에 멈춰 서 호흡을 가다듬었다. 오늘은 하루가 참 길 것 같았다.

안으로 들어가자 세 사람이 동그란 원형으로 바닥에 앉아 있었다. 최종훈은 민자를 보지 않은 채였지만 곁에 앉아 있는 어머니와 첫째 언니는 연신 눈치로 아버지의 앞에 앉으라고 종용하고 있었다.

하지만 민자는 앉는 대신에 아버지의 옆에 놓인 가위와 바리깡을 보았다.

아버지는 아직도 저런 협박이 통할 거라고 믿는 걸까?

자신은 이제 머리카락이 잘려 나갈까 봐 벌벌 떠는 여고생이 아니었다. 더욱 뉴욕에서 끌려와 6개월 동안 집 안에서만 지내야 했을 때도 머리를 밀렸었다. 민자는 이제 알고 있었다. 사람의 머리카락은 생각보다 빨리 자란다는 것을.

"최민자, 너한테 이 집은 숙박업소냐?"

민자가 앉을 생각이 없어 보이자 최종훈이 나지막한 목소리로 말했다. 언성을 높이지 않았지만 분노를 느끼기에는 충분한 음성이었다.

분노가 가득한 음성에 민자는 눈 하나 깜짝하지 않았다. 어릴 때야 아버지의 말 한마디에 움츠러들었던 때도 있었다. 하지만 지금은 성인이다. 이젠 아버지의 강압적인 표정과 말이 무서워서 한마디도 못하는 어린 꼬마가 아니었다.

민자가 종훈의 맞은편에 무릎을 꿇고 앉았다.

"아버지, 저 앞으로 은퇴까지 몇 년 안 남았어요. 마지막까지 잘 마무리할 수 있도록 도와주세요."

종훈은 이건 또 무슨 적반하장이냐는 표정이었다. 하지만 민자는 진심을 다해 설득해 볼 참이었다.

"아버지 저는……."

"서른 되기 전에 그만둬라. 멀쩡한 곳에 취직을 해. 자리라면 알아봐 주마."

"싫어요. 전 아직 무대 위에서 내려오고 싶은 생각이 없……."

"어떻게 넌 매사 네 마음대로야!"

결국 종훈이 참지 못하고 외쳤고, 민자의 얼굴은 얼음장처럼 차가워졌다.

이런 식이셨다. 늘.

자신의 이야기에는 귀도 기울이지 않은 채 본인이 원하는 삶을 살길 바라셨고, 그걸 강요했다.

첫째 언니가 군인이 된 것도 그런 이유에서였다. 둘째 언니 역시, 아버지의 자랑스러운 자식이 되어주었다. 하지만 자신은 아니었다. 늘 엇나가는 나쁜 자식일 뿐. 자신이 하고 있는 일은 인정하지 않은 채 늘 부끄러운 짓을 하고 다닌다고 말씀하셨다. 늘.

"나쁜 짓하면서 사는 거 아니잖아요. 인정받을 만큼 열심히 살았어요. 누구보다 노력하면서 지내고 있어요. 이젠 이해해 주실 때도……."

하지만 민자는 마지막이란 생각으로 아버지를 설득해 보려 노력했다. 하지만 결국 돌아온 건 차디찬 외면이다.

"한동안 외출은 삼가해라."

"촬영 있어요."

"최민자!"

"아버지. 제 인생이에요. 제가 하고 싶은 일을 하면서 살 수 있도록 잠시만 지켜봐 주시면……."

은퇴까지 얼마 남지 않았으니, 조금의 시간만 더 달라고 말했다. 하지만 종훈은 단호했다.

주위에서 그를 말리기도 전에 민자의 머리카락을 움켜쥐더니 이내 싹둑 잘라 버렸다.

바닥에 떨어지는 금색의 머리카락을 멍한 눈으로 바라보던 민자가 헛웃음을 뱉었다. 분명 방 안에 바람이 부는 것도 아닐 텐데 머리카락이 흔들흔들 내려앉는다.

"여보!"

"아버지!"

오히려 기함을 한 건 이 상황을 지켜보고 있던 어머니와 경자였다. 두 사람은 이미 머리카락이 잘려 나간 후에 종훈과 민자의 사이를 가로막았다.

종훈이 가위를 내려놓으며 씩씩거렸다.

"넌 말만 해서는 듣질 않아! 예전부터 그랬지!"

"……아버지도 제 말은 들어주지 않으셨죠."

"민자야, 그만해. 어? 나중에 말씀…….."

경자가 민자의 어깨를 붙들며 말했다. 하지만 민자는 멍한 눈을 연신 깜빡인다.

"나중에……? 나중에 언제? 왜 항상 나중에 말하래. 그 나중이 도대체 언제 오는 건데?"

"민자야."

경자가 안쓰럽다는 듯 바라보았다.

피식, 헛웃음이 나왔다.

이럴 거면 왜 낳았냐고 묻고 싶기도 했다. 하지만 결론은 묻기도 전에 나왔다. 아들. 아들을 원해서였다.

자신을 출산한 후에 어머니의 간수치가 크게 높아졌다. 그 일로 입원까지 해야 했고, 간에 큰 손상을 입으셨다.

그 후로 어머니는 임신을 할 수 없게 되었다. 그것 때문에 아버지는 자신을 더 미워하고 있는 걸지도 모른다.

민자가 힘없이 손을 뻗어 가위를 집어 들었다. 하지만 그 뒤의 상황은 망설임이 없었다. 한 뭉텅이 잡은 머리카락을 스스로가 싹둑 잘라 버린 것이다.

그녀의 행동에 어머니와 경자는 물론이고 종훈까지 깜짝 놀랐나

보다. 그가 기함한 표정으로 외쳤다.

"이게 어디서! 어디서 배운 버르장머리야!"

"왜요? 아버지가 잘라서 나도 자른 건데…… 그게 나쁜 짓이에 요?"

계속 헛웃음이 나왔다. 그와 동시에 참을 수 없는 분노 역시.

"왜요! 그냥 죽여요! 죽여!"

민자가 와락 소리가 질렀다.

"제가 그렇게 마음에 안 드시면 호적 파시라고요. 왜 사사건건 제 인생을 가지고 뭐라고 하시는 건데요? 내 인생이지, 아버지 인 생이 아니에요! 전 제 일이 좋아요. 만족하고 있고요. 아버지가 반 대하신다고 해서, 그만두지 않을 거예요."

눈물이 안 나오는 게 신기했다. 분노는 머리끝까지 치받쳤는데, 표정은 이성으로 굳어진다.

"할 말은 그게 끝이냐?"

"아니요. 아직 안 끝났어요. 짐 싸서 나갈게요. 이 집구석에서 더 이상 지내고 싶지 않아요."

"최민자. 내가 분명히 말했을 텐데? 네가 이 집에서 독립하는 날 은 결혼하고 가정을 꾸린 순간일 거라고."

"강자 언니는요!"

민자가 어느 순간 자신의 곁에 앉아 있는 강자를 보며 외쳤다. 그러자 강자는 깜짝 놀란 눈으로 힘껏 고개를 젓는다. 이번 일에 자신은 제발 빼달라는 눈치였다.

하지만 모든 자식에게 공평하지 못한 아버지의 행동이 늘 화가 났던 민자는 언성을 더 높여 말했다.

"언니는 되고 왜 난 안 되는데요!"

"네가 어디 이 아비한테 믿을 만한 행동을 한 번이라도 보여준 적 있냐."

"못 보여준 건 또 뭔데요?"

"홀딱 벗고 사진이나 찍고. 그게 무슨 일이야! 사람들 웃음거리지!"

"아버지!"

자신의 일을 이 정도로 폄하할 줄은 몰랐다. 아버지에게 자신의 일은 고작 그 정도였던 거다.

처음엔 아버지에 대한 반발심으로 계속 이 일을 해나가기도 했었다. 학창 시절엔 그랬었다.

하지만 성인이 되고, 혼자 고생할 각오로 뉴욕에 가면서부터 꽤 진지하게 이 일에 임했다. 하루에도 몇 번, 다이어트를 포기하고 싶었던 적은 헤아릴 수 없이 많았다. 운동엔 이제 이골이 났다. 하지만 이 모든 건 자신이 선택한 일을 하기 위해 희생하고 감수해야 할 부분이라 생각하며 견뎠다. 그런데 아버지의 평가는 그녀의 노력을 모두 물거품으로 돌리는 말이었다.

"선 자리 잡아났다. 아주 괜찮은 사람이니까 만나보고 결혼해."

"아버지, 싫어요! 내 인생이라고요! 제발 내버려 두세요!"

"내 말 들어!"

"전 아버지 꼭두각시가 아니라고요! 경자 언니나 강자 언니처럼 무조건 아버지 말씀 들을 거라고 생각하진 마세요! 전 제 인생을 살 거예요! 내가 스스로 만들면서!"

민자가 자리를 박차고 일어났다.

"저 이제 아버지 자식 아니에요. 본가에도 안 올 거구요. 아버지 설득하는 것도 지쳤어요. 이제 다 그만할래요."

망설임 없이 뒤돌아선 민자가 현관문을 열고 집을 나왔다. 기를 쓰고 소리를 질러냈더니 속이 울렁거릴 지경이다.

"하아."

가로등 불빛이 켜진 거리에 홀로 선 민자는 허탈한 표정이었다. 거칠게 머리를 쓸어 올린 민자는 한 부분만 뭉텅 잘려 나간 머리카락을 보았다.

"미쳤어, 진짜."

아무리 화가 나더라도 스스로 머리를 자르다니.

하지만 모델 일에 있어서만큼 민자는 늘 극단적으로 아버지와 싸워왔다. 뉴욕에서 끌려왔을 때 옥상 위에 올라가 감금을 풀지 않으면 뛰어내리겠다는 말도 했었고, 국방부에 아버지가 자신을 학대하고 있다며 투서를 넣기도 했었다.

씩씩거리던 민자가 휴대전화를 꺼냈다.

"언니, 샵이에요?"

택시를 붙잡기 위해 민자가 큰길로 걸음을 옮겼다.


딱. 딱. 딱.

강자가 손톱을 물어뜯으며 좁은 원룸 안을 돌아다닌다. 도저히 가만히 앉아 있을 수가 없는지 그녀의 눈동자엔 걱정이 그득했다.

최민자가 아무리 '망할 화상'이라고 하더라도 하나뿐인 동생이었다. 아버지와 시원하게 한판 뜬 후에 사라졌는데 걱정이 되지 않을 수가 없다.

"앤 또 전화는 왜 안 받아?"

본가를 뛰쳐나간 지 두 시간이 넘어가자 이젠 슬슬 경찰에 신고를 해야 하는 건 아닐까, 걱정이 되었다. 그때였다.

딩동.

초인종 소리에 강자의 시선이 현관문으로 향했다. 이 시간에 집에 올 법한 사람은 최민자밖에 없었다. 강자가 인터폰은 확인조차 하지 않은 채 문을 벌컥 열었다. 너 어디 갔었냐며 소리치려던 강자의 입에서 거친 욕설이 터져 나왔다.

"미친년."

머리를 밤송이처럼 밀어버린 민자가 뻔뻔한 표정을 짓고 있었다. 턱을 도도하게 든 채 시선을 내리깔고 있는 동생을 보는 순간 강자가 헛웃음을 뱉었다.

"나도 알아."

이 화상을 진짜 어쩌지?

# 3

수사보고서는 사건의 조사 과정을 기록한 문서다. 최대한 상세하고 알아보기 쉽게 작성하는 것이 좋다. 그리고 이 수사보고서는 담당자가 수사 상황에 대해 아주 자세하게 기재해 놓았다. 훌륭한 수사보고서였다.

피해자는 낯선 모텔에서 눈을 떴다고 한다. 하지만 안타깝게도 112 신고는 일주일이 지나 이루어졌다. 처음에는 술을 너무 많이 마셔서 필름이 끊어진 줄 알았다는 것이다.

블랙아웃 정도로만 생각했던 피해자는 신체에 이상을 느꼈지만 경찰에 빠른 신고를 할 수가 없었다. 기억은 부분적으로만 났고, 실제로 자신에게 일어난 일이라고 믿을 수 없을 만큼 끔찍했기 때문이다.

명확하지 않은 기억 속에서 피해자는 총 세 명의 남자와 성관계를 나눴다고 했다. 하지만 그것도 부분적일 뿐이었고, 피해자는 자신이 만들어낸 상상과 더불어 큰 충격을 받았다.

집에 돌아온 이후로 다니던 대학원은 물론이고 친구들도 만나지 않았다고 한다. 기억 속 가해자들이 함께 대학원을 다니던 친구들 이었기 때문에 더더욱 그럴 수 없었다고.

이를 이상하게 여긴 가족들이 피해자를 추궁했고, 그제야 피해 사실을 털어놓았다. 성폭력 사실을 신고한 것도 가족들의 도움을 받아 겨우 할 수 있었던 것이다.

후에 성폭력 및 가정 폭력 피해자의 상담과 지원을 위해 만들어진 해바라기 센터에서 심리평가를 받았는데, 그때 피해자를 만난 전문가는 그녀가 합의된 성관계를 나눈 게 아니라는 의견서까지 제출했다. 아무리 개방적인 여자라 하더라도 한 공간에서 세 명의 남자와 성관계를 나누는 일은 없었기 때문이다.

그 후에 이루어진 심리치료 또한 마찬가지였다. 피해자는 극도의 불안감을 느끼고 있었고, 이 모든 일은 자기가 조심하지 못해 일어난 일이라고 말하고 있었다. 성폭력 피해를 입는 사람들이 흔히 보이는 반응이었다. 수시로 죽음을 생각한다는 말에 피해자는 지금까지도 꾸준하게 병원 치료를 받고 있었다.

하지만 피해자의 몸에 남은 흉터라고 찍힌 사진들은 일상에서도 흔히 생길 수 있는 것들이었다. 피해자는 정신을 잃은 상태에서 일어난 강간이라고 주장하고 있었다. 하지만 이 보고서에서 피해자가 성폭력을 당했다고 증명할 수 있는 건 '정황증거' 뿐이었다.

피해자의 말. 전문가의 상담 내용.

그것 말고는 피해를 증명할 확실한 증거는 없었다.

착! 착!

앞장을 펼친 황도현은 사건 발생 전의 일을 다시 읽어 내려가기 시작했다.

경찰은 정해진 수사 원칙대로 소변검사를 실시했다. 하지만 불행히도 혈액은 물론이고 소변에서도 약물 성분을 찾아낼 수는 없었다. 검사가 너무 늦었기 때문이다.

안타깝게도 피해자가 경찰에 신고를 한 건 사건이 발생한 이후로 일주일이 흘러서였고, 검사를 하게 된 건 그것보다 시간이 더 지나서였다. 자연스러우리만치 검사에선 아무런 이상 소견을 발견할 수 없었다.

정황을 보았을 땐 GHB 약물이 사용되었다고 확신할 수는 없었다. 그밖에도 앞서 이야기했던 로히피놀(Rohypnol)이나 케타민(Ketamin)이 사용되었을 수도 있었다.

하지만 그가 이 사건을 들여다보게 된 건 피해자가 술을 마셨던 곳이 '썬 나이트'였기 때문이다. 그곳에서 피해자는 대학 친구들과 함께 어울려 놀았고, 친구들이 건넨 술을 마셨다.

위의 세 가지 약물 모두 술이나 음료에 쉽게 녹는 알약이었고, GHB의 경우에는 약간 짠맛이 난다고는 하지만 술이나 음료에 녹여 마셨을 경우엔 피해자가 감지해 내는 건 불가능에 가까웠다.

하지만 그가 약물로 인한 성폭행으로 의심을 하는 건 피해자가 진술했던 내용 때문이었다.


—나이트에 가서 술을 계속 마셨는데, 얼마 지나지 않아서 기분이 좋아지더라고요. 조금씩. 적당히 술에 취했을 때보다 더 좋았어요. 그러다가 잠이 와서 잔 것 같은데 그 후로는 기억이 없어요.


약물을 복용한 후에 한 시간이 지나면 성인 남성이나 정신력이 강한 사람이라고 하더라도 의식을 잃는다. 그리고 깨어났을 땐 대부분의 사람은 기억이 잘려 나간 것처럼 아무런 기억도 하지 못한다. 과다 복용할 경우엔 생명을 잃을 수 있을 만큼 위험했지만, 사람들의 인식은 쾌락을 위한 도구 정도로 생각할 만큼 무지했다.

하지만 이번 피해자의 경우엔 기억을 하는 쪽에 속했는데, 그것도 일부분만 기억이 나 무척 괴로웠다는 것이다.

탁. 탁.

볼펜으로 책상을 두드리던 황도현이 미간을 좁혔다. 이와 관련해 박 형사는 현재 수사 중인 용의자 세 명을 직접 만나고 왔다. 그들은 술에 취한 피해자가 먼저 성관계를 요구했고, 약물은 사용하지 않았다고 했다. 미치지 않고서야 그렇게까지 했냐고 되묻기도 했단다.

그들이 성관계를 인정했던 건 피해자의 몸에서 정액이 검출되어서였다. 그게 범죄를 입증하는 증거는 되지 못했기에 '평범한 성관계'를 주장하며 피해자를 더 괴롭게 만들고 있다고 했다.

"후."

수사보고서를 옆으로 치워 버린 그가 이번엔 가장 최근 썬 나이트에서 있었던 사건을 가지고 왔다.

이 사건의 피해자는 아무 기억도 하지 못했다. 하지만 다음날 자신의 몸이 이상하다는 걸 알고서 빠른 신고를 했고, 혈액에서도 약물이 검출됐다. GHB이었다. 하지만 앞선 사건과 피의자는 겹치지 않았다.

"김 형사님. 썬 나이트 웨이터는 만나보셨습니까?"

[네, 안 그래도 보고드리려고 했습니다.]

"뭐라고 합니까?"

도현은 현장에서 뛰고 있는 김 형사와 통화를 하면서도 수사보고서에서 시선을 떼지 않았다. 이런 건이 스물다섯 건이나 넘었다. 서울 지역에서 반년 동안 일어난 사건의 수만 이 정도였다. 성폭행 사건의 특수성을 생각해 봤을 때 신고를 하지 않은 것들까지 합치면 상상을 초월할 것이다.

이중에서는 안타깝게도 자살을 한 피해자도 있었다.

[자기들은 모른다고 딱 잡아뗍니다. 그런데 며칠 전에 다른 나이트로 옮긴 삐끼 놈을 만났는데, 걘 좀 털어놓더라고요.]

"뭐라고 하던가요."

[썬 나이트가 단골이 뭘 하든 전혀 신경 쓰지 않았답니다. 그래서 과거에도 이것 때문에 일이 터졌다고 하더라고요. 신고되지 않는 건들까지 합치면 꽤 된답니다.]

"직접 중간유통 단계가 되어준 건 아니고요?"

[네. 그런 건 아닌 것 같습니다.]

"조금 더 조사해 주십시오."

[네, 알겠습니다. 아 그리고 걔한테 들어보니까 단골 중에서 VIP 모임이 있다고 하던데, 여기서 몇 번 사고가 있었다고 합니다.]

"VIP요?"

[한조그룹 넷째 아들이 중심이 되는 모임인데요. 정치, 언론, 연예계까지 다양하게 모인다고 합니다. 정기적으로 모이는 사람들도 있고, 매번 바뀌는 사람도 있고요. 멤버 면면만 알면 쉽게 건들지 못할 정도라고 하더라고요.]

그러면서 비웃었다고 한다. 경찰이든 검찰이든 제대로 된 처벌을 할 수 없을 거라고. 감당할 수 있겠냐고.

김 형사도 같은 생각인지 씁쓸하게 웃었다.

하지만 황도현은 종이 위에 빠르게 글자를 적었다.

—최민. 최민. 최민.

몇 번이고 이 일과 관련된 여자의 이름을 적었다.

최민.

그 이름을 겹겹이 쓰고, 그 위에 동그라미까지 그리던 도현이 펜을 집어 던진 후에 마른세수를 했다.

[예전엔 일주일에 한 번씩 왔었는데 최근엔 한 달에 한 번 정도 온다고 하더라고요.]

"누군지 전부 파악했습니까?"

[아직 거기까지는…….]

그러면서 현재까지 알아냈다는 인원의 면모가 기가 막힐 정도다.

모임 주도자라는 한조그룹 넷째 도금호, 페르시아, 뉴런, 썬 나이트 사장 아들 이인철, 현 복지부 장관 성민종까지 거론이 되었다. 자주 모이는 멤버 중에 파악한 건 세 명뿐이라는 거다.

"그럼 모임을 할 때 몇 명까지 모였다고 합니까?"

[주로 모이는 멤버들은 다섯 명에서 열 명 사이인 것 같고, 모임 때마다 초대되어서 오는 사람들도 있었다고 합니다. 여자가 주로 바뀌었다고 합니다. 정기적으로 오는 여자도 있었는데, 유명 배우 태혜란인 것 같다고는 하지만 확실하게 말하지는 못했습니다.]

"CCTV나 증거물은요?"

[없었습니다.]

참고인 조사를 해서 부를 만한 정황도 없다는 뜻이다. 황도현의 시선이 메모지로 향했다.

―최민.

이 여자 역시 그 모임에 초대된 여자일까.

그 모임에 초대된 사람들은 그곳에서 어떠한 일들이 일어나는지 알고 참석한 것일까.

그 모임에선 정말, 약물이 사용되었던 걸까.

수사 자료를 아무리 뒤져 봐도 이 모임에 대한 이야기는 언급도 되지 않았다. 부장님이 받은 첩보에서 입수된 이야기가 전부다. 완벽하게 믿을 수 없다.

하지만 부장님이 회의에서 이를 언급할 정도였다면 쉬이 무시할 수 없는 내용이기도 했다.

"최대한 빨리 알아봐 주십시오."

전화를 끊은 도현이 휴대전화를 책상 위에 툭 던져 놓았다.

아직 수사가 얼마 진행되지 않았지만, 일 진행이 한없이 더딘 것만 같다.

달달 끌어모은 수사보고서에서는 허점을 발견하지 못했다. 물론 초동수사가 아쉬운 것도 있었지만, 문제를 삼을 만한 건 없다는 말이다.

사건의 특성상 되도록 피해자 조사를 다시 하는 건 부담이 간다. 성폭행을 당했던 피해자들에게 다시 그날의 기억을 말해달라고 하는 것도 못할 짓이었기 때문이다.

"검사님, 퇴근 안 하세요?"

한 아름 서류를 들고 안으로 들어오던 여화가 책상 앞에서 끙끙 앓고 있는 도현을 보며 물었다. 머리를 잡고 있던 도현이 고개를 들어 시계를 보았다. 퇴근 시간이 훌쩍 지나 있었다.

"시간이 벌써 이렇게 됐나요?"

"요즘 그 질문 자주 하시네요."

탕!

서류를 자신의 자리 위에 내려놓은 여화가 가방을 챙기기 시작했다.

"정 계장님 먼저 퇴근하세요."

"안 그래도 그러려고 했습니다. 그럼 수고하세요."

또각또각, 하이힐 굽 소리가 귀에서 점차 멀어졌다.

사무실에 홀로 남자 도현의 시선이 다시 종이로 향했다.

멤버 구성원의 면면을 봐서는 파고들기 쉽지 않을 것 같았다.

─최민.

그 글자 뒤에 '자'를 적어 넣었다.

"역시 직접 만나봐야 알 수 있으려나."

서초동에 위치한 아파트는 훌륭한 학군과 역세권이란 장점과 더불어 근처에 커다란 공원까지 있어 분양 단계부터 엄청난 경쟁률을 자랑했다. 운이 없으면 절대 들어올 수 없다는 말까지 나돈 곳이었다.

하지만 일평생 억세게 운 좋은 쪽에 속했던 황도현은 로또보다 힘들다는 이 아파트 분양권에 당첨되었다. 오피스텔에서 지내고 있던 도현은 드디어 제대로 된 싱글 생활을 즐길 수 있다는 생각과 함께, 언제 지방으로 내려가야 할지 모르는 상황에 있었음에도 큰 마음 먹고 아파트를 구입했다.

완공되어 들어간 아파트엔 입주민들을 위한 다양한 시설이 갖춰져 있었다. 그중에는 휘트니스 클럽도 있었다. 검찰청과 가깝다는 이유를 제외하고서라도 그가 이곳에 들어오고 싶었던 이유 중 하나였다.

워낙 많은 일에 깔려 사는 듯해서 일주일 내내 올 수는 없었지만 적어도 이틀에 한 번꼴은 이곳에 들러 운동을 하고 있었다.

오늘 역시 마찬가지였다. 어젯밤 결국 자정이 넘어서야 집으로 돌아올 수 있었던 도현은 새벽 1시가 넘어서야 잠자리에 들었다. 한참 생각에 잠겨 뒤척이다가 잠이 들었으니 실제로 수면 시간은 그것보다 늦었다.

하지만 그는 평소처럼 7시에 눈을 떴다. 몸은 여전히 무거웠고, 머리는 멍했지만 휘트니스 클럽으로 향했다. 주말 아침이여서 그런지, 이용하는 사람들이 하나도 없었다.

원하는 만큼 러닝머신 위를 달렸고, 근력 운동을 했다. 장장 세 시간 동안 땀을 흠뻑 뺀 그는 곧장 탈의실로 가는 대신에 집으로 올라왔다. 주민들을 위해 마련된 공간이었던 만큼 샤워 시설은 있었지만 허술하기 짝이 없어 샤워는 집에서 하고 있었다.

운동복 그대로 집까지 올라온 그는 가장 먼저 물부터 마셨다.

"하아, 살겠네."

턱을 타고 흘러내린 물을 손등으로 대충 닦아낸 도현이 활짝 웃으며 말했다. 원하는 만큼 운동을 한 후라 기분이 날아갈 듯 가벼운 모양이었다.

그는 욕실로 들어가기 전에 커피부터 내린 후에 흰 티셔츠를 벗어 빨래 통에 집어 던졌다. 작게 콧노래까지 부르고 있는 그는 신이 나 보였다. 하지만 이와 반대로 드러난 상체는 잔뜩 화가 나 있었다.

황도현은 어릴 땐 유도로, 성인이 되어서는 빠뜨리지 않고 한 헬스 때문에 화보에서 볼 법한 몸매를 유지하고 있었다. 그는 운동에 있어서만큼은 자기 관리라는 이유를 들어 빠뜨리지 않고 하고 있었다.

이는 거의 강박에 가까웠는데, 누군가에게 보여주기 위함이 아닌 자기만족을 위해 지속적으로 하고 있는 일이었다. 물론 벗지 않아도 근사한 핏이 몸매를 언뜻 보여주기도 했지만.

혼자 사는 사람들 대부분이 그러하듯 도현 역시 욕실로 들어가기도 전에 옷을 훌렁 벗어 던졌다. 이 공간에 혼자 있다는 사실이 그의 행동을 거침없게 만들었다.

쏴아아—

그가 욕실로 들어간 지 얼마 되지 않아 마치 비와 닮은 소리가 거세게 들려왔다. 오랜만에 가지는 여유로운 주말 아침이었다.

그는 자신에게 주어진 자유를 즐길 줄 아는 싱글 남성이었다. 평일엔 자신에게 주어진 일에 최선을 다했고, 남는 시간은 자신을 관리하는 것에 쏟았다. 간혹 여유가 없을 때에도 맥주 한 캔에 힘든 심신을 달래며 살아오고 있었다.

더욱 오늘같이 오랜만에 맞는 꿀맛 같은 휴일엔 친구들을 만나거나 가족을 만나는 것으로 시간을 보냈다. 싱글이어서 가능한 삶이었고, 황도현은 이를 포기할 생각이 없었다.

하지만 오늘은 특별한 계획이 있는 날이었다. 아직 약속 시간까지는 여유가 있었기에 꽤 오랜 시간 샤워를 마치고 밖으로 나오는 도현의 얼굴에도 조급할 게 없어 보였다.

그는 수건 한 장만으로 하체를 가린 채 어슬렁 돌아다녔다. 떡 벌어진 어깨와 팔근육은 그의 움직임에 따라 살아 있는 생명체처럼 움직였다.

일주일에 두 번씩 청소를 해주시는 아주머니를 불렀기에 집은 쾌적했다. 그가 깔끔하게 정돈된 드레스 룸으로 들어갔고, 밖으로 나왔을 땐 편안한 트레이닝복 차림이었다.

마치 정해진 동선이 있는 것처럼 부엌으로 들어간 도현은 샤워를 하기 전에 미리 내려놓은 커피를 하얀 머그컵에 따랐다. 향긋한 커피 내음이 그의 오감까지 깨우는 기분이었다.

"냄새 죽인다."

모던한 소파에 앉은 황도현은 느긋한 표정으로 커피를 맛보았다. 특별하게 지검 앞에 있는 단골집에 부탁해 받아온 원두로 내린 커피는 시지 않아 좋았다. 커피를 마시면서 그는 테이블 위에 가득 쌓아 놓은 잡지에 손을 뻗었다. 여덟 달 전에 나온 잡지 표지 모델은 최민이었다.

두꺼운 겨울옷을 입고 있는 여잔 도도한 표정을 짓고 있었다.

"흐음."

깊게 숨을 내뱉은 그가 최민의 얼굴 위를 툭툭 두드렸다. 그가 생각에 잠길 때면 습관적으로 하는 행동이었다.

이제 곧 이 여자를 만난다. 원래의 계획대로 수사가 진행이 되었다면 굳이 자신이 이 여자를 만나진 않았겠지만 안타깝게도 사건은 만만치 않았다.

선 자리를 나가기로 했고, 새끼손가락까지 걸었다. 이제 결정해야 하는 건 이 여자를 만날지 말지가 아니라 자신이 선 자리에 나가게 된 이유를 설명할지 말지였다.

수사 협조를 해달라고 하면 이 여자는 어떠한 반응을 보일까.

내부자이든 외부자이든 해주지 않을 게 분명했다. 연예인 활동을 하고 있는 사람이었고, 여자였다. 마약과 연관되면 이미지는 순식간에 바닥으로 곤두박질쳐질 것이고, 사회에서 매장당할 테니 당연했다.

그렇다면 자신은 오늘 부모님의 결혼 압박에 어쩔 수 없이 선 자리에 나온 남자이든, 아니면 결혼을 원하는 미혼 남성으로 나가든 결정해야 했다.

가까워지는 것은 어렵지 않을 것 같았다. 이 여자도 자신의 사진을 보았을 테니, 썬 나이트에서 있었던 일이나 호텔에서 있었던 일을 기억하고 나온 자리일 거다. 가까워지는 것 정도야 뭐가 어렵겠는가.

그가 한참 생각에 잠겨 있을 때였다. 느긋한 아침을 휴대전화 벨소리가 방해한다.

아직 반도 마시지 않은 커피를 협탁 위에 내려놓은 그가 침실로 들어갔다. 인테리어는 전체적으로 차분한 그레이톤이었다.

침대 한편에 놓여 있던 휴대전화가 시끄럽게 울리고 있었다. 아직도 이른 아침이었지만 전화가 걸려올 곳은 많았다. 현장에서 뛰고 있는 김 형사와 박 형사. 혹은 아버지다.

액정을 확인하자 예상대로 '아버지'라 떠 있었다. 이유까지 알고 있었기에 전화를 받는 도현은 여유로운 표정이었다.

"네, 아버지."

[오늘 약속 잊지 않았겠지?]

"알튼 호텔 1시, 맞죠?"

[그래. 실수하지 말아라. 무례한 짓도 하지 말고!]

"아버지는 도대체 절 뭐로 보시는 거예요?"

도현이 뻔뻔한 표정으로 말했다. 수사는 가족이라고 하더라도 비밀에 붙여야 했기에 아버지에게도 왜 그 자리에 나가는지 말할 수는 없었다. 물론, 말해도 되는 상황이라 하더라도 현 상황에서 설명해 줄 수 있는 건 아무것도 없었지만.

[천하의 불한당.]

"제가요? 설마요."

[역사를 잊은 사람에게 미래는 없다.]

'역사를 잊은 민족에게 미래는 없다' 는 말을 들어 짧게 일갈한 진영은 마지막까지 신신당부를 한 후에 전화를 끊었다.

휴대전화를 내려다보는 도현이 헛웃음을 뱉는다.

"내가 뭘 어쨌다고."

자신은 죄가 없다는 듯 말한 도현이 고개를 절레절레 저었다.

원 버튼 재킷을 멋들어지게 소화한 황도현이 약속 장소에 도착했다. V존이 깊은 슈트는 그에게 더 젊고 활동적인 느낌을 주고 있었고, 짙은 슈트와 비슷한 색감의 넥타이는 절제미까지 엿보였다.

시계를 확인한 그가 1층에 위치한 호텔 레스토랑을 둘러보았다. 민자는 아직 도착하지 않은 건지 보이지 않았다.

"예약하셨습니까?"

"네. 황도현입니다."

예약 명부를 확인한 직원이 그를 창가 자리로 안내했다. 아직 약속 시간까지는 여유가 있었기에 그는 음식을 주문하는 대신 물을 마셨다.

주말의 호텔 레스토랑이 그러하듯 주위엔 선을 보는 커플이 많았다. 다들 서로를 탐색하고, 대화를 나누는 모습들은 외부에서 보기엔 소름이 돋을 만큼 어색해 보였다. 굳이 모르는 사람과 조건을 맞춰 결혼하려는 이들이 한심하게 보였다.

자신의 목표를 이루기 위해 보내기에도 인생은 너무 짧았다. 결혼이라는 굴레가 답답해 보이기도 했다.

연애만으로도 충분히 즐거울 텐데, 굳이 책임져야 할 일을 만들다니. 얼마나 한심한가.

더욱 이 자리에 앉은 이들은 상대가 자신에게 뭘 줄 수 있는지 계산을 하느라 바쁠 것이다.

그런 거추장스러운 것들을 굳이 뒤집어쓸 생각이 없었던 황도현이 마치 제3자처럼 대화를 나누는 사람들을 보고 있을 때였다. 우연히 돌린 시선 끝에 최민자가 걸린 것은.

"……와우."

그가 자신도 모르게 감탄사를 내뱉었다. 그럴 수밖에. 최민자는 거의 20㎝ 정도 차이나는 여자에게 뒷덜미가 붙들려 질질 끌려오고 있었다. 그러다가 최민자가 자신의 뜻대로 움직여 주지 않자 몸집이 작은 여자는 붙잡고 있던 뒷덜미를 힘차게 흔들기도 했고, 팔을 내려치기도 했다.

웃음이 나올 수밖에 없는 상황에 도현은 입을 가리며 짧게 웃음을 내뱉었다. 웃음을 삼키고 싶었지만 악을 쓰며 싸우는 두 사람의 모습을 보고 있자니 참을 수가 없었다.

뭐야, 정말.

그가 연신 웃음을 내뱉다 말고 눈가에 고인 눈물을 닦아냈다. 그 사이에 호텔 앞에서 싸우고 있던 두 사람의 모습이 사라졌다. 곧 최민자가 자신의 앞에 나타날 거란 생각에 그가 서둘러 표정을 갈무리했다.

"흠흠."

헛기침을 내뱉은 그가 부러 휴대전화를 꺼냈다. 확인할 연락도, 따로 할 것도 없었지만 부러 한 행동이었다.

하지만 그의 예상과는 달리 최민자는 바로 그의 앞에 나타나지 않았다. 레스토랑 입구에서 방금 전 뒷덜미를 붙잡고 싸우던 여자와 나누는 대화가 언뜻 들려왔다.

하지만 꽤 멀리 떨어져 있어 자세히 들리지는 않았다. 간간이 끊겨 들렸지만 명확하게 들은 말도 있었다. 그냥 밥만 먹으라는 말을 듣는 순간 최민자가 이 자리에 나오고 싶지 않다는 것을 알아차렸다.

이런. 그럼 계획을 수정해야 하나?

최민자는 이 만남을 원치 않고 있었다. 호의적인 반응은 돌아오지 않을 거란 생각에 머리가 복잡해졌다.

짧은 대화가 끝이 난 듯 민자가 그에게로 걸음을 옮겼다. 그러자 그는 속마음과는 달리 기다란 다리를 꼬고서 여유롭게 휴대전화를 보았다.

"안녕하세요, 최민이라고 합니다."

예의 없는 사람은 아닌 듯, 마음에 들지 않은 자리였음에도 민자는 웃는 얼굴로 인사를 건넸다. 그 웃음이라는 게 카메라 앞에서 지을 만큼 조악하고, 어색한 것이 문제라면 문제였겠지만 크게 상관은 없었다.

도현 역시 만들어진 웃음으로 인사를 건넸다.

"안녕하세요, 최민자 씨. 우리 또 만나네요."

"절 아시나요?"

민자가 고개를 옆으로 기울였다.

설마 모른 척할 생각인 건가?

"전 황도현 씨를 처음 보는데, 아는 것처럼 말씀하셔서요. 강력한 의문이 들어서 말이죠."

"그렇군요."

그녀의 속마음을 읽은 도현이 고개를 끄덕였다. 이 여잔 자신을 모른 척하고 싶었던 것이다.

호텔에 자신의 명함과 재킷을 두고 나왔다. 명함을 봤으면 분명 호텔에서 함께한 남자가 자신이라는 걸 알 텐데도 민자는 모른 척 굴고 있었다.

여우인가?

표정이 천하의 황도현도 속아 넘어갈 만큼 자연스러웠다.

하지만 그는 대한민국 검사였다. 진실을 감추기 위해 능숙하게 거짓을 말하는 범죄자를 하루에 한 명 이상 만나고 있었다.

그러니 쉬이 속아 넘어가 줄 마음이 없었다.

"전 최민 씨와 운명이라고 생각하고 있는데."

"운명?"

짧은 물음에 그가 가볍게 고개를 끄덕이며 매력적이게 웃었다.

"네, 운명이요."

이걸 운명이 아니면 뭘 운명이라고 할 수 있겠는가. 꽤 작위적일 만큼 많은 우연이 겹쳐 이 자리에서 또 만났다. 하지만 민자의 생각은 다른가 보다.

"황도현 씨, 참 로맨틱한 분이시네요."

이 여자 봐라?

턱을 치켜든 채 도도하게 웃은 민자가 손을 들어 직원을 불렀다. 검은색 투피스를 입고 있는 직원이 건넨 메뉴판을 받아 든 그녀가 도현을 보지도 않은 채 말했다.

"우선 식사부터 주문하죠."

빨리 이 자리를 끝내고 싶다는 무언의 종용이었다. 황도현은 그럴 생각이 전혀 없었지만 그녀의 뜻대로 주문을 마쳤다. 그 후로도 민자는 도현을 보지 않은 채 휴대전화를 보았다.

덕분에 황도현은 꽤 집요하게 최민자의 표정을 살펴볼 수 있었다. 신경질적으로 굽힌 미간이 흠이긴 했지만 아주 작은 얼굴에 오밀조밀 모여 있는 이목구비는 매력 있었다. 대한민국에서 흔히 미의 기준으로 삼는 예쁜 얼굴은 아니었지만 쌍꺼풀 없는 커다란 눈이나 높은 코, 도톰한 입술은 그의 취향에 가까웠다.

거기에 180㎝에 가까운 키와 완벽한 몸매는 큰 굴곡을 이루고 있었다. 보통 모델들의 경우엔 마른 몸에 가슴도 작았지만 최민자는 꽤 큰 쪽에 속했다.

과거, 꽤 단순하지만은 않았던 이성 관계 덕분에 그는 어렵지 않게 최민자의 외모를 스캔했다. 이런 일로 만난 게 아니라면 잠시 멈췄던 연애를 이어나가고 싶을 정도로 매력적인 여자였다. 입안이 썼지만 그는 애써 관심을 삼갔다.

이 여잔, 아직은 확실하지 않지만 마약으로 쾌락을 일삼는 사람일지 모른다. 앞으로 참고인이든 아니면 피고인이든, 어떠한 형태로 마주치게 될 텐데 이성적으로 연결이 되는 건 위험했다.

그래. 나의 이성아, 힘을 내라.

고개를 절레절레 저은 그는 직원이 내려놓는 접시를 보았다.

민자 역시 들고 있던 휴대전화를 내려놓은 후 스테이크 접시를 보았다. 음식이 나왔지만 그녀는 딱히 배가 고프진 않은 것인지 포크로 곁에 있던 아스파라거스를 쿡 찍어 먹었다.

"황도현 씨, 검사라고 했죠?"

"그렇습니다."

심드렁한 물음 후에 그녀는 결국 포크를 내려놓았다. 그러자 도현 역시 포크를 내려놓는다. 김이 모락모락 올라오는 음식이 두 사람의 관심에서 완벽하게 멀어졌다.

"이 자리에 나온 이유가 궁금해요."

"상대가 최민 씨여서 나왔습니다."

"저라서요?"

"네. 다른 사람이었다면 안 나왔을 겁니다."

이건 진실이었다. 그는 결혼 생각이 없었다. 아버지의 협박이 무서워서 자리에 나오게 된다면 결과적으로 상대의 시간만 뺏는 결과만 초래하기 때문이다.

그래서 이제껏 미꾸라지처럼 아버지의 제안을 요리조리 피해 다녔다. '최민'의 이름을 듣지 않았다면 이 자리 역시 수락하지 않았을 것이다.

그는 마치 호감을 가장하여 말했다. 아니, 사실 꽤 호감이 가서 표정 역시 꾸며진 것이 아닌 자연스럽게 나온 것이다. 물론 자신의 배 위에 올라타고 유혹을 해오던 여자의 모습이 순간적으로 떠올라 사타구니 사이에 힘이 모여든 것은 숨기기 위해 애를 썼지만.

그가 늘 이성의 호감을 사곤 하는 미소를 지었지만 민자는 별로 마음에 들지 않는지 미간을 좁혔다. 그녀의 주름은 시간이 갈수록 깊어지기만 했다.

"정말 결혼할 상대를 만나기 위해 나오신 건가요? 검사라면 평소에도 얼마든지 좋은 연인을 만날 수 있을 텐데요."

그러니까 제발 넌 배우자를 맞이하기 위해 이 자리에 나온 게 아니어야 한다는 뜻이다.

하지만 아쉽게도 그는 가볍게 고개를 저으며 답했다.

"사실 검사라는 직업이 겉으로 보기에만 그럴싸해 보이지 아주 바쁜 샐러리맨이거든요. 함께 일하는 직장 동료가 아니면 만나는 사람 대부분이 범죄자이거나 그와 관련된 진술인뿐인데 거기에서 결혼 상대자를 만난다는 건 무척 어려운 일이잖아요?"

민자는 자신도 모르게 '네' 라고 답하려다 말고 입을 꾹 다물었다. 그의 페이스에 휘말렸다는 사실에 자존심이 상한 것 같았다.

하지만 그녀는 자신의 의견을 말하는 것에 주저하지 않았다.

"저는 아직 결혼할 마음이 없어요. 하고 싶은 일도 있고요."

"하시면 되지 않습니까. 결혼한다고 하더라도 방해할 생각은 없습니다, 전."

"그러니까 아직 결혼하고 싶은 마음이 없다고요."

두 사람은 잠시 다투는 듯 대화를 이어나갔다. 곁에 있던 테이블에서 힐끗 볼 만큼의 목소리로.

사람들의 이목이 집중되자 민자가 한숨을 훅 몰아쉬었다. 말문이 막힌 모양이었다. 민자 역시 어디 가서 '기'로 지는 경우는 없었지만 도현의 앞에선 달랐다.

연신 여유로운 웃음으로 대화를 이끌어가는 도현은 자신의 예상과는 다른 상황에 당황하는 민자를 보았다.

그 역시 민자가 무조건 자신을 모르쇠로 나올 줄은 몰랐던 터라 당황했지만 겉으로는 아무렇지도 않은 척 계획대로 대화를 이끌어 갔다.

"저는 최민자 씨가 무척 마음에 드는데요?"

"어디가요?"

"전부 다요."

이것도 뭐, 거짓말은 아니었다. 앞서 생각했듯이 이런 상황만 아니었다면 그녀를 한번쯤은 만나봤을 것 같기도 했다. 거기에다가 꽤 자존심 상할 만한 일도 있어 되갚아주기도 했고.

그가 빙긋 웃었다.

"최민 씨의 아버님처럼 저희 아버지도 막내아들 얼른 치워 버리고 싶으시겠지만, 저 역시 최민 씨처럼 아직은 결혼 생각 없어요. 당장 결혼하지 않더라도 지난번과 같이……."

이쯤 되면 최민자도 한 걸음 물러서 결혼까지는 아니어도 간혹 연락을 하고 지낼 정도는 생각해 줄 거라 생각했다. 하지만 되돌아온 반응은 날카로웠다.

"지난번?"

"기억나시면서 끝까지 모른 척하실 생각이십니까. 우리, 만났잖아요."

이젠 그의 목소리도 제법 굳어 있었다. 왜 끝까지 자신을 모른 척하냐고, 그럴 필요 없다고 말하고 싶기까지 했다.

하지만 그가 말하기도 전이다.

탕!

테이블을 내려친 민자가 화가 잔뜩 난 얼굴로 자리에서 일어났다.

"나 진짜 또라이거든요?"

도현이 멍한 눈으로 민자를 올려다보았다. 방금 전까지 민자의 머리 위에 얌전하게 씌워져 있던 머리카락이 그녀의 손에 들려 있었다. 아니, 머리카락이 아니라 가발이다. 그는 미처 눈치채지 못했지만.

덜 익은 노란 밤송이를 연상시키는 머리를 보며 그가 입을 떡 벌렸다. 이런 상황은 비상한 머리를 가진 그라 할지라도 상상조차 못 했다. 하지만 이와는 반대로 민자는 이 상황을 한 번에 정리할 수 있을 거라는 믿음에 의기양양하게 웃었다.

툭.

머리카락이 도현의 접시 위에 떨어졌다.

"어때요? 관심이 확 가시죠?"

"……놀랍긴 하네요."

그가 얼떨떨한 표정으로 말했다. 그러자 민자는 아직 모자라다는 듯이 단호히 말했다.

"놀라지만 말고 제발 그 관심 거두세요. 만약 방금 전에 황도현 씨가 제게 했던 말이 아버지의 귀에 들어가면 제 신상에 엄청난 재앙이 닥칠 거거든요."

"와우."

민자의 말에도 그는 감탄사를 내뱉었다. 몸에 착 달라붙은 여성스러운 원피스를 입은 여자의 머리가 밤송이라니. 이건 이것대로 또 섹시했다.

"그러니까 난 당신들이 원하는 얌전한 여자가 되질 못한다고.

그런 여자, 다른 곳에서 찾아봐요. 난 아니니까."

"내가 조신한 남자가 되는 건 어떻습니까?"

"……미친다, 정말."

그의 물음에 민자가 헛웃음을 뱉으며 혼잣말을 중얼거렸다. 그녀는 황도현을 미친놈으로 보고 있었다.

"마음에도 없는 말 하지 마세요, 황도현 씨. 우리 다시는 만나지 맙시다."

마지막까지 쐐기를 박은 민자가 몸을 홱 돌린 후에 레스토랑을 벗어났다. 황도현은 그때까지도 민자를 붙잡을 생각도 하지 못한 채 뒷모습만 바라보았다.

그는 지금 자신에게 일어난 일을 믿지 못하고 있었다. 하지만 현실은 어서 이 상황을 깨달으라는 듯 검은 가발로 설득하고 있는 모양새다.

징그럽기까지 한 검은 가발을 바라보던 그가 입을 틀어막았다.

"하, 하하하!"

유쾌하게 웃음을 터뜨린 그가 연신 어깨를 들썩였다. 눈가에 눈물이 고일 만큼의 박장대소였다.

뭐지, 저 여자?

처음엔 저 여자가 이번에 수사 중인 사건과 큰 연관이 있다는 사실만을 생각하려 했다. 썬 나이트에서 있었던 일도, 호텔에서 있었던 일도 깡그리 잊어야 했다.

하지만 그럴 수가 없었다.

여잔 정말 자신의 취향이었다.

❖

황도현은 한 차례 폭풍이 몰아친 현장을 지켰다. 사람들의 따가운 시선이 느껴졌지만, 그는 가발이 놓인 그릇을 옆으로 치운 후에 민자가 거의 손도 대지 않은 그릇을 가져왔다.

그는 식은 스테이크를 맛있게 먹었다. 음식에 있어서 까다로운 그였지만 배가 고파서 뭐든 맛있게 느껴졌다.

허기를 느낀 사람처럼 허겁지겁 먹지는 않았지만, 그릇을 깨끗하게 비운 후에야 자리에서 일어났다. 사람들은 그를 참 대단하다는 듯 보았다.

하지만 그는 싱글벙글 웃으며 호텔 지하주차장에 세워둔 차에 올랐다. 집으로 돌아갈까, 생각하던 그가 마음을 고쳐먹곤 핸들을 조작했다. 지금 이 순간, 자신이 무얼 할지 가장 궁금해하고 있을 사람에게 갈 작정이었다.

꽉 막힌 도로를 요령 좋게 달린 그가 예상보다 빨리 본가에 도착했다. 낮은 담벼락 너머로 어머니의 손길이 닿은 마당이 보였다.

딩동.

초인종을 누른 지 얼마 되지 않아 집 현관문이 벌컥 열렸다. 깜짝 놀란 표정으로 뛰어나온 사람은 아버지였다.

"뭐야? 벌써 헤어졌어? 너 또……!"

"아닙니다. 식사까지 하고 헤어졌습니다."

그가 심드렁한 목소리로 재빨리 답했다. 그렇지 않으면 진영은 온갖 상상을 덧붙여 그를 몰아붙일 게 뻔했기 때문이다.

"정말이야?"

"네."

진영은 아들의 말을 믿지 못하겠다는 듯 눈을 가늘게 떴다. 어디 황도현이 도통 인물이냔 말이다.

자신의 의지와 다른 상황이 벌어질 때 능숙하게 이를 모면하는 엄청난 기술을 가진 아들 '놈'이다. 더욱 웃는 얼굴로 사람을 기분 나쁘게 하는 기술 역시 수준급이었으니 선 자리에 보내놓고도 지금까지 좌불안석이었다.

혹시 오랜 지인의 딸에게 실수하고서도 모르는 척 딱 잡아떼는 건 아닐까. 의심스러운 눈으로 아들을 바라보던 진영은 도현이 자신을 스쳐 집 안으로 향하자 재빨리 뒤를 따랐다.

"만나보니 어떻더냐. 괜찮은 아가씨더냐?"

"일단 들어가서 말씀드리면 안 되겠습니까?"

뭐가 그리도 급하냐며 도현이 말했다. 그러면서 현관문을 열고서 있는 어머니 정 여사를 보며 도와달라는 눈빛을 보냈다.

"그래요, 여보. 뭐가 그렇게 급하다고."

정 여사가 고상하게 웃으며 말했다. 이 집안 남자들이 이유 고하를 막론하고서 무조건 지고 들어가는 유일한 사람이었다.

"슬기야, 들어와."

"네, 어머니."

보스를 모시는 부하처럼 부러 장난스럽게 말한 도현이 정 여사의 뒤를 따라 집 안으로 들어갔다. 거실엔 한참 다과를 하고 있던 건지 과일 접시와 찻잔이 놓여 있었다.

"모과차 마실래?"

"좋죠."

그가 재킷을 벗으며 소파에 앉자 뒤늦게 집 안으로 들어온 진영이 헛기침을 뱉었다. 그러면서 이 집에서 현재 자신이 절대적으로 불리하다고 판단을 한 건지, 부엌으로 들어간 정 여사의 눈치를 슬쩍 본다.

하지만 도현은 아버지의 눈치를 알면서도 모른 척 사과를 하나 날름 집어 먹었다. 입안에서 아삭아삭 사과가 부서지자 상큼하고 단맛이 입안 가득 퍼졌다.

"자. 여기."

정 여사가 따끈따끈한 찻잔을 건넸다.

여름에 마시기엔 지나치게 뜨거웠지만 도현은 고맙다는 인사와 함께 한 모금 마셨다. 모과차 특유의 독특한 향은 어머니에게서 자주 나는 것이었다.

"아, 거참. 이젠 이야기해 봐, 한번. 최 소장 딸, 어땠어?"

도현이 도통 입을 열 생각을 하지 않자 진영이 닦달했다. 애달아하는 모습에 도현은 시원하게 머리를 밀어버린 민자를 떠올린다.

"그래. 어디 한번 말해봐. 나도 궁금해."

"마음에 듭니다. 승부욕도 생기고요."

"어머, 정말?"

"승부욕?"

두 사람이 동시에 놀라 물었다. 하지만 아들의 표정만으로도 많은 걸 파악한 모습이다. 도현은 웃고 있었다.

그는 기본적으로 유쾌한 사람을 좋아했다. 그 기준으로 보았을 때 최민자는 무척이나 유쾌한 사람이었다.

썬 나이트에서 처음 보았을 때부터 그는 그녀로 인해 시시때때로 감정이 바뀌었고, 많이 웃었다. 호텔에서 밑에 깔려 잡아먹힐 뻔한 일만 빼고선 유쾌함의 연속이었다.

일정한 선을 그은 채 관찰에 그쳐야 한다는 것을 알면서도 계속 관심이 갔다. 그 관심이 사건을 파악하기도 전에 긍정적인 방향으로 흐른다면 위험하겠지만.

하지만 그는 근거 없는 자신감을 가지고 있었다. 자신은 한 명의 이성을 철저하게 믿지도, 사랑하지도 않았다. 적당히 만났기에 이별할 때도 그리 큰 데미지를 입진 않았다.

자신의 이성이 그렇게 되도록 만들었다. 너무 깊어져 위험하다 싶을 땐 브레이크를 걸었다. 그의 첫사랑 역시 만남으로 이어졌지만 수능을 앞두고 헤어지지 않았던가.

황도현은 현시점에서 가장 중요한 게 무엇인지 잘 알고 있었고, 우선으로 둬야 하는 일이 있다면 감정은 뒤로 미룰 수 있는 이성적인 남자였다.

"끝까지 모르는 척하는 게 열받긴 하지만요."

앙증맞은 표정으로 끝까지 모른 척하는 게 꽤 그럴싸했다. 다음에 민자를 만나면 연기 쪽도 한번 생각해 보라고 말해주고 싶을 정도로.

그가 차를 호로록 마시자, 맞은편에 앉아 있던 부부는 서로를 의아한 표정으로 보았다.

'얘가 도대체 뭐라고 말하는 거예요? 결혼할 아가씨 보고 온 거 맞아요?'

'그렇다니까? 근데 나도 무슨 말을 하는 건지 모르겠네?'

함께한 세월이 있었기에 두 사람은 눈빛만으로 충분히 대화를 나눴다. 그러다가 결론에 이르지 않는 의문점을 가졌고, 도현에게 물었다.

"최 소장 막내딸과 알고 있는 사이냐? 전에도 그랬잖아. 아는 것 같기도 하고 모르는 것 같기도 한 관계라고."

황진영이 뛰어난 기억력으로 과거의 일을 떠올리며 물었다. 선을 보라고 종용했을 때 도현에게 들었던 말이었다.

그러자 정 여사가 그런 말을 했었냐며 도현을 닦달했다.

"엄마도 많이 궁금해."

"음……."

말꼬리를 길게 늘어뜨리는 꼬락서니가 의심스러웠다.

부부가 동시에 놀란 눈으로 도현을 보았지만 그는 첫 만남을 어떻게 설명해야 할지 몰라 고민하는 모습이었다.

설마설마.

진영이 깜짝 놀라 숨을 멈췄다. 최 소장 딸과 과거에 혹 불미스러운 일이 있었던 건 아닌가, 하고서 말이다. 아들의 반응 역시 그의 의심을 키우기엔 충분한 것이었다.

"꽤 강렬한 첫 만남이었죠."

"혹시…… 과거에 만났던 여자야?"

"잤어?"

말을 빙 둘러 물은 진영과는 달리 정 여사는 아주 직설적으로 물었다. 정 여사의 물음에 오히려 놀란 건 두 남자였다.

"흠흠, 여보!"

"왜요? 요즘 젊은 애들이 다 그렇죠. 도현이도 그랬잖아요."

도현의 과거를 떠올려 보면 이상할 것도 없었다. 네 명의 아들 중 가장 많은 연애를 했고, 가장 많은 여자들이 집 앞으로 찾아왔으니 그런 결론에 이르는 것도 어찌 보면 자연스럽다.

거기에다가 대학 시절엔 칼부림까지 있지 않았던가.

부모는 혹여 아들이 밖에서 칼이라도 맞는 건 아닐까, 걱정했다.

도현은 어머니의 물음에 커다란 눈만 연신 깜빡였다. 그러다가 곧 단호하게 고개를 젓는다.

"아닙니다. 그런 관계."

그럴 뻔한 관계는 맞지만.

애써 뒷말을 삼킨 도현이 다시 차를 마셨다.

"그럼 무슨 관계인데?"

부모님의 호기심에 본가에 괜히 왔다는 후회가 뒤늦게 몰려왔
다.

4

노란색 가발을 쓰고 있는 민자가 머리카락을 휘날리며 촬영장을
나서고 있었다.

"진짜 같네."

비싼 가발은 전혀 위화감이 없었다.

"누나, 머리 안 들켰어요?"

민자가 차에 오르자마자 호진이 다짜고짜 물었다.

그럴 수밖에.

호진은 오늘 아침, 최민자의 머리를 보고 그 누구보다도 경악을
했다. 그녀를 관리하는 게 그의 업무였다.

아, 죽었다.

그는 민자의 머리를 보는 순간 절망감에 주저앉아 버렸다.

촬영하기 며칠 전에 알았다면 어떻게 해서든 대책회의를 했겠지
만, 그녀는 CF 촬영 당일 날 자신의 머리를 보여주었고 더워서 밀

었다는 말도 안 되는 이유를 댔다. 그러면서 히죽 웃는데, 성격 같아서는 한 대 콱 쥐어박고 싶었다.

전화로 보고하는 내내 호진은 상사로부터 큰 욕을 먹었다. 최민자가 어떤 인간인지 알면서도 눈을 뗐냐는 이유에서였는데, 태원전자 CF 촬영 당일 이러면 어쩌냐는 것이었다.

하지만 회사에서도 다들 최민자를 감당할 수 있는 사람이 없다는 걸 알기에 호진에게 큰 불이익을 주지는 않았다. 다만 이 일이 무사히 넘어가기만을 바랄 뿐.

"안 들켰겠니? 들켰지."

그녀를 CF 촬영 현장에 데려다주고 곧 자리를 떠야 했던 호진은 오늘 촬영 현장에서 있었던 일을 알지 못했다. 그래서 물은 것이었는데 괜히 물어봤다는 생각을 뒤늦게 했다. 하지만 후의 일을 물을 수밖에 없었다. 상황이 어떻게 돌아가는지 알아야 후일에 닥칠 일들을 대처할 수 있을 것 같아서였다.

"그래서요……? 촬영은요?"

"뭘 물어봐. 뻔하지."

민자가 자신의 원래 머리색과 비슷한 가발을 훌러덩 벗어 던졌다. 백미러로 보이는 민자의 까까머리에 호진의 입에서 거친 한숨이 터져 나왔다.

"욕 엄청 먹었겠네요."

"안 먹었겠어? 감독이 기함을 하지."

"내가 감독이었으면 누나 당장 잘랐을 거예요. 머리가 그게 뭐야."

그 나름대로도 민자와는 잘 어울렸지만, 세상 사람 모두가 그렇게 생각하는 건 아닐 터다. 머리를 민 여자라니. 사회에 엄청난 불만이 있을 거라 생각할 게 분명했다.

나름 멋을 낸다고 금발로 염색하고 나타난 걸 다행이라고 생각해야 할까.

연거푸 한숨을 내뱉던 호진이 민자의 말에 미간을 좁혔다.

"나도 알아. 성질머리 고쳐야겠다고 생각 중이야."

"후회는 안 하고요?"

"머리는 길어. 그것도 생각보다 빨리."

그러면서 민자는 개구쟁이처럼 웃었다. 오늘 이후로 한동안 스케줄이 없다는 게 차라리 다행이라는 생각이 들었다. 만약 시즌 중에 그녀가 머리를 밀어버렸다면 아주 대형 사고였을 터다.

웃는 얼굴에 침 못 뱉는다는 말이 있었지만, 오늘 같아선 뱉을 수 있을 것 같았다.

"너는. 프린스 스케줄 잘 끝냈어?"

"네. 무슨 행사를 오전에만 세 탕이나 뛰는지. 회사에서는. 사람 나왔어요?"

"아니, 안 나와도 됐었어. 태원전자 사장이 오케이했거든. 콘티 수정도 꽤 쉽게 했고, 결과물은 아주 굿이었고."

그러면서 민자는 오늘 촬영이 무척 마음에 들었다고 했다. 호진은 결과물을 보지는 않았지만 평범함과는 거리가 멀 것 같다는 생각을 하며 연신 고개를 끄덕인다.

"제발 다음에는 한 번만 더 생각하고 행동해 주세요."

"알았어. 그런데 이번에도 충분히 생각하고 민 거야."

"그럼 아예 생각이란 걸 하지 말아주세요."

호진의 말에도 민자는 기분이 좋은지 싱글벙글 웃었다. 촬영 결과물이 좋았으니 지금 같아서는 그 어떠한 타박도 웃어넘길 수 있을 것 같았다.

"호텔로 들어가실 거예요?"

아버지와 다툰 이후 민자는 가족과 모든 연락을 끊었다. 아버지에게 밀어버린 머리를 보여주고 싶었지만 망할 선 자리 덕분에 한동안 본가에 발을 붙이는 건 힘들 것 같았다. 황도현이란 남자 앞에서 했던 행동이 아버지의 귀에 들어가게 된다면 이번엔 정말 황천길을 걸을지도 모른다.

시간이 꽤 지났음에도 불구하고, 그 일 덕분에 민자는 다시 호텔 신세를 면치 못하고 있었다. 강자의 집도 위험했다.

"아니. 유나 샵. 옷 사야 해."

"언제까지 호텔에서 지내실 거예요? 회사에서 알면 뭐라고 할 거예요."

"언니 집으로는 못 들어가."

"그럼 본가로 들어가세요."

"지금 본가 들어가면 날 영영 만나지 못할걸?"

그것도 나름 괜찮을 것 같다는 생각을 했지만, 호진은 입 밖으로 말을 내뱉지 않았다. 차는 유나의 샵이 있는 강남으로 향했다.

"어? 닫혔는데요?"

"나도 눈 있어."

민자가 굳게 닫혀 있는 샵을 보며 미간을 좁혔다. 조금밖에 챙겨 나오지 않은 옷을 언제까지 돌려 입을 수는 없어서 유나의 샵까지 온 것이었다. 그런데 한창 영업을 해야 할 시간에도 문이 닫혀 있는 게 아닌가.

유나는 어릴 적부터 부족함 없이 살아서 뭐든 대충하는 경향은 있었다. 인생의 모토가 '즐겁게!' 여서 누구보다 파티를 좋아했고, 사람과 만나는 걸 좋아했다.

하지만 일에 있어서만큼은 달랐다. 민자와 유나가 가까워진 이유도 거기에 있었다.

누구보다 열심히 했다. 한국에서 빠르게 자리를 잡을 수 있었던 것도 아버지의 재력뿐만 아니라 그녀의 노력이 있었기에 가능했던 일 아닌가.

"진짜 무슨 일 있나."

혼잣말을 읊조린 민자가 샵에 덕지덕지 붙어 있는 전단지를 보았다. 하루 이틀 닫은 게 아닌 모양이다.

나이트에서 본 게 마지막이었다. 그 후로도 한참 연락이 되지 않아 신경을 썼던 게 뒤늦게 떠올랐다. 뒤에 연락이 되었을 땐 공장에 가봐야 해서 못 만난다고 했다. 그 말이 변명이라는 게 뒤늦게 확실해졌다.

휴대전화를 꺼낸 민자가 유나에게 전화를 걸었다.

[전원이 꺼져 있어 소리샘으로 연결합니다. 연결 후에는 요금이…….]

딱딱한 기계음에 민자의 얼굴이 일그러졌다.

"전화도 안 받네."

"왜요? 연락 안 된 지 오래됐어요?"

"어."

호진도 유나를 몇 번 보았기에 걱정이 되나 보다.

"그럴 누나가 아닌데……."

걱정스러운 음색에 민자 역시 동의한다는 듯이 고개를 끄덕였다.

"그럴 애가 아니지."

"그럼 집으로……."

"집 몰라."

"많이 친한 거 아니었어요?"

친하다마다. 성격이 고슴도치처럼 뾰족뾰족한 민자에게 있어서 유나는 거의 유일한 친구라고 볼 수도 있었다.

"이사 간 지 얼마 안 됐어. 그전에는 부모님이랑 살았고."

"설마 별일 있겠어요?"

"……그렇지?"

확신이 들지 않으면서도 민자는 애써 그렇게 말했다. 유나와 연락을 할 수 있는 방법이 없었기 때문이다.

자신이 너무 무관심했는지도 모르겠다. 원래 대인관계에 그리 능숙하지 못했지만, 그래도 이번 일만큼은 스스로에게 욕지거리를 내뱉는다.

무심한 년. 이런 것도 친구라고.

"네. 누나만큼이나 즉흥적인 사람이잖아요. 저번에도 꽘으로 며칠씩 말없이 갔다 오기도 했고."

그때에도 연락은 됐었다.

하지만 민자는 애써 고개를 끄덕였다.

"내일 또 와보지, 뭐."

❖

트윈 침대에 벌러덩 누운 민자가 크게 기지개를 켰다. 샵을 여덟 군데나 돌아다녔더니 온몸이 아플 지경이었다.

상체를 일으킨 민자가 바닥에 나뒹구는 종이 가방을 힐끗 봤다. 정리를 해야 했지만 그 생각을 이길 만큼 만사가 귀찮았다.

다시 침대에 누운 민자는 가방 안에서 삐릭삐릭 울리는 문자음에 손을 뻗었다. 보지도 않은 채 손바닥만 한 핸드백 안에서 휴대 전화를 꺼낸 그녀가 새로 온 문자를 확인했다.

「퇴근하고 친구들과 모임 가는 중입니다.」

주말에 선을 본 황도현 검사에게서 온 문자였다.

문자를 읽은 순간 민자의 얼굴이 종잇장처럼 일그러졌다. 누가 보면 그와 아주 가까운 사이인 줄 알겠다.

하지만 두 사람은 꽤 불편한 관계였다. 선을 봤던 날 민자는 그가 자신에게 다시는 연락할 수 없게 '이 구역의 미친년은 나'라는 걸 가발을 휘날리며 천명했다. 하지만 이 남자에겐 씨알도 먹히지 않았다. 지속적으로 오는 문자를 보면 오히려 자신에게 호감을 가지고 있는 쪽에 속했다.

도대체 왜?

도대체 이 남자 뭐야?

'도대체'를 몇 번이나 내뱉었는지 모른다. 자신의 어디가 마음에 들어 그런 건지 몰라도, 확실한 건 하나 있었다.

이 남자 골 때린다.

그게 아니라면 이 상황은 도저히 설명이 불가능했다.

자신 역시 만만치 않았지만 이 남자는 정말 강적이었다. 호텔 레스토랑에서 봤을 때부터 만만치 않은 남자라는 걸 느끼긴 했지만 이 정도일 줄은 몰랐다.

첫 만남에서 민자는 쎄한 느낌을 받았다. 남자는 능글거리는 능구렁이가 따로 없었고, 직업 때문일까, 속마음을 숨기는 것에도 능했다.

말로는 자신이 마음에 들고, 잘해보고 싶다고 말하고 있었지만 눈빛은 그렇지 않았다. 호감을 보이는 사람들이 흔히 보이는 눈빛이 아니었고, 웃음은 예의 발랐으며 행동은 절제되어 있었다. 그러면서도 말은 쉴 없이 추파를 던졌다.

얼굴도 반지르르하게 잘생겼고, 직업도 나쁘지 않았다. 평소 같으면 그런 남자가 작업을 걸어온다면 적당히 만나보기라도 했겠지만 자리가 나빴다. 황도현은 아버지가 자신의 결혼 상대자로 생각하고 있는 사람이었다. 되도록 멀리멀리 날려 버려야 하는.

하지만 남자는 선을 봤던 그날 저녁부터 문자를 보내오고 있었다.

「안녕하세요, 황도현입니다. 주말엔 잘 들어가셨나요?」

「지금 바쁘신가요?」

「저는 점심 먹었어요. 최민 씨는요?」

적당한 선이 느껴지는 문자였지만 그녀는 한 번도 답을 보내지 않았다.

"내가 조신한 남자가 되는 건 어떻습니까?"

자신도 모르게 뇌리에 박힌 목소리에 민자가 힘껏 고개를 저었다.

"미쳤어."

121

이 남자는 분명 꿍꿍이가 있는 거라고.

무슨 생각으로 자신에게 이렇게 접근하는 건지는 몰라도 확실히 무언가가 있었다. 그게 아니라면 이렇게까지 무시하고 있는데, 연락을 계속해 올 리가 없다.

그는 여자라면 혹하는 직업과 외모를 가지지 않았는가. 원한다면 그 어떠한 여자도 침대에 넘어뜨릴 수 있었을 텐데, 집착적으로 계속 연락이 오는 게 이상했다.

물론 자신의 직업을 악의적으로 판단한 남자들은 충분히 많았다. 한 번쯤 진탕 놀아나 보자는 남자들도 많았지만, 황도현의 태도는 그것과는 결이 달랐다.

"뭐지."

그녀는 이번에도 도현에게 답을 보내지 않았다.

문자를 사뿐히 무시한 민자가 남혁의 번호를 찾았다. 지난 만남에서 전화번호를 교환하긴 했지만, 유나 일로 연락을 하게 될 줄은 몰랐다.

[오, 오랜만이야. 그날은 잘 들어갔어?]

"네. 잠시 통화 괜찮아요?"

[괜찮고말고.]

"혹시 유나와 연락 되세요?"

[……유나?]

"네. 계속 연락이 안 돼서요."

남혁에게선 답이 없었다. 그의 침묵이 길어지자 민자가 이상하다는 듯이 고개를 기울였다.

"아. 저희 그때 만났었잖아요. 그 이후로 계속 연락이 안 돼서요."

[최근엔 나도 연락을 안 해봤는데, 한번 알아봐 줄까? 그날 봤던 인철이 있지. 나보단 걔랑 친하거든.]

"네. 그래 주세요."

[알았어. 금방 연락해 줄게.]

남혁과 통화가 끝난 이후로 평소 유나와 연락하고 지내는 사람들에게 연락을 해봤지만 다들 연락이 되지 않는 다는 말만 앵무새처럼 반복했다.

혹 의도적으로 잠수를 탄 건가.

여러 가지 경우의 수가 떠올랐다.

고민하던 민자가 갑자기 쇼핑백을 뒤지기 시작했다. 갑자기 술이 절실해졌기 때문이다. 더욱 이 호텔 지하에는 꽤 은밀한 분위기의 바까지 있었다. 회원권까지 가지고 있는.

이런 기분이 드는 건 1년에 손에 꼽을 정도로 적었다. 독주를 들이켜고 싶은 날은. 그렇다면 기분에 따라 해줘야 했다. 다이어트를 해야 할 이유도 없었으니까.

입고 있던 청바지와 흰 티셔츠를 벗어 던진 민자는 허벅지를 반쯤 가리는 검은색 원피스로 갈아입었다. 한눈에 마음에 들어 구입한 것이었다.

옷을 생각하면 풀 메이크업을 해야 했지만 민자는 간단하게 새빨간 붉은색 립만 발랐다.

"이 정도면 봐줄 만하네."

거울 속 제 모습을 보며 심드렁하게 말한 민자는 휴대전화가 울리자 서둘러 걸음을 옮겼다. 연락을 주기로 한 남혁인가 싶어 액정을 확인했는데 아니었다.

─황 검사.

민자는 자신도 모르게 휴대전화를 툭 떨어뜨렸다. 그 많은 연락 중에 전화가 걸려온 건 처음이라 자신도 모르게 나온 행동이었다. 하지만 그녀는 곧 고민에 빠지기 시작했다.

문자와 마찬가지로 전화 역시 무시해야 하나?

고민은 길지 않았다.

"여보세요?"

[오, 전화 받았다.]

"네. 전화 받았어요."

웃음기가 섞인 목소리와 함께 시끌시끌한 소음도 섞여 들려왔다.

[많이 바쁘세요? 연락이 도통 안 돼서 말이죠.]

"네. 많이 바빠요, 황도현 씨. 그러니까 연락 좀 그만하시면 안 될까요?"

자신이 듣기에도 민망할 만큼 뾰족한 말이었다. 하지만 민자는 그렇게 말한 걸 후회하지 않았다. 이렇게 해서라도 끊이지 않고 오는 그의 연락을 막고 싶었다. 그럴 수만 있다면 몇 번이고 더 할 수 있을 것 같았다.

하지만 황도현은 쉬이 물러날 남자가 아니었다.

[바쁘더라도 문자 할 시간은 있을 거 아니에요. 신경 써서 전화는 안 한 건데.]

그는 '눈치 없는 남자'인 척 굴고 있었다. 또 속마음을 숨긴 채 빙글빙글 돌려 하는 말이 민자의 기분을 가라앉게 만들었다.

이 남자 정말 내 취향 아니다.

그녀는 겉과 속이 다른 사람을 좋아하지 않았다.

"저 여쭤볼 게 있는데요. 혹시 제가 황도현 검사님께 여지를 줬나요?"

[아니요. 오히려 확실하게 잘라내서 섭섭할 정도죠.]

"그렇다면 다행이네요. 제가 여지를 남긴 줄 알았어요."

민자는 이런 사람을 다루는 것에 능숙했다. 이런 사람일수록 되도록 솔직하게 말하는 게 좋았다.

"황도현 씨, 전 더 이상 황도현 씨와 만나고 싶지 않습니다. 많은 이유 중에 가장 확실한 이유를 꼽자면 아버지의 소개로 만난 사람이기 때문이에요. 아버지에게 괜한 희망을 심어주긴 싫거든요."

그녀의 말에 전화 너머로는 잠시 답이 없었다.

이제 된 걸까?

그녀는 제발 이 진 빠지는 관계가 하루 빨리 정리되기를 바랐다. 황도현이 아니더라도 그녀에겐 신경 써야 할 일들이 태산처럼 많았다.

하지만 예상과는 달리 그는 이 관계를 정리할 마음이 없다는 듯 물었다.

[굳이 부모님께 말할 필요가 있습니까?]

"없죠. 성인인데. 하지만 큰 위험부담을 안으면서까지 남자를 만나는 스타일은 아니어서요."

[그건 저와 비슷하시네요.]

낮고 음울한 목소리였다. 확실히 방금 전에 부러 만든 톤과는 달리 이쪽이 더 마음에 들었다.

목소리는 꽤 내 취향이네.

헛웃음을 뱉은 그녀가 이어진 말에 가볍게 답했다.

[알겠습니다. 그럼 다음에 우연히 만나면 술 한잔 어떻습니까?]

"그런 우연이 있을까요?"

[서울 바닥, 생각보다 좁습니다.]

그러니까 그런 우연이 있을 거란 말이었다.

고민을 하던 민자가 이내 나지막한 숨을 내뱉었다.

그런 우연이 있으면 술 한잔 정도는 괜찮지 않을까?

"좋아요. 그럼 그땐 술 한잔해요."

없을 것 같긴 하지만.

그때까지만 해도 민자는 이 남자와의 인연이 여기에서 끝날 것이라 믿었다.


미르호텔 지하 1층, 바 〈블루〉.

평범한 사람들은 이름만 딱 들으면 호텔에 속해 있는 평범한 술집 정도로만 생각하겠지만 이곳은 일반 바와는 조금 달랐다. 1년에 50장 정도만 발급하는 회원권이 있어야만 이용할 수 있는 곳이었다.

워낙 놀기를 좋아하는 유나 때문에 알게 되어 민자 역시 회원권을 받았다. 오늘처럼 혼자 술을 마시고 싶을 땐 간혹 찾곤 했다.

이곳의 젊은 오너와도 꽤 친하게 지냈는데, 오늘은 주방장이 갑작스러운 휴가를 냈다며 음식을 만들어내느라 얼굴 보기가 힘들었다.

하지만 차라리 그게 다행이라는 생각도 들었다. 술이 필요해 찾은 것이니 술만 있으면 됐다는 생각도 들었다.

"후."

스트레이트 잔 가득 술을 따른 민자가 숨도 쉬지 않고 들이켰다. 목구멍이 화르륵 타들어갈 것 같은 느낌에 인상을 썼다. 하지만 곧 몸이 화끈해지는 느낌과 함께 다시 술잔을 채웠다.

오랜만에 마시는 술이었다. 방금 전까지만 해도 술 생각이 간절했는데, 어쩐 일인지 마음과는 달리 들었던 술잔을 다시 내려놓는다.

"기억력이 안 좋은 건지."

쓴웃음을 내뱉은 민자가 고개를 절레절레 저었다. 문득 썬 나이트에서 폭탄주 세 잔에 필름이 끊겼던 날이 떠올랐다.

이 정도 마신다고 해서 취하진 않겠지만 자제를 하는 것도 나쁘진 않을 것 같았다.

민자가 자신의 앞에 놓여 있는 화려한 접시를 보았다. 그녀가 주문한 안주는 치즈와 비스킷이 겹쳐져 있는 핑거 푸드였다. 치즈 위엔 각기 다른 과일이 놓여 있었는데, 그중에서 가장 좋아하는 블루베리가 올라간 것을 집어 들었다. 입안에 넣고 보니 상큼한 향에 미소가 지어졌다.

하루 정도는 괜찮잖아? 마음껏 먹어도.

민자는 스스로를 타이르듯 생각했다. 오늘 얼마를 먹든 내일 하루 열심히 운동하면 된다고 생각하며. 거기에다가 두 달 동안 딱히 스케줄이 없다는 사실 또한 그녀의 마음을 편하게 해주었다.

그때 휴대전화가 울렸다. 액정을 확인하자 기다리던 사람에게서 온 연락이었다.

"네."

[인철이도 계속 연락이 안 됐다고 하는데?]

"그래요? 알았어요, 남혁 씨. 혹시 유나한테 연락 오면……."

[멀게 느껴지게 남혁 씨가 뭐야. 오빠라고 해, 오빠.]

나이만 많으면 다 오빠가?

거기에다가 남혁과 자신은 거의 열 살이 차이가 났다.

하지만 민자는 애써 아무렇지도 않은 척 웃었다.

"네, 다음에 만나면 그렇게 할게요."

[까칠하긴. 알았어. 다음에 술 한잔해.]

전화를 끊은 민자가 휴대전화를 흘겨보았다.

"왜. 무슨 일 있어? 표정이 왜 그렇게 썩어 들어가? 대용아, 이거 2번."

부엌에서 나온 남자가 대기하고 있던 직원에게 접시를 넘겼다. 이 가게의 젊은 오너 영훈이었다.

"아니에요. 아무 일도."

"무슨 일 있는 눈친데? 유나는?"

"몰라요. 요즘 연락이 안 돼요."

"정말? 그러고 보니까 여기에 안 온 지도 꽤 됐다?"

블루의 젊은 오너는 민자보다는 유나와 더 친했다. 유나가 고등학교를 다닐 때 과외를 하다가 알게 되었다고 했는데, 공부를 가르치기보단 유흥을 가르치는데 더 열심인 오빠였다고 했다.

알아온 세월이 10년이 넘었기에 그 역시 걱정이 되었나 보다. 반듯한 미간이 좁아졌다.

"애 또 어디서 사고 치는 거 아니야?"

"사고 쳐 봤자 남자 문제밖에 더 있겠어요?"

"그게 문제지. 기집애가 세상 무서운 줄 모르고."

영훈의 어투가 까칠했다. 하지만 그가 말하는 '기집애'에는 애정이 있다는 걸 알고 있기에 '그러게요'라고 답했다. 영훈은 유나를 친동생처럼 생각했다. 외동인 유나 역시 그를 오빠처럼 따랐다.

"뭐 괜찮겠지. 별일이야 있겠어? 또 사장님한테 붙잡혀 있겠지."

"……그런 거겠죠?"

"그래. 김 사장님의 딸 사랑, 너도 알잖아. 외박했다가 걸렸으면 한동안 근신 처분일 거야. 휴대전화도 뺏겨서 연락이 안 되는 걸 거고. 그러니까 너무 걱정하지 마. 나한테 연락 오면 당장 너한테 연락하라고 말해줄 테니까. 걔가 단골 술집을 바꾸지 않았다면 조만간에 연락 오겠지."

달래듯 하는 말에 민자가 고개를 끄덕였다.

"저 보드카 라임 한 잔 주세요."

"왜? 늘 스카치 블루 인터내셔널만 마시더니."

"과음하면 안 될 것 같아서요. 오늘은 위스키 대신에 보드카가 당기기도 하고요."

"그러고 보니까 오늘은 조용하다?"

그러면서 영훈은 테이블 위에 놓여 있는 민자의 휴대전화를 힐 끗 보았다. 이 시간쯤 되면 가족들에게 전화가 걸려올 때도 됐는데, 잠잠한 휴대전화가 이상하다 싶어서였다.

영훈 역시 민자의 상황을 잘 알고 있었다. 예전에는 신데렐라라고 놀린 적도 있었다.

"완전히 집 나왔거든요."

"뭐? 정말? 독립했다고? 와우!"

믿기지 않는 듯 되묻던 영훈은 곧 민자가 머리를 쓰다듬자 입을 떡 벌린다.

"헉."

두피가 훌렁훌렁 움직일 리는 없다. 거기에다가 가르마가 뒤로 넘어가더니 이마가 넓어지기까지 한다.

"놀랄 일이죠?"

"가, 가발?"

"이러고 선까지 봤어요."

"푸, 푸하하하하!"

허리까지 접으며 박장대소하는 영훈을 보며 민자가 입술을 삐죽 내밀었다. 웃을 만한 상황이라는 건 알고 있었지만 너무 대놓고 박장대소했다.

"너무 웃는 거 아니에요?"

"그럼 안 웃어? 이런 상황에서? 어떻게 안 웃을 수가 있겠어!"

"누군가에게 기쁨이 되어서 기쁘네요. 술이나 줘요."

"알았어. 잠시만 기다려."

민자가 불만스럽게 보았다. 그러면서도 양손으로 가발을 똑바로 하기 위해 매만진다. 영훈은 마지막까지 웃음을 터뜨리더니 보드카를 꺼냈다.

부엌에서 싱싱한 라임을 썰어서 가져온 영훈이 칵테일을 제조하는 걸 멍하니 보던 민자가 무심한 어조로 물었다.

"오너, 법대 나왔다고 그랬죠?"

"그렇지? 그것도 우리나라에서 제일 좋은 법대 나왔지?"

그가 쉐이커에 보드카와 라임 주스, 각 얼음을 넣고 열심히 흔들었다.

"민트도 넣어줄까?"

"좋죠."

"잠시만."

다시 부엌으로 들어간 영훈이 싱싱한 민트 잎을 가지고 나왔다.

법대를 나왔지만 누구보다 놀기를 좋아하는 남자는 결국 자신이 가장 좋아하는 일을 하면서 지내고 있었다.

자신의 앞에 내밀어진 칵테일을 한 모금 마신 그녀가 상큼한 맛에 고개를 끄덕였다.

"아주 맛있어요."

"그거야 당연하지. 그런데 내가 법대 나온 건 왜?"

"혹시 중앙지검에 아는 사람도 있나 싶어서요."

"있지? 그것도 가장 친한 친구. 그런데 그건 왜?"

그가 계속해 질문을 던지자 민자는 심드렁한 얼굴로 답했다.

"저 이번에 선본 사람이 서울중앙지검 검사거든요."

"정말? 그럼 꽤 괜찮은 남편감 아니야?"

서울중앙지검에 근무하는 검사라면 엘리트란 말이었다. 앞으로의 일은 어떻게 될지 모르지만, 뒷받침만 제대로 해준다면 꽤 높은 곳까지 올라갈 수 있는 고급 셀러리맨들.

거기에 민자는 최종훈 소장의 막내딸이었다. 최종훈 소장은 인맥이 넓기로 유명했고, 또 검찰의 고위층 인사들과도 좋은 관계를 유지하고 있었다. 그럼 남자 쪽에서도, 여자 쪽에서도 나쁘지 않은 혼처였지만 정작 당사자인 민자는 생각이 다른가 보다.

"저한테 괜찮은 남편감이 있겠어요?"

"없지, 당연히."

"알면서 뭘 물어요. 나 감당할 수 있는 남자 없어요. 한 남자랑 평생 산다는 것도 불가능하다고 생각하고 있고."

스물아홉.

보통의 여자라면 내년에 서른이 된다는 생각에 뒤숭숭해질 시기였지만 최민자는 달랐다. 그녀는 '인간의 삶에 굳이 결혼이 필요한가?'라는 의문을 가진 사람이었고, 결혼을 나이에 쫓겨 할 만큼 무지한 여자도 아니었다.

최민자의 스타일을 잘 알고 있는 영훈이 호기심 가득한 얼굴로 물었다.

"누구야? 뜨악한 검사님은? 갑자기 궁금하네."

"황도현 검사요."

"……응? 황도현?"

"네."

"진짜 황도현?"

"네. 중앙지검에 가짜 황도현도 있어요? 뭘 그렇게 놀라고 그래요?"

눈을 커다랗게 뜨고 있던 영훈이 손가락으로 자신을 가리킨다.

"내 친군데?"

정말 황도현이 맞냐며 영훈은 몇 번이고 되물었다. 그 모습에 민자가 헛웃음을 뱉었다.

"맞네요. 생각보다 서울 바닥 좁다는 말."

"진짜야? 진짜 황도현이랑 선본 거야?"

끄덕.

가볍게 고개를 끄덕이는 민자를 놀란 눈으로 바라보던 영훈이 이내 다시 배를 붙잡았다.

"푸, 푸하하하하!"

자신은 개의치 않은 채 신명나게 웃는 영훈을 힐끗 본 민자가 시선을 돌렸다.

바로 들어오는 좁은 입구에는 관리인이 서 있었다. 그 관리인은 주로 회원권을 확인하고, 자리를 안내하거나 혹은 이용할 수 없다고 되돌려 보내는 일을 하고 있었다.

하지만 관리인은 고개를 숙이며 인사를 하고 있다. 관리인과 반갑게 인사를 건네는 건 민자도 잘 알고 있는 인물이었다.

"헉!"

민자는 믿을 수 없다는 눈으로 황도현을 보았다. 뒤늦게 도현을 확인한 영훈 역시 깜짝 놀란 표정이었다.

"황도현, 너 여긴 어쩐 일이야? 뭐야. 민아, 그런 눈으로 보지 마. 나 방금 전에 알았다? 나 쟤랑 친구이긴 하지만 텔레파시가 통할 만큼 찐한 사이는 아니야."

영훈은 손까지 저으며 자신의 결백함을 밝히려 했다. 하지만 민자도 알고 있었다. 이 기가 막힌 우연을 이영훈이 만들었다고 믿을 만큼 순진하지도 않았다.

그럼 이게 정말 우연이라고?

단순히 우연이라고 보기엔 황도현은 놀란 표정조차 짓지 않았다.

"술집에 뭐 하러 왔겠어? 술 마시러 왔지. 잘 지냈어?"

"나야, 뭐. 네 활약상은 우리 아버지를 통해서 잘 듣고 있다. 아주 배 아파 죽으려고 하시더라."

"그러게 너도 사법시험 치지 그랬냐."

"나랑 법복이 어울린다고 생각하냐?"

"아니. 절대."

"이미 답을 알면서 그런 말을 해? 너 지금 나 약 올리냐?"

가볍게 대화를 주고받는 두 사람을 민자가 멍하니 보았다. 아니라는 걸 알면서도 계속 이 두 사람에게 놀아나고 있는 것 같다는 의심이 드는 건 어쩔 수가 없나 보다.

민자는 설명이 필요한 표정이었다. 그래서 영훈은 아주 친절하게 도현과 자신의 관계를 설명해 주었다.

"아깐 가볍게 친구라고 이야기했지만 도현이랑은 꽤 친하거든.

부모님들이 모두 법복을 입었던 고상한 양반들이라."

하지만 그의 설명은 거기에서 끝나지 않았다. 이번엔 도현이 꽤 궁금한 표정이어서 민자와 자신의 관계까지 설명해야 했다.

"민이랑은 유나 때문에 알게 됐어. 너도 알고 있지? 김 사장님 외동딸."

"아."

"둘이 죽고 못 사는 사이거든."

"그 정도는 아니거든요?"

"늘 붙어 다니잖아. 그 정도면 죽고 못 사는 사이라고 해도 돼."

관계를 아주 가볍게 설명한 영훈이 두 사람을 번갈아 보았다. 민자는 도현을 보지 않으려 노력하고 있었고, 도현은 그런 민자를 내려다보며 웃고 있다.

이건 또 뭐지?

민자의 반응은 어느 정도 이해가 됐다. 하지만 도현의 웃음은 도저히 설명이 안 됐다. 민자를 보는 눈빛이 심상치가 않다.

뭐야. 무슨 일이 벌어지고 있는 거야?

민자만큼이나 황도현 역시 평범한 남자는 아니었다. 하지만 선을 보러 온 여자가 확 밀어버린 머리를 보여주었을 때, 좋아할 만큼 돌아이는 아니었다.

"이야기는 들었다? 두 사람, 선봤다며?"

"최민 씨가 이야기한 겁니까?"

물은 건 영훈이었는데, 도현은 민자에게 묻고 있었다.

뭐야, 이거 뭐야?

도현의 눈동자에 비친 건 이성에 대한 호감이었다.

두 사람을 번갈아 보고 있던 영훈이 재미있다는 듯 웃었다.

와, 재미있는 일이 생긴 것 같아!

영훈의 눈이 반짝였다.

"그럼 나 곧 갈비탕 먹는 거야?"

"헛소리할 거면 뭐 좀 먹이면서 해."

"왜, 재미있는데."

"너랑 재미있고 싶은 마음은 없다."

"오너, 있어도 되는⋯⋯."

분위기가 이상하게 돌아가자 민자가 뒤늦게 끼어들었다. 하지만 분위기는 완벽하게 도현이 원하는 방향으로 흘러가기 시작했다. 더욱 영훈 역시 이 자리를 지킬 만큼 눈치가 없진 않았다.

"알았어, 알았어. 빠져 달라는 거지? 돈 다 내야 해. 손님 없는 거 보이지?"

"받아먹을 생각도 없다. 괜히 술 얻어먹었다가 스폰이니 뭐니 소리 듣기 딱 좋잖아."

"역시, 마음에 드는 놈. 제일 비싼 거로 시켜라."

그렇게 말을 하면서 영훈은 과일을 준비해 오겠다며 안으로 들어간다.

둘만 남아버린 상황에서 민자는 꿀 먹은 벙어리가 되었다. 그와 통화를 나눈 게 한 시간도 채 되지 않았다. 거기에다가 자신이 듣기에도 꽤 톡 쏘아붙이지 않았는가.

"약속대로 술은 한잔하시죠? 뱉은 말이 있는데."

"그러고 싶진 않지만 이 바가 제 것도 아니고. 황 검사님은 원하시는 곳에 앉으시면 되겠네요."

드르륵.

허락이 떨어지자 그는 거칠 것이 없다는 듯 민자의 옆자리에 앉았다.

"뭐예요. 나 여기에 있는지 어떻게 알았어요?"

"우연입니다."

"정말이에요?"

"거짓일 것 같습니까?"

"네. 슬슬 황 검사님이 무서워지기 시작했거든요."

민자는 표정에 제 생각을 고스란히 보여주고 있었다.

'이 남자 스토커 아니야?'

하지만 도현은 그녀가 무엇을 생각하든 상관없다는 표정이었다.

"……의심스러운 거 알죠?"

민자의 물음에 그가 가볍게 웃음을 흘렸다. 그때 때마침 영훈이 커다란 접시를 들고 밖으로 나왔다. 각종 열대과일이 가득 담겨 있는 접시였다.

"서비스 더준 거 아니야?"

"우리 원래 이렇게 나와."

"이러니까 매달 적자지."

"우리 아버지 지갑은 화수분이니까 내 걱정은 하지 말고."

장난스럽게 말한 영훈은 술을 내어주었다. 그러더니 높은 바에도 불구하고, 허리를 숙여 민자에게 얼굴을 바짝 들이댄다.

"민아, 조심해. 이놈 엄청 음흉하거든."

혼잣말이라기엔 지나치게 큰 목소리여서 황도현 또한 들은 게 분명했다. 하지만 그는 눈 하나 깜짝하지 않은 채 웃기만 한다. 오히려 표정을 굳힌 건 민자였다.

"예비 부부, 즐거운 시간 보내고. 필요한 거 있으면 부르고."

"오냐!"

"큭큭."

민자가 와락 소리쳤지만 영훈은 마지막까지 두 사람의 관계가 재미있다는 듯 웃음을 내뱉으며 사라졌다.

두 사람만 남자 민자는 가볍게 마시기 위해 주문한 보드카 라임을 단숨에 마셔 버린다. 뭔가 맨정신으로는 버틸 수 없는 상황이 되어버렸다.

쾅!

잔을 말끔하게 비운 그녀가 거칠게 내려놓자, 옆에서 언더락 잔에 얼음을 담고 있던 도현이 깜짝 놀라 보았다.

"요즘 누가 절 감시하는 것 같던데, 황 검사님이었어요?"

"감시? 제가 최민 씨를요?"

"네."

"왜요?"

"상황을 봤을 땐 그런 의심이 강하게 드는데요? 이 모든 게 우연이라고요? 한 시간 전에 우연히 만나면 한잔하자고 했는데, 이렇게 바로 만날 수가 있다고요?"

"그럼 최민 씨가 이곳에 단골인 것도 제가 만든 상황이겠네요? 아, 거슬러 올라가서 영훈이가 이 바를 오픈한 것부터가 제가 만든 상황인가? 한잔할래요?"

그가 자신의 잔을 채운 후에 민자에게 물었다. 그러자 민자는 '황 검사님이 사시는 거면요'라고 말했고, 그는 마음대로 하라는 듯 민자의 잔까지 채워주었다.

"그건 빼고요. 이 바에 제가 회원권을 가진 것까진 우연이 아니더라도 오늘의 상황은 꽤 의심이 가서요."

"뭐라고 말하든 안 믿으실 거잖아요."

"그건 그렇죠."

"그럼 우린 지금 아무 의미도 없는 대화로 실랑이를 하고 있는 거네요?"

그렇게 말한 후에 도현이 웃는다.

그의 미소에 말문이 막혔다. 차가운 냉수를 벌컥 들이켠 민자가 흥분한 감정을 가라앉혔다. 뒤늦게 자신의 감정이 너무 격렬하다는 걸 깨달았기 때문이다.

이렇게까지 흥분하는 것도 이상했다. 이 남자가 아무리 거슬리는 말을 하더라도 평소엔 눈 하나 깜짝하지 않을 만큼 내공이 있다 생각했었다.

민자는 그가 따라준 술잔을 보았다.

"황도현 씨, 우리 솔직해져요."

"전 아주 솔직합니다."

"거짓말은 하지 말고요."

왜 이렇게 단정하냐는 물음에 민자가 짧게 웃었다.

"중학교 때부터 사회생활을 했어요. 그러다 보니까 어릴 때부터 눈치라는 게 생겼고요. 아, 아니다. 눈치는 그 전부터 빨랐어요. 가족들 때문에."

거기에서 잠시 말을 멈춘 민자가 이내 말을 잇는다.

"전 속마음을 감춘 사람과 술을 마실 정도로 성격이 좋지 못해요."

"좋습니다."

짧게 고개를 끄덕인 도현이 술로 입술을 적셨다. 방금 전까지만 해도 사람 좋은 웃음을 짓고 있던 도현이 낮은 음성으로 말했다.

"최민 씨부터 솔직해지면요."

"제가 솔직하지 못한가요?"

"저 대한민국 검사입니다. 거짓말하는 사람에게 진실을 끌어내는 게 일이죠."

"나쁜 사람 잡는 게 일 아니었어요?"

"그건 경찰의 일이고요."

민자가 가볍게 고개를 끄덕였다. 역시 말로는 이길 수 없는 사람이라 판단한 건지 그녀가 잔을 들었다.

"오너 말이 맞네요."

"뭐가 말입니까?"

"황 검사님, 음흉한 사람이라고 했던 말. 잘 마실게요."

망설임 없이 술잔을 기울이는 걸 보며 도현 또한 잔을 비웠다. 팽팽하게 당겨져 있던 분위기가 느슨해졌다.

"솔직해지실 준비는 되셨습니까?"

"뭐든 물어보세요. 궁금한 게 많은 표정인데."

두 사람은 마치 가벼운 게임을 하고 있는 것 같았다. 한 치도 물러서지 않은 분위기 속에 숨어서 지켜보는 영훈이 침을 꿀꺽 삼킨다.

하지만 두 사람은 평온한 표정으로 시선을 마주쳤다. 도현은 여유로운 웃음까지 짓고 있었다.

"쾌락을 즐기는 타입?"

가벼운 물음에 민자의 입술이 비틀렸다.

이런 식으로 나오겠다 이건가?

그는 마치 민자를 시험해 보고 있는 것 같았다.

하지만 여기에서 물러날 민자가 아니다. 보통의 사람이었다면 이 물음을 단순한 유혹으로 받아들였겠지만, 그녀는 아니었다.

"왜요, 나랑 자고 싶어요?"

"……."

그가 말문이 막힌 사람처럼 민자를 빤히 보았다. 이 게임의 승자가 자신이라고 판단한 걸까. 굳어 있던 그녀의 입술이 부드럽게 호를 그린다.

"그건 아닌가 보네."

가벼운 웃음을 내뱉는 민자를 보며 도현은 그제야 깨달았다.

이 여잔 정말 날 기억하지 못하고 있구나.

잘 보이는 곳에 명함을 올려놓고 왔는데 그것도 보지 못한 게 분명했다.

이제야 오해가 풀린 그가 헛웃음과 비슷한 미소를 짓더니 고개를 끄덕였다.

"거기까진 생각이 없었는데, 지금은 그렇네요."

"뭐가요?"

"자고 싶어졌어요."

"……네?"

"왜요. 먼저 물어본 건 최민 씨인데. 거기에 대한 답을 했을 뿐입니다."

"……."

도현의 말에 이번엔 민자의 입술이 굳게 다물렸다. 하지만 그는 거기에서 말을 멈추지 않고 계속해 말을 잇는다.

"감당하지 못할 일이라면 애초에 시작도 하지 마세요. 그거, 여지를 두는 거니까."

황도현은 처음으로 무심한 얼굴로 유혹했다.

처음으로 본 진심이었다.

5

"선수야. 선수가 분명해."

민자가 침대에 누워 휴대전화를 멍하니 보았다. 커다란 눈만 연신 깜빡이는 그녀는 무료해 보였다.

그날 〈블루〉에서의 만남 이후로 황도현에게선 연락 한 통 없었다. 그의 말대로였다. 술 한잔 이후로 그는 자신이 말했던 대로 제 인생에서 사라져 버렸다.

"뭐, 잘된 일인가?"

그래. 차라리 잘된 일이다. 아버지에게 괜한 희망만 심어줄 수 있는 상황은 되도록 없는 게 좋으니까.

하지만 마음은 널을 뛴다. 스물아홉 살에도 아직 사춘기를 앓고 있는 건지도 모르겠다.

"감당하지 못할 일이라면 애초에 시작도 하지 마세요. 그거, 여지를 두는 거니까."

남자와 눈이 마주치는 순간, 숨이 멎었다. 바보 같게도 술을 더 많이 마셔둘걸, 이라는 생각도 했다. 그랬다면 기꺼이 매력적인 남자와 함께 침대를 썼을 텐데. 그런 남자와의 하룻밤도 나쁘지 않았을 텐데.

매력적인 황 검사는 그렇게 민자의 신념까지 흔들었다. 아버지가 자신의 짝으로 점찍은 사람이라 할지라도, 그 남자와 충분히 어울리고 벨벳처럼 보드라운 피부를 매만지고, 안을 수 있었을 텐데.

바보 같게도 그렇게 생각했다. 한 발만 디뎌도 터지는 지뢰가 앞에 깔려있다는 걸 알면서도.

다음을 기약한 건 아무것도 없었다. 그래서 멈췄고, 가볍게 인사 후에 헤어졌다. 잘 지내라, 그렇게 말했던 것 같다.

"후우."

휴대전화를 한쪽으로 집어 던진 민자가 창가로 향했다.

커튼을 활짝 젖힌 민자가 하늘을 올려다보았다. 최근엔 무더위가 한풀 꺾였다. 너무 얇은 옷은 조금 피하는 게 좋겠다고 생각한 그녀는 청바지와 두께감이 있는 긴팔 셔츠를 꺼내 입었다.

외출 준비를 서두른 그녀가 막 밖으로 나가려다 말고 행동을 멈췄다.

"이 사람은 왜 이렇게 자주 연락 와."

그녀는 휴대전화 벨 소리가 울리자마자 액정을 확인했다. 액정에 뜬 이름은 '남혁'이다. 딱히 연락을 받는 것도 아니었는데, 안부를 물어오는 문자나 전화를 자주 걸어왔다.

「뭐 하는 중이야?」

문자를 확인한 민자가 미간을 좁혔다. 안타깝게도 처음엔 유쾌하고 재미있는 사람이라고 생각했는데, 갈수록 그 이미지가 퇴색되어 가고 있었다.

「외출하려고요. 운동도 하고요.」

짧게 문자를 보낸 민자가 한숨을 푹 내뱉었다. 답장을 보내지 않는 게 더 나았을까. 곧장 울리는 휴대전화를 보며 민자가 미간을 좁혔다. 액정엔 남혁의 이름이 떠 있었다.

전화를 무시한 그녀는 호텔 방을 나서 지하주차장으로 향했다.

"오랜만이네, 우리 애기?"

민자가 주차장에 세워져 있는 차를 향해 손을 뻗었다.

보닛 위를 손가락 끝으로 쓸어내린 민자가 콧잔등을 찡긋거렸다.

"우리 애기, 일단 씻자."

손가락 끝에 묻은 검은 때를 툴툴 털어낸 그녀가 차에 올랐다. 뽀얀 먼지를 뒤집어쓴 빨간 차가 주차장을 벗어났다.

"최민 씨, 요즘 뜸하네요? 숨 크게 들이마시세요."

트레이너의 말대로 숨을 크게 들이마신 민자가 호흡을 멈췄다. 갈비뼈가 벌어지는 느낌에 그녀가 호흡을 편히 하며 숨을 내뱉는다.

"좋아요."

트레이너가 시키는 대로 호흡을 조절하던 그녀가 곧 요가 매트에 누웠다. 그러면서 고무줄 밴드로 무릎 뒤 근육을 늘였다.

"비수기라서 그렇죠, 뭐."

"그런 것치고 스트레칭은 꾸준하게 한 것 같은데요?"

"습관이에요, 습관."

몸에 착 달라붙은 레깅스를 입고 있는 민자는 익숙하게 스트레칭을 이어나갔다. 필라테스를 시작한 지 오래되었기에 거의 강사나 다름없을 정도였다.

뒤통수부터 척추까지 바닥에 붙인 민자는 골반뼈 밑으로는 하늘을 향해 들어 올렸다. 쭉 뻗은 다리는 유연했다. 몸매를 갈고닦기 위해 어릴 적부터 해온 운동은 그녀에겐 이제 생활이 되어 있었다.

"스케줄은 없어요?"

"화보 촬영도 해야 하고, 중국도 가야 하고요."

"중국은 왜요? 여행?"

"아니요. CF 촬영했거든요."

"자, 호흡을 길게 내뱉으면서 고개부터 차례대로 내리세요."

트레이너가 시키는 대로 스트레칭을 마친 그녀가 곧 근력운동에 들어갔다. 기구를 사용하여 부위별로 운동을 하자 곧 몸에 땀이 맺혔다. 필라테스는 아주 정적인 운동이었지만, 애초에 군인들의 재활을 위해 만들어진 운동이었기에 보는 것처럼 쉽지만은 않았다.

"요즘 유나 씨가 안 보이네요?"

기구에 묶여 있는 고무줄에 몸을 의지해 띄우고 있던 민자가 고개를 내렸다.

"운동도 하러 안 와요?"

"네. 왜요, 무슨 일 있어요?"

"연락도 따로 없었고요?"

"네, 답장도 없으시고요."

유나와 자신은 담당 트레이너가 같았다. 기본적으로 따로 1:1로 운동을 하고 있었지만, 시간이 되면 같이 와 함께 운동을 하기도 했다.

"내려오세요. 근육 스트레칭하고 마칠게요."

볼로 허벅지와 종아리 근육을 풀면서도 민자는 미간을 좁혔다. 유나를 걱정하고 있긴 했지만, 이젠 그 걱정이 불안으로 확산되고 있었다.

운동을 마친 민자는 샤워 후에 밖으로 나왔다. 원래라면 필라테스 센터 안에 있는 헬스장에서 한 시간 정도는 유산소 운동 후에 집으로 가려 했지만 계획이 변경되었다.

차에 오른 그녀가 유나에게 전화를 걸며 차를 몰았다. 전화는 여전히 꺼져 있다는 기계음만 들렸다.

센터와 유나의 샵은 차로 15분 거리 정도에 있었다. 빠르게 차를 몰아 샵 앞에 도착한 민자는 굳게 닫혀 있는 문을 보았다.

전에 왔을 때와 달라진 게 있다면 더 쌓여 버린 전단지와 행인이 버린 쓰레기였다.

샵 입구에 쌓여 있는 테이크아웃 잔을 보던 민자가 허리를 숙였다. 테이크아웃 잔 안엔 과일로 보이는 게 썩어서 몽글해져 있었다. 아무리 여름이라 하더라도 음식은 많이 상해 있었다.

민자가 휴대전화를 꺼냈다. 전화를 건 것은 이 상황에서 유나와 연락이 될 가능성이 가장 높은 남자였다.

"오너, 유나랑 연락 돼요?"

[응, 아직도 안 돼. 왜?]

영훈의 물음에 민자가 샵을 보았다. 바람에 펄럭펄럭 날리는 전단지가 민자의 마음을 계속 불안하게 만들었다.

"아무래도 뭔가 이상해요."

[설마 무슨 일 있으려고.]

"그래도 느낌이 너무 이상하단 말이에요. 단골 커피숍에도 안 오고, 레스토랑에서도 최근엔 못 봤대요. 운동하는 트레이너도 연락이 안 된다고 하고요."

민자의 말에 영훈 역시 상황의 심각성을 깨달았나 보다. 전화 너머에선 아무런 답도 들려오지 않았다.

몸을 돌린 민자가 차에 오르며 물었다.

"오너, 유나 아버지와 안다고 했죠?"

[부모님끼리 아는 사이여서 연락처를 알아낼 수는 있어.]

"그럼 유나 아버지한테 연락 좀 해보세요."

[알았어. 연락해 보고 말해줄게.]

"네, 부탁해요."

[부탁은 무슨. 네 말 들으니까 나도 갑자기 불안해진다.]

곧 연락을 주겠다는 말에 민자가 시동을 켰다.

자신이 할 수 있는 일은 아무것도 없다는 사실에 답답한 마음도 들었다. 조급한 마음이 들었지만, 어쩔 도리가 없었다. 운전을 하는 민자의 얼굴이 차갑게 굳어 있었다.

호텔로 돌아온 민자는 지하에 차를 세워둔 후에 엘리베이터에 올랐다. 엘리베이터에 등을 기댄 민자가 눈을 감는다.

"후우."

생각해야 할 것들이 많았다. 일상을 찾지 못했기에 뭐든 하나라도 해결을 해야 할 것 같았지만 무슨 문제든 쉽지가 않다.

아버지와의 갈등은 하루 이틀 풀어서 될 일이 아니었다.

띵—

엘리베이터 문이 열리자 민자가 걸음을 옮겼다. 카펫을 사뿐히 걸어가던 민자가 방 앞에 멈춰 섰다.

가방에서 카드키를 꺼낸 민자가 문을 열고 안으로 들어섰다. 청소를 하지 않아도 된다고 푯말을 걸고 나갔는데도, 안은 많은 게 바뀌어 있었다.

이게 뭐지?

민자가 활짝 열려 있는 옷장을 보았다. 옷걸이에 걸어두었던 옷들은 바닥에 흩뿌려져 있었고, 한쪽에 잘 정리해 둔 구두 역시 여기저기 던져져 있었다.

아래를 향해 있던 민자의 시선이 먼 곳으로 향했다. 겁에 질린 그녀는 자신에게 일어난 상황을 쉬이 이해하지 못하고 있었다.

하지만 열린 캐리어 밖으로 흩어져 있는 속옷과 바닥에 떨어져 있는 화장품을 보는 순간 걸음을 뒤로 물렸다.

"아……."

신음을 뱉은 민자가 자리에 털썩 주저앉았다.

호텔 방 안은 누군가가 뒤진 흔적이 역력했다.

민자의 몸이 바들바들 떨렸다. 이런 일을 경험해 보는 건 처음이었기에 머릿속은 백지가 되어버렸다.

그때였다.

딩동—

초인종 소리에 민자의 눈이 커다랗게 뜨였다.

❖

검사 임용의 경우 철저한 성적순이다.

초임지 발령의 경우에는 철저히 성적에 따라 서울을 중심으로 각지로 흩어진다. 사법고시 성적과 연수원 수료 성적을 더해서 초임지를 결정하게 되는데, 그중 상위의 특별한 이들은 서울중앙지검으로 배치된다.

서울중앙지검으로 전입된 검사는 형사부와 공판부에서 반년에서 1년 정도 일한 후에 인지부서에 지원하는 게 일반적이었다. 인지수사(검찰이 범죄가 의심되는 상황에서 그 단서를 찾기 위해 조사하는 일)를 진행하는 부서가 검찰 수뇌부의 시선을 받기 좋아 승진에 유리하기도 했지만, 개인의 능력을 보여주기에도 좋기 때문이다. 덕분에 승진 코스 중 가장 첫 번째로 꼽히는 곳이 서울중앙지검 3차장 검사 아래의 부서들이었다.

언론의 관심을 받는 곳도 대부분은 이곳에 속했다. 금융조세조사부나 검사장이 지정하는 특별수사 사건을 담당하는 특별수사팀 또한 언론에 심심찮게 등장하는 곳이었다.

황도현 검사가 속한 강력부 역시 인지수사 부서였다. 보통 조직폭력 사건이나 마약 사건을 맡곤 하는 곳이었고, 최근엔 중앙지검 내에서도 가장 관심을 받고 있는 '데이트 강간 마약 사건'을 수사 중에 있었다.

"인지수사는 위험성도 있습니다. 검사의 개인적인 판단으로 수사를 진행해서 표적수사라는 말을 듣기 쉽죠. 더욱 이번 사건에서 언급되는 사람들의 면면을 보면 사회적 파장은 클 겁니다. 제대로 마무리하지 못하면 오히려 검찰의 입지만 좁아질 수도 있고요."

추가 인원이 배치되어 회의실 안엔 열 명이 넘는 사람들이 모여 있었다. 개중에선 중앙지검 여성아동범죄조사부 검사도 함께 있었는데, 별건이라고는 하나 GHB와 관련된 사건은 함께 수사해 나가기로 상부에서 결정을 했기 때문이다.

서로 물어뜯기 바쁜 1차장검사와 3차장검사 역시 손을 잡을 수밖에 없었다. 황도현 검사가 1차로 수사보고를 올렸을 때 중앙지검에서도 높은 자리를 차지하고 있는 그들의 얼굴이 새하얗게 질릴 정도였다.

정재계는 물론이고 연예계의 인물까지 언급되는 상황에서 혼자서 감당하기엔 덩어리가 너무 컸기 때문이다. 일이 잘못되었을 땐 책임자 거론까지 될 수 있었기에 상부의 걱정은 날로 늘어날 수 밖에 없었다.

이럴 때일수록 신중하게 접근하지 않으면 오해를 살 수도 있다. 법적으로 보았을 때 괜히 민간인을 검찰에서 사찰했다는 오해를 살 수도 있는 상황이었다.

물론 검찰에서도 그 상황에서 할 만한 변명은 있었다. 첩보를 받은 내용도 있었고, 인지수사를 하는 중이었다고 하면 여론의 뭇매는 맞겠지만 문제 될 건 없었다.

"한조그룹, 민두파, 현 복지부 장관, 여당정치인이라……. 이거 잘못하면 독박 쓰겠는데요?"

"정재계면 다행이지, 배우 남혁이나 가수 한울까지 언급되고 있는 상황에서 이거 어디 무서워서 수사하겠습니까?"

"거기에 MHK 로펌까지 포함이요."

수사를 위해 모인 검사들과 수사관, 형사들의 표정이 어두워졌다. 대부분 참고인 조사도 힘들 만큼 대단한 양반들의 자제들이었던 터라 실체를 파헤쳐야 하는 이들이었음에도 불구하고 겁이 날 수밖에 없었다. 수사를 진행하는 건 둘째 치고, 증거를 잡고 법정에 세우는 것도 만만치 않을 것 같았다.

다들 낯빛이 어두워진다.

하지만 곧 자신의 본분을 다하기 위해 의견을 내놓기 시작한다. 한조그룹 넷째가 정기적으로 여는 모임에 참석한 이들부터 차근차근 조사해 나가야 한다는 분위기가 이어졌다. 우선은 빼도 박도 못할 증거와 진술들이 있어야 한다는 의견이 이어졌지만 곧 이 역시 쉽지 않을 거라는 말을 덧붙인다.

"아주 진솔한 고백은 기대할 수 없을 것 같고."

"그럼 모임에 참석했다가 피해를 본 사람들부터 찾아보죠?"

"저희 부서에서는 이 그룹과 관련하여선 피해자가 없어요."

여성아동범죄조사부 최태성 검사의 말에 다들 표정이 일그러졌다. 한발 빼고 싶다는 말이었다.

하지만 그를 탓할 수도 없었다. 잘못 손을 댔다간 출셋길이 막힐 텐데 어찌 그에게 비겁하다고만 할 수 있을까.

검사가 된 이들 중에선 거악을 벌하기 위해 이 직업을 선택한 사람들도 있었겠지만 대부분은 성공을 위해 된 이들이 더 많았다. 그리고 최태성 검사는 거의 마지막 '개천의 용'으로 분류되는 인물이었다. 빽도 없이 중앙지검에 입성한 것도 대단하다고 평가받는 인물이었으니 주류인 황도현 역시 그의 말에 고개를 끄덕일 수밖에.

"알겠습니다. 그럼 우선은 주요 멤버를 제외하고서 언급되는 인물들부터 조심스럽게 접근해 보죠."

"최민자 씨 불러서 참고인 조사부터 해보는 게 어떻겠습니까?"

처음부터 함께 수사를 해온 박 형사가 제안했다.

"관찰 결과 그들과의 연관성도 적어서 수사에 협조적일지도 모릅니다."

'사찰'이라는 말을 둘러 '관찰'이라 표현한 박 형사의 말에 다들 동조하는 분위기가 이어졌다.

최민자는 최근 제한된 동선만으로 움직이고 있다고 했다. 대부분의 시간을 호텔에서 보내고 있었고, 운동을 다니는 게 일상의 전부라 했다. 딱히 만나는 사람도 없었으니 주요 모임 멤버들과 많은 친분이 있는 것 같지도 않다는 말이다. 어쩜 그 파티에도 잠시 초대된 인물일지도 모른다. 함께 즐겼을 수도 있겠지만 가만히 생각해 보면 피해자 쪽인 것 같았다.

원래의 계획과는 많이 달라져 버렸다. 생각보다 최민자는 접근하기 어려운 사람이었다. 연예계에 종사하는 이들 대부분이 그러하듯 사람을 만나는 것에 조심스러운 타입인 것 같았다.

애초에 부모님들이 만든 자리에서 만난 게 문제였을까.

그녀는 최 소장에게 괜한 기대를 안기는 일 따위 하고 싶지 않았다며 자신의 연락은 무조건 무시부터 하고 봤다. 가까운 곳에서 그녀를 지켜보는 게 좋을 것 같다는 판단에서 나간 자리였지만 이런 식으로 발목을 잡힐 줄은 몰랐다.

"이번 달 말까지 움직임이 없으면 그렇게 하죠."

회의는 지지부진했다. 실체에 가까워졌음에도 한 걸음 뒤로 물러선 느낌이다.

사람들이 각기의 숙제를 안고 흩어졌다. 하지만 황도현은 홀로 사무실에 남아 있다.

의자에 앉은 그가 이마를 매만졌다.

"위험하다, 위험해."

휴대전화를 힐끗 본 그가 한숨을 푹 내뱉었다.

이렇게까지 자신의 감정이 컨트롤되지 않았던 때는 없었다. 늘 큰 고민 없이 사람을 만났고, 이별을 했다.

그런데 이번은 예외였다. 만남도 이별도 힘들다. 가장 그래선 안 될 순간에 말이다.

블록을 삐뚤삐뚤 쌓아 올려 곧 무너질 것 같았다. 자신의 안에 쌓여 있는 그 감정이 언제 무너질지 몰라 매사 조심스러워졌다.

조용한 휴대전화를 힐끗 본 그가 깊은 숨을 내뱉었다. 휴대전화를 집어 들려던 손이 책상 위로 툭 떨어졌다.

"이렇게 참을성이 없어서야."

황도현이 헛웃음을 내뱉었다. 다양한 감정이 담겨 있는 시선이 창밖으로 휙 향했다.

생각에 잠긴 얼굴로 한참 생각에 잠겨 있던 도현은 노크도 없이 벌컥 열리는 문을 보았다. 현장에 나가보겠다던 박 형사가 깜짝 놀란 표정으로 뛰어들어 오고 있었다.

"무슨……."

"문제가 생겼습니다."

"무슨 문제요?"

"미르호텔에서……."

호흡을 가다듬지 못한 박 형사가 헐떡거리며 말을 할수록 도현의 얼굴에 핏기가 가셨다.

"방금 신고가 들어와서 현장으로 가고 있다고 합니다. 그래서 일단 최민자 씨 지켜보던 후배한테는 물러나 있으라고……."

박 형사의 말이 끝나기도 전에 도현이 몸을 돌려 사무실을 나섰다. 힘껏 달려가는 그의 얼굴이 긴장감에 굳어져 있었다.

황도현은 한달음에 미르호텔로 달렸다. 머릿속만큼이나 옷차림새도 흐트러져 있었다.

그는 평소 어떠한 일에도 여유로운 사람이었다. 인생에 큰 시련이 없어 그런 것도 있었지만, 표정 관리에 능하기도 했다.

하지만 차에서 내리는 다급한 얼굴이었다. 그답지 않았다.

황도현은 엘리베이터에 오르고 나서야 숨을 가다듬었다. 그러다 곧 거울 속 제 모습을 본다.

"후우."

그가 엉망인 제 모습에 숨을 깊게 내뱉는다. 그러면서도 운전을 하는 내내 목이 죄어 풀어헤친 넥타이를 바로잡았고, 머리 역시 쓰다듬으며 정리했다. 하지만 긴박함에 굳어진 표정은 숨길 수가 없었다.

엘리베이터가 도착하자 마지막까지 숨을 가다듬은 그가 1층 로비로 향했다. 데스크에 모여 있는 사람들 중 익숙한 사람들이 몇몇 보였다. 강남서에서 나온 형사들은 물론이고, 현장에 있었던 김 형사까지 그를 기다리고 있었다.

호텔 관계자들과 대화를 나누는 형사는 답답한 마음에 머리를 벅벅 긁었다. 그러다가 성큼성큼 걸음을 옮기고 있는 도현을 뒤늦게 발견한 김 형사가 다가와 귓속말을 하듯 작은 어조로 속살거렸다.

"오셨습니까, 황 검사님."

수사와 관련해선 모든 게 비밀이었다. 최민의 뒤를 밟고 있다는 것도 아직 외부에 알려져선 안 되기에 김 형사는 매사 조심스럽게 행동했다.

그건 도현 또한 마찬가지였다. 그 역시 몸을 돌려 관계자들이 들을 수 없을 만큼 작은 어조로 물었다.

"어떻게 된 일입니까."

"최민 씨가 자리를 비운 사이에 침입자가 있었나 봅니다. 그 일로 최민 씨가 신고를 하셨고요. 전 신고하기 전에 확인은 했지만 개입하지는 않았습니다."

"좋습니다. CCTV는 확인하셨습니까."

"그게 고객들 때문에 보여줄 수 없다고…… 프라이버시를 위해서 확인 절차는 힘들다고 필요하면 영장 가지고 오라고 하더라고요."

그러면서 김 형사는 '어떻게 할까요?'라고 물었다. 도현의 고민 역시 깊어졌다.

단순히 호텔에 누군가가 침입한 일로 검사까지 나서는 건 문제가 있었다. 수사는 되도록 조용히 이루어지는 게 좋았다. 하지만 호텔 측이 수사에 비협조적이라면 말은 달랐다. 고민에 잠겨 있던 그가 모여 있는 사람들에게 다가갔다.

"책임자 어디 있습니까. 서울중앙지검 황도현 검사입니다."

"어, 그게……."

"CCTV 영상 확인했으면 합니다. 복도 쪽으로 비추는 게 있죠?"

"있긴 있습니다만…… 엘리베이터 입구에만 있습니다. 각 방 문을 비추는 건 없고요."

직원이 슬쩍 눈치를 보았다. 그러더니 더 이상 자신이 나설 일은 아니라 판단한 건지 말을 이었다.

"지배인님을 불러 드리겠습니다."

"협조 감사합니다."

아직 협조를 한 것도 아니었지만 도현은 단정 지어 말했다.

직원이 무전으로 지배인을 불렀다. 상황이 예상과는 다르게 튄다는 걸 안 모양인지 중년의 남성이 헐레벌떡 달려왔다.

"수사에 협조 부탁드립니다."

"아니, 이런 일에 왜 검사님이 직접……."

"수사에 대해선 비밀을 지켜주셔야 합니다. 이 사실이 외부에 알려질 시에 호텔 측도 나쁠 것 같고. 아시지 않습니까. 호텔 룸에 침입자가 들어갔다는 게 어떤 의미인지. 안전하지 않은 숙박업소라니, 사람들이 안심하고 머무를 수 있겠습니까."

협박이었다. 수사엔 호기심을 가지지 말라고. 이 사실이 외부에 발설되어서도 안 된다고.

이에 지배인은 눈치 빠르게 고개를 끄덕였다. 대화가 통하는 상대여서 다행이었다.

"CCTV 어디서 확인하면 됩니까?"

"따라오시면 됩니다."

지배인이 먼저 앞장서자 도현은 곁에 서 있던 김 형사에게 말했다.

"김 형사님, 부탁합니다."

"직접 안 가시게요?"

"최민자 씨에게 가볼 생각입니다."

"아."

김 형사가 빠르게 고개를 끄덕였다. 그러더니 지금 황도현이 가장 궁금할 이야기를 묻지 않았는데도 말해주었다.

"1032호에 계십니다."

도현은 호텔 룸으로 향하기 위해 엘리베이터 쪽으로 걸음을 옮겼다.

마음이 홀로 두려움에 떨고 있을 최민자에게로 내달린다.


활짝 열려 있는 1030호를 확인한 도현이 몸을 돌려 1032호로 향했다. 마치 폭격을 맞은 것 같은 1030호와는 달리 1032호는 사용감 없이 말끔하게 정리되어 있었다.

커다란 트윈 룸에 민자가 앉아 있었다. 몸을 오들오들 떨고 있는 민자를 보는 순간 도현은 안도감과 비슷한 감정을 느꼈다.

"잠시만 자리 비켜주시겠습니까."

도현은 문 앞을 지키고 있는 경찰에게 신분증을 보여주었다. 그러자 침대에 앉아 있던 민자가 고개를 들어 그를 본다. 눈빛은 그어떠한 감정도 담지 않은 채 텅 비어 있었다.

"여긴 어떻게 오셨어요?"

"관심 있는 여성에겐 제가 관심이 좀 많습니다."

오들오들 떨리는 어깨가 안쓰럽다.

동그란 어깨를 바라보던 그가 시선을 돌려 무릎 위에 얹어져 있는 꽉 쥔 주먹을 보았다.

"그리고 지금도."

"……."

"어떻게 된 일인지 여쭤봐도 되겠습니까. 힘들지 않는다면."

"힘들어도 말해야죠."

그렇게 말하는 와중에도 길게 드리워진 속눈썹이 파르르 떨렸다.

"무섭지만."

짧게 잘라 하는 말에 무심히 굳어 있던 도현의 얼굴이 일그러졌다. 하지만 그는 민자에게 섣불리 위로의 말을 하지 않았다. 가까이 다가가려고 하지도 않았다. 모든 행동과 말은 아주 조심스러웠다.

"이젠 괜찮습니다. 당신 눈앞에 있는 사람은 웬만한 범죄자들이라면 모두 무서워하는 검사니까. 거기에다가 밖엔 최민자 씨를 지켜줄 경찰 역시 많습니다."

"위로예요?"

"진실을 말해주는 겁니다."

내내 떨리던 민자의 몸이 점차 괜찮아졌다. 아직은 긴장하고 두려움에 질려 있는 얼굴이었지만 그녀는 많이 안정되었다는 듯 고개를 끄덕인다.

그녀의 상태가 괜찮아지는 듯하여 도현은 걸음을 옮겨 물병을 집어 들었다. 그는 이야기를 듣기 전 민자에게 물병을 건네준다.

"기억나는 게 있으면 상세히 설명해 주세요. 침입자에 대한 단서가 있을지도 모르니까."

"아침에, 잠시만요."

민자가 덜덜 떨리는 손으로 휴대전화를 켰다. 겉으론 한없이 단단하고 강해 보이는 여자라 하더라도, 이런 일 앞에선 속수무책이었다.

하지만 최민자는 최민자다. 문자함을 확인한 그녀가 곧 자신의 기억을 더듬었다.

"아침에 일어났어요. 10시 23분쯤에 호텔을 나왔고, 세차장에 갔어요. 세차를 했고 그다음에는…… 11시쯤에 운동을 하러 갔어요. 운동간 시간은 트레이너에게 확인해 보면 돼요."

민자는 되도록 정확하게 이야기하려고 노력했다.

"두 시간 운동을 했고, 그다음엔 친구 샵에 들렀다가 호텔에 들어온 게 다예요."

"정말 그게 전부입니까?"

"네. 다른 건, 없어요. 호텔로 돌아왔더니…… 방이 엉망이 되어 있어서 깜짝 놀랐어요. 이게 어떻게 된 일인가, 어떻게 해야 할지 몰라서 당황하고 있을 때 호텔 직원이 와서……."

그녀는 정말 숨김없이 말했다는 듯 힘껏 고개를 끄덕였다. 표정 역시 거짓을 말하고 있는 것 같지는 않았다.

하지만 아직은 확인해야 할 것들이 많았다. 그중에서 가장 중요한 건 그녀의 방에 말없이 들어간 자가 누구인지, 그 사람이 원하는 게 혹여 자신이 수사하고 있는 내용과 상관이 있는지, 꼭 확인해야 했다.

"이 호텔에 지내고 있다는 걸 알고 있는 사람은 누가 있습니까."

"친언니랑 2년 정도 함께 일한 매니저…… 그리고 블루 오너요."

"다른 사람은요?"

"부모님도 몰라요. 호텔에서 지낼 일이 있으면 미르호텔에 묵는다는 건 알고 있는 사람이 많지만 룸 번호를 알고 있는 사람은 없어요. 매니저밖엔."

매번 올 때마다 방이 바뀐다. 그리고 이번엔 따로 자신의 룸에 온 사람도 없었다. 혼란스러운 표정으로 말한 민자가 뒤늦게 깨달은 사실이 있다는 듯 고개를 저었다.

"하지만 매니저는 아니에요. 걔가 왜 제 짐을 뒤지겠어요?"

"그럼 그럴 만한 사람은 있고요?"

"없어요."

"짐 중에서 없어진 건 있습니까?"

"없어요."

그녀는 앵무새처럼 같은 말만 반복했다. 그러다가 '나 지금 취조받는 건가요?' 라고 웃으며 묻는다. 농담을 가장한 말에 그는 애써 미소 지었다.

"아닙니다. 짐 확인은 다 하신 겁니까?"

"한 달 일정으로 꾸린 짐이라서…… 다 확인해 봤지만 없었어요."

목이 타는 건지 민자가 물병을 열려 했다. 하지만 손에 힘이 들어가지 않나 보다. 연신 헛손질을 하자 그가 말없이 손을 뻗었다. 민자는 그와 물병을 번갈아 보더니 이내 그의 행동을 이해하고선 물병을 내밀었다.

드르륵.

그는 손쉽게 뚜껑을 연 후에 그녀에게 내밀었다. 민자는 목이 많이 타는지 벌컥벌컥 물을 들이켠 후에 숨을 훅 내뱉었다. 물병의 물이 사라지는 게 눈에 보일 정도였다.

민자는 많이 지쳐 보였다. 이 상황 자체가 그녀가 견디기엔 이미 그 수치를 넘어선 듯 보였다. 최근에 많은 일들이 있었으니 이상할 것도 없었다.

"지낼 곳은 있습니까?"

우선은 휴식이 필요할 거라는 판단에 그렇게 물은 것이었는데, 민자는 어쩐지 더 지친 표정이었다.

"없어요."

"그럼 부모님 댁에 가시는 게······."

침입자를 잡지 못한 상황에서는 안전한 곳에 있어야 했다. 저들이 원하는 것이 무엇인지도 몰랐고, 민자 역시 그것에 관해선 감도 잡지 못한 표정이었다. 모든 게 뿌연 안갯속에 뒤덮여 있는 상황이었으니 조심할 필요가 있었다.

하지만 민자는 거칠게 고개를 저었다. 움직임은 히스테릭하기까지 했다.

"비웃을 거예요."

"최민 씨."

"그것 보라고. 내 말 안 들어서 이렇게 된 거라고. 기집애가 집에나 있지, 밖에 나가서 괜히 이런 일이 일어난 거라고 아주 통쾌하게 웃으실걸요?"

그렇게 말하는 순간 민자의 눈가에 눈물이 차올랐다. 이제껏 눈물 한 방울 흘리지 않은 채 상황을 설명하고 견디던 그녀가 이번 일에 있어서만큼은 달랐다.

그녀는 공포에 휩싸여 있었다. 애써 괜찮은 척했던 가면은 훌러덩 벗겨진 채로.

"처음엔 몰랐는데, 점점 시간이 지나니까 무서워 죽을 것 같아요. 만약에, 내가 방에 들어갔을 때 그 사람이 여전히 남아 있었다면? 생각만 해도······."

툭. 툭.

무게를 이기지 못한 눈물이 연신 아래로 떨어졌다.

그녀는 떨리는 제 몸을 가느다란 팔로 힘껏 안았다. 타인의 체온이 필요할 만큼 몸이 떨린다. 호텔 방 안은 적정한 온도가 위지되고 있었지만 다른 이유로, 공포감이란 이름 아래 추위에 떨었다.

"생각하는 것만으로도 끔찍해요."

고개를 숙인 그녀가 감정을 주체하지 못한 채 연신 눈물을 쏟았다.

눈물은 복합적이었다. 두려움을 앞세워 이제껏 가슴속에 응어리처럼 쌓여 있던 감정들을 모두 토해낸다.

하지만 민자는 곧 자신의 앞에 서 있는 사람이 누구인지 깨달은 모양이다. 손등으로 눈물을 닦아냈고, 이내 아무렇지도 않은 척 고저 없이 말했다.

"혼자라도 괜찮아요. 괜찮아지면, 언니 집으로 갈게요."

괜찮다고 한다.

누굴 바보로 아나.

아니면 거짓말이라는 걸 알면서도 배려하는 젠틀한 남자로 보는 건가.

그는 감을 잡지 못했지만 고저 없이 답했다.

"제가 안 괜찮습니다."

"오늘 일만으로도 충분히 감사……."

"저 신분 확실합니다. 보통의 사람이라면 가볍게 넘어갈 수 있는 경범죄도 제게는 큰일이 됩니다."

민자가 멍한 눈빛으로 그를 올려다보았다. 이 남자가 지금 무슨 말을 하는지 도통 감을 잡지 못한 표정이다.

그래서 그는 확실히 제 마음을 전했다.

"저희 집으로 가요. 갔다가, 괜찮아지면 언니 집으로 가세요."

❖

더듬, 더듬.

민자가 어색한 표정으로 집 안을 둘러보았다. 깔끔하게 정리 정돈된 공간은 호텔과 별반 다를 게 없어 보였다.

심플하고 모던한 거실을 둘러보던 그녀가 테이블 위에 얹어져 있는 하얀 머그컵을 보았다. 이 공간에서 유일한 생활감이었다.

"편하게 지내셔도 됩니다. 검사 집까지 터는 간 큰 놈은 없을 테니까."

"……고맙습니다."

"따뜻한 것 좀 드릴까요?"

물음이었지만 딱히 답은 필요하지 않았나 보다. 질문과 함께 그가 부엌으로 들어갔다.

거실에 홀로 남은 민자는 고민했다.

부엌으로 따라 들어가야 할까?

낯선 공간이었기에 민자는 사소한 행동에도 고민했다. 하지만 곧 따라가지 않기로 한 것인지 소파에 앉은 후에 깊게 호흡을 내뱉는다.

어쩌자고 여기까지 따라온 것일까.

스스로 결정을 했음에도 불구하고 아직도 미스터리였다. 왜 자신의 집으로 가자는 그에게 고개를 끄덕인 건지. 그와 함께 여기까지 오게 된 것인지.

마치 가시방석에 앉은 것 같은 느낌이었다. 벌을 받고 있는 것 같기도 하다.

"자요."

도현이 그녀의 앞에 머그컵을 내밀었다. 뽀얀 액체에서 뜨거운 김이 올라오고 있었다. 따뜻하게 데운 우유 같았다.

그가 건넨 배려를 민자는 이번에도 거부하지 않고 받아들였다.

뜨거운 우유는 숙면을 위해 도움이 될 것이다. 오늘 밤은 약의 도움을 받고 싶을 정도였다. 부디 악몽이 날 찾아오지 않았으면.

자신에게 일어난 이해할 수 없고, 힘든 이 일들을 하루 빨리 잊을 수 있기를.

"침대 쓰세요. 불편하시면 시트 갈아드리겠습니다."

"아니에요. 더 이상 신세지고 싶지 않습니다."

"신세라고 생각하지 마세요. 충분히 말했던 거 같은데요. 저 최민 씨에게 아주 관심이 많다고."

"……하지만 절 여기에 데리고 온 건 관심 때문이 아니잖아요."

"자고 싶습니다, 물론. 하지만 전 때와 장소를 가리는 남자고, 지금은 제 욕구를 채우는 일보다 최민 씨의 안전이 더 중요할 뿐입니다."

웃음기 하나 없는 말은 외설적이었다. 그럼에도 그는 부끄러움을 모르는 사람처럼 말했고, 이내 어깨를 으쓱였다.

당장 문 하나만 열면 침대가 있다. 이 공간에 있는 건 젊은 두 남녀뿐이었고, 키스를 하고 몸을 섞어도 이상할 게 없는 상황이었다.

하지만 민자는 팽팽하게 당겨진 긴장감에 슬쩍 미소를 지었다. 어설픈 웃음이었지만 어떤 확신이 담겨 있었다.

"무슨 일인지 솔직하게 말씀해 주실 수 있나요?"

"남녀 사이에 있어서 믿음보다 주요한 건 없죠. 특히, 시작하는 단계에서는."

그러니 그 믿음에 금이 갈 만한 거짓은 말하지 않겠다는 거다.

하지만 민자는 그의 가벼운 웃음과 말 뒤에 숨은 진심을 모를 만큼 어리숙하지 않았다. 그는 이 상황을 가볍게 넘기고 싶은 모양이었지만 전혀 그럴 생각도 없었다.

"검사님. 지금 제 주위에서 무슨 일이 일어나고 있는 거죠?"

그래서 물었다. 자신만 모르는 일을 알아내기 위해.

"황도현 검사님의 관심, 처음부터 이상하다고 느꼈거든요."

"이상할 게 뭐가 있습니까. 전 최민 씨가 정말 마음에 들었습니다. 계속 피해 다니던 선 자리에 나갈 만큼."

"거짓말하지 마세요. 다 티 나요."

도현이 뺨을 어루만졌다. 그러더니 한숨을 쉬며 맞은편 자리에 앉는다. 대화가 길어질 것 같다는 생각을 하자 은연중에 나온 행동이었다.

민자는 자신의 맞은편에 앉은 도현을 보았다. 처음 봤을 때도 느꼈지만 이 남자는 참 잘났다.

근사한 웃음도, 잘 가꿔진 몸도.

인정하고 싶지 않은 건 자신의 취향이 아닌 건 거짓말을 하는 저 입술뿐이다.

"거절해도 계속 연락 오는 것부터가 이상했어요. 황도현 검사님 정도 되는 사람이 자신을 밀어내는 여잘 위해서 조신한 남자가 되어주겠다니, 아무래도 정상적인 상황은 아니잖아요?"

"자신을 너무 과소평가하십니다."

"과소평가라니요. 주제를 아는 거죠. 제가 또 끝내주는 미인은 아니어서 누군가에게 무조건적인 애정을 받기엔 이상하기도 했고요."

도현의 얼굴은 굳어졌지만 그와는 반대로 민자의 웃음은 진해졌다.

"이런. 제가 제대로 허를 찔렀나 보죠?"

"취조하는 솜씨가 좋으십니다. 동료로 만났으면 든든했을 겁니다."

"안타깝게도 제가 공부를 못했네요. 그쪽 유전자는 언니가 다 가지고 가서."

가볍게 농담을 던진 그녀가 도현의 얼굴을 빤히 보았다.

참 잘생겼다.

진심이 된 황도현은 참 자신의 취향이었다.

"그럼 이젠 사실대로 말해주세요. 들을 준비되어 있으니까."

달칵.

문을 닫고 밖으로 나온 도현이 창가에 다가 섰다. 깨끗하게 닦인 유리창 너머로 도시의 야경이 그를 현혹시킨다.

그는 말없이 세상을 내려다보았다. 이렇게 멀리서 보면 아름답기만 한 도시인데 실상 들여다보면 그렇지가 않다. 서울은 많은 사람들이 얽혀 사는 도시고, 그 안에선 오늘도 끔찍한 사건사고가 일어나고 있었다.

한참 세상을 내려다보고 있던 도현은 휴대전화 벨 소리에 전화를 받았다.

"네, 황도현입니다."

[김 형사입니다. 현장 수사를 한 경찰들이 보기에는 뭔가를 찾고 있는 것 같다고 합니다.]

예상을 했던 문제라 도현은 잠시 침묵을 지켰다. 그들은 민자의 짐에서 뭔가를 찾으려 했다. 하지만 정작 당사자는 아무것도 모르고 있었다. 대화를 나눠보며, 확신이 들었다.

최민자는 피해자야.

나이트클럽에서 있었던 일도, 그때 약에 취했던 일도, 그녀는 아무것도 모르고 있었다. 그 모임에서 무슨 일이 있었던 건지.

그 모든 일을 알게 된 민자는 말이 없었다. 그저 생각이 필요하다는 말만 했다.

보통의 여자라면 감당을 하지 못할 일들이었다. 더욱 오늘 최민자의 하루는 참 길었다. 평범하고 단조로운 하루였었는데, 순식간에 어그러져 버렸다.

[최민자 씨에게 직접 물어보시는 게 어떨까요?]

"물어봤습니다. 누군지 감이 잡히질 않는다고 말했고요."

[……흠음.]

김 형사는 의심하고 있었다. 민자가 숨기고 있는 게 있을지도 모른다고.

하지만 도현은 민자와 처음으로 숨기는 것 없이 대화를 하고서 알게 되었다.

"아닙니다. 확인해 본 결과, 아무것도 모르고 있었습니다."

[정말입니까?]

"네."

그의 어조는 단호했다. 이어지는 말들 역시 그랬다.

"참고인 조사도 받겠다고 했습니다. 최대한 협조할 거라고."

민자는 담담했다. 눈물을 보였던 게 자신이 만들어낸 환상이라고 착각할 만큼.

"CCTV는 어떻게 됐습니까?"

[워낙 많은 사람들이 있어서 확인하는데 꽤 많은 시간이 걸린다고 합니다. 아무리 빨리 확인해도 3일 정도는…….]

일일이 투숙객을 확인해야 했으니 시간이 오래 걸리는 것도 당연했다.

하지만 도현의 반응은 당연했다.

"이틀. 이틀 안에 확인하세요."

전화 너머로 무거운 침묵이 흘렀다. 이틀 내내 계속될 철야를 예감했다는 듯이.

하지만 도현은 '부탁합니다' 라고 말한 후 전화를 끊었다.

밤이 깊었다. 찬란했던 도시의 야경도 점차 빛을 잃어갈 시간이다. 이제 그만 잠자리에 들어야 할 시간이었지만, 그는 쉬이 잠들지 못했다.

❖

늘 시간을 느끼지도 못할 만큼 바쁘게 살았다. 한가할 땐 시간이 흘러가는 걸 인식조차 하지 못했다. 그런 삶을 살아왔다.

하지만 오늘 밤은 달랐다.

민자는 타인의 냄새가 가득한 방에 홀로 앉아 있었다. 남성이 쓰는 향수 냄새가 은은하게 느껴지는 침대 위에 앉아, 그녀는 무릎을 끌어안고 있었다.

"수사 중이었습니다."

무슨 수사요.

남자의 말에 민자는 그렇게 물었다. 황도현이란 이름을 알고 있었지만 눈앞의 남자가 낯설어 전혀 모르는 사람이라 느껴져 '남자' 로만 보이는 그에게, 민자는 많은 이야기를 들었다.

"고위층 자제와 연예인이 주기적으로 마약 파티를 하고 있다는 첩보가 들어왔습니다. 저는 그 사건의 담당 수사 검사입니다."

그 이야길 듣는 순간 민자는 깨달았다. 그 파티가 무엇인지. 연예인은 몰라도 고위층 자제와 자신이 만났던 건 단 한 번뿐이었다.

썬 나이트.

그곳에서 민자는 정치에 관심이 없는 사람이라도 알고 있는 고결하신 아드님들을 만났고, 또 평생 만져 보지도 못할 돈을 통장에 넣어두고서 펑펑 쓰고 사는 부러운 아드님들과 함께 어울렸다.

"그 사건에 최민 씨가 연루되어 있다는 걸 알게 된 후에, 선 자리가 들어왔습니다."

의도가 순수하지 못했네요. 제게 했던 말들.

그 말에 대해선 남자는 아무런 답도 해주지 못했다. 끝끝내.

원망의 말을 할 것도 없었다. 앞서 말했듯 남자와 자신은 단 세 번의 만남밖에 하지 않았으니까. 그가 보내는 호감도, 연락도, 자신은 깨끗하게 무시해 왔으니까.

그러니까 이 상황에서 화를 내는 것도 이상했다. 그래. 그런 거야.

민자는 머리로 그런 결론을 내렸다.

수사는 현재에도 진행 중에 있다고 했다. 그런 와중에 자신을 관찰 중이던 형사에게 오늘 이야기를 들어 바로 달려왔다고 한다. 그러니까, 그 남자와 자신이 만났던 세 번 모두 우연이 아니었다.

첫 만남이었던 선 자리에서 '이 남자 뭐야'라고 생각했던 자신의 생각도.

두 번째 만남이었던 바에서 심장이 떨어져 나갈 뻔했던 감각도.

세 번째 만남이었던 오늘, 안도하고 고마웠던 이 상황도.

모두 그 남자가 의도해 낸, 아니, 우연을 가장한 접근이었던 것이다.

참 우습다라는 생각을 했다. 한순간에 자신이 바보가 되어버린 것만 같은 이 상황도.

하지만 민자는 이내 감정을 수습했다. 그저 그의 손 위에 놀아나지 않았다는 걸 다행이라고 생각하며.

"검사가, 필요 이상 잘생겼어."

헛웃음을 뱉은 민자가 고개를 돌렸다. 그녀의 시선 끝엔 화면을 반짝이는 휴대전화가 놓여 있었다.

액정에 뜬 이름은 영훈이었다. 그러고 보니 연락을 주겠다던 그의 말이 떠올랐다.

"네, 오너."

[……찾았어, 유나.]

영훈의 목소리가 이상했다. 잔뜩 쉬어버린 것처럼 갈라진 목소리에 민자가 자리에서 벌떡 일어났다.

안 좋은 예감이, 폭풍처럼 그녀를 휘감쌌다.

"거기 어디예요, 지금?"

영훈은 유나의 집이라는 답과 함께 문자로 주소를 찍어주겠다고 말했다.

[빨리 와. 유나 많이 아파.]

"지금 당장 갈게요."

딱 기다리라고 해요. 반쯤 죽여놓을 거니까.

이를 까드득 깨문 민자가 그렇게 말을 이었다.

자리를 털고 일어난 민자가 굳게 닫혀 있는 문을 보았다. 열고 밖으로 나가면 그 남자와 만나게 될 것 같았다. 검사님치고는 지나치게 잘생긴. 하지만 속을 알 수 없는 음흉한 남자. 아직 수면에서 깨어나기엔 이른 시간이었지만, 왠지 그럴 것 같았다.

문을 열고 밖으로 나온 민자는 넓은 등을 보았다. 자신의 예상대로 남자는 깨어 있었다. 자신처럼 밤새 잠들지 못한 사람처럼.

"잘 잤습니까?"

남잔 그녀를 향해 더 이상 웃어주지 않았다. 하지만 민자는 해사하고 사람 좋은 웃음을 짓는 남자보다는 그 모습이 더 마음에 들었다.

이별을 거론하기에도 어색한 사이였다.

두 사람은 아무것도 하지 않았다.

애초에 거짓으로 시작된 관계였으니 '이별'이란 거창한 말을 붙이기엔 우습다.

그래, 그러니까⋯⋯.

"신세 많이 졌습니다."

이 정도의 인사가 딱 좋을 것 같았다.

# 6

끼이익!

고급 빌라들이 모여 있는 부촌에 빨간 스포츠카가 멈춰 섰다. 타이어에서 타는 냄새가 났지만 차에서 내린 민자는 곧장 보라색 벽돌로 지어진 3층 빌라를 올려다보았다. 얼굴은 화가 나서 잔뜩 상기되어 있었다.

민자는 높은 하이힐을 신고 있었음에도 불구하고 거의 묘기에 가까운 속도로 계단을 뛰어 올라갔다.

딩동! 딩동! 딩동딩동!

민자가 신경질적으로 초인종을 눌렀다. 아주 짧은 시간이었지만 민자는 마치 오랜 시간이 흐른 것처럼 휴대전화를 확인했다. 영훈이 보내준 주소를 다시 확인해 보았지만 제대로 도착한 게 맞았다.

쾅! 쾅쾅!

급기야 민자가 힘껏 문을 두드리기 시작했다.

"이 미친 기집애가! 문 열어! 당장 안 열어?"

그녀가 화를 주체하지 못하고 외쳤다. 당장 이 문을 열지 않으면 큰 사달이라도 낼 것처럼 살벌한 표정이었다.

그녀는 오랫동안 잠수를 탄 친구가 자신을 피하고 있는 거라고 생각했다. 영훈에게 자신이 온다는 소식을 듣고, 얼굴을 들 낯짝이 없어 도망친 거라고. 아주 단순하게 그렇게만 생각했다.

하지만 문을 열고 막상 얼굴을 내민 건 영훈이었다.

"오녀, 얘 지금 방에 있어요? 숨어 있는 거예요? 나 온 거 알고?"

"⋯⋯."

민자가 분노를 쏟아냈지만 문을 연 영훈은 눈 하나 깜짝하지 않았다. 몸을 옆으로 비킨 그가 길을 열어주자 민자가 집 안으로 걸음을 옮겼다.

"내가 걱정하는 건 생각도 안 했대요? 내 평생, 다른 사람을 이렇게까지 생각해 본 적은⋯⋯."

그녀의 시선 끝에 아무렇게나 쌓여 있는 쓰레기가 걸렸다. 일을 제외하고선 대부분의 일에 덜렁대고, 대충인 그녀였음에도 늘 깔끔했다. 음식 쓰레기 냄새가 조금만 나도 속이 울렁거린다는 공주님이었다.

하지만 집 안은 마치 폭격을 맞은 것처럼 엉망이었다. 집을 청소해 주는 아주머니를 따로 고용했을 텐데도, 구석구석엔 먼지가 쌓여 있고 악취도 났다.

아래를 향해 있던 민자의 시선이 점점 들려 거실로 향한다. 커다란 소파 위에 이불을 뒤집어쓴 인영이 보였다. 이불에 가려 언뜻 보이는 얼굴은 분명 자신의 친구 유나가 맞다.

"남자친구도 이렇게 생각한 적 없었어, 김유나."

이 집이 차라리 유나의 집이 아니었다면, 그러면 얼마나 좋을까.

하지만 자신의 뒤에 서 있는 사람은 분명 영훈이었고, 이불을 뒤집어쓰고 있는 저 여잔, 낯설게 느껴지기는 했지만 유나가 맞다.

이 집에 와본 것은 처음이었지만 곳곳에 눈에 익은 소품도 보였다. 뉴욕 생활을 함께하며 모았던 아기자기한 소품. 그리고 유나가 작년에 자신의 작은 키를 감추기 위해 직접 만든 코트 역시, 바닥에 아무렇게나 던져져 있었다.

더듬더듬, 힘겹게 걸음을 옮긴 민자가 소파 앞에 멈춰 섰다. 그리고 이불을 뒤집어쓰고 있는 낯선 여자가 자신의 친구가 맞나, 살펴본다.

생각이 메말라 버린 사람처럼 황폐해진 여잔 늘 밝고 긍정적이었던 김유나가 아니다.

팔목은 만지면 부러질 것처럼 마른 여잔 늘 다이어트를 걱정하던 김유나일 리가 없다.

입술이 까슬까슬 올라오고, 피부가 푸석해진 여잔 관리를 해야 한다는 말을 입에 달고 살던 김유나라고는 상상할 수 없는 모습이다.

움푹 파인 뺨이, 감정을 잃은 눈동자가 너무너무 낯선 여잔 내 친구일 리가…… 없다.

하지만 현실은 계속 눈앞에 있는 이 낯선 여자가 자신이 알고 있는 친구가 맞다고 말한다. 믿어야 한다고. 그러니까 그녀의 이야기에 귀를 기울여야 한다고.

"그런데 넌 왜 그런 모습이야?"

그 한마디를 내뱉기까지 아주 오랜 시간이 걸렸다. 하지만 유나

는 자신을 보지도 않았다. 고개는 기력 하나 없이 아래로 떨어져
있었다.

"왜…… 그렇게 아파 보여."

툭.

무게를 이기지 못한 눈물이 아래로 떨어진다. 민자는 친구에게
무슨 일이 있었는지 직감적으로 알게 되었다.

"미안해. 유나야."

무신경했던 자신의 과오를 떠올리며 민자는 몇 번이고 그 말을
되풀이했다. 하지만 차마 자신의 눈물을 친구에게 보여줄 수 없어
커다란 손으로 얼굴을 가린다.

이 자리에서 눈물을 보여야 할 건 자신이 아니었다. 유나였지.

"미안해. 미안해, 유나야."

그러니까 어서 울음을 그쳐야 하는데, 그게 마음처럼 쉽지가 않
았다. 흐느낌을 주체할 수가 없다.


"나도 참 대단해."

민자가 혼잣말을 중얼거렸다. 이런 와중에도 민자는 자신이 해
야 할 일들부터 해나갔다. 어릴 적부터 작은 일도 스스로 결정해야
했던 삶을 지속해 오다 보니, 아주 끔찍한 일에도 겉으론 눈 하나
깜짝하지 않고 행동할 수 있었다.

유나를 만나고 온 후에 민자는 곧장 미르호텔로 향했다. 호텔 로
비에 맡겨두었던 짐을 찾아 강자의 집으로 향했다. 그리고 깨달았
다. 사람에게 기본적으로 필요한 '의식주' 중에서 주거조차도 자
신은 갖추지 못했다고.

혼자 있을 공간이 필요한 이 순간에도 민자는 언니의 집을 찾았

다. 호텔에서 묵는 건 무서웠다.

강자의 오피스텔 앞에 주차한 민자가 트렁크에서 캐리어를 꺼냈다. 그리고 캐리어 안에 넣을 수 없어 뒷좌석에 실어놓은 짐 중에서 당장 필요한 것을 골라내던 그녀의 시선이 아무렇게나 놓여 있는 검은색 슈트 재킷에 머무른다.

"아."

재킷을 바라보는 눈동자가 놀라움을 담고 떨린다. 고개를 돌린 그녀의 시선이 글로브박스에 머물렀다.

"설마……"

신음처럼 내뱉은 그녀가 천천히 걸음을 옮겨 글로브박스를 열었다.

그곳엔 그녀의 휴대전화와 똑같은 기종의 휴대전화가 들어 있었다.

〈클럽 마약 사건 GHB 합동수사〉팀에 모여 있던 사람들의 시선이 도현에게로 향했다. 숨 막히는 침묵만 있는 방을 눈동자가 굴러가는 소리와 함께 도현이 서류를 넘기는 소리만이 간간이 깨어주고 있었다. 이들 중에서 자신의 일을 하고 있는 건 정여화 계장과 당사자인 황도현 검사뿐이었다.

황도현 검사는 무심한 시선으로 시시각각 올라오는 수사보고서를 읽고 있었지만 정신은 다른 곳으로 향해 있었다.

띠리리리.

황도현은 전화를 걸어온 사람이 누구인지 아는 눈치였다. 그건

이 방에 있는 다른 사람들 역시 마찬가지인 모양이다. 전화기를 바라보는 눈초리들이 다들 긴장해 있었다.

하지만 전화벨이 울리자마자 전화를 받은 도현은 거리낌이 없어 보였다.

[너, 지금 당장 내 방으로 와.]

전화를 걸어온 이미영 부장검사는 다짜고짜 본론만 말한 후에 전화를 끊었다. 이미영 부장은 자신의 감정을 숨기기 위해 억눌린 목소리로 말했지만 머리끝까지 화가 난 듯했다.

검사는 위로 올라갈수록 책임져야 하는 일들이 많아졌다. 여느 회사나 다들 그렇겠지만 법을 다루고 사법부의 권력을 휘두르는 이들이었던 터라, 책임감은 일반인들과 차원이 달랐다.

그리고 책임지는 일이 많아질수록 자신이 예상하지 못했던 상황이 일어나질 않길 바랐다. 그래서 일반 검사들의 일 중에 가장 중요한 건 '3보'였다. 보고, 보안, 보도.

황도현 검사는 이 3보 중에서 세 가지를 어겼다. 이미영 부장검사가 화를 내는 것도 당연했다.

"부장님 방에 좀 다녀오겠습니다."

"네."

도현이 사무실을 나서자 인주가 걱정이 가득한 어조로 말했다.

"어떻게 하죠?"

이제 겨우 검사 타이틀을 단 남인주 검사는 이미영 부장검사에게 제대로 깨질 황도현 검사가 걱정이 되나 보다. 하지만 이런 일이 제법 있었다는 듯 정여화 계장은 서류에 연신 도장을 찍으며 심드렁한 어조로 말한다.

"뭐, 이런 일이 하루 이틀인가."

다른 이들과는 달리 도현과 제법 손을 맞춘 정여화 계장만이 평정심을 유지하고 있었다.

이미영 부장검사 방으로 향하는 동안 도현은 넥타이를 바로잡았고, 접어 올려놓았던 소매 역시 아래로 내려 단추를 채웠다. 그는 마치 전투를 앞둔 사람처럼 복장부터 바로 했다.

똑똑.

닫혀 있는 문을 두드리자 안에서 들어오라는 음성이 들렸다. 문을 열고 안으로 들어가자 미영이 안경을 벗으며 물었다.

"어떻게 된 일이야?"

'왔어?'

그 인사 대신에 건넨 것은 본론이었다. 전화와 같은 맥락이었다.

하지만 도현은 답을 되돌려 주지 않고서 허리부터 숙였다. 인사부터 한 그는 미영의 책상 위에 놓인 서류를 보았다. 방금 전까지 그녀가 읽고 있었던 보고서이며, 작성자는 다름 아닌 황도현이었다.

이번 일에 앞서 그는 보고서를 작성하며 전후 사정을 설명했다. 하지만 미영은 그의 입을 통해 직접 들어야 이 기가 막힌 상황을 이해할 건가 보다.

미영에게 다가선 후에야 부장이 가장 궁금해할 답을 들려주었다.

"오늘 아침에 연락이 왔습니다. 클럽 마약 사건 GHB 건으로 진술하고 싶은 게 있다고요."

"누구한테 연락이 왔는데?"

이 역시 보고서에 적혀 있었다. 하지만 그는 정해진 답을 앵무새처럼 읊었다.

"저한테 직접 연락이 왔습니다."

"휴대전화로?"

"네."

딱딱한 어조로 답한 도현이 시선을 돌려 컵을 보았다. 컵엔 칫솔이 꽂혀 있었는데, 칫솔모는 젖어 있지 않았다.

앞서 보고한 내용들은 미영이 점심식사를 하는 동안 일어났다. '클럽 마약 사건 GHB' 건이 중앙지검 전체를 뒤덮었기 때문이다. 1차장검사 산하에 있는 형사 3부와 여성아동범죄조사부, 3차장검사 밑으로는 현재 일어나고 있는 사건들 때문에 공판 2부가 관련되어 버렸다. 원래 수사를 진행하고 있던 3차장검사 산하 강력부와 청담범죄수사 2부에서는 사건과 관련된 동영상들 때문에 뒤늦게 투입되었다.

말 그대로 검사장급 세 명과 그 위의 고검장급 검사장까지 이번 사건에 큰 관심을 두게 되어버린 것이다. 그중에서도 핵폭탄을 안고 있는 건 강력부였다.

다른 부서들 역시 심각한 사안들을 떠안고 있었지만 강력부는 가장 어려운 일을 진행하고 있었다. 수사 중인 사건의 피의자들의 면모가 워낙 특출이 났기 때문이다.

그만큼 조심스러웠고, 어려운 수사 중에 있었다. 그런데 이 사실이 외부로 발설이 된 것이다.

"황 프로, 이게 어떻게 된 일이야? 비밀수사 아니었어?"

"그렇습니다."

"그런데 무슨 피해자가 스스로 조사를 받겠다고 연락이 와! 외부에 알려지지도 않은 사건인데!"

수사가 제대로 진행되기도 전에 언론 보도가 된다면 검찰의 오만에 의해 일어난 억지수사가 될 수도 있었다. 수뇌부는 이 사실을 가장 걱정하고 있었는데, 그 와중에 이런 일이 벌어진 것이다.

피해자는 황도현의 전화로 직접 전화를 걸어왔다. 검찰로 나와 진술을 하겠다고 말했고, 날짜를 정해달라고 했다.

피해자는 최민자의 친구, 김유나였다.

"최민자 씨에게 참고인 진술을 해달라고 했습니다."

"……진술?"

그렇게 되물은 미영이 허탈한 웃음을 내뱉었다. 고개를 절레절레 젓기까지 했는데, 이 상황이 무척이나 당황스러운 모양이었다.

"고작 진술뿐이라면 그런 부탁, 애초에 하지 않는 게 좋았어. 확실한 증거도 없이 수사 상황이 외부에 알려진다면 어떻게 될 것 같아?"

피해자 진술은 아주 중요했다. 가해자를 피의자로 만들고, 피고인으로 만들 수 있는 행위였다. 진술은 한 사람을 법정에 세울 수 있을 만큼 강력한 힘이 되어주기도 하지만, 하나의 증거밖에 되지 않았다. 고작 진술을 위해 어려운 상황을 만들 필요는 없다는 말이었다.

"우리가 상대하는 인간들이 누구라고 생각해? 그냥 일반 사람들 아니야. 하나같이 검찰에 줄 닿아 있는 사람들이고, 마음만 먹는다면 법정에 서는 것도 막을 수 있는 사람들이야. 어떻게든 자기 아들 지키려는 사람들이라고."

아무리 무소불위의 권력을 가진 검사고, 또 그 권력이 모이는 중앙지검의 3차장검사라 하더라도 무서운 것이 있다. 대한민국 검사로, 매일 야근과 철야의 연속에서도 아이를 키워낸 대단한 워킹맘이라고 하더라도 피하고 싶은 일이 있다. 바로 이런 권력과 맞닿아 있는 사건이었다.

제대로 해결하지 못한다면 애초에 손을 대지 않는 것이 좋다는 지론 아래 이번 건은 특별수사 1부로 넘기는 게 좋을 것이다. 검사장 역시 그런 의중을 언뜻 비쳤다. 말이 나오지 않게 잘 정리하라는.

하지만 담당 검사가 황도현 검사였다.

능력 좋고, 쓸데없이 겁이 없는 담당 검사를 설득하기 위해 미영은 더욱 그에게 뭐라 했다.

"이렇게 허술하게 처리할 거면 이번 일에서 손 떼. 중앙지검에는 황 프로보다 능력 있는 검사들이 많으니까."

이제껏 이야기를 가만히 듣고 있던 도현은 이야기가 다 끝났냐는 표정으로 미영을 보았다. 그녀가 할 말이 있냐고 묻자 가볍게 고개를 끄덕인 그가 고저 없이 첫 마디를 뗐다.

"저도 알고 있습니다."

"알고 있으면……."

"하지만 피해자가 진술을 하겠다고 나선 마당에, 그걸 막을 권리는 검찰에 없습니다."

미영의 말을 중간에 잘라낸 도현은 원칙을 이야기했다. 하극상이었다.

검사는 '검사동일체 원칙'이 가장 우선이다. 이를 막기 위해서 검찰청법을 바꿔가며 부단히 애를 쓰기도 했지만 여전히 높으신 수뇌부 앞에서는 무조건 고개부터 숙이기 마련이다.

하지만 황도현은 달랐다. 지나치게 잘난 머리로 상황 모면을 하는 것에 능숙했다. 거기에다가 잘난 가족구성원들 덕분에 무서울 것도 없는 삶을 살았다.

금수저를 휘둘러 본 적은 없는 황도현이었지만 그와 비슷한 무기인 웃는 얼굴로 상사들의 사랑을 받았다. 과거에 비교해 봤을 때지금의 그는, 화가 많이 나 보였다.

"검사가 할 일은 피해자들의 억울한 이야기를 들어주고 그에 합당한 벌을 주는 거라 생각했습니다."

"그걸 누가 몰라? 몰라서 이러는 줄 알아? 누군 비겁해지고 싶어서 그래? 세상이 그래! 계산이 그것밖에 안 되고! 이 문제는 어려운 공식을 쓰지 않더라도 쉽게 답이 나오는 산수야. 굳이 노트에다가 풀지 않아도 될 문제를 가지고, 우리 목숨 걸지 말자."

"목숨 안 겁니다."

"아니, 황 프로 너 지금 목숨 걸려고 하고 있어. 이번 건은 특별수사 1부에 넘기자. 제대로 된 증거물도 안 나온 상황에서 계속 끌고 가는 건 위험해."

우리의 출셋길도 막다른 곳으로 향하게 될지도 모르고.

이 말에 황도현 역시 동의한다며 고개를 끄덕였다. 사람은 기본적으로 권력 의지를 가진다. 그게 직업이든, 사람과의 관계든. 도현 역시 마찬가지였다.

하지만 도현에겐 그것보다 앞서는 가치가 있었다. 아이는 부모의 거울이었고, 비슷한 생각과 가치를 가지며 살아간다. 도현의 가치는 아버지 황진영에게 기인한 것이었다.

"어떤 직업을 가진 사람이라도 조롱하면 안 됩니다. 하지만 아버지 빽만 믿고 법 위에 서려는 사람들은 조롱합니다. 그리고 그런 사람이라면 법은 더욱 엄격해져야 한다고 생각합니다. 그러기 위해서 최선을 다할 거고요."

황도현은 심각한 상황에서도 쓸데없이 가벼운 면이 있었다. 심각한 일이 있었을 때 그 면모를 보고 어둡고 힘들어하기만 하다면 아무런 일도 해결할 수 없다고 믿기 때문이었다.

하지만 지금의 그는 그 어떤 때보다 심각하고 힘이 들어가 있었다.

이럴 때의 황도현은 그 누구도 말릴 수 없다는 걸 미영 역시 알고 있었다. 도현은 주위에 사람이 끊이지 않을 만큼 매력적인 사람이었지만 한 번 결정한 일은 쉬이 거둬들이지 않을 만큼 고집이 강했다. 자신의 앞날에 강력한 먹구름이 드리우는 일이라 하지라도.

미영이 고개를 절레절레 저으며 물었다.

"난 황도현 검사가 권력에 강한 의지를 가지고 있었다고 생각했는데…… 그건 아닌가 봐?"

"물론 큰 권력 의지는 가지고 있습니다. 검찰청에 그 정도 꿈과 야망도 없는 사람은 없을 테니까요."

두 마리 토끼를 모두 잡겠다며 고집을 부린다.

후배 검사가 바른 길로 가도록 인도해야 하는 선배 입장에서는 웃기지 말라며 큰소리를 쳐야 했지만, 도현은 자신의 생각을 굽히지 않았다.

"이번 건 확실히 마무리 짓겠습니다. 한 줌 의혹도 없이요."

"……후."

한숨을 내뱉은 미영이 고개를 저었다. 흔들림 없는 모습을 보니, 황도현은 한 걸음도 물러서지 않을 모양이었다.

미영은 빠르게 머리를 굴렸다. 다시 계산기를 두드리기 시작한 그녀가 이내 도현에게 묻는다.

"가능하겠어?"

"불가능할 것 같습니다."

"야, 황도현! 너 지금 누구 놀려?"

미영이 비명처럼 외쳤다. 왕년에 형사부를 주름잡던 검사로 돌아간 그녀는 조폭도 때려잡는 어마어마한 여 검사였다.

오랜만에 성격이 나온 미영은 이번엔 도현을 때려잡을 모양새였다. 그러자 도현은 굳어 있던 입가를 느슨하게 만들며 웃는다.

"그래도 가능하게 만들겠습니다."

자신만만한 웃음에 미영의 얼굴이 일그러졌다.

여직원들 사이에서는 '중앙지검 비타민'으로 불릴 만큼 잘났다.

하지만 미영은 그가 이렇게 웃을 때면 간혹 자신의 안에 잠들어 있는 야수를 발견하곤 했다. 바로 오늘처럼.

"나가봐."

"방금 전의 하극상은 용서해 주십시오."

"알았으니까 나가라고."

미영이 얼른 나가라는 손짓과 함께 다시 자리에 앉았다. 그러더니 그가 올린 보고서를 옆으로 휙 치워 버리며 읊조린다.

"쪽팔리니까."

김유나의 조사는 남인주 검사와 정여화 강력부 계장이 맡았다. 사건이 사건이니만큼 남자 조사관보다는 여자 조사관이 맞다고 판단하였고, 김유나 역시 그렇게 요청했다.

조사는 길었다. 유나가 아무것도 기억하지 못했기 때문이다. 그날의 기억을 떠올리는 것도 힘들어했지만 유나는 충실하게 조사에

응하고 있었다. 모두 주위 사람들의 응원이 있었기에 가능한 일이었다.

조사실 앞에 있는 의자에 앉아 있던 민자가 관자놀이를 손가락으로 꾹꾹 눌렀다. 두통이 다시 몰려오고 있었다.

하지만 곧 손은 무릎 위로 떨어진다. 누군가의 인기척이 그녀에게 다가오고 있었다.

탁. 탁. 탁.

이어지는 발걸음은 민자의 앞에 멈춰 섰다. 민자의 바로 앞에 멈춘 건 매끈하고 무늬가 없는 남성용 구두였다. 고개를 들어 상대를 보니 황도현이었다.

"진짜 검사님이셨네요."

"아닌 줄 알았습니까?"

"인물이 워낙 출중하셔서."

장난스럽게 건넨 말에 도현은 말문이 막혀 입을 꾹 다물었다.

"친구, 배려해 주셔서 감사합니다."

"감사하시면 검찰도 배려해 주십시오. 이번 사건, 비밀수사입니다. 언론에 알려지면 골치 아파집니다."

"저도 제 친구의 피해 사실이 외부에 알려지는 건 원치 않아요."

도현의 얼굴이 일그러졌다. 자신이 원하던 말을 들었음에도 그는 웃을 수가 없었다. 최민자의 친구가 어떤 피해를 입었는지 알기 때문이다.

그가 말없이 바라보자 민자가 자리에서 일어났다.

"연락을 드려야 하나, 고민 중이었습니다."

민자가 문득문득 떠오를 때마다 바라왔던 말이었다. 하지만 지금 이 상황과는 어울리지 않았다. 최민자는 피해자를 데리고 온 친구였고, 자신은 그 사건의 담당 수사 검사였다.

하지만 그는 여유로운 웃음으로 답했다.

"저 역시 그랬습니다."

"둘만 있을 수 있는 공간이 있을까요?"

훅 치고 들어오는 건 여전하다.

도현이 당황해 민자를 바라보다 이내 고개를 끄덕였다.

"네, 있습니다. 검찰청은 아주 넓거든요."

"그럼 잠시만 시간을 내주세요."

도현은 따라 오라는 말과 함께 먼저 몸을 돌렸고, 민자는 두어 걸음 뒤를 따랐다. 지나가던 사람들이 도현에게 인사를 건넨 후에 뒤따르는 민자를 이상하다는 눈으로 보았다. 하지만 두 사람 모두 개의치 않아하는 표정이다.

그가 그녀를 이끌고 간 곳은 또 다른 조사실이었다. 꺼진 조사실에 불을 켠 그가 의자를 빼내 눈짓하자 민자가 웃으며 자리에 앉았다.

"이제 둘만 남았습니다."

드르륵.

그가 의자를 가져와 민자의 맞은편에 앉았다.

"제대로 처벌할 수 있나요? 파티 멤버 중에서는 TEE 물류 사람도 있어요."

TEE 물류 사람은 검찰에서도 미리 파악하지 못한 인물이었다. 물류 쪽에서는 업계 최고였고, 개인 자산으로는 대한민국에서도 손꼽히는 그룹이었다.

하지만 그는 당황한 기색은 보이지 않은 채 미소 띤 얼굴로 답했다.

"저 일 잘합니다."

"이건 일을 잘하는 것과는 상관없는 것 같은데요. 대기업 자제들, 국회의원, 연예인까지. 다들 한가락 하는 사람들인데 사법부도 처벌하기 힘든 거 아닌가요."

고저 없는 말은 황도현에게 있어 비수 같았다. 하지만 그것이 단순히 최민자만의 생각이 아니라는 건 알고 있었다. 곧 이어진 그녀의 말 역시 '친구가 걱정을 많이 했어요' 였다.

"검사가 일을 잘한다는 건 권선징악을 잘 내린다는 말이기도 합니다. 나쁜 놈들 잡아넣는 일. 그게 검사가 해야 할 일이니까요."

"믿어도 되나요?"

"믿음직한 사람이지 않습니까? 저."

그의 말에 민자는 처음으로 작게 웃음을 보였다. 하지만 웃음은 씁쓸해서 도현의 입술이 굳게 다물렸다.

하지만 이내 자신이 해야 할 일을 한다. 황도현은 대한민국 검사였다. 비록, 한 여자 앞에서 '한 남자' 가 되고 싶다고 하더라도.

"최민 씨도 곧 참고인 조사를 해야 할 겁니다. 최민 씨도 김유나 씨에게 좋지 않은 일이 생겼던 날……."

도현의 말이 끝나기도 전에 민자가 가방에서 휴대전화를 꺼내 테이블 위에 올려놓았다. 도현은 마이크 옆에 놓인 것이 휴대전화라는 것을 알고선 민자를 보았다. 아니, 민자의 손을 보았다.

다른 손톱은 모두 길고 예쁜 색의 매니큐어가 발려 있었는데 두 번째, 세 번째 손톱만 짧게 잘려 나가 있었다. 민자가 불안해서 물어뜯었는지 손톱 끝이 매끄럽지가 않았다.

"충분한 증거가 되어줄 거예요, 아마도."

휴대전화 안에 무엇이 든 것인지는 몰라도 민자는 확신하고 있었다.

이 휴대전화가 황도현을 '일 잘하는 검사'로 만들어주리라는 것을.

"썬 나이트에서 일이 있었던 그날, 저도 필름이 끊겼었어요. 그리고 다음날에 나이트에 놔두고 온 휴대전화와 가방을 찾으러 갔어요."

민자는 참고인 진술을 하고 있었다. 사건이 있었던 그날부터 시작해서 이 휴대전화를 손에 넣을 수 있었던 계기까지.

"우연히 휴대전화 기종이 같았고, 제 것인 줄 알고 가지고 왔어요."

우연한 기회에 휴대전화를 손에 넣었다고 했다. 하지만 도현은 그 말을 순순히 믿을 수가 없었다. 합리적인 의심이 들었다.

"처음엔 주인이 연락하길 기다렸어요. 그러다가 잊었어요."

하지만 그는 민자의 말을 막지 않았다. 하고 싶은 말을 모두 하라는 듯 가볍게 고갯짓을 하자 민자가 숨을 크게 들이마셨다가 내뱉었다.

"남혁이 계속 연락이 왔어요. 처음엔 귀찮은 연락 정도로 생각했는데 아니더라고요. 호텔 방에 누군가 침입했을 때, 곰곰이 생각해 보니 낮에 남혁과 연락했어요. 오늘 뭐 하냐고. 전 방을 비울 거라고 문자를 보냈고요."

그러면서 민자가 손을 뻗었다. 그러다가 실수로 마이크를 툭 쳤지만 그녀의 손끝은 결국 휴대전화를 가리켰다.

"이 휴대전화를 가지러 온 것 같아요."

"휴대전화 안에 뭐가 있습니까?"

"저도 못 열어봤어요. 패턴으로 잠겨 있거든요. 그런데 짐작은 하고 있어요. 안에 뭐가 들었는지."

"뭐가 들었습니까?"

그의 물음에 이제껏 흔들림 없이 말을 잇던 민자가 처음으로 입을 다물었다. 큰일을 겪을 뻔했고, 또 겪었다. 그때도 민자는 턱을 높이 치켜들고서 당당하게 상황을 설명했다.

그런데 지금은 아니었다. 민자의 눈시울이 붉어졌고, 눈동자는 힘없이 흔들렸다. 숨을 크게 들이마신 민자가 한숨처럼 말했다.

"유나, 동영상이요."

그녀는 울지 않았다. 가까스로 눈물을 참아냈다. 입술을 잘근잘근 깨물었고, 무릎 위에 얹어져 있던 두 손은 하얗게 질려 있었다.

"저도 유나의 일을 황도현 검사님의 집에 갔을 때 알았어요."

"그런데 왜 바로 말하지 않았습니까?"

"예감이 들었거든요. 황도현 검사님에게 말하면 안 될 것 같은."

그리고 실제로 민자는 그 결정을 후회하지 않았다. 유나의 상태를 보는 순간.


"전화 왔어. 신고하면…… 동영상 뿌린다고. 인터넷…… 에 올려서……"


그 말을 듣는 순간.

유나의 공포에 가득 찬 눈망울은 마주하는 것만으로도 심장이 내려앉을 정도로 슬펐다.


"폰으로 찍었어. 기억나, 언뜻. 인터넷에 풀리면…… 그런 동영상 인터넷에 풀리면…… 나 죽어버릴 거야. 진짜, 엄청 용기 내서 죽을 거야.

그럴 거야. 나는…… 죽고 싶어."

슬퍼하지 말아야지. 좌절하고만 있지 말아야지. 친구의 일에 아파하고만 있을 때가 아니야.

민자는 몇 번이고 그렇게 다짐했다. 그리고 생각했다. 이 상황에 대한 결론을 지을 수 있는 건 친구뿐이라고. 하지만 그 일이 있은 후에 집에만 박혀 지냈던 친구를 세상 밖으로 꺼내주는 건 자신이라고.

성적 피해를 당한 사람들이 으레 그렇듯, 유나 역시 자신을 탓했다. 자신이 조금만 더 조심했으면 이런 일도 없었을 거라고. 이런 불행을 겪은 건 자신 역시 일조한 부분이 있다고.

늘 즐겁게 살고자 했던 유나는 과거를 후회했다. 그게 참 마음이 아팠다.

"유나에게도 말했어요. 그래서 많이 무서워해요. 안에 있는 게, 혹시 외부에 알려질까 봐. 엄청 무서워하고 있어요."

유나의 결정은 피해자 조사를 받는 일이었다. 그리고 이 휴대전화를 검찰 측에 전달해 자신의 피해 사실을 알리는 거였다.

"외부에 알려지는 일은 없을 겁니다. 제 명예를 걸고."

도현이 확신했다. 2차 피해는 없을 거라고.

이제야 안심이 된 민자가 웃었다. 자신이 해야 할 일은 끝났다.

"따라다닌 보람이 있으시네요."

"처음과 같은 마음이셨다면 분명 그랬을 겁니다. 보람 있었다고."

진심이었다.

공소를 할 수 있을 만큼 충분한 증거가 손에 들어왔으니 기쁨에

도취했을 거다.

하지만 지금은 아니었다. 씁쓸한 감정이 들었다. 이 여자와 더 이상 만날 구실조차 없어졌다고 생각하니 어떻게든 붙잡고 싶기까지 했다.

그가 빤히 바라보자 민자가 '지금은요?' 라고 물었다. 솔직해질 수 있는 타이밍이었다. 그리고 그는 이런 기회를 놓칠 만큼 바보는 아니었다.

"이제껏 보여 드린 행동으로도 충분할 거라 생각하는데요."

도현의 도발에 민자는 말없이 웃었다. 어떤 답을 해야 할지 숨을 고르는 모습이다.

하지만 곧 그녀는 무심한 얼굴로 가벼운 농담을 던졌다.

"난 또. 이것까지 가지고 오도록 만든 거 보고 우리 황 검사님, 미남계 써서 저 제대로 꼬신 줄 알았네요."

드르륵.

민자가 의자를 끌며 자리에서 일어났다.

"이제 정말 연락할 일이 없겠네요. 수사, 잘 부탁드립니다."

허리를 숙인 민자가 진술실을 나섰다. 황도현, 그 혼자 남았다.

그는 생각에 잠긴 얼굴이었다. 분명 지금 이 타이밍이라고 생각했고, 비뚤어진 관계를 잡을 수 있는 상황이라고 믿었다. 하지만 민자는 뒤도 돌아보지 않고 나섰다.

그럼 지금부터 자신이 해야 할 일은 무엇일까.

민자가 건네고 간 휴대전화를 가만히 바라보던 그가 자리에서 벌떡 일어났다.

최민자를 잡아야 한다.

그런 생각만이 머리를 가득 채웠다. 지금 이 순간, 그녀를 보내게 된다면 더 이상의 인연은 이어지지 않을 것 같아서.

빠르게 걸음을 옮긴 그가 저 멀리 걸어가고 있는 민자를 발견했다. 그녀는 유나가 진술을 받고 있는 곳으로 향하고 있었다.

"최민 씨."

탁.

도현은 민자의 팔을 붙잡아 돌려세웠다. 하지만 민자는 무표정한 얼굴로 그를 바라보고만 있었다.

무슨 일이시죠?

그런 질문을 할 법도 했지만 민자는 그러지 않았다. 할 말이 있으면 하라는 표정이었다.

그래서 그는 묻지 않을 수가 없었다. 자신의 취향인 여자에게.

"부모님께 말 안 듣는 자식이라고 하지 않았습니까?"

"그런데요?"

"한 번 정도는 들어드려도 되지 않을까? 나도 한평생 효도랑은 거리가 멀어서 그런 생각이 들더라고요."

계속 그런 생각을 했다. 자신의 마음은 그러했다. 부모님의 뜻에 따라 여자를 만나 결혼하고 싶은 생각은 죽어도 없었지만, 최민자만은 예외가 되었다.

하지만 민자는 아무런 답도 해주지 않았다. 생각을 하는 눈치도 아니어서 그의 귀가 붉어졌다.

자신이 매력이 없나?

그 어떠한 생각도 없을 수 없는 눈동자를 보았다. 갑자기 입안이 썼다.

이대로 한 발자국 물러서야 하나. 기로에 섰다. 그리고 빠른 시간 내에 결정을 내렸다.

전진을 위한 후퇴를 선택해야 하는 순간임을 안 그가 굳어 있던 얼굴을 폈다. 여자에게 차여본 적은 없었지만, 인생에서 누구나 한 번쯤은 겪는 순간이기도 했다. 그래, 이제껏 마음에 드는 사람이 있다면 만날 수 있었던 제 인생이 복받은 거다.

드디어 자신의 인생에서 처음으로 어려운 여자가 나타났다. 최민자가 만만치 않은 인물이라는 건 첫 만남에서부터 알고 있었기에 그는 신중해지기로 했다. 최민자와의 다음을 위해서.

"한 번 생각……."

"뭘 생각까지야."

무심한 얼굴로 읊조리듯 말한 민자가 손을 뻗어 넥타이를 낚아챘다.

갑작스러운 상황에 힘없이 끌려간 그는 바싹 다가온 민자의 얼굴에 눈을 크게 떴다. 구부정한 자세가 불편했다.

하지만 자신의 넥타이를 붙잡은 채 요녀처럼 웃는 민자를 보자 허리를 펼 수가 없었다.

꿀꺽.

목울대가 크게 울렸다.

"제가 또 다른 사람한테 끌려 다니는 취미는 없어서요."

요녀처럼 웃은 민자가 곧장 고개를 기울여 입을 맞췄다. 단순한 입맞춤이었다. 어린애나 할 법한.

하지만 그는 그 순간 온몸에 짜릿한 전기가 흐르는 것 같았다. 첫 키스 때도 느껴보지 못한 감정이었다. 우습게도, 여자에게 당하는 취미는 없음에도, 이런 순간에 그 처음을 맛봤다.

1분 1초가 아주 길게 느껴지는 순간이었다. 눈을 감는 것도 잊은 채 멍하니 있던 그는 입술에 닿았던 촉감이 떨어져 나가는 것을 느껐다.

두 사람의 코끝이 스쳤고, 이내 시선이 마주쳤다. 민자는 방금 전 남자와 입을 맞춘 여자라고 하기에는 너무 전투적인 표정이었 다.

그래서 그는 정신이 멍해지는 걸 느꼈다.

"한동안 아주 바쁘셔야 해요. 전 친구가 불행한 상황에서 웃을 만큼 염치가 없진 않거든요."

황도현은 그제야 깨달았다. 최민자가 무척 화가 났다는 것을.

"친구가 일상으로 돌아가기까진 많은 시간이 걸리겠지만…… 시작이라도 하려면 그 새끼들 꼭 다 잡아 쳐 넣으셔야 해요."

그녀의 속에 있는 분노를 그는 만난 것 같았다. 그 분노는 옆에 있는 사람을 집어삼킬 만큼 아주 뜨거웠다.

"무슨 수를 써서든."

말을 마친 민자가 입술을 비틀며 웃었다. 그 웃음은 전혀 즐거워 보이지가 않았다. 친구의 슬픔을 고스란히 흡수해 버린 사람처럼 몸을 떨었다.

하지만 이내 마음을 추스른 듯이 그에게서 한 걸음 뒤로 멀어졌 다.

"이다음은 한가해지면 해요."

고저 없는 목소리로 말한 민자가 몸을 돌렸다.

또각또각.

멀어지는 하이힐 소리, 그리고 최민자.

자신의 뿌리부터 뒤흔들리는 느낌이었다. 손을 들어 가슴께를 만지자 빠르게 뛰는 심장이 느껴졌다.

"진짜 대단한 여자네."

행동 하나하나가 그를 움직이게 만들었다. 마치 한 대 얻어맞은 것 같았다. 정신이 뒤흔들리는 느낌에 헛웃음이 터져 나왔다.

"나 참."

이런 순간에도 저 여자의 몸을 붙잡아 돌려 입을 맞추고 싶은 걸 보면 미쳐도 단단히 미쳐 버린 것 같았다.

하루 빨리 이 사건을 해결해야 했다.

최민자가 그렇게 하도록 만들었다.

# 7

띠리릭!

전자키가 열리는 소리와 함께 민자가 집 안으로 들어왔다. 신고 있던 구두를 휙휙 벗어 던진 민자가 이번엔 들고 있던 핸드백을 바닥으로 내던져 버렸다. 고단해 보였다.

가발까지 집어 던진 민자는 곧장 욕실로 들어갔다. 욕실은 좁았지만 지금은 이것도 감지덕지였다.

강자는 집에 들어오지 않고 있었다. 불행 중 다행이다. 혼자 있고 싶었다.

샤워를 하고 밖으로 나온 민자가 냉장고 문을 열었다. 안에 있는 거라곤 물과 맥주가 전부였다. 술이 고팠지만 민자는 물을 꺼냈다. 이런 순간에도 그 망할 다이어트 생각 때문에 간절한 맥주는 뒤로 미룬다.

민자는 마치 제집처럼 행동을 했다. 물을 마신 후에는 텔레비전을 켰다. 채널은 개그 프로그램이었지만 웃음은 나오지 않았다.

민자가 멍하니 개그맨들을 본다. 방청객들은 깔깔 웃음을 터뜨리고 있었지만 그녀만 다른 세계에 사는 사람처럼 웃을 수가 없었다.

머리를 쓸어 올리던 민자는 툭툭 걸렸다 떨어지는 머리카락을 느끼며 웃었다.

"머리 자르고 난 다음부터인가?"

그때부터 자신의 일상이 어그러졌다. 황도현 씨를 만났고, 유나에겐 큰일이 일어났다. 과거에도 화려한 삶을 살긴 하였으나, 이런 식은 아니었다. 자신이 화려해질 수 있는 곳은 무대 위뿐이었는데, 지금은 무대 아래의 삶이 엉망이다.

가방에서 헤어밴드를 꺼낸 민자가 머리를 쓸어 위로 올렸다.

"정말 빨리 기네."

이제 짤막짤막 솟아나기 시작한 머리카락을 보던 민자가 헛웃음을 뱉었다.

그때 전자키가 켜지는 소리와 함께 누군가가 비밀번호를 누른다. 드디어 언니가 귀가를 한 것이다.

언니의 구박이 시작될 테니, 지금은 도망을 가야 하는 타이밍이었다. 하지만 민자는 몸을 숨기기보단 굳은 얼굴을 매만졌다. 아무렇지 않은 척 웃어야 했다.

"뭐야. 얼굴색이 왜 그래?"

민자는 거무튀튀한 안색에 깜짝 놀라 물었다. 자신에게 일어난 수많은 일들을 떠올리며 '혹시 언니에게도' 하는 생각에 심장이 남아나질 않았다.

하지만 강자는 민자를 향해 빽 소리를 질렀다.

"네가 갑자기 내 집에 있으니까 그렇지! 문은 어떻게 열고 들어왔어!"

기운이 넘치네.

민자가 안도의 한숨을 내뱉었다. 그리고 계획했던 대로, 연습을 했던 대로 아무렇지도 않은 척 침대에 앉았다.

"언니 비밀번호야 뻔하지. 이제껏 문 안 따고 들어온 걸 고마워해."

"이 뻔뻔한 계집애가!"

강자가 들고 있던 검은 봉지를 휘둘렀다. 손목이 뒤로 꺾이는 걸 보니 안에 있는 물건의 무게가 꽤 된다는 생각에 민자는 최선을 다해, 사력을 다해 검은 봉지를 피했다. 그러면서도 입만 살아서 조잘거렸다.

"언니, 그만하면 안 될까? 그거 맞으면 진짜 죽을 것 같은데?"

"호텔에서 지낸다며! 쾌적해서 좋다며!"

"문제가 생겼어. 그것도 아주 큰 문제가!"

민자가 언니의 집으로 들어온 이후로 강자는 내내 밖을 헤맸다. 모텔에서 지냈고, 연일 되는 철야에 눈코 뜰 새 없이 바빴을 것이다.

하지만 민자가 강자의 집에 들어온 지도 일주일이었다. 그 사실을 말하면 강자의 기분이 썩 유쾌하지 않을 것이다. 언니가 이 집에 들어오지 못한 이유는 자신이 선 자리에서 한 파격적인 행동 때문일 테니까.

"합당한 이유가 아니면 당장 내쫓을 거야!"

씩씩거린 강자가 힘껏 휘두른 봉지를 테이블 위로 던져 버렸다. 그런 후에 어디 한번 말해보라는 살벌한 표정으로 허리에 손을 얹는다.

합당한 이유라면 수만 가지는 됐다.

누군가가 자신이 지내는 호텔 방에 몰래 침입했다. 유나에게 큰일이 있었고, 나 역시 개입이 되어 있는 사건이기에 혼자 지내는 건 위험하다.

하지만 그 이유를 강자에게 말할 수는 없었다. 서로 으르렁거리는 사이이긴 했지만 자매였다. 언니를 걱정시키고 싶지는 않았다.

그래서 민자는 으레 그래 왔듯 장난스러운 행위로 진실을 감췄다.

"스토커가 붙었어."

"뭐?"

"계속 참고 지냈는데 도저히 안 되겠어."

강자는 믿을 수 없다는 표정이었다. 시선이 머리에 닿아 있는 걸보니, 머리 때문에 더더욱 믿을 수가 없나 보다.

"그런 이유라면 경찰을 불러!"

"그 사람도 사회적 지위가 있는 사람이라 공권력 개입은 힘들어. 한동안 여기서 지낼게. 생활비야."

"안 돼!"

강자는 소리를 치며 거부부터 했지만 민자는 두툼한 봉투를 내밀었다.

"봉투도 안 열어보고?"

강자는 이번엔 동생이 내미는 달콤한 유혹은 쳐다보지도 않겠다는 표정이었다. 하지만 달콤한 냄새가 나는 유혹을 거부하기는 힘든가 보다. 결국 봉투를 열었고, 안에 있는 금액을 확인하고선 놀란 표정을 지었다.

"이 정도면 병원비 정돈 되겠지?"

어쩌지.

고민하던 강자가 이내 큰 결심을 하며 고개를 끄덕였다.

"일주일 안으로 나가."

"안 그래도 그럴 거야."

평소처럼 거래는 간단하고 쉬웠다. 하지만 동생의 술수에 놀아 나는 게 마음에 들지 않는다는 듯이 강자는 봉지에 들어 있던 맥주 를 냉장고 안에 넣은 후에 곧장 욕실로 향했다.

강자가 눈앞에서 사라지자 민자의 표정이 어두워졌다.

"정신 차려, 최민자."

민자가 몇 번이고 읊조렸다.

〈클럽 마약 사건 GHB 합동수사〉팀이 한자리에 모였다. 애초 첫 규모에 비해 열 배 이상 많은 인원이 모였고, 중앙지검 전 부서가 모였다고 해도 과언이 아니었다. 물론 중심이 되는 건 애초에 수사 를 진행했던 강력부였다.

처음은 GHB을 사용한 강간 사건에 수사의 초점이 맞춰져 있었 기에 강력부와 여성아동범죄조사부 검사 네 명이서 수사를 시작했 다. 파견 나온 형사도 세 명뿐이었다. 수사는 꽤 조촐하게 시작되 었다.

하지만 그 뒤로 양상이 바뀌기 시작했다. GHB 마약이 비트코인 을 사용하여 판매가 되고 있었다. 그뿐만 아니었다. GHB 마약을 판매하고 있는 조직에서 대량의 대마까지 판매하고 있다고 하니,

이제 2학년인 황도현 검사와 이제 초임인 남인주 검사 둘이서 감당할 수 있는 사건이 아니었다.

합동수사팀의 이름은 '클럽 마약 사건'이었지만 진상은 달랐다. 중간 마약 조직을 소탕하는 작전까지 이르러 버렸다.

수사팀도 총 네 개의 팀으로 나눠 사건을 맡게 되었으니 근래 있었던 사건 중에 단연 가장 튀는 수사였다.

1팀 팀장을 맡게 된 황도현은 네 명의 검사를 보았다. 첫 단추는 1팀 수사부터였다. 마약의 유통을 맡고 있었던 클럽, 나이트 업계 대부 이인철을 잡아들여야 했기 때문이다.

검사장은 아주 짧은 시간 내에 이와 관련된 이들을 구속하라 지시했고, 황도현은 며칠째 집에도 들어가지 못한 채 검찰청에서 지내야 했다. 그가 입고 있는 옷이 이를 알려주고 있었다.

늘 반듯하고, 깔끔하게 차려입었던 그였지만 오늘은 다르다. 셔츠도 구겨져 있었고, 넥타이 역시 느슨하게 풀려 있었다. 우습게도 그 모습 역시 멋있었지만, 눈 밑에 짙게 드리운 그림자 때문일까. 인생사 자신만만하던 황도현은 어디로 가고, 일에 찌들어 버린 검사만이 그 자리에 서 있었다.

"꼼꼼하게. 하지만 최대한 신속하게. 빠르게 수사해 들어갑시다."

냄새를 맡은 기자들 쪽에서도 심심찮게 수사에 대해 물어오고 있었다. 중앙지검 전체엔 말을 자제하라는 함구령이 내려졌다. 검사장의 명령이었다. 여기엔 기자들은 물론이고, 주변 지인 또한 포함이었다.

하지만 말에는 발이 달려 있다. 황도현에게 시간이 얼마 남지 않았다는 뜻이었다.

"알았어, 황 프로. 그런데 그 소문 사실이야?"

증거물이 손에 들어왔다. 영상에 등장인물은 피해자 한 명뿐이었다. 가해자 남성들은 목소리밖에 담겨 있지 않았기에 음성 분석가에게 영상이 넘어갔고, 증거물 분석에 들어갔다. 이에 대한 분석 내용이 내일 나온다.

도현의 머릿속은 온통 수사를 해결해야 한다는 생각뿐이었지만 이 자리에 있는 인물 대부분은 그렇지 않나 보다. 도현은 '소문'을 거론한 박 검사를 보았다. 그는 도현보다 4기수 위의 선배였지만, 나이는 도현보다 여덟 살이나 많았다.

무슨 소문이요?

그렇게 물으려고 했지만 여화가 한발 빠르게 말했다.

"저도 그 소문이라면 들었습니다."

"어? 계장님도 들었어요? 검사들 사이에서만 도는 소문인 줄 알았는데, 아니었나 봐?"

"박 검사님, 그런 일은 여직원들이 더 민감합니다. 더욱 황 검사님 일이 아닙니까? 중앙지검 비타민."

무심한 표정으로 말한 여화가 도현을 힐끗 보았다.

"그런데 황 검사님은 아무것도 모르겠다는 표정이시네요? 의외네. 황 검사님, 눈치도 빠르신 줄 알았는데."

베테랑 수사관답게 질문의 요지가 날카롭다. 거기에다가 덧붙이는 말 역시 눈앞이 아찔해질 정도이다.

"요즘 이 수사건보다 황 검사님 연애사에 대해 물어보는 사람들이 더 많아요. 물론, 검찰청 사람뿐만 아니라 경찰, 각종 로펌까지요."

여화는 발이 아주 넓었다. 정보통으로 분류가 되었고, 그녀가 알고 있는 법조계 인사 역시 많았다. 예전에 사법시험을 준비하면서 계속된 낙방을 경험했고, 그때에 쌓인 인맥이었다.

베테랑 수사관, 검찰뿐만 아니라 경찰, 각종 로펌까지 인맥이 있어 정보통으로 분류된다. 거기에다가 여동생이 마약수사부 경찰이었기에, 경찰에도 인맥이 있었다. 허투루 말을 내뱉는 사람은 아니었으니 지금 이 말 역시 진실일 것이다.

이 방에 있는 인물 대부분은 흥미진진하다는 표정이었지만 여화는 무심한 표정이었다. 고저 없이 내뱉는 말 역시, 감정을 느낄 수가 없었다.

이것만 다른 게 아니었다. 다른 직원들은 잠을 잘 시간도 부족해서 화장기 없는 모습이었지만, 여화만은 꼼꼼하고 섬세한 화장에 구김 없는 흰 셔츠와 붉은색 치마로 멋을 낸 상태였다.

만만한 사람이 아니라는 건 알고 있었지만 오늘도 여전히 빈틈없는 모습에 도현은 작게 미소 지었다. 잘못 말려 버리면 오늘 있었던 일 역시 이 방에 있는 사람들의 입에서 계속 퍼져 나갈 게 분명했다.

똑똑하게 굴어야지. 잘못하면 시끄러워지겠네.

그가 여유로운 미소로 물었다.

"무슨 소문인데요?"

"여자친구 있다던데요?"

"내가요? 무슨 여자친구?"

"복도에서 봤던데요?"

"복도?"

그가 고개를 갸웃하다 말고 이내 이해한 듯 웃었다.

하지만 여화는 취조를 하듯 도현을 계속 몰아붙였다.

"여자친구 아닌가. 아, 그럼 썸 타는 사이인가?"

"썸? 제가요? 누구랑요?"

어깨를 으쓱인 그가 요령껏 빠져나갔다. 하지만 여화는 사람들의 기대를 안고 훅을 날린다.

"최민 씨요. 모델 최민 씨. 두 사람 복도에서 찐하게 키스 중인 거 본 사람이 있다던데요?"

"그거 저 아닌데?"

어라, 이것 봐라?

두 사람의 대화를 듣고만 있던 박 검사가 가늘게 뜬 눈으로 의심스럽다는 듯이 물었다.

"검찰청에 황 프로와 비슷하게 생긴 검사가 또 있던가?"

"있겠습니까, 저런 인물이? 두 사람이면 중앙지검 비타민으로 불리진 않겠죠. 중앙지검 비타민들이라고 불렸겠지."

여화가 눈 하나 깜짝하지 않고서 오글오글한 말을 잘도 내뱉는다. 그리고 듣는 중앙지검 비타민님 역시 웃었다.

"저 최민 씨랑 찐하게 키스한 적 없습니다. 유아기 때 할 법한 뽀뽀는 한 적 있지만."

"그럼 진짜예요?"

"황 프로, 진짜야? 헐! 대박!"

사람들이 호들갑을 떨었다. 호시탐탐 그의 옆자리만 노리던 여직원들의 곡소리가 여기까지 들려오는 것 같았다.

"진짜 사귀는 거예요?"

"그게 왜 그렇게 궁금합니까?"

"중앙지검 비타민이 사라지는 일이니까요!"

이번엔 남 검사가 언성을 높인다. 하극상이었지만 이 자리에 있는 그 누구도 이를 신경 쓰는 이는 없었다.

그건 당사자인 황도현 역시 마찬가지였다. 그의 생각은 오롯이 한곳으로만 향해 있었으니까.

"그럼 협조 좀 해주십시오. 중앙지검 비타민 연애 좀하게."

탁탁.

집중하라는 듯이 책상을 두드린 도현이 모인 사람들 면면을 보았다. 강력부에서도 엘리트로 뽑힌 박 검사와 김 검사가 합류되었다. 자신이 우선적으로 수사를 하고 있었다는 이유로 브리핑을 하고 있었지만, 도현은 그들을 신뢰하고 있었다.

"최대한 빠르게 수사해 들어갑니다. 증거물이 있으니 참고인 조사 정도는 가능할 겁니다. 휴대전화 명의자는 이인철로 밝혀졌고, 피의자 소환장 보냈습니다. 그밖에 도금호, 성민종, 이상호, 차성진, 남혁, 한울, 김지성은 참고인으로 조사할 예정입니다."

"알았어, 황 프로. 말 안 맞고 빈틈 보이는 순간 바로 피의자로 전환해 수사하면 되지?"

"그래도 변호인단이 만만치 않을 텐데요. 전 법무부장관님께서 아드님이 쇠고랑 차는 거, 두고 보고만 있겠어요?"

MHK 로펌 대표 아들이 문제라면 가장 큰 문제였다. 법조계 인맥은 수사에 있어 가장 큰 걸림돌이 될 것이다.

하지만 황도현은 문제 될 것이 없다는 듯 자신만만하게 웃었다.

"검사가 변호사 무서워해서야 되겠습니까?"

"그건 그렇네, 후배님."

두 사람 모두 동의한다는 듯 고개를 끄덕인 후에 자리에서 일어났다.

"자, 그럼 시작해 보자고."

"혼내러 왔구나?"

〈서울 종합병원〉 병원복을 입고 있는 유나는 예상과는 달리 평
온한 표정이었다. 그래서 민자는 굳어 있던 표정을 풀 수 있었다.
지난밤, 유나는 같이 있던 영훈을 돌려보냈다. 그리고 혼자 남았을
때 안 좋은 선택을 했다.

약을 입안에 털어놓았고, 새벽에 응급실로 실려와 위세척을 해
야 했다. 많은 양의 수면제를 먹었지만 다행히도 유나는 금방 깨어
났다.

분명 이곳으로 오기 전까지만 하더라도 유나에게 화를 낼 생각
이었다. 하지만 그럴 수가 없었다. 초췌해진 얼굴이 말을 막았다.

이해해 버렸다. 민자 역시 밤마다 두려움에 산다. 유나가 당한
일을 생각하면, 자신 역시 심장이 덜컹덜컹 내려앉았다.

유나가 큰일을 당했던 그날, 자신 역시 그 자리에 있었다. 누군
가에게 옮겨져 호텔로 가지만 않았다면, 유나처럼 자신 역시 지옥
속에서 살고 있었을 것이다.

그 순간 안도한 자신을 민자는 저주했다. 친구는 힘든 시간을 보
내고 있었는데, 안도하는 꼴이라니. 역겨웠다.

그 일을 계기로 유나는 병원에 들어오게 되었다. 부모님이 24시
간 계속 지켜볼 수 없는 상황에서 최선의 선택이었다.

"기분은 어때?"

유나가 멍하니 벤치에 앉아서 민자를 올려다보았다. 그러더니
힘없이 웃는다.

"믿어주지 않을 것 같지만…… 죽으려고 그런 거 아니야. 잠이 안 와서 먹은 건데, 과했어."

"정말이야?"

"어. 아직도…… 잠들기 전이 가장 무섭기는 한데, 불행하지만은 않아. 혼자 있을 때는 어떻게 해야 죽을 수 있을까만 고민했는데, 지금은 아니야."

아무것도 기억이 나지 않아서 오히려 더 무섭다고 했다. 검찰에 넘긴 동영상을 피해자인 유나는 확인할 수 있었지만 그렇게 하지 않기로 했다. 진술을 하는 것만으로도 큰 충격을 받았는데, 피해 영상을 확인할 만한 정신력이 남아 있을 리 없었다.

유나는 지옥 속에서 살지 않기로 결심했다고 한다. 주위 사람들의 도움을 받고 있어서, 조금씩, 아주 조금씩이지만 점차 나아지고 있다고. 그렇게 말했다.

"영훈 오빠가 매일 찾아와. 그리고 나를 안아줘. 곁에서 힘이 되어주겠대. 좋아한다고 그렇게 고백했을 땐 난 여동생으로밖에 보이지 않는다고 하더니, 이젠 함께 있어주겠대."

그렇게 말하면서 유나는 작게 웃었다. 오랜 짝사랑을 이렇게 소원풀이 할 수 있을 진 알지 못했다고. 그렇게 뒷말을 이으면서.

"엄마랑 아빠도……."

말끝을 늘인 유나가 침을 꿀꺽 삼켰다. 그러더니 민자를 보며 뒷말을 잇는다.

"더러워진 나보고 예쁘다고 해주셔."

"유나야……."

"여전히 사랑스러운 내 딸이라고…… 해주셔."

"……."

"그러니까 너도 그런 눈으로 그만 봐. 울지 마. 나 이제 진짜 괜찮아."

민자가 손을 들어 뺨을 쓸어내렸다. 손끝이 눈물로 젖었다. 그제야 민자는 자신이 울고 있다는 걸 깨달았다.

"미안한 건 나야. 그런 자리에 데리고 간 건 나니까. ……너한테 계속 연락 왔을 때, 혹시나 나와 같은 일을 당한 건 아닐까, 지옥 속에서 살았어. 그 생각을 하는 것만으로도 너무 끔찍해서…… 도망쳤어."

"이럴 땐 자기 자신만 생각하는 거야."

민자가 힘주어서 말했다. 자신은 걱정할 필요 없다고. 지금은 네 걱정만 하라고. 그런다고 아무도 화를 내고 욕하지 않는다고.

그러자 유나의 고개가 아래로 떨어졌다. 파르르 떨리는 어깨가 한없이 안쓰러웠다.

하지만 민자는 물을 수밖에 없었다.

"왜 그런 선택을 한 거야?"

왜 약을 먹었냐고.

왜, 죽으려고 했냐고.

방금 전 유나의 말을 민자는 믿지 않았다. 그리고, 그게 진실이었다.

"힘들었나 봐. 조사받는 일."

"그럼 앞으로는 하지 마."

"내 생각만 하라, 이거지?"

민자가 고개를 끄덕였다. 충분한 답이 되었는지 유나는 곧 뺨을 타고 흐르는 눈물을 닦아냈다. 민자도 유나도 울고 있었다.

"치료받을 거야. 조사도 계속받을 거고…… 그리고 다 잊고 싶어."

"같이 가줄게."

친구의 말에 유나는 해사하게 웃었다.

"이번엔 옆에 있어줄게."

두 사람이 손을 꼭 마주 잡았다.

함께, 이겨 나가기로.

세상이 시끄러워졌다. 서울중앙지검에서 뿌린 보도 자료 때문이다. 보도 자료를 작성한 사람은 서울중앙지검 강력부 이미영 부장검사였다.

지난 3일, 서울중앙지검 강력부는 서울 도심 3층 주택 2층에서 전문적으로 시설을 갖춘 채 다량의 대마를 재배한 후 딥웹에서 판매한 혐의로 이인철 부두목을 검거하여 '마약류관리에 관한 법률위반 혐의'로 구속기소했다고 했다. 거래는 비트코인으로 이루어졌으며, 대마뿐만 아니라 흔히들 데이트 강간 약물로 불리는 GHB를 판매한 혐의까지 덧붙여 수사 중에 있다고 했다.

수사 결과 최근 열풍을 타고 있는 '비트코인'으로 대금결제를 이용했다는 점에서 범죄가 발전하고 있다고 알렸다.

현재 이 사건과 관련하여 이인철뿐만 아니라 정제계의 많은 인물들이 연관된 것이어서 추가 브리핑을 하겠다고 했다. 이 일로 인터넷은 발칵 뒤집혀 난리였다.

―연예인도 관련이 있다던데 진짜야?

―설마 아니겠지.

-나라에서 또 뭔가 덮으려고 이 시기에 터뜨리는 거 아님?

-약쟁이들은 죄다 잡아 처넣어야 한다.


댓글을 읽던 민자가 피식 웃음을 내뱉었다.

"진짜 일 잘하네, 황 검사님."

본격적인 수사가 시작되었다.

시사 경제란을 읽은 민자가 이번엔 연예뉴스를 보았다. 연예란 역시 이와 관련된 사건으로 난리였다. 아직은 이니셜로 언급이 되어 있었지만, 사건 관련자 중에서 톱배우와 아이돌 가수 역시 있다는 것이었다.

댓글로는 엄한 사람들이 언급되어 있었고, 언급이 된 이들은 자신은 결백하다며 최근에 조사를 받은 적이 없다고 기사를 냈다. 1위부터 15위까지 마약 사건과 관련된 기사가 도배되어 있었다.

민자는 자신과 관련 있는 소식이었으면서도 마치 타인의 일처럼 바라보았다. 사실, 이렇게까지 빠르게 진척이 될 줄은 몰랐기에 믿기지 않은 것도 있었다.

휴대전화를 내려놓은 민자가 뉘이고 있던 몸을 일으켰다. 고개를 돌려보자 강자가 진지한 얼굴로 전신 거울 앞에 서 있었다. 여러 벌의 옷을 번갈아가며 대보고 있었지만 민자의 눈에는 다 거기서 거기였다.

절레절레 고개를 젓던 민자가 시간을 확인했다. 벌써 두 시간째였다. 강자가 전투적으로 옷을 고르고 있는 것도.

여자가 저렇게까지 신중하게 옷을 고르는 건 단 한 가지의 경우밖에 없었다.

"뭐 하는 거야? 아, 알겠다. 데이트?"

"컥!"

정곡이네.

민자가 한심하다는 듯이 언니를 보았다. 지금 들고 있는 청바지는 정말 최악 중에서 최악이었다. 아무리 차성윤 사장이 언니를 러브브하고 있다고 하더라도 저 패션은 정말 아니었다.

"모델 하지 말고 다른 길로 나가보는 건 어때?"

강자가 그걸 어떻게 알았냐는 눈치여서 민자는 헛웃음을 뱉을 수밖에 없었다.

"피임 제대로 해라. 옷은 다른 걸로 고르고."

"야! 너 왜 안 나가! 일주일만 있는다며!"

"그래서 일주일 뒤에 나갔다가 다시 들어왔잖아."

"너 진짜 죽을래?"

내가 너무 심했나?

자신을 씹어먹을 것 같은 표정으로 다가오는 강자를 보며 민자가 어색하게 웃었다.

"언니. 언니 시집가면 이 집 나한테 넘겨라."

"월세야."

"오~ 시집은 갈 생각인가 봐?"

"……."

으드득.

주먹을 움켜쥔 강자가 민자를 향해 이를 갈았다. 깜짝 놀란 민자는 서둘러 주위를 둘러보았고, 적당한 방패를 찾아내고선 서둘러 집어 들었다.

쿠션을 들어 얼굴을 막은 민자가 다급한 표정으로 외쳤다.

"언니! 나 당장 내일부터 스케줄 있거든? 3주 후엔 쇼에도 서야 해! 나 몸뚱어리로 먹고사는 사람이야!"

"그런 거면 아낄 줄 알아야지. 계집애가 겁도 없이."

퍽! 퍽!

최강자는 단 열 대로 길쭉한 최민자를 순식간에 제압했다. 아버지의 유전자를 물려받지 못한 건 막내 최민자밖에 없었다. 언니는 직업 군인이니 말 다 했고, 둘째 강자 역시 기자로 일하면서 산전수전 다 겪은 인물이었다.

"언니, 살려주면 옷 골라줄게!"

"이게 입만 살아선!"

"아! 글쎄! 차성윤 사장한테 예뻐 보이고 싶어서 그 난리였던 거 아니야? 그만 때려! 아파!"

그만 때려!

민자가 꽥 소리를 질렀다.


"진짜야? 진짜 이게 괜찮다고?"

강자는 의심스럽다는 눈으로 거울 속 제 모습을 보고 있었다. 민자가 골라준 것은 처음 강자가 들고서 고민했던 노란색 원피스였다.

"아, 그게 멀쩡한 거라니까! 언니가 고른 옷은 평일에 퇴근하고 만날 때나 입는 거고! 아, 아, 아파."

시큰시큰 아픈 머리를 움켜쥔 민자가 고개를 저었다. 짤막한 머리카락 사이를 헤집어 만져 보니 혹이 볼록 나와 있었다.

아, 정말! 깡패야?

민자가 강자를 휙 노려보았다. 하지만 강자의 정신은 온통 거울

속 제 모습으로 향해 있었다.

"아, 진짜 아파. 너무 아파."

민자가 울먹였다. 두개골이 짜개지는 느낌이 무엇인지 방금 몸소 경험했다. 강자에게 일격을 당한 건 또 오랜만이어서 눈물이 쏙 빠졌다.

"그래, 뭐. 한번 믿어보지."

자신의 눈에도 꽤 괜찮아 보였던지 강자가 새초롬한 얼굴로 고개를 끄덕였다. 그러더니 서둘러 외출 준비를 서두른다.

하지만 민자는 핸드백을 챙기고 있는 강자를 이상하다는 눈으로 보았다.

뭐야, 설마⋯⋯.

강자의 머리부터 발끝까지 손가락으로 쭈욱 가리키던 민자가 깜짝 놀란 눈으로 물었다.

"설마 그 꼴로 나갈 거야?"

"이렇게 입는 거라며?"

"옷은 됐는데 그 머리 어쩔 거야? 화장은? 누가 원피스에 생얼로 나가?"

"화장한 거야. 머리는 빗었고."

강자가 턱을 치켜 올리며 뭐 잘못됐냐는 표정으로 물었다. 그러자 민자가 숨을 푹 뱉었다. 이대로 두고 간다면 정말 저 꼴로 나갈 것 같았다.

"언니도 인생 참 편하게 산다."

"내가 뭐?"

"아니, 언니한테는 가르쳐 줘도 모를 것 같아. 그냥 오늘 하루는 내가 봉사하지 뭐."

민자가 푸석푸석한 강자의 머리카락을 매만졌다. 그러더니 거울 속 강자와 시선을 맞추며 묻는다.

"행복해?"

"너는 안 행복하냐? 내 눈엔 최민자 너는 누구보다 행복해 보이…… 무슨 일 있어?"

강자가 심상치 않은 분위기를 읽고서 물었다. 역시 기자다. 직업이 가진 직감은 참 날카로웠다.

하지만 민자는 아무렇지도 않은 척 고개를 저었다.

"아니, 아무 일도. 그냥. 언니는 행복했으면 해서. 내 목숨을 몇 번이나 살려줬잖아."

"시답잖긴. 알면 됐다."

가볍게 웃은 민자가 강자의 얼굴에 크림을 펴 바르기 시작했다.

"바쁜 거 아니야?"

유나는 병실 문을 열고 들어온 민자를 보며 물었다. 쇼가 끝나자마자 무대 화장을 한 채로 그대로 달려왔다. 곧 다음 스케줄을 위해 이동해야 했기에 어쩔 수가 없었다.

"곧 가봐야 해."

"그럴 것 같았어. 너 지금 엄청 튀거든."

유나가 민자의 손을 붙잡으며 웃었다. 쇼 무대 화장은 보통 예쁘게 보이기 위해 하는 것이 아니었다. 멀리서도 잘 보일 수 있도록 쉐딩도 진했고, 이번 콘셉트는 '난해함'인지, 눈두덩은 녹색 쉐도우가 넓게 펴 발라져 있었다.

"콘셉트가 녹색 나라였어. 무대 의상도 죄다 그린이고."

"그린 좋지. 나도 좋아하는 색이야."

보통의 사람이라면 봄과 여름 때 떠올리는 색이었지만 올 가을엔 녹색이 유행할 거라 했다. 물론 여행은 패션업계에서 꽤나 저명하신 인물들이 만들어내는 것이었지만.

유나는 쇼에 누가 왔냐고 물었고, 민자는 제법 유명한 연예인들과 유나가 알 법한 패션업계 관계자의 이름을 댔다. 그러자 유나의 표정이 흐려졌다.

"나도 참석하고 싶었었는데."

"할 수 있어. 곧."

힘주어 하는 말에 유나는 어수룩하게 웃었다. 겉으론 강한 척하고 있었지만 여린 속살이 드러났다.

민자도 알고 있었다. 유나가 다시 원래의 삶을 살아가기 위해선 아주 많은 시간이 필요하리라는 것을.

두 사람은 말을 아꼈다. 지금은 어떤 말을 하든 도움이 되지 않을 테니까.

"나…… 아니야."

무겁게 입술을 뗀 유나가 이내 고개를 저었다. 하고 싶은 말은 모두 삼킨 모양새라 민자는 '뭐가 아닌데?' 라고 물었고, 여기에 대한 유나의 답은 '피곤해서' 였다.

예전이라면 속에 있는 말을 모두 할 수 있을 만큼 가까운 사이였지만 이젠 힘들었다. 상처가 있어, 조심해야 할 것들이 생겨났다.

"알았어, 쉬어. 다음에 또 올게."

유나가 침대에 눕는 걸 도와준 민자가 병실 문을 열고 밖으로 나왔다. 시선 끝에 영훈이 있었다.

유나는 많이 안정되었다. 그 속은 곪아 터졌겠지만 적어도 겉으로는 아무렇지 않은 척 굴 수 있을 만큼은 되었다.

주위에서 많은 도움이 있어서 조금씩 안정되어 가는 거라고 의사는 말했다. 몸에 난 흉터보다 마음속에 난 흉터가 더 치료하기 힘들다고. 의사는 앞으로도 아주 오랫동안 그녀의 상태를 살펴봐야 한다고 했다.

사람이 아프면 주위 사람들 역시 병든다. 유나의 곁에 있는 민자와 영훈도 마찬가지였다. 당사자에게 말할 수 없는 고통을 그들은 겪고 있었다. 하지만 표현할 수도 없었다. 유나의 앞에선 아무렇지도 않게 웃어줘야 했다.

영훈의 옆에 앉은 민자가 가방을 무릎 위에 올려두었다. 밖에 있을 땐 늘 아무렇지도 않은 척 굴어야 했다. 스케줄을 소화해 낼 때도 마찬가지였다. 다들 자신의 속이 곪아가고 있다는 걸 눈치채지 못하게 행동하고 있었다.

"검찰에서 연락 왔어요? 표정, 많이 안 좋아 보여요."

두 사람은 같은 방향을 보고 있었다.

유나의 안전.

그것만을 생각했다.

"수사 진척 사항 이야기해 주더라. 친절하기도 하지."

한 명씩 줄소환당하고 있었다.

이번 사건과 직접적인 연관이 있는 이인철은 구속수사 중이었다. 약을 제공한 것도, 유나의 동영상을 찍은 휴대전화의 주인도, 동영상을 촬영한 것도 모두 이인철이었다. 가장 악질이자 주요 멤버를 붙잡아 들이자 다음 수사 역시 탄력을 받아 진행되고 있었다.

모임 주체자인 한조그룹 넷째 도금호는 참고인 조사를 받았고,

곧 현 복지부장관 아들 성민종과 여당 정치인 아들 이상호 역시 수사를 받는다고 했다. 이를 두고 아버지들이 직접 언론에 나와 사과를 하는 일까지 벌어졌다. 그 자리에서 두 정치인은 의혹이 없게 수사해 달라고 요청했다. 자식이 죄를 지었다면 합당한 벌을 내려 달라고. 어떤 사람들은 신종 연좌제라고 말하긴 했지만, 대부분은 그렇게 했어야 한다고 말했다.

가장 거물급으로 취급받는 TEE 물류 이사 차성진은 아직 수사와 관련한 어떠한 입장도 내놓고 있지 않았지만 참고인 조사 날짜가 곧 나올 거라고 했다. 언론의 집중 포화를 받고 있는 배우 남혁과 아이돌 한울은 조사를 끝내고 나오며 눈물까지 보였다.

문제가 있다면 전 법무부 장관 아들인 김지성이었다. 아버지의 인맥으로 어떻게든 참고인 조사를 피하려 한다는 소식이 전해지고 있었지만, 대다수의 법조인들은 그러긴 힘들 거라는 의견을 내놓고 있었다.

모든 게 당연한 방향으로 흐르고 있었다. 합동수사 본부에 소속된 검사들도 주변의 눈치를 받지 않고 수사에 임하고 있었다. 애초에 검찰에 몇 없는 거악을 벌해주기 위해 검사가 된 이들을 모았기 때문이다.

"유나에게 말했어."

"뭐래요?"

"고마워."

짧은 말과 함께 영훈은 시선을 돌려 민자를 보았다.

"그렇게 말하더라."

"……."

유나는 사력을 다해 이겨내고 있었다. 오히려 그녀를 지켜보는 주위 사람들이 더욱 힘들 뿐.

민자가 고개를 끄덕였다.

"하고 싶은 말이 있다면서."

"네, 있어요. 확인을 하고 싶은 게 있어서요. 내가 상관할 부분은 아니지만 그래도 걱정이 되어서."

"그게 뭔데?"

영훈은 민자가 자신을 이곳으로 따로 불러낸 이유가 알고 싶어서 물었다. 어려운 질문은 아니었지만 괜히 남의 사생활에 관여하는 것을 좋아하지 않았기에 민자가 망설인다.

"뭔데 그래?"

"음…… 오너, 유나를 어떻게 생각하고 있어요?"

뜻밖의 물음이었던지 영훈의 눈이 커다랗게 떠졌다. 그러다 이내 작게 웃는다.

민자는 영훈과 유나의 지난 5년을 알고 있었다. 그러니 이런 의문이 드는 건 당연할지도 모른다. 과거, 영훈은 유나의 고백을 몇 번이고 거절했다. 여자로 볼 수 없다는 이유에서였다.

그런데 그 마음이 이렇게 단기간에 바뀔 수 있을까?

사람의 감정은 공식 없이 어렵기만 해서 당사자에게 직접 물어볼 수밖에 없었다. 영훈의 마음을.

"유나랑 처음 뉴욕에서 만났을 때부터 오너에 대해 들어서 알고 있었어요. 첫사랑이 있는데, 거절당했다고. 무척 슬프고 힘들다고. 처음에는 유나를 이해할 수 없었어요. 그런데 한국에 와서 오너를 만나고 알게 됐어요."

유나는 아주 활동적인 사람이었다. 다른 사람들과 어울려 파티를 즐겼고, 하루라도 약속이 없으면 우울해하는 친구였다.

그래서 몇 번이고 싫다는 민자를 끌고서 클럽과 나이트를 가기도 했다. 새로운 사람을 만나는 것에 두려움이 없는 아이였지만 영훈에 대한 마음은 변화가 없었다. 간혹 우울해했고, 둘이서 술을 마실 때면 영훈의 이야기를 꺼냈다.

"아주 좋은 동생."

그렇게 말하는 영훈의 눈빛은 슬프기만 했다.

유나는 영훈을 아주 많이 좋아했다. 너무너무 좋아해서 간혹 주체가 되지 않는다 했다. 어떻게든 그 사람에 닿고 싶다고, 웃으면서 말했다. 키워온 감정이 너무 오래라 이젠 자신과 하나처럼 느껴진다고.

유나는 그런 마음을 훌훌 털어낼 수 있을 아이였지만 그럴 수 없었던 건 아마도 저런 눈빛 때문이었을 것이다.

여지를 주는 눈빛.

그건 사람을 미치게 만든다. 어장 관리를 당하고 있다고 생각하게 만들 수 있으니까. 스스로 자신이 이용당하고, 그 사람이 만들어놓은 풀 안에서 헤엄치고 있다고 생각하면 누구든 도망치겠지만 유나는 그렇게 하지 못했다. 좋은 동생으로 곁에 남으려고 노력했을 뿐.

여전히 그런 건가?

그렇다면 민자는 영훈이 원망스러울 것 같았다.

하지만 영훈이 곧 이어낸 말은 예상외의 것이었다.

"그리고…… 지켜주고 싶은 사람."

지켜주고 싶은 사람.

민자에게도 유나는 그런 사람이 되었다.

"동정심이라면…… 유나가 행복해질 때까지 가지고 계세요."

"동정심은 아니야. 머리에서 번뜩한 게 있거든."

"……."

민자가 말없이 끄덕였다. 충분한 답을 들었다.

하지만 영훈은 아직 제가 할 말을 끝내지 않았나 보다. 그가 말을 이었다.

"유나가 떠나고 싶어해. 한국을."

"이해해요."

이곳엔 이젠 힘든 기억이 아주 많을 테니까 자신 같아도 버티기 힘들었을 것이다.

거기에다가 자신의 피해 사실을 가지고 언론은 하루가 멀다 하고 떠들어대고 있었으니 더욱 지옥 같겠지.

민자는 이제야 방금 전 유나가 하려던 말이 이것이라는 걸 깨달았다. 차마 말할 수 없었던 것이다. 민자에게 친구라고는 유나뿐이었으니까. 자신의 속에 있는 생각을 유일하게 털어놓을 수 있는 사람이니까.

외롭겠지.

술 한잔 기울여 줄 수 있는 사람이 사라진다는 건 꽤 아픈 일일 것이다.

하지만 민자는 웃었다. 지금은 친구의 행복을 바라야 할 테니까.

"잘 부탁해요."

"말하지 않아도 그렇게 할 거야."

민자가 고개를 끄덕였다. 그러자 영훈 역시 힘없이 고개를 끄덕였다.

"나만 외톨이네."

"미안."

"아니요, 오너. 아, 아니다."

말을 정정한 민자가 입술을 길게 늘어뜨렸다.

"오빠. 내 친구 예쁜 생각만 할 수 있게 해주세요."

이 세상이 다시 즐거운 것들로 가득할 수 있도록.

❖

서울 중랑구 망우로에 위치한 용마랜드는 마치 시간이 멈춰 버린 것 같다.

아이들이 떠난 자리를 채운 것은 이젠 어른들이다. 예전엔 아이들의 가슴을 뛰게 만드는 놀이기구들이 활기차게 돌아가는 곳이었지만, 지금은 촬영장소로 이용되고 있었다.

오늘은 패션 잡지 촬영을 위해 VVO 관계자들이 용마랜드 안을 휘젓고 다니고 있었다. 오늘 그들의 목표는 10월호에 수록될 컷을 찍는 일이었다. 아직도 더위가 가시지 않은 계절이었지만, 민자는 꽤 두께감이 있는 가을 옷을 입고서 포즈를 취하고 있었다.

"아주 좋아요!"

찰칵— 찰칵!

신이 난 포토그래퍼의 고함 소리와 함께 셔터 소리가 하모니를 이룬다.

사람들의 앞에서 능숙하게 포즈를 취하던 민자가 멈춰 있는 회전목마에 몸을 기댔다.

찰칵! 찰칵!

연신 플래시가 번쩍였다.

컷이 진행될 때마다 민자는 다양한 포즈를 취했다. 봉을 잡기도 했고, 회전목마 위에 올라가기도 했다. 입고 있는 옷 중에서 포인트를 줘야 할 구두가 잘 보이도록 발끝을 쭉 뻗어보기도 했고, 다리를 앞으로 쭉 내밀기도 했다.

그러면서도 민자는 적당히 고개를 들고, 간혹 눈을 감기도 했다. 요즘은 작위적인 포즈보다는 자연스러운 게 유행이었지만, 콘셉트 때문인지 민자의 표정은 몽롱했다.

"몸을 오른쪽으로 좀 돌려보세요!"

"이렇게요?"

"네, 아주 좋습니다!"

더운 날씨에 이마에 땀이 송골송골 맺혔다. 하지만 민자는 눈 하나 깜짝하지 않고서 촬영을 진행했다. 오히려 더운 날씨에 진행하는 게 편했다. 한겨울에 봄 촬영을 할 땐 사지가 떨어져 나가는 게 어떤 건지 간접체험을 하게 되니까.

하지만 촬영분을 확인한 포토그래퍼는 손을 들어 잠시 촬영을 멈췄다. 땀방울이 너무 적나라하게 나온 건 포토샵으로 지우면 지울 수도 있었지만, 민자가 조금 지쳐 보였다. 모니터를 통해 확인한 포토그래퍼가 외쳤다.

"최민 씨, 땀을 너무 많이 흘립니다! 잠시 쉬다가 하겠습니다!"

민자가 회전목마에서 내려왔다. 그런 후에 입고 있던 두꺼운 퍼 재킷을 벗은 후에 손부채질을 연신 했다. 얼굴을 비벼 버리고 싶은 마음이 굴뚝같았으나 아직 촬영이 끝나지 않았다.

"언니, 속눈썹 다시 붙여야겠어요."

메이크업 담당자가 간당간당한 속눈썹을 보며 말했다. 민자가 먼저 걸음을 옮기는 담당자의 뒤를 따를 때였다.

"누나, 전화요."

촬영을 지켜보고 있던 호진이 다가와 휴대전화를 내밀었다.

—황도현 검사.

예상보단 늦게 걸려온 전화였다.

"근데 누나, 검사라니요? 뭐 잘못한 거 있어요?"

"내가 그럴 사람으로 보여?"

"네. 누나는 사고 치는 스케일도 다르니까요."

호진이 확신에 차서 말하자 민자의 얼굴이 일그러졌다.

"너 진짜 죽어볼래?"

"누나, 전화 끊기겠어요. 얼른 받아보세요."

호진이 호들갑을 떨자 민자가 '두고 봐'라고 읊조린 후에 전화를 받았다. 그가 반갑게 인사부터 건넸다.

[오랜만입니다, 최민 씨.]

"저는 황도현 검사님 자주 만났어요. 인터넷에서. 뉴스에서."

[그럼 칭찬해 주면 안 됩니까?]

남자가 가벼운 어조로 답했다. 이런 어투는 익숙했다. 황도현은 잘 알지 못하는 사람이 본다면 한없이 가벼워 보이는 남자였다. 어투가 그랬고, 행동이 그랬다.

하지만 그 가벼움이 결코 보기 싫은 사람은 아니었다. 그의 웃음은 너무 매력적이어서 한 번쯤 꿀꺽 삼켜보고 싶은 사람이기도 했다. 자신 역시 그러했다. 황도현을 꿀꺽, 삼켜보고 싶었다.

"칭찬을 바라고서 한 일인가요?"

[그거라도 없다면 중도에 몇 번이고 포기하고 싶었을 겁니다. 전화 변론이 많이 들어오거든요. 적당히 해라. 그렇게 일을 키울 필

요가 있냐. 뭐, 그런 개소리들?]

"그래서 뭐라고 했는데요?"

[그럼 내 연애 사업에 지대한 영향이 생겨서 그럴 수 없다고 답했습니다. 미친놈이라고 욕은 먹었지만.]

유쾌할 수 없는 이야기였음에도 그는 웃음을 흘렸다. 그래서 민자 역시 그 이야기들이 결코 무겁게만 들리지 않아 웃을 수 있었다.

[밥이라도 얻어먹어야겠습니다. 안 그러면 억울할 것 같아서요.]

"많이 곤란한가요?"

[적당히 곤란합니다.]

"저 때문인가요?"

[나 때문이죠. 내가 최민 씨에게 어떻게든 훌륭하고 일 잘하는 검사로 보이고 싶어서 애쓴 거니까.]

민자는 속눈썹을 붙이기 위해 다가온 담당자에게 '잠시만'이라고 양해를 구한 후 걸음을 옮겼다.

이곳에 촬영을 올 때마다 민자는 씁쓸하게 생각했다. 사람들이 떠난 자리. 필요가 없어진 장소는 음울하기만 하다. 하지만 민자는 페인트가 벗겨진 바이킹을 보며 귀엽다고 생각했다. 공간에 대한 이미지를 결정하는 건 그 사람의 마음가짐이었다.

황도현의 답은 충분했다. 거부할 이유도 없다.

그래서 민자는 제안했다.

"식사, 언제 할래요?"

'우리, 이제 시작해 볼래요?'라고.

그러자 도현 역시 순순히 이를 받아들였다.

[오늘 어떻습니까?]

"오늘이요?"

[저, 성격이 급해서. 일 처리하는 거 보셨잖습니까.]

충분히 보았다. 하지만 단순하게 성격이 급하다고는 말할 수 없었다. 성격이 급한 사람은 일을 그르치기 쉬웠지만 그는 치밀하기까지 했다.

그리고 민자에게 다가가는 일 역시 그랬다. 그는 치밀한 남자다. 자신이 거절할 수 없다는 걸 알고 있었으니까.

"알겠습니다. 촬영 중이어서 언제 끝날지는 모르겠지만. 끝나는 대로 연락드릴게요."

[되도록 빨리 연락 주십시오. 최민 씨만큼 저 역시 바쁜 사람이라.]

"알고 있습니다. 황 검사님 바쁜 사람인 거. 제주도에 갈 일이 있어서 많이 늦을 텐데, 괜찮을까요?"

[연락 기다리겠습니다.]

전화를 끊은 민자가 액정을 보며 짧게 웃음을 뱉었다.

아버지가 이번엔 아주 엄청난 사람을 보냈다. 너무 달콤한 유혹이라 안 먹고는 견딜 수가 없을 정도다.

"어떻게 먹나."

잘못 먹으면 배탈 날 것 같기도 한데.

짧게 웃음을 뱉은 그녀가 현장으로 돌아갔다.

째깍째깍.

한없이 흐르는 시계를 바라보던 도현이 넥타이를 끌어 내렸다.

시간이 갈수록 속이 답답해졌다.

'설마. 바람 맞은 건가?'

이 정도면 자존심에 금이 나는 거로도 모자라 와장창 무너질 정도였다. 함께 식사하자는 약속을 민자가 잊은 걸지도 모르겠다는 생각이 들었다.

"후우."

연거푸 한숨을 내뱉는 도현이 머리를 벅벅 긁자 이를 지켜보던 여화가 몸을 뒤로 물렸다. 어쩐지 가까이 가면 안 될 것 같은 음울한 오로라가 느껴지는 것 같았다.

뭐야. 잠을 너무 못 자서 드디어 미치신 건가?

수사는 올바른 방향으로 흘러가고 있었다. 황도현 검사가 가진 경력에 비해 아주 훌륭한 솜씨로 여론도, 상황도 만들어가고 있었지만 스트레스를 받는 건 어쩔 수 없는 모양이었다.

그래, 그렇기도 하겠지.

여화가 고개를 끄덕일 때였다.

"정 계장님, 저 중앙지검 비타민 맞습니까?"

"헉."

여화가 숨을 들이켰다.

미쳤어! 황 검사님이 드디어 미친 거야!

여화가 두려움이 가득한 눈으로 그를 보았다. 하지만 도현은 답을 간절하게 기다리는 눈치다. 그녀가 얼떨결에 고개를 끄덕였다.

"그, 그런데요. 맞아요. 황 검사님. 중앙지검 비타민. 그러니까……."

자신의 존재 가치를 인정받고 싶으신 게야.

그녀가 고개를 끄덕이며 연거푸 말을 이었다.

"황 검사님은 대단한 분이세요."

"제가 매력이 없습니까?"

"네?"

"저 지금 자존감이 완전 바닥입니다."

여화의 눈빛이 떨렸다. 이거, 상태가 영 좋지 않았다.

이만 댁으로 들어가시는 건 어떠냐고 물으려고 했다. 일주일 내내 검찰청 숙직실에서 지내셨으니 하루 정도는, 아니, 이번 주말이라도 푹 쉬는 건 어떻겠냐고.

하지만 여화가 묻기도 전에 휴대전화 벨 소리가 팽팽한 긴장감이 흐르는 침묵을 깼다.

띠리리― 띠리리리―

날카로운 벨 소리에 두 사람의 시선이 동시에 도현의 휴대전화로 향했다.

"네. 황도현입니다."

전화를 받은 그가 자리에서 벌떡 일어났다. 그러면서 연신 퇴근 준비를 서두르는 걸 보며 여화가 손톱을 딱딱 뜯었다. 뭔가 일이 생긴 것만 같은 표정이었다.

"네, 지금 가겠습니다."

전화를 끊은 그가 사무실을 나서려 하자 여화가 자리에서 벌떡 일어났다.

"검사님 어디 가세요?"

"저녁 먹으러 갑니다."

"이 시간에요?"

11시가 되기 10분 전이었다. 저녁은 분명 합동수사팀 식구들과 함께 먹었는데, 그는 또 저녁을 먹겠단다. 야식을 먹을 이 시간에.

"네."

짧은 답과 함께 도현이 바람처럼 사라졌다.

홀로 남은 여화가 방금 전까지 그가 앉아 있던 자리를 멍하니 보았다.

"말해줘야겠어."

팀원들에게도 말해야겠다. 황 검사님께 '당신은 사랑받기 위해 태어난 사람'이라고 말해주라고. 그렇게 꼭 그렇게 말해달라고. 중앙지검 비타민이 단단히 미친 것 같다고.


서울의 밤은 여전히 깨어 있었다. 늦은 시간이었지만 길엔 금요일을 즐기기 위해 술 취한 사람들이 흔들리는 걸음을 옮기고 있었고, 식당 역시 대부분은 열려 있었다.

골목 안으로 들어가면 다양한 식당들이 모여 있는 골목 앞.

민자는 모자를 푹 눌러쓴 채 누군가를 기다리고 있었다.

그때 택시 한 대가 달려오더니 그녀의 앞에 멈춰 섰다. 차에서 내린 건 황도현이었다.

"일찍도 연락하십니다."

"촬영이 늦어졌거든요. 바쁜 황 검사님을 기다리게 한 건 죄송해요."

참으로 오랜만에 만난 것이었음에도 두 사람은 어색한 감정 없이 가볍게 인사를 건넸다.

"다음부터는 그러지 마세요. 바람 맞은 줄 알고 엄청 좌절했으니까."

그가 시무룩한 표정으로 말했다. 그런 줄만 알았다고. 그러자 민자는 연락할 시간이 없었다고 답했다.

"식사하셔야죠."

"사실 먹었습니다."

"저도 사실 먹었어요."

11시가 넘었다. 사실 두 사람 모두 식사를 한 건 당연하게 느껴질 시각이었다.

"그럼 지금부터 뭘 하죠?"

물음에 대한 답 대신 도현은 한 걸음 그녀에게 가까이 다가갔다.

"그러게요. 지금부터 뭘 하죠?"

"술이라도 한잔할까요?"

"술 좋죠."

그렇게 말하며 도현은 민자에게 손을 뻗었다. 그의 손이 닿은 곳은 민자의 허리였다.

"전에 그랬죠? 최민 씨, 남에게 끌려 다니는 취미 없다고."

민자가 도현을 올려다보았다. 그녀가 남자를 올려다볼 일은 그렇게 많지 않았다. 그래서 각도가 참 낯설다.

"황도현 씨, 키가 참 크시네요."

"네. 가까이 다가가니 최민 씨를 내려다볼 수 있네요."

그렇게 말한 도현이 민자의 뺨을 붙잡았다. 엄지손가락으로 보드라운 살결을 어루만진 그가 웃는다.

"검찰청에서 당황 많이 했습니다. 그 일로 소문이 파다하게 났거든요."

"그건 죄송하네요."

"아니요. 좋았습니다. 그리고 사실, 최민 씨의 말에 정신이 번뜩 나기도 했고."

남에게 끌려다니는 취미.

그건 도현 역시 없었다. 하지만 민자의 일에만 있어선 계속 끌려다니는 형국이 되고 만다. 오늘 역시 그렇지 않은가.

　황도현은 민자와 연애를 하기로 마음먹었다. 그렇게 하고 싶었다. 이대로 끌려다니기만 한다면 오늘처럼 자신감은 몇 번이고 내려앉을 것 같았다.

　민자의 뺨을 쓰다듬던 그가 아이처럼 웃었다.

　"저도 마찬가지입니다."

　짧은 말과 함께 도현은 곧장 고개를 숙였다. 입술을 맞췄고, 혀로 여린 살결을 갈랐다.

　비스듬히 고개를 기울인 그는 민자의 안으로 들어가기 위해 입을 크게 벌렸다. 조금 닫혀 있는 아랫입술을 깨물었고, 곧 벌어지는 입 사이로 혀를 밀어 넣었다.

　말캉한 두 사람의 혀가 노골적으로 얽혔다. 두 사람 모두, 웃고 있었다.

　도현이 입술을 핥고 빨자 민자는 숨을 훅 터뜨렸다. 한여름의 햇볕처럼 뜨거운 숨결에 그가 천천히 입술을 뗐다.

　그는 민자의 뺨을 양손으로 붙잡았다. 두 사람의 코끝은 여전히 얽힌 채였으나 시선은 마주쳤다.

　"그런데 남자친구 있습니까? 그건 물어야 할 것 같아서."

　그가 거친 숨을 토해내며 물었다. 그러자 민자 역시 어색한 웃음을 흘리며 답한다.

　"너무 늦지 않았나요? 그런 질문을 하기엔."

　"그래서 있다는 겁니까?"

　"있다면요?"

　그녀의 물음에 도현이 천천히 입술을 뗐다. 그리고 민자를 내려다본다.

"그럼 지금부터 확실하게 뺏어보려고요."

"다행히 그럴 일은 없겠네요."

민자가 아이처럼 웃음을 터뜨렸다.


짠.

소주잔 두 개가 부딪혔다. 맑은 소리와 함께 민자와 도현은 잔을 기울였다. 매끄럽게 넘어가는 목 넘김에 민자의 얼굴이 밝아졌다.

"와, 오늘 술 잘 들어가겠다."

"안주는 왜 안 먹어요?"

도현은 시켜놓은 어묵탕을 보았다. 민자는 먹지 않겠다고 해서 그의 뜻대로 주문한 안주였다.

술을 마시면 당연히 입안에 남을 알코올 향을 날려줄 안주가 당길 텐데도 민자는 술만 들이켰다.

"살쪄요."

"음, 일 때문에?"

"네. 먹고 싶은 걸 제때 먹어본 건 손에 꼽아요. 오늘 이 술도 큰 마음 먹고 마시는 겁니다. 시즌 때는 술도 안 마셔요. 밥은 물론, 간 없이 먹고."

"힘드네요. 그 일도."

"황 검사님보단 아니죠. 지금 얼굴이 엉망이거든요."

민자가 손으로 자신의 얼굴 위를 획획 가리키며 말하자 도현이 짧게 웃음을 내뱉었다. 그러며 뺨을 쓰다듬는다.

"그렇게 엉망입니까?"

"이제껏 본 것 중에선 최고로요. 하지만 충분히 매력 있습니다."

거기까지 말한 민자가 고개를 내려 그의 얼굴 가까이에 입술을 가져다 댔다.

"황도현 씨 뒤 테이블 여자들이 눈을 떼지 못하고 있거든요."

"그렇습니까?"

그렇게 물은 도현이 고개를 돌리려 하자, 민자가 손으로 붙잡았다.

"그렇다고 돌아보진 말고요. 티 나니까."

악동처럼 웃은 민자가 다시 잔을 채웠다. 술이 달게 느껴지니 오늘은 꽤 많이 마실 것 같았다. 내일 아침에 분명 땅을 치고 후회하겠지만 그렇다고 참지는 않을 생각이었다.

민자가 다시 술을 달게 마신 후에 콧잔등을 찡긋거렸다. 그 모습이 귀엽게만 보이는 건지 도현이 턱을 괴며 묻는다.

"그래서. 효도할 마음이 들었습니까?"

도현의 물음에 그건 무슨 말이냐는 듯 민자가 눈을 커다랗게 뜬다. 그러자 그는 검찰청에서 했던 말을 다시 한 번 읊조려 주었다.

"한 번 정도는 들어드려도 되지 않을까? 나도 한평생 효도랑은 거리가 멀어서 그런 생각이 들었다. 분명 그렇게 말씀드렸습니다."

두 번이나 입을 맞췄다. 처음은 검찰청에서 민자가 기습적으로 맞춘 거지만 두 번째 입맞춤은 두 사람의 합의하에 한 키스였다.

그런데 그는 확실하게 해두고 싶은 모양이었다. 그의 물음에 민자가 개구쟁이처럼 웃으며 술잔을 채운다.

"부조리한 경우를 당하면 흔히 사람은 세 가지 반응을 보여요. 저희 세 자매는 그 세 가지 반응을 각기 보이죠."

"언니가 둘이나 있습니까?"

갑자기 다른 쪽으로 튀는 대화임에도 그는 웃으며 그에 맞는 질문을 했다.

그러자 민자가 눈을 동그랗게 뜨며 묻는다.

"그건 어떻게 알아요?"

"아버지가 막내라고 했거든요. 최민자 씨."

"그 이름은 삼가주시고요."

"왜요?"

"자매 모두 끝자리가 아들 자 자거든요. 최경자, 최강자, 최민자."

"둘째 언니가 인생을 좀 피곤하게 살았겠네요."

"괜찮아요. 이름 그대로 살았으니까."

민자가 강자를 떠올리며 말했다. 이름대로 팔자가 흐른다는 말도 있었지만 둘째 언니와 '최강자'라는 이름은 참 잘 어울렸다.

민자는 손가락을 세 개 펼쳐 보여주며 말했다.

"첫째 언니는 부조리한 일에도 순응하고 따라요. 아버지가 무슨 말을 하든 알았다고 해요. 네, 그렇게 할게요. 네, 그거 좋은 생각이에요. 네, 저도 같은 생각이에요."

"음, 그럼 둘째 언니는요?"

그의 물음에 민자는 손가락 하나를 접어 두 개로 만들었다.

"둘째 언니는 교묘하게 무시하면서 살아요. 똑똑하게 자신이 원하는 것을 손에 넣죠. 참고로 둘째 언니가 가장 똑똑해요. 공부도 엄청 잘했어요. 지금은 아주 찐한 연애를 하고 계시고."

"그럼 당신은?"

그의 물음에 민자는 손가락 하나를 더 접었다.

"성격도 급하셔라. 바로 말할 생각이었는데."

손가락을 하나씩 접으며 말하던 민자가 주먹을 쥐었다. 그리고 그의 앞에 주먹을 내밀며 시니컬하게 웃는다.

"전 싸워요. 싸워서 이기죠."

"이긴 게 그 머리?"

지금은 붉은 빛깔이 도는 붉은색 가발이 머리에 씌워져 있었다.

"스타일을 달리할 수 있어서 좋아요. 물론 클라이언트들이 기겁하긴 하지만."

"저도 기겁했습니다."

"그래도 즐거워하셨던 것 같은데요?"

그가 부정하지 않겠다는 듯 고개를 끄덕인다.

민자는 앞으로 내밀고 있던 주먹을 거둬들였다. 그러면서 씁쓸하게 웃는다.

"사실 아니에요. 이번에도 졌어요. 늘 지거든요."

"아버지 입장에선 그게 아니었을 것 같은데요?"

그의 물음에 민자는 미처 거기까지 생각하지 못했다는 듯이 고개를 끄덕인다.

"덕분에 지금은 집에 안 들어가요. 머리카락을 내준 덕분에 자유를 손에 넣었죠. 이 정도면 이번엔 제가 이긴 것 같아요."

앞서 했던 이야기와 이어지는 말이었다. 그는 민자가 지금 하고자 하는 말을 알아들었는지 고개를 끄덕이며 물었다.

"음…… 그럼 저와의 관계는 비밀입니까?"

"네. 설마…… 황도현 씨 모두 말한 건 아니죠?"

"일단은."

'일단은'이란 말은 '그냥'과 비슷한 느낌이었다. 확실치 않고, 의뭉스러운.

그래서 민자는 소주를 마시다 말고 시선을 내려 그를 보았다. 도현은 여전히 웃고 있었다.

"마음에 들었다고 말씀만 드렸습니다. 제대로 된 보고는 드리기 전이죠."

"제대로 된 보고?"

"우리 이제 애인 사이 아닙니까? 키스했을 때 전 그렇게 받아들였는데."

"애인이 없다 그랬지, 황 검사님 애인하겠다고는 말하지 않았는데?"

민자가 앙큼하게 웃었다. 자신을 놀리기 위한 말 같기도 했지만, 도현은 그게 아니라는 걸 깨달았다. 최민자가 어떤 사람인지 이번 사건을 통해 알았으니까. 최민자는 상황을 모면하기 위해 거짓말을 하는 사람도 아니었고, 자신에게 불리한 상황을 거짓으로 넘기려는 사람도 아니었다.

그래서 그는 민자가 지금 진실을 말한다는 걸 알았다.

갑자기 술이 고파진 도현이 소주잔을 기울였다. 목을 타고 넘어가는 알코올이 기분 나쁘게 느껴졌지만, 그는 마지막까지 털어낸 후에 잔을 내려놓았다. 민자가 곧장 잔을 채우는 걸 보며 도현이 미간을 좁혔다.

"……제가 그렇게 별로입니까? 여자한테 막 까인 적은 없는데?"

"내가 처음인가요? 그거 영광이네요."

자존감이 또 바닥을 쳤다. 어디 가서 거부를 받아본 적은 없었는데, 오늘 그 느낌을 두 번이나 받는다.

그는 자존심이 상했지만 이유를 묻기로 했다. 이유를 알아야지만 물러나든 아니면 더욱 다가서든 할 테니까.

시작하기도 전인데 거절당하는 거, 허무하지만 제대로 된 이유를 듣는다면 빠르게 마음을 정리할 수도 있었다. 마음을 접었다가 폈다 하는 거, 어렵겠지만 그는 그런 면에 있어선 깔끔하니까.

그래서 물었다.

"제가 마음에 들지 않는 겁니까?"

이에 대한 최민자의 답은 이번에도 너무나 의외였다.

"저 연애 안 해요. 시끄러워져서."

"스캔들, 뭐 그런 거?"

잘 알려진 인물이었으니 그럴 법도 했다. 보통 사람들도 일반 회사에 다니면서 타인에게 연애가 알려질까 봐 전전긍긍하는데 그녀야 오죽하겠는가.

하지만 민자는 이번에도 의외의 답을 했다. 작게 고개를 저은 그녀가 등을 의자에 기대더니 팔짱을 꼈다.

"아니요. 우월 의식 같은 걸 가진, 아니, 꼴마초 같은 남자들만 만나서 그런지 다들 연인이 되는 순간 날 자신의 소유물로 생각하더라고요. 그래서 매번 싸웠어요. 아주 치열하게."

고저 없이 이어진 말에 도현이 헛웃음을 뱉는다.

이 여잔 도대체 어떤 연애를 해온 것일까?

막연하게 상상한 그가 조금은 이해를 한 듯 고개를 끄덕였다.

최민자를 감당할 수 있었던 남자들이 이제껏 없었을 것 같았다. 꽤 레벨이 높은 자신조차도 당황하길 수십 번인데, 오죽할까.

이런 이유라면 쉬이 물러설 마음은 없었다. 소주를 달게 들이켜는 모습조차도 귀엽고 예뻐 보이기 시작했으니까.

"전 안 그럴 자신 있는데. 저번에 한 말 잊었습니까? 조신한 현모양처가 되겠다고."

"장난하지 말고요."

민자는 믿을 수 없다는 표정으로 고개를 저은 후에 잔을 들었다.

"그래서 효도는 할 수는 없을 것 같아요. 아마 앞으로도 평생 그럴 지도 모르죠."

처음엔 최민자라는 사람을 마약 파티나 즐기는 사람으로 생각했다. 흥분에 약하고, 쾌락을 즐기는 그런 여자라고. 그래서 선 자리를 받아들였다. 가까이 다가가 수사하기 위해서.

선 자리에서 만난 최민자는 골 때리는 여자였다. 순종적인 여자는 되지 못한다며 가발을 집어 던졌을 때 얼마나 놀랐던가. 하지만 그런 그녀가 마음에 들었다.

그 후, 술자리에서 만났던 최민자는 당장 침대로 끌고 들어가고 싶을 만큼 매력적인 여자였다. 인내심이 없었다면 그렇게 했을 것이다. 이제껏 흔들리지 않았던 이성이 처음으로 흔들렸다.

수사를 진행하는 동안, 검찰청에서 만났던 참고인 최민자는 자신의 혼을 빼놓는 사람이었다. 입을 맞췄을 때, 그는 깨달았다.

아, 이 여자에게 난 푹 빠져 버렸구나.

사로잡혔다는 말이 옳았다.

그래서 사력을 다해 조사했다. 어떻게든 이 여자에게 명예로운 남자가 되고 싶어서 자신의 능력치 이상으로 일을 했다.

그래서 입을 맞췄다. 드디어 이 여자가 손에 들어오나 했더니, 거절당했다.

"그럼 저…… 농락당한 겁니까?"

"왜요? 키스는 하고 싶어서 한 건데."

웃는 얼굴로 하는 말에 심사가 뒤틀렸다. 하지만 우습게도 다시 한 번 키스하고 싶어졌다. 솔직한 심경이 그렇다.

하지만 그래선 안 된다는 걸 깨달았다. 지금 그가 할 일은 최민자의 입술에 키스를 하는 게 아니라 마음을 바꾸는 일이었다.

이 여자를 손에 넣었다고 생각한 것 자체가 잘못된 거야. 이 여잔 누구의 손에도 들어가지 않을 사람인데.

황도현의 입술이 비틀렸다. 대화가 갑자기 무척 즐거워졌다.

"애인할 마음도 없으면서?"

"꼭 애인이어야 키스하나?"

"그런 건 아니죠."

읊조리듯 말한 도현이 고개를 끄덕였다.

굳이 연인이 아니어도 키스할 수 있다.

진실한 사랑, 그런 건 소설에서만 나오는 건 아닐까 생각할 만큼 찾기 힘들다는 거 아니까.

굳이 그런 감정이 아니더라도 욕망이라는 단어 아래 섹스를 할 수도 있다. 한없이 가벼운 사람이 된다고 하더라도 누군가와 가볍게 몸을 섞는 일이 그리 어려운 세상은 아니니까.

하지만 도현은 최민자와 가벼운 감정으로 몸을 섞고 싶지 않았다. 그렇게 몸을 섞을 여자라면 주위에 차고 넘친다. 그 범주 안에 최민자를 넣고 싶지 않았다.

그리고 이 여자를 보니 궁금해졌다. 사랑 아래에 하는 섹스는 얼마나 짜릿할지.

그가 무거운 시선으로 민자를 바라본다. 그러자 민자는 자신의 잔을 허공 위로 들어 올리며 가볍게 흔들었다.

"우리 짠할까요?"

민자의 제안에 도현은 자신의 잔을 내려다보았다.

"거절당한 사람한테 주는 위로주 같은 겁니까?"

"위로주요? 왜요? 황도현 검사님, 지금 위로받아야 하나요?"

"네. 제가 멘탈 하나는 강하다고 생각했는데, 지금은 좀 흔들리거든요."

그것도 아주 상당히.

만만치 않은 사람과 시작을 하려니 이렇게 어렵다.

"강적이네요, 최민자 씨."

"이제껏 최민으로 불러주더니?"

"모델 최민이 아니라 인간 최민자에게 다가가고 싶으니까. 앞으론 이름 부를 겁니다."

"촌스러운데."

민자가 심통 맞은 표정으로 입술을 삐죽 내밀었다.

"안 마시면 나 혼자 마신다?"

그녀가 떠보듯 말하며 연신 허공에서 잔을 흔들었다. 얼른 잔을 부딪히라는 제스처에 그가 결국 잔을 들었다.

하지만 부딪히진 않았다. 그전에 물어야 할 것이 있었으니까.

그 답에 따라 이 잔은 '위로주'가 될 수도 '축하주'가 될 수도 있었다.

"그럼 약속 하나만 합시다."

"무슨 약속이요? 약속해야 짠해줄 거예요?"

"그건 아닙니다. 다만 앞으로 최민으로 대할지, 최민자로 대할지 결정되겠네요."

"좋아요, 뭔데요?"

"키스는 나와만 합시다."

훅 들어온 말에 민자가 눈을 동그랗게 떴다. 이 관계의 우선권이 자신에게 조금 넘어왔다고 도현은 생각했다. 그게 곧 착각이라는 걸 깨달았지만.

"섹스는요?"

"……허."

역시, 쉽게 넘어오는 여자가 아니다.

그가 헛웃음을 뱉은 후에 답했다.

"그것도 나랑만 합시다."

"안 그래도 그러려고 했는데?"

민자의 답에 그가 짧게 웃음을 뱉었다.

그런 후에 잔을 들어 허공에 들린 민자의 잔에 부딪힌다. 맑은 소리에 두 사람의 입가에 미소가 번졌다.

"최민자 씨, 그럼 앞으로 잘해봅시다."


꽤 무리를 해버렸다. 도현은 빙글빙글 도는 세상을 보며 고개를 젓는다.

황도현은 이제껏 술로는 그 누구에게도 졌다는 생각을 해본 적이 없었다. 하지만 오늘 그 생각을 했다. 얼굴이 화끈거리는 자신과는 달리 민자는 뒷좌석 문을 연 후에 아주 멀쩡한 얼굴로 차에 오르고 있었다.

"오늘 고마워요."

민자가 문을 닫지 않은 채 감사의 인사를 건넸다. 오늘 꽤 유쾌하고 재미있는 시간을 보냈다고 말하며.

"다음에는 정말 밥 한 끼 해요. 시간이 되면."

"좋죠. 데려다 드리고 싶은데, 저는 검찰청에 들어가 봐야 해서요."

"꽤 많이 취하신 것 같은데요?"

"아직, 끝나지 않았으니까요."

그의 말에 민자가 고개를 끄덕였다.

오늘은 여기에서 이별을 해야 할 때였다. 하지만 아쉽다. 함께 밤을 보내고 싶은 마음은 두 사람 모두 굴뚝같았지만 앞으로를 위해선 오늘은 이만 헤어지는 게 좋았다.

그가 아쉬움이 가득한 눈으로 민자를 내려다본다. 그러더니 허리를 숙였다.

천천히 다가오는 그의 얼굴에 민자가 눈을 감지도 않은 채 빤히 보았다.

다가온다. 다가온다.

조금만 더 움직이면 입술이 닿을 만큼 거리가 가까워졌을 때가 되어서야 민자가 눈을 감았다.

하지만 이상하게도 시간이 갈수록 입술에선 아무런 감촉도 느껴지지 않았다. 민자가 눈을 뜨자 도현은 활짝 웃고 있었다. 개구쟁이 같은 웃음에 민자는 당했다는 생각을 했다.

"제거 가져가겠습니다."

그가 몸을 옆으로 더욱 기울이며 그녀의 옆에 놓여 있던 재킷을 집어 들었다. 그러자 민자가 미간을 좁혔다. 그가 무슨 말을 하는지 알 수가 없어서.

"……이게 왜 황 검사님 거죠?"

"잘 생각해 보세요. 그날, 무슨 일이 있었는지."

헤어지기 전, 그는 민자에게 수수께끼를 던졌다. 그럼 자신이 없는 동안에도 이 앙큼한 여자가 계속 자신의 생각을 할 테니까.

지금 그가 할 수 있는 최고의 수였다.

"아주 바쁘지만 자주 만나러 갈 겁니다."

"……저도 바쁜데요? 이제 시즌 시작이라."

그녀가 멍한 얼굴로 읊조렸다. 자신의 수가 제대로 먹혀들어 간 모양이다. 최민자는 벌써부터 고민에 빠졌고, 머릿속엔 온통 자신의 생각으로 가득 찬 것 같았으니까.

"저, 능력 있습니다."

짧게 답한 그가 뒷문을 닫아주었다. 그리고 곧 출발하는 차를 보며 웃는다.

"어려운 여자."

8

관리를 맡고 있는 사람이 바빠지면 매니저 역시 자연스럽게 바빠진다. 스케줄부터 시작해서 일거수일투족을 모두 살펴야 하기에 스타보다 먼저 일어나서 움직이고, 스케줄이 끝난 후에 집까지 데려다준 후에야 하루 일정이 끝나기 때문이다.

일반 아이돌 스타보다는 아니지만 모델 최민 역시 아주 바쁜 쪽에 속했다.

스물아홉 살.

모델로는 적지 않은 나이였지만, 전 세계를 무대로 하다 보니 지방보다 인천공항을 통해 다른 나라로 출국하는 일이 더 많았기 때문이다. 더욱 최근엔 태원전자 CF가 중국에서 터지면서 그쪽에서도 일이 심심찮게 들어오고 있었다.

아침 일찍 쇼 장에 민자를 내려준 홍호진은 담배를 들고 밖으로 나왔다.

"요즘은 담배도 아무 데서나 못 피고. 후!"

그가 짜증스럽게 읊조렸다. 담배 냄새라면 아주 질색팔색을 하는 민자 때문에 평소엔 강제 금연을 하고 있었다. 민자가 오랫동안 곁을 비우는 이런 때에 겨우 담배 한 개비를 피우는 게 유일한 낙이었는데, 흡연실은 보이지 않았다.

보통 흡연자들은 이럴 때 자신의 차에서 태우겠지만, 그럴 수도 없었다. 회사 차였고, 굳이 사용자를 따지자면 자신이 아니라 최민자였으니까.

"후."

결국 담배를 주머니 안으로 쑤셔 넣은 그가 머리를 벅벅 긁었다. 쇼가 끝나려면 여덟 시간은 걸릴 테니 잠시 회사에 다녀오는 게 좋을 것 같았다.

"일단은 누나한테 문자를 남기고……."

주머니를 뒤져 휴대전화를 찾던 호진은 때마침 걸려오는 전화에 액정을 확인했다.

"어?"

깜짝 놀란 호진이 전화를 받았다.

"호, 홍호진입니다. 무슨 일이십니까?"

[황도현 검사입니다.]

"압니다, 검사님. 번호 저장해 놨습니다."

민자가 검찰 조사를 받으면서 담당 검사의 번호를 받아뒀다. 호진 역시 혹여 사건과 관련되어 무슨 일이 있으면 연락해 달라며 휴대전화 번호를 줬었는데, 제발 담당 검사에게 연락이 오지 않기를 간절히 바랐다. 그런데 사건이 한창 진행 중에 연락이 온 것이다!

처음 담당 검사에게 연락을 받았을 때 호진은 심장이 떨어져 나가는 느낌을 받았다. 드디어 이 돌아이가 검찰에 소환될 만큼 큰 사고를 친 거라고 생각했기 때문이다. 하지만 다행히 민자가 사고를 친 게 아니고, 참고인 조사를 받은 거라 안심을 했었다. 회사에 조인트 까일 일은 적어도 없을 거라고.

하지만 사건 경위를 듣고 난 후에 홍호진은 세상이 노래지는 느낌을 받았다. 민자가 연루되어 있는 사건 때문이었다. 대한민국을 휩쓸고 있는 사건에 민자의 이름이 언급되는 것만으로도 큰 피해가 가기 때문이다.

참고인이든 피해자든 언론에 이름을 올리는 순간부터 여자 모델에게 있어서는 최악의 스캔들이 될 것이다. 호진은 혹여 무슨 일이 생긴 건가 싶어 당혹스러운 표정을 지었다.

"무슨 일 있나요? 혹시 누나 이름이 외부로 새어 나갔거나……."

[그런 건 아닙니다.]

"그럼 혹시 사건 관련해서……."

[그것도 아닙니다. 개인적인 용건입니다.]

"후."

호진이 안도의 한숨부터 내뱉었다. 하지만 곧 '개인적인 용건'이라는 것에 의문을 가졌다.

"그런데 무슨 개인 용건이요?"

[옆에 최민자 씨 있습니까?]

"최민자…… 아. 그렇게 부르세요? 그런데 아직도 목숨이 붙어 계시네요?"

농담이 아닌데도 전화 너머로는 웃음소리가 들려왔다. 호진은 담당 검사 역시 민자와 비슷한 부류라는 걸 그 순간 깨달았다.

[전 그렇게 불러도 된다고 허락받았습니다.]

"대단하시네요, 검사님. 아, 검사님이어서 그런가? 아, 아닌데. 우리 누나, 검사한테 쫄 사람이 아닌데."

[쫄아서 그런 건 아니고요. 그래서 최민자 씨는 옆에 있습니까?]

"누나 지금 쇼 준비하고 있는데…… 왜요?"

점점 의문이 커져 갔다. 이 검사님과 자신의 누님께서 무슨 사이이신지. 검사님께서 자신에게 할 부탁이 무엇인지.

[부탁드릴 게 있습니다.]

"네, 말씀하세요. 들어드릴 수 있는 거면 노력해 볼게요."

호진의 말에 도현은 정말 거리낌 없이 부탁을 해왔다. 그의 이야기가 이어질수록, 통화가 길어질수록, 호진의 얼굴이 새까맣게 변한다.

"그건 좀…… 걸리면 저도 죽는데요?"

절대 들어줄 수 없는 부탁이었다. 말 그대로 자신의 목에 칼이 들어온다고 하더라도.

하지만 도현은 너무나 쉽고 간단하게 이 문제를 보고 있었다.

[안 죽게 해드리겠습니다.]

"……우리 누나, 한다면 하는 사람이에요. 죽이겠다고 마음먹으면 얼마든지 말려 죽이고, 튀겨 죽이고, 삶아 죽일 사람이라고요."

그의 말에 전화 너머로 웃음소리가 들려왔다.

역시나. 담당 검사님께선 우리 누님과 비슷한 부류야. 절대적으로 피해야 할!

호진이 침을 삼켰다. 제대로 된 거절을 해야 한다는 생각이 머릿속을 가득 채울 때였다.

[저도 그럴 수 있는 사람입니다.]

꾸, 꿀꺽.

호진이 침을 꿀떡 삼켰다.

민자는 몸에 흘러내리듯 붙듯 아이보리색 시폰 드레스를 입고
있었다. 속옷을 입으면 안 되는 의상이어서, 민자는 행동 하나하나
를 조심했다. 몸을 조금만 비틀어도 옷 사이가 벌어졌다.

가만히 있어도 가슴골이 훤히 보이는 의상에 호진은 대기실 안
으로 들어오다 말고 후다닥 밖으로 나갔다.

"죄송합니다!"

그의 고함 소리에 모델 몇몇이 작게 웃음을 뱉었다.

"쟤 뭐니? 귀엽다!"

"호진 씨 귀엽지. 언니, 호진 씨가 언니 찾으러 왔어."

"알아. 나도 봤어. 기겁하고 뛰어나가는 거. 누가 보면 우리가
잡아먹는 줄 알겠다."

민자 역시 순식간에 몸을 틀어 밖으로 나간 호진을 보았다. 신경
이 쓰인다는 듯이 몸을 일으켜 밖으로 나간 민자가 종종종 불안한
걸음을 옮기는 호진을 발견하고선 걸음을 멈춘다. 새빨갛게 달아
오른 얼굴을 보니, 그가 아직도 이십대의 어린 청년이라는 걸 깨닫
는다.

벽을 몸에 기댄 민자가 '야'라고 부르자 호진이 퍼뜩 고개를 들
었다. 그러다 몸에 착 달라붙는 드레스가 옷이 가져야 하는 제대로
된 구실조차 하고 못한다는 걸 알고선 다시 고개를 돌렸다. 호진의
귀가 살구색에서 붉은색으로 급격하게 변했다.

"누, 누나. 오늘따라 의상이 엄청나네요."

"전에 속옷 패션쇼할 때도 그 소리 했던 것 같다?"

"네, 저도 기억이 나네요. 어디에 눈을 둬야……."

호진의 말에 민자가 짧게 웃음을 내뱉었다. 어이가 없었다.

"하고 싶었던 말 있었던 거 아니야? 대기실로는 잘 안 들어오잖아."

"아, 맞다."

뒤늦게 본론이 생각났는지 호진이 손뼉을 친다.

"누나, 쇼 끝나고 바로 둘째 누님 집으로 가실 거예요?"

"어. 피곤해."

"아……. 그럼 내일은 뭐 하세요? 스케줄 없으시잖아요."

"그게 궁금해?"

홍호진과 최민자는 절대적으로 비즈니스 관계였다. 더욱 민자는 평소 스케줄이 없는 날에는 호진에게 좀처럼 연락하는 법이 없었고, 이를 두고 호진은 민자에게 있는 유일한 장점이라고 했었다. 평소에 천방지축 모델님을 데리고 다니느라 힘든 시간을 보냈지만 그것으로 위안을 삼곤 했었다.

덕분에 두 사람은 스케줄이 없는 날 만나는 법이 없었고, 관심을 둔 적도 없었다.

"그건 왜?"

"아."

호진이 눈동자를 요리조리 굴렸다. 생각을 하는 게 역력했지만 민자는 모른 척 팔짱을 꼈다. 가슴께가 더욱 벌어지고, 풍만한 가슴이 드러나자 호진이 서둘러 고개를 아래로 떨어뜨린다.

"그게, 회사에서 여쭤보라고 해서요. 최근 누나한테 많은 일이 있다 보니, 걱정이 되나 봐요."

"그래?"

"네. 그렇습니다. 확실히 그렇습니다."

확신을 주기 위해 하는 말이었지만 민자의 의심은 더욱 커졌다. 하지만 못해줄 말도 아니었기에, 내일 뭘 할지 고민하기 시작한다. 일정은 딱히 없었다.

"음…… 운동하러 가겠네."

"헬스장이요?"

"어."

"네, 알겠습니다! 그, 그럼 이만 들어가 보세요. 저는 무대 뒤에서 대기하겠습니다."

호진이 꽁지에 불이라도 붙은 사람처럼 빠르게 사라졌다.

쟤 왜 저래?

고개를 절레절레 저은 민자가 다시 대기실 안으로 들어갔다. 곧 쇼가 시작될 시간이었다.

쇼 관계자들이 모델들에게 돌아다니며 오늘 무대에서 선보여야 하는 주인공을 주었다. 주얼리 쇼였다. 주인공은 다이아몬드와 각종 보석이 박힌 귀걸이와 목걸이였다.

"최민 씨, 이거 15억 짜리예요."

"와. 이런 걸 사는 사람이 있어요? 덥석덥석?"

민자는 서브 다이아몬드가 자그마치 1캐럿이나 된다는 목걸이를 받아 들었다. 함에 들어 있어서 그런지, 아니면 실제로 엄청난 무게를 자랑하는 건지 묵직했다.

"아마추어처럼 왜 이래?"

"그래도 목걸이 하나에 15억 짜리를 보는 건 처음이어서요."

"당연히 사는 사람이 있지. 오늘 이 자리에 모이는 사람들."

관계자의 말에 민자가 헛웃음을 뱉었다. 사치품에 그 정도의 값어치를 지불하는 사람들이 모이는 쇼였다. 그리고 그런 쇼에 민자는 셀 수 없이 많이 섰다.

전혀 다른 세계에 살고 있는 사람들이 있다는 건 알고 있었지만 평소엔 그걸 느끼지 못하고 살아가고 있었다. 화려한 무대에 설 때만 만나는 사람들. 그래서 민자는 자각하고 살아간다.

"그렇죠."

"전에 퍼 쇼에도 섰었잖아."

"그땐 최고가가 5억이어서."

민자가 함에 담긴 화려한 목걸이를 보았다.

이런 게 뭐가 예쁘다고.

관계자는 곧 쇼가 시작된다고 알렸다. 준비를 도와주는 스텝이 함에서 목걸이를 꺼내 민자의 목에 걸었다. 준비실은 곧 검은 양복을 입은 사람들이 철저히 지키기 시작한다. 이런 쇼일수록 보완은 철저해진다.

하지만 민자는 그들을 신경 쓰지도 않은 채 화장대 위에 올려놓은 휴대전화를 힐끗 보았다.

저번 주엔 엄청 바빴다. 쇼를 세 번이나 섰고, 항상 그러하듯 가족들의 연락을 무시했다. 경자와 어머니는 이번만은 제발 굽히고 들어가 달라고 말했다. 이에 대한 답으로 민자는 시원하게 머리를 밀고서 웃고 있는 자신의 사진을 발송했다. 그 후로 가족들에게선 더 이상 연락이 없었다.

유나에겐 하루에 한 번, 시간이 날 때마다 틈틈이 찾았다. 조금씩 안정되어 가는 그녀를 보며 민자는 더욱 활짝 웃어주었다. 아프지 않길 바라며.

그렇게 바쁘고, 신경 쓸 게 많은 시간 동안 민자는 간간이 슈트 재킷을 떠올렸다. 황도현, 그 사람을 떠올렸다는 말이기도 했다.

휴대전화를 집어 들었던 민자가 다시 원래의 위치에 내려놓았다. 그사이에 황도현에게선 몇 번이고 연락이 왔다. 하지만 민자는 그날 무슨 일이 있었는지 신상잡기만 했다. 그 사람도 많이 바빴지만 자신 역시 바빴다. 아니, 시간이 날 때, 잠시 그를 만나러 가도 됐지만 답을 찾을 때까진 만나지 못할 것 같았다.

다시 휴대전화를 내려놓은 민자가 거울 속 제 모습을 보았다.

"화려하다, 정말."

그녀가 묵직한 목걸이를 보며 고저 없이 말했다.


오랜만에 맞는 휴일이었다.

조금 더 늦잠을 자도 되지만 아침 일찍 일어난 민자가 텅 빈 집을 보았다. 강자는 어젯밤 들어오지 않았다.

홀로 남은 민자는 고민에 잠겼다. 풀어야 하는 숙제가 있었다.

폭탄주 세 잔에 기억을 잃었던 그날. 유나에게 나쁜 일이 생겼던 그날.

다음날 호텔에서 눈을 떴을 때 남아 있었던 건 조각난 기억이 아닌 남자의 재킷이었다. 이름 모를, 누군지 모를 사람이 남겨두고 간 옷.

그런데 그 옷이 황도현 검사의 옷이라고?

이해할 수 없었다.

"아, 머리 아파."

얼굴을 확 일그러뜨린 민자가 자리에서 벌떡 일어났다. 양치와

세수만 한 그녀가 향한 곳은 강자의 오피스텔에선 꽤 떨어진 헬스장이었다. 민자가 4년 동안 다닌 헬스장이었다.

"오, 최민 씨 왔어요?"

근육이 부담스러울 만큼 큰 트레이너가 다가왔다. 그러자 민자는 친밀한 인사를 건넨다.

"네, 왔어요."

"오랜만인 거 같은데?"

"헬스 빼고는 다 하고 있었어요."

"정말이에요? 음, 살이 조금 붙은 것 같은데?"

날카로운 트레이너의 말에 민자가 얼굴을 일그러뜨렸다.

"사실 1.5kg 쪘어요."

"헐. 어쩌다가? 시즌이잖아?"

"술을 좀⋯⋯."

민자가 어수룩하게 웃으며 솔직하게 말했다. 그러자 트레이너는 불같이 화를 내며 그녀에게 러닝머신 한 시간을 명령했다.

"지옥의 근력운동이 있을 테니까, 긴장은 미리미리 해두고."

"아, 선생님!"

"이런 상황은 예상하고서 그렇게 마신 거겠죠? 우리 회원님?"

"⋯⋯."

예상을 하기는 했다. 그런데도 무지하게 마셨다. 민자의 얼굴이 썩어 들어갔다.

"요즘은 살이 잘 안 빠져요. 옛날엔 이틀 만에 금세 원상 복구되더니."

"나이가 들어서 그렇지, 뭐."

"너무 아픈 곳은 찌르지 말고요."

나이가 들수록 살은 잘 찌고, 잘 빠지진 않았다. 모델로서는 치명적이었다. 어떻게든 1년이라도 더 모델로 살아가기 위해선 철저하게 관리했다.

더욱 민자는 보통의 사람들보다 살이 더 잘 찌는 체질이었다. 이제껏 거의 아사 직전까지 갈 정도로 굶고, 치열하게 운동해 온 덕분에 모든 여자들의 워너비 몸매가 되었지만.

손바닥에 맺힌 땀을 옷자락에 닦아낸 그녀가 트레이너의 매서운 눈빛에 입술을 삐죽 내밀었다. 오늘은 왠지 정말 정말 힘든 하루가 될 것 같았다.

"일단 유산소 운동부터 하세요."

"네."

"그런데 요즘 유나 씨는 안 보이네요?"

러닝머신으로 향하려던 민자의 걸음이 멈췄다.

트레이너의 말에 민자는 '바빠요'라고 짧게 말한 후 비어 있는 러닝머신 위에 오른다. 무표정한 얼굴이었지만 아래로 내려가 있는 입술에 그녀의 마음이 언뜻 보이는 듯했다.

민자는 처음엔 천천히 걷는 것부터 시작했다. 운동은 아주 바른 자세로 하는 게 중요했기에 정면을 본 채 천천히 몸을 데우기 시작한 그녀는 옆에 누군가 와 섰음에도 신경을 쓰지 않았다.

그녀의 머릿속엔 온통 내일 있을 화보 촬영으로 신경이 가 있었다.

그러다 문득 옆으로 시선을 돌렸을 때 민자의 얼굴이 일그러졌다.

"여긴 어떻게……."

"헬스장에 뭐 하러 왔겠습니까? 운동하러 왔지."

우연을 가장한 만남은 익숙했다. 앞서 있었던 만남은 모두 황도현이 의도한 대로 만났고, 그걸 그는 '인연'이라고 표현했었다.

하지만 민자는 짐짓 모른 척 물었다.

"언제부터 여기에 다녔어요?"

"어제요."

"우연인가요? 왠지 이런 상황, 익숙한데."

민자의 말에 그는 어깨를 으쓱이더니 러닝머신 속도를 올린다.

"공권력을 사용하진 않았습니다."

도현이 힘차게 발을 굴리며 러닝머신 위를 달린다. 이를 바라보던 민자가 헛웃음을 뱉었다. 그가 의도했든, 아니면 이게 정말 우연이든 상관없었다. 어찌 되었든 오랜만에 보는 그가 무척 반가웠으니까.


땀으로 축축하게 앞머리가 젖자 도현은 바벨을 원래의 위치에 올려놓았다.

철커덩!

쇠가 부딪혀 날카로운 소리를 냈음에도 그는 어렵지 않게 상체를 일으켰다. 티는 잘 나지 않았지만, 검은색 트레이닝복 상의가 땀으로 축축하게 젖었다.

그는 대부분의 운동을 집에서 했다. 꼬박꼬박 운동을 하며 체력을 유지했는데, 거의 강박적으로 해오는 일이라 힘든 적은 좀처럼 없었다. 유도를 그만뒀던 고등학교 때를 제외하고서.

하지만 오늘 도현은 꽤 무리한 운동을 했다. 시간을 확인하니 헬스장에 온 지도 두 시간이 훌쩍 흘러 있었다.

이제 그만 샤워를 하고 검찰청으로 돌아가야 했지만 그의 시선은 한곳에 머물러 떨어질 생각을 하지 않았다. 그곳엔 민자가 바벨을 어깨에 올리고서 스쿼트를 하고 있었다.

팽팽하게 당겨진 엉덩이와 매끈한 다리가 그의 눈에 가장 먼저 들어왔다. 그리고 그다음에 들어온 건 분홍색 나시가 땀으로 흠뻑 젖어 있는 모습이었다.

"대단하네."

그가 진심으로 말했다. 최민자는 대단했다. 보통 성인 남성도 힘들 무게를 들고서 연신 앉았다 일어섰다를 반복하고 있는 걸 보니 그의 숨이 턱턱 막힐 정도였다.

하지만 민자는 이 모든 일이 익숙하다는 듯이 운동에 집중하고 있었다. 잔뜩 구긴 얼굴이나 파르르 떨리는 팔은 그녀가 이제 한계에 다다랐다는 뜻인데도, 운동을 멈추지 않았다.

그러고 보면 함께 술을 마셨던 그날, 민자는 안주에는 손도 대지 않았다.

직업에서 오는 고단함을 눈으로 본 그가 자리에서 일어났다. 화려한 무대 위에 서기 위해, 자신만만하게 카메라 앞에서 웃기 위해 민자는 이런 시간을 수도 없이 보냈을 것 같았다.

수건으로 얼굴을 닦은 그는 민자가 바벨을 내려놓은 후에 바닥에 벌러덩 눕는 것을 보았다. 가슴께가 크게 들썩이고 있었다.

"오늘은 그만하실래요?"

"하아, 하아. 안 돼요. 하아, 하아! 아, 죽겠다!"

고개를 저은 그녀가 검지손가락을 세우며 말을 이었다.

"1분만요. 1분만 쉬고."

그러면서 손을 들 힘도 없다는 듯이 다시 팔을 내리는 걸 도현은 말없이 보았다.

"오늘은 이만 물러서야 할 땐가."

자신은 신경도 쓰지 않는 것 같으니.

몸을 돌린 도현이 유쾌한 미소를 지었다.

최민이 소속되어 있는 소속사는 애초에 모델 에이전시였다. 그러다가 소속되어 있는 모델들이 영화와 방송, CF로 활동 영역을 늘리면서 자연스럽게 거대 기획사가 되었다.

건물도 홍대에 있다가 강남으로 이전을 하면서 외관부터 화려해진 〈드림 엔터테이먼트〉로 바꾸면서 최근엔 대거 신인들까지 키우고 있었다.

이곳의 초창기 멤버 중 한 명인 최민은 익숙한 직원들과 인사를 나눴다. 직원들도 워낙 장기 근무자가 많아서 말 그대로 가족 같은 회사였다.

"대표님은요?"

"안에서 기다리고 계세요."

엔터테이먼트 소속사답게 분위기는 딱딱하지 않았고, 대부분의 문도 활짝 열려 있었다. 쭉 이어진 회의실을 지나 대표 방 앞에 멈춰 선 민자가 똑똑 노크를 한다. 안에서 '들어와'라는 답에 민자가 문을 열었다.

"어, 왔어?"

"네. 무슨 일이세요?"

"우리가 무슨 일이 있어야 만나는 사인가?"

그렇게 말은 하고 있었지만 정 대표의 표정은 달랐다. 하고 싶은 말이 많아 보이는 표정에 민자가 작게 웃음을 내뱉더니 소파에 앉는다.

"뭐 마실래?"

"아니요. 괜찮아요. 오는 길에 커피 마셨어요."

"음, 그럼 내 것만 시킨다?"

"물이라도 주세요, 그럼."

"알았어."

자리에서 일어난 정 대표는 직접 미리 내려두었던 커피를 머그 잔에 따랐고, 다른 잔엔 민자가 부탁한 대로 물을 담았다.

민자는 그가 건넨 물 잔을 받은 후에 고맙다고 인사를 했다. 목이 마르진 않았지만 어쩐지 이 물이 꼭 필요할 것 같았다. 물로 입술만 적신 민자가 테이블 위에 머그컵을 내려놓자, 정 대표 역시 커피를 한 모금 마신 후에 잔을 내려놓는다.

"내가 왜 불렀는지 알지?"

"제가 어떻게 알겠어요. 정 대표님처럼 생각이 깊고 넓으신 분의 생각을 알기에 저는 너무 종지만큼만 생각하고 사네요."

"이야. 띄우는 것 보니까 알고 있는 모양이네."

"……그냥 하고 싶어하지 않는구나, 그렇게 생각해 봐주면 안돼요?"

"이제껏 그렇게 생각해 줬거든? 그런데 이번 건은 워낙 좋잖아. 어떻게 그런 생각으로 단순하게 정리해 버리냐? 넌 지금 우리 회사에서 모델 중에서 탑인데."

〈블랑쉬〉는 제1차 세계대전 때 한 디자이너가 세계적인 명성에 이르면서 지금의 브랜드를 구축하게 되었다. 프랑스 명품 중에도 항상 첫 번째로 손이 꼽힐 만큼 명성 있는 브랜드로, 의류뿐만 아니라 화장품, 주얼리, 핸드백까지 다양한 라인 모두가 사랑받고 있었다.

이전에 민자는 블랑쉬의 오트쿠튀르에도 몇 번이나 섰던 적은 있었다. 하지만 이번에 제안받은 건 CF 제안이었다. 촬영은 프랑스에서 하는 것이었고, 내년 초에 나오는 향수 라인의 대표 모델을 제안받았다.

하지만 민자는 이 제안을 선뜻 받아들일 수가 없었다. 아무것도 거칠 게 없었던 20대 중반이었다면 기쁜 마음으로 촬영에 임했겠지만, 이젠 서른의 초입이었다. 단순히 내가 하고 싶은 일이라고 모두 할 수는 없는. 그렇게 해서도 안 되는 나이였다.

"영상 화보도 찍잖아. 그런데 CF는 왜 안 찍겠다는 거야? 저번엔 태원전자……."

"찍으면 좋죠. 그런데 여기까지는 아버지가 허락하지 않으실 것 같아서 그래요."

"최민자."

"최민이요, 최민. 저 지금 여기에 모델 최민으로 있는 겁니다?"

민자가 가벼운 웃음을 흘리며 장난스럽게 말했다. 그러자 정 대표는 답답하다는 듯이 가슴을 쳤다.

"너 내년에 서른이야. 모델 수명, 그렇게 길지 않아. 물론 노력하면 오래 할 수 있겠지. 서른 중반까지 무대에 서는 모델도 있으니까. 하지만 젊은 시절만큼은 못 서. 대부분 화보 찍고, 예능프로그램 나가고, 연기하고. 다들 그렇게 지내. 그리고 그게 나쁜 것도 아니고."

민자가 테이블에 놓여 있던 머그잔을 집어 들었다. 예상대로 물이 필요해져 버렸다. 민자가 숨도 쉬지 않고 물을 마셨음에도 정 대표는 아직 자신이 하고 싶은 말이 안 끝났다는 듯 계속 말을 잇는다.

"다들 제2의 삶을 준비한다고. 그런데 넌 언제까지……."

1절만 하시지.

한숨을 푹 내뱉은 민자가 작게 고개를 젓는다.

"은퇴할 거예요. 그땐. 더 이상 연예계 활동은 안 해요."

"왜! 왜! 아깝잖아!"

정 대표가 참지 못하고 외쳤다. 이런 설득이 한두 번이 아니었기 때문이다.

모델 최민은 이 시대와 어울리지 않게 비밀주의를 고수하고 있었다. 인터넷에 검색만 해봐도 졸업한 고등학교 정도와 소속사, 가명만 나왔다. 자기 어필 시대임에도 욕심이 없는 사람처럼 굴었지만, 실상 그녀를 만나보고 일에 대한 프라이드를 보게 되면 그렇지 않다는 걸 알게 되지만, 활동 역시 모델 쪽에만 국한되어 하고 있었다.

그녀가 CF 촬영을 한 것도 최근 태원전자가 처음이었다. 제안이 들어왔을 때 정 대표는 물론이고 오랫동안 그녀를 봐온 사람들 역시 받아들이지 않을 거라 모두 입을 맞춰 이야기했는데, 이번 일은 예외로 받아들인 것이다.

그래서 정 대표는 민자의 생각이 많이 바뀐 줄 알았다. 영역을 더 넓히고, 아까운 재능을 썩히지 않을 거라 생각했는데 그게 아니었던 것이다.

"너 쇼에 설 때 했던 일들 생각해 봐. 연극 무대 콘셉트도 했지? 클럽 콘셉트 때는 춤도 췄지? 거기에다가 노래도 잘하잖아. 그런데 왜 싫다는 거야! 한 번쯤 도전이라도 해봐야지!"

모두 그녀가 하겠다고 마음먹는다고 해서 성공할지는 미지수였지만 민자는 엔터 쪽으로는 꽤 많은 재능을 가지고 태어났다. 정 대표는 아쉬운 마음에 계속 그녀를 설득하려 했지만 이번에도 돌아온 건 단호한 거절이었다.

"아까워도 어쩔 수 없어요. 아버지랑 약속했어요. 모델이 마지막이라고."

"그럼 모델로 CF 찍어! 좋은 기회야. 다시는 없을. 그전에 모델이 누구였는 줄 알아?"

"알아요, 누군지."

그러면서 민자는 세계적인 모델들의 이름을 줄줄이 읊었다. '블랑쉬' CF 자리는 톱모델이 거치고 지나가는 디딤돌 같은 곳이었다.

"거기 급까지 올라간 거라고, 네가. 다시는 없을 기회라고!"

"알았어요. 생각해 볼게요."

마음에도 없는 말이라는 것을 알기에 정 대표의 얼굴이 일그러졌다. 바늘구멍 하나 들어가지 않을 것 같은 얼굴이었기에 포기해야 한다는 것을 알면서도 정 대표는 그럴 수가 없었다.

한숨을 왈칵 내뱉은 정 대표가 고개를 절레절레 저었다. 이젠 어떤 식으로 설명을 해야 할지 감도 잡히질 않아 난감했다.

"너희 아버지는 정말 왜 그러냐. 네가 내 딸이었으면 업고……."

"그럼 다음 생에는 내 아빠 하세요."

"이번 생에 말이야. 이번 생. 이미 내가 네 아버지를 하기엔 늦었잖아."

그러면서 정 대표가 민자를 힐끗 흘긴다.

"지금 내가 무슨 말 하고 있는 건지 다 알면서."

"알아요. 알아. 하지만 저도 아버지 이해해요."

"뭘!"

그 앞뒤 꽉꽉 막힌 인간이 뭐가 이해가 되냐며 정 대표가 빽 소리를 지른다.

중학교 때 민자를 우연히 캐스팅한 건 정 대표, 그였다. 그로 인해 민자의 인생이 바뀌었듯, 정 대표 그의 인생도 민자로 인해 많은 게 바뀌었다.

오랜 시간을 함께해 오면서 민자가 아버지에게 어떠한 핍박을 받았는지 잘 알고 있었다. 뉴욕 무대에 서고 싶다고 해서 떠났던 2년을 제외하고선 모두 정 대표와 함께 일했으니까.

덕분에 정 대표 역시 최 소장에게 꽤 많은 욕을 먹었던 터라 생각을 하는 것만으로도 오금이 저린가 보다.

"난 아직도 이해가 안 된다. 왜 그렇게까지 반대를 하는지."

자식이 하는 일이라고 하면 부모는 낯선 직업이라고 하더라도 자세히 알아보는 법이다. 그리고 어떻게든 그 직업을 선택한 자식을 이해해 보려 한다. 그것이 범죄가 아니면 부모는 자식이 잘되길 바란다.

하지만 최 소장은 아니었다. 민자가 처음 화보를 시작했었던 열여섯 무렵부터 스물아홉이 된 지금까지. 아주 지속적이고 집요할 정도로 반대만 해오고 있었다.

"저도 처음엔 이해를 못 했어요. 이해하려고 하지도 않았었고요."

"그걸 어떤 사람이 이해하냐? 그 정도 올라가는 게 얼마나 힘든데."

"네. 맞아요. 힘들었어요. 근데 그건 제 입장이고요. 아버지 입장을 생각을 해봤거든요. 그러니까 이해가 되더라고요."

"그러니까 뭘!"

"자신을 무섭게 생각하고 우러러 봐야 하는 사람인데, 딸 때문에 그렇지 못하게 되면 어떻겠어요?"

민자가 뭘 그렇게 당연한 걸 묻냐는 듯한 표정으로 말했다. 그걸 깨닫는 순간 민자는 아버지와의 모든 대화를 단절했다. 그 대가로 머리를 시원하게 밀어버렸다. 아주 오랫동안 다퉈온 결과는 그거였다.

하지만 지금도 그녀는 아버지를 이해하고 있었다. 내가 최종훈이라면. 그 생각을 하면 답은 너무나 간단하게 내려지는 문제였다.

"화보를 찾아봤는데, 자신의 기준에선 예술이 아닌 누드라면. 저라도 이해 못할 것 같아요."

정 대표의 입술이 굳게 다물렸다. 숨을 혹 하고 내뱉는 걸 보니 많이 답답한가 보다. 하지만 무어라 말해야 할지 모르겠다는 표정이기도 하다. 그 역시 이해를 해버렸나 보다.

민자는 다시 물을 마셨다. 입안이 탔다. 아버지와의 치열한 전투는 자신이 모델을 그만두고 시집을 가는 순간 끝날 것이다. 결혼하는 배우자 역시 아버지의 마음에 쏙 드는 남자여야겠지만, 뭐든 상관없었다. 애초에 결혼할 마음이 없었으니까.

그녀가 말없이 물을 마시는 걸 보던 정 대표가 고개를 절레절레 저었다.

"너 언제 이렇게 철들었냐?"

"나이 먹어서 그렇죠, 뭐."

대화는 그것으로 끝이었다. 더 이상 할 말도 없었다.

민자가 시간을 확인한 후에 자리에서 일어났다. 미래를 결정한 후에 지지부진하던 일을 해결해야 했다.

"집 보러 가야 해요."

"방금 전엔 철들었다며."

"가출이 아니라 출가입니다. 스물아홉 살인데, 가출은 좀 웃기잖아요."

"아버지 입장에선 아닐걸?"

정 대표가 문을 열어주었다. 집을 봐야 한다는 말이 거짓이 아니라는 걸 그 역시 알고 있었기 때문이다.

하지만 그는 마지막까지 신신당부를 잊지 않았다.

"진지하게 생각해 봐. 알았지?"

정 대표의 말에 민자는 어색하게 웃은 후에 고개를 끄덕였다. 결정은 아마도 바뀌지 않을 것이다. 고집불통 최 소장의 딸이었으니, 한번 마음먹은 일을 어디 쉬이 바꾸겠는가.

"알았어요. 전 이만 가요."

손을 흔든 민자가 회사를 나섰다.

회사 주차장에 세워져 있는 서너 대의 밴 중에서 기가 막히게도 제 차를 찾아 걸어가던 민자는 그 앞에 서 있는 남자를 보았다. 호진이었다. 똥마려운 강아지마냥 정신을 못 차리고 있었는데, 안절부절못하는 모습을 보아하니 분명 무슨 일이 있는 것 같은데 지금으로선 감이 잡히는 일은 없었다.

"너 왜 그래? 무슨 일 있어?"

"왁!"

곁에서 들리는 민자의 목소리에 호진이 기겁을 하며 외쳤다. 마치 귀신이라도 본 것 같은 얼굴에 민자가 미간을 좁혔다.

"누, 누나…… 언제 나왔어요?"

"방금. 뭘 그렇게 놀라?"

"아니, 생각을 좀 하느라…… 가, 가요."

더듬더듬 말한 호진이 걸음을 뒤로 물렸다. 축 처진 어깨와 힘없이 옮겨지는 걸음걸이에 민자의 미간이 좁혀진다.

"쟤가 정말 왜 저래?"

이해할 수가 없었다.

최민자는 약 한달 전 호진에게 부탁을 했다. 집을 봐달라는 부탁이었는데, 민자의 조건이 있다면 단 하나였다. 가지고 있는 전 재산 안에서 구할 수 있는 전셋집이어야 한다는 것이었는데, 되도록 헤어와 메이크업을 받는 샵과 가까운 위치였으면 좋겠다는 작은 소망만 가지고 있었다. 워낙 집값이 비싼 동네여서 기대는 하지 않았지만.

하지만 호진이 계약한 집은 샵과 30분 거리에 있는 꽤 괜찮은 곳이었다. 동네 역시 서초에 있는 곳이었기에 민자는 호진이 보내준 사진과 주소만으로 계약을 마쳤다. 현재엔 인테리어 공사 중에 있었는데, 그간 바빠 직접 신경을 쓰지 못해 이 일과 관련해선 전적으로 호진에게 부탁을 해놓은 상황이었다.

하지만 민자는 차가 계약한 아파트와 가까워지자 미간을 좁혔다. 평소에 자주 와본 동네가 아니었음에도 불구하고 낯설지가 않았기 때문이다.

계약한 아파트 앞에 차가 멈췄을 때 민자가 호진을 휙 노려보며 물었다.

"우연이야?"

"네? 네? 뭐, 뭐가요."

호진은 아무것도 모른다는 표정으로 딱 잡아떼고 있었다. 하지만 민자는 바로 옆에 있는 아파트를 손가락질하며 물었다.

"왠지 저 아파트가 무척 낯익어서."

"그, 그래요? 저 아파트가 이 근처에서는 제일 비싸요. 저기도 후보군에 있었는데, 너무 비싸서 계약을 못했어요. 매물도 없었고."

"······그래?"

"네."

부탁을 한 입장에서 더 이상 몰아붙일 수는 없었다. 그 정도의 양심은 그녀에게도 있었으니까.

더욱 인테리어 공사 중인 집 안을 보았을 때는 꽤나 만족해 버렸다. 보통 집을 구할 때 체크해야 하는 항목들을 머릿속으로 떠올려보며 확인했을 때 무엇 하나 딴지를 걸 게 없었기 때문이다.

빛도 잘 들어왔고, 수압도 문제가 없었다. 지은 지 15년은 된 아파트였는데 우풍도 없었다. 만약 자신 혼자 구했다면 이런 집을 구하지 못했을 것 같았다. 더욱 호진 역시 집을 구해본 적이 없었다는 말과는 달리 꽤 꼼꼼하게 구했을 거라 생각하자 고마운 마음까지 들었다.

"······집은 어떠세요? 마음에 드세요?"

"어. 아주 좋아. 고마워."

"정말요? 와, 다행이다."

민자가 연신 고개를 끄덕이자 호진이 가슴을 쓸어내렸다. 이런 일에 있어서 최민자는 모지리에 가까울 만큼 무신경하다는 걸 알고 있었지만, 예상치 못한 상황에서 터져 나오는 불같은 성격 때문에 긴장감을 놓을 수 없었기 때문이다.

호진은 연신 민자의 눈치를 살폈다. 민자는 나름 꼼꼼하게 집을 확인한다고 하고는 있었지만 수돗물을 틀어보고 창을 열어보는 게 전부였다.

집을 둘러본 두 사람이 다시 차로 돌아왔다. 호진은 차 문을 열어주며 다음 달 초면 인테리어 공사가 끝날 거라고 말했다.

"난 누나가 마음에 들어 하지 않을 줄 알고 엄청 쫄았어요."

엄청 신경을 썼다는 말이었다. 민자가 다시 한 번 고맙다는 인사를 하려던 찰나, 호진은 하지 않아도 될 말을 했다.

"그래서 주위에 잘 알 법한 사람한테 여쭤보고……."

"그 사람이 누군데?"

"……네?"

덜컹.

호진은 심장이 내려앉는 걸 느꼈다. 하지만 겉으로는 아무렇지도 않은 척 웃으려 애를 쓴다.

"제가 뭐라고 했나요?"

딱 잡아뗄 모양이다. 허언을 했다는 것도.

하지만 이런 문제에 있어 최민자는 쓸데없을 만큼 예리하다. 거기에다가 집요하기까지 했다.

"물어본 사람이 누구냐고."

수사망을 좁혀오는 민자를 보며 호진이 서둘러 말을 돌렸다.

"누나, 다음 스케줄 가셔야죠."

"그래. 다음 스케줄 갈 동안 시간이 있네? 이 이야기에 대해 우리 진지하게 해볼까?"

"커피 드실 거죠? 사올게요. 잠시만 기다리세요."

"아파트 단지에서 무슨 커피를 사겠다고. 빨리 안 타?"

말도 안 되는 말로 이 상황을 모면하려는 호진이 같잖아 보인다는 듯이 민자가 꽥 소리를 질렀다.

민자가 손가락을 까딱이자, 호진이 서둘러 차 문을 닫는다.

"야!"

차 안에서 비명이 터져 나왔지만 호진은 빠르게 걸음을 옮겼다.

"어, 어떻게 하지."

그는 밴과 멀찍이 떨어져 다리를 달달 떨었다.

입이 보살이다.

빨리 죽고 싶어서 환장한 게 아니라면 이렇게 자살골을 밀어 넣을 리가 없다.

어떻게 할지 몰라 다리를 달달 떨던 그가 미간을 좁혔다.


"저 자식을 그냥."

민자가 닫힌 문을 보며 씩씩거렸다. 왠지 그 도움을 청한 사람이 누구인지 알 것 같았다. 하지만 돌아올 때까지 천벌을 내릴 수는 없기에 민자는 얌전히 호진이 돌아올 때까지 기다렸다. 곧 스케줄이 있으니 돌아오지 않고는 못 배길 것이다.

하지만 예상과는 달리 금방 돌아올 줄 알았던 호진은 코빼기도 보이지 않았다. 휴대전화로 전화를 걸어봤지만 묵묵부답이었다.

"얘가 미쳤나."

아니면 목숨이 아까워 튄 걸까.

민자가 인상을 썼다. 시간이 갈수록 화만 더 돋았다.

성질 같아서는 당장에라도 호진을 붙잡아오고 싶었지만 어디로 간지 몰랐으니 잡으러 갈 수도 없었다.

돌아오기만 해봐라.

민자가 이를 부득부득 갈고 있을 때였다.

밴 문손잡이를 누군가 잡고 돌리는 게 느껴졌다. 하지만 문은 열리지 않고 덜컹 소리만 나자 민자가 직접 문을 열었다.

"……여긴 어떻게."

민자가 깜짝 놀라 물었다. 도대체 당신이 왜 거기에 있냐고. 거기에다가 손엔 유명한 커피 브랜드까지 들려 있었다. 호진이 사러 간다던 그 커피인 것 같았다.

"이것도 우연인가요?"

"뭐가요?"

"아시잖아요. 황도현 검사님이 왜 여기에 계시는 거냐고요."

민자가 딱딱거리며 물었다. 도대체 내가 여기에 있는지는 어떻게 알았냐고.

호진에게 물어볼 것을 당사자에게 직접 묻게 되었으니 잘되었다는 생각마저 들었다.

하지만 황도현이 누구던가.

호락호락하게 원하는 답을 들려주지 않는 남자이지 않던가.

"지나가는 길에 커피 좀 마시려고요. 이 정도면 필연 아니겠습니까?"

"……쁘락지가 누구인지 알겠네요."

홍호진 이 자식을 그냥!

민자가 이를 버득버득 갈았다. 이젠 답을 듣지 않아도 상황이 어떻게 돌아가는지 알 것 같았다. 헬스장에서의 만남이 어떻게 이루어진 것인지. 호진에게 부탁했던 집이 황도현 검사의 집과 아주 가까운 것도.

하지만 황도현은 눈도 깜짝하지 않은 채 웃었다. 상황이 어떻게 돌아가는지 모르는 모양이다.

"너무 뭐라고 하지 마시죠?"

"황도현 검사님도 그만하시죠."

"제가 뭘요?"

"문제를 냈으니까 답을 기다리고 계시라고요."

"싫은데."

짧게 답한 그가 고개를 저었다. 그러면서 한다는 말이 그녀의 속을 왈칵 뒤집어놓는 것이었다.

"연락 한 번 먼저 하지 않는 여자, 기다리기만 했다간 몸에서 사리 나올 겁니다."

그렇게 말한 도현이 싱글벙글 웃는다.

민자는 이를 가만히 바라보았다. 하고 싶은 말이 아주 많은 표정이었지만 그녀는 말을 아꼈다.

그녀의 시선이 웃고 있는 도현의 입술에서 아래로 내려가 김이 모락모락 올라오는 뜨거운 아메리카노에 닿았다. 그녀의 커피 취향이었다. 날이 아주 더운 한여름을 제외하고서 그녀는 뜨거운 커피만 마셨다. 원두의 향을 더 잘 느낄 수 있었기 때문이다.

이 커피 취향 역시 쁘락지 홍호진이 황도현 검사에게 알려준 것이다. 이 두 인간을 어떻게 처리해야 할까. 민자의 머릿속이 온통 잔인한 생각들로 가득 찼다.

"비켜봐요."

민자가 그에게 짧게 일갈했다. 그가 몸을 옆으로 비키자 차에서 내린 민자가 시니컬하게 웃었다. 갑작스레 변한 표정에 그의 고개

가 기울었다. 도전적인 표정으로 다가오는 그녀의 모습에 도현이
자신도 모르게 몸을 뒤로 물렸다.

"왜, 왜……."

도현의 얼굴이 굳어졌다. 하지만 그녀는 답 없이 벌려진 그의 팔
사이로 몸을 밀어 넣었다. 뜨거운 커피 때문에 도현은 어쩔 줄 몰
라 하며 그녀를 내려다보았다.

두 사람의 몸이 가슴께가 닿을 정도로 가까워졌다.

"저, 저기 최민자 씨?"

"가만히 있어요. 커피 쏟으면 검사님 손이 남아나지 않을 테니
까요."

그러면서 민자는 도현의 넥타이를 잡아 아래로 끌어 내렸다. 그
녀의 힘에 상체가 쭈욱 끌려 내려온다. 두 사람의 시선이 마주쳤
다.

꿀꺽.

도현의 목울대가 아플 정도로 크게 움직였다. 그 순간 두 사람의
입술이 맞물려 들어갔다.

민자는 긴 속눈썹을 드리운 채 눈을 감고 있었다. 부드럽게 리드
를 해나가는 입술은 달콤했고, 숨결을 앗아갈 만큼 자극적이었다.

그래서일까.

갑작스러운 입맞춤을 당한 도현은 숨을 쉬는 것도 잊은 채 얼어
있었다.

하아.

작게 숨을 내뱉은 민자가 입술을 뗐다. 그리고 내리깐 눈으로 자
신을 보는 도현과 시선을 맞추며 웃는다.

"기억이 난 겁니까?"

뜨거운 키스였다. 몸을 달아오르게 만들기에 충분한 입맞춤.

만약 두 사람만 있는 좁은 공간이었다면 그다음을 충분히 기약케 만드는 행위였다.

하지만 안타깝게도 이곳은 야외 주차장이었다. 언뜻 두 사람에게 닿았다 떨어지는 시선도 있었다.

꿀꺽.

도현이 숨을 삼켰다. 그를 차 쪽으로 밀어붙인 민자는 축축하게 젖은 입술을 혀로 핥은 후에 그의 단단한 허벅지를 쓰다듬고 있었다.

"뭐, 뭐 하는……."

민자는 손짓 몇 번으로 천하의 황도현도 당황하게 만들었다. 몸속에서 몽골몽골 기대감이 몰려왔다. 당장에라도 민자를 끌어안고 싶었지만 안타깝게도 손엔 뜨거운 커피 두 잔이 들려 있었다.

뒤로 한 걸음 물러선 그녀가 손에 있던 커피 한 잔을 가져가며 웃는다.

호로록 커피를 마시는 모습에서 그의 입술이 벌어졌다. 그의 심장은 아직도 요동치고 있는데 민자는 너무도 아무렇지 않은 얼굴이었다.

민자가 그의 손에서 가져간 커피를 다시 한 모금 마신다.

"커피가 식었네."

마치 아무 일도 없었다는 듯한 표정에 그의 입술이 떡 벌어졌다. 하지만 민자는 아무렇지도 않게 웃은 후에 그를 바라본다.

"이제 들어가셔야죠? 저도 이만 쁘락지 잡으러 가야겠어요. 얘 어디 있어요?"

"이, 이다음은……."

여기서 정말 끝이냐는 말에 민자는 앙큼하게 웃기만 했다. 그러더니 한다는 게 고작 검지손가락으로 그의 가슴을 쿡 찌르는 일이다.

"검찰청 들어가 보셔야죠, 황도현 검사님."

"최민자 씨, 진짜 너무하신 거 아닙니까?"

"너무한 건 황도현 검사님이시겠죠. 이제 그만하세요. 우연을 가장한 만남."

짧게 잘라 말한 민자가 고개를 휙 돌린다. 그러더니 두 사람을 몰래 살펴보고 있던 호진을 발견하고선 말했다.

"너 이리 와, 홍호진."

이리 오라고 말을 하면서도 민자는 호진에게 성큼성큼 걸음을 옮긴다. 기세등등한 걸음에 호진이 간절한 눈으로 도현을 보았지만 그 역시 도와줄 방법이 없다. 방금 전에 민자에게 최후통첩을 들었기 때문이다.

"자진 납세 안 하면 죽는다."

아마, 계속 이런 만남을 계획한다면 홍호진 다음엔 황도현일 게 분명했다.

빠르게 눈치챈 그가 호진에게 다가가는 민자를 보며 한숨을 푹 내뱉었다.

"안 먹히네."

그가 식어버린 커피를 마시며 씁쓸하게 웃었다.

❖

이 남자 정말 집요하네.

민자가 도착한 문자를 보며 미간을 좁혔다. 그와 아파트 주차장에서 키스를 나눈 지도 이틀이 지났다. 그동안 그는 시시때때로 연락을 해왔다.

전화와 문자는 밤낮을 가리지 않았다. 하지만 안타깝게도 개중에서 대부분은 스케줄 도중에 온 것이라서 제때 받지 못했다. 뒤늦게 전화를 걸었을 땐 그 역시 바쁜 것인지 받지 않았다. 타이밍은 계속 어긋났다.

문자를 보내놔도 됐지만 민자는 그렇게 하지 않았다. 아직 그가 낸 수수께끼에 대한 답을 찾지 못했기 때문이다.

그날의 일은 아무것도 기억이 나지 않았다. 물론 호텔 이전의 상황도 떠오르지 않았다. 나이트에서 무슨 일이 있었는지, 왜 자신이 그와 함께 호텔로 이동을 하게 되었는지. 머리 안에 뿌연 안개가 내리깔린 기분이다.

기억이 나지 않는다고, 그날 어떤 일이 있었는지 말해달라고 한다면 황도현은 그에 대한 답을 해줄 것이다. 하지만 물어볼 용기가 나지 않았다. 아찔한 과거였으니까. 하지만 앞뒤 사정만 본다면 그 호텔에 자신을 데려다준 건 황도현이 분명했다.

한참 고민하던 민자가 휴대전화를 확인했다.

「불만 질러놓으면 답니까? 너무하신 거 아닙니까?」

다는 아니지.

물론 먼저 불을 지른 건 자신이었다. 그가 호진을 통해 계속 뒤를 쫓았다는 생각에 화가 나서 그런 것이었다.

하지만 입을 맞춘 순간 민자도 후회라는 걸 했다. 내리깔아 보는 시선에 심장이 내려앉았기 때문이다.

남잔 매력적이었다. 스마트하고, 매너 또한 좋았다. 적정한 선을 지킬 줄 알다가도 방심하는 순간 획 치고 들어온다.

답장을 보내길 포기하고선 휴대전화를 옆으로 획 던져 버렸다.

고맙다고 말을 하는 게 좋을까.

아니, 그전에 일단 무슨 일이 있었는지 물어봐야 할 텐데. 자신답지 않게 무서웠다.

하지만 그것을 제외하고서도 도현의 행동이 계속 신경을 거슬리게 만들었다. 아니, 종잡을 수 없는 자신의 마음이 거슬린다. 이러다간 황도현을 한입에 꿀꺽 삼킬 것 같았다.

자제해야 한다. 그렇지 않으면 분명 후회하는 날이 올 테니까.

침대에서 몸을 뒹굴뒹굴 굴리던 민자의 시선이 한곳에 머물렀다. 강자가 오늘도 거울 앞에서 요란 법석을 떨고 있었다.

오늘은 콘셉트가 장례식이야?

민자의 얼굴이 일그러졌다.

"언니, 지금 뭐 하는 거야?"

"뭐가?"

아무것도 모르겠다는 표정에 민자의 입술이 벌어졌다.

정말 몰라서 묻는 건가?

이쯤 되니 민자는 둘째 언니의 패션 감각에 대해 심각하게 생각하기 시작했다.

"차 회장 만나러 간다고 하지 않았어?"

"어."

오늘 강자는 차성윤 사장의 아버지를 뵙기로 했다. 어제저녁, 그

이야기를 들었을 때 민자는 둘째 언니의 결혼이 훌쩍 다가왔다는 걸 알게 되었다. 시아버지 될 사람에게 정식으로 인사를 하는 자리였으니 말이다.

하지만 고르는 옷들은 죄다 장례식이나 일적으로 격식을 차려야 하는 자리에 나갈 법한 의상이었다.

"너무 딱딱하지 않아?"

"그럼. 뭐 예뻐 보이려고 차려입어야 해?"

굳이 예뻐 보일 필요는 없었다. 언니가 만나는 사람은 차성윤 사장이지 그의 아버지가 아니었으니까.

하지만 굳이 딱딱하게 보일 필요도 없지 않은가.

민자가 작게 고개를 저으며 답했다.

"당연하지. 언니, 지금 대기업 회장님 취재하러 가는 게 아니라 예비 시아버지 만나러 가는 거야."

"예비 시아버지가 될지 안 될지 아직 몰라. 식장 걸어 들어갈 때까지는 아무도 모르는 일이야."

차성윤 사장과 몇 번의 만남을 통해 민자는 많은 것을 깨달았다. 이 세상 사람이 아닌 것처럼 완벽한 그 남자가 언니를 아주아주 많이 좋아하고 있다는 걸.

그러니 분명 이 말을 들으면 그의 마음은 너덜너덜해질 게 분명했다. 강자가 아무리 자기방어를 하기 위해 하는 말이라고 하더라도.

"그거 차성윤 사장한테는 말하지 마라. 엄청 상처받을 테니까."

"알아. 그래서 이야기 안 하고 있어."

"왜. 차 회장이 언니 마음에 안 들어 할까 봐 걱정하는 거야?"

움찔.

강자의 몸이 떨렸다. 제대로 정곡을 찌른 건지 강자는 답도 하지 않은 채 외출 준비를 서두른다. 그래 봤자 피부 톤만 맞추는 정도의 화장이었지만, 강자의 손길은 아주 신중했다.

"무시할까 봐 지금 혼자 전투력 상승시키려고 그러는 거지?"

강자의 몸이 다시 한 번 떨린다.

"맞네, 맞아. 무슨 식장 들어갈 때까지 모를 일이야. 웃겨, 정말."

"너 진짜 여기 눌러앉을 생각이야?"

강자가 괜히 화를 냈다. 하지만 언니의 속마음이 빤히 보인다는 듯이 민자는 침대에 다시 벌러덩 누웠다.

"스토커가 아직 안 떨어졌어."

"나한텐 네가 스토커야!"

와락 소리를 지른 강자가 성큼성큼 걸음을 옮겨 현관으로 향했다.

쾅!

거칠게 문이 닫히자 민자가 눈을 질끈 감았다가 떴다.

"보기보다 겁이 많단 말이야. 그리고 보는 것만큼이나 자존심도 세고."

자신 역시 마찬가지지만.

고개를 절레절레 저은 민자가 휴대전화를 보았다.

벨 소리가 울리는 휴대전화 액정을 확인하자 예상한 대로 황도현에게서 전화가 걸려왔다.

"황 검사님, 제발 그만 좀 하시죠! 확 고소하기 전에!"

[그럼 이만 인정하시죠?]

"뭘요?"

[나 좋아하는 거.]

"……."

[아니면 내가 고소할 겁니다.]

그의 말을 듣는 순간 민자는 자신 역시 강자와 다를 바가 없다는 걸 깨달았다. 자기방어에서 오는 공격. 그런 멍청한 짓을 자신도 하고 있었다.

"누가 언제 인정 안 했나요? 나 분명히 이야기했는데요."

[그럼 왜 연락을 피합니까?]

"……무서워서요."

지금 자신이 하고 있는 행동은 스스로가 가장 싫어하는 유형의 사람이지 않은가.

꼴불견이 되지 않으려면 솔직해야만 한다.

[만날래요?]

"만나면요."

[안 무섭게 해드리겠습니다.]

"그 말이 더 무서워요."

[오늘 밤에 만나러 갈 겁니다. 괜찮으시겠습니까?]

정중한 물음이었다. 하지만 그 어떠한 미사어구를 붙인 것보단 더욱 가슴에 와닿는 물음이기도 하다.

"……네."

짧은 답과 함께 민자가 전화를 끊었다. 휴대전화를 옆으로 치워 버린 민자가 이불을 머리끝까지 뒤집어썼다.

"아, 진짜!"

발끝이 동그랗게 오므라들었다. 이불을 발로 팡팡 차고 싶어졌다.

조심해야지, 하면서도 마음처럼 되지가 않는다.

어디를 어떻게 파고들어 가야 할지도 감이 서질 않으니 마음은 조급해졌다. 어디로 튈지 모르는 여자와 하는 연애, 아니, 만남은 물음표의 연속이었다.

키스를 나누고 난 후 이틀 간 두 사람은 많은 연락을 주고받았다. 하지만 통화는 좀처럼 연결이 되지 않았고, 문자는 답이 없었다. 예전이라면 연애가 인생의 전부가 아니고, 이성관계가 일을 이길 수 없다고 생각하며 별 대수롭지 않게 여겼을지도 모른다.

하지만 지금은 아니었다. 어쩐 일인지 마음은 사랑이 전부인 20대 초반으로 돌아가 버린 느낌이었다. 결코 어리지 않은 나이임에도 불구하고 말이다.

그는 각자의 삶이 더 중요하다고 믿어왔다. 그러니까 며칠간, 연락이 제대로 되지 않는다 하여 마음 쓰지도 않았었다. 만남은 일주일에 한 번 정도가 적당하다고 생각했다. 평일에는 각자의 삶에서 최선을 다하고, 도파민을 분비하는 관계는 간혹 가지는 게 좋다고. 그전의 연애에서는 한 달에 한 번만 만났던 적도 있었다.

하지만 이번은 조금 달랐다. 연애를 하는 관계도 아니었고, 키스와 섹스를 하는 대상만을 두고서 가지는 만남이었다. 그럼에도 불구하고 황도현은 시시때때로 그녀가 궁금해졌고, 바쁜 삶을 쪼개 최민자를 만나러 갔다. 그것이 편법에 가까웠기에 결국 최민자의 속을 긁어버린 모양이지만.

더 친밀해지고 싶었고, 가까워지고 싶었다. 만남은 시간이 날 때 가지는 게 아니라 바쁜 시간을 쪼개 만나고 싶었고, 많은 걸 함께 하고 싶어졌다.

그게 자신이 생각해도 참 미스터리한 일이었지만 최민자와는 그렇게 하고 싶었다. 귀찮음까지 감수하는, 그런 관계 말이다.

이런 감정을 가져보는 건 너무 오랜만이었기에 그도 적응이 되질 않았다.

[많이 늦었습니다. 밑입니다.]

이번에는 단숨에 전화를 받은 민자에게 그는 통보하듯 그렇게 말했다. 민자는 내려가겠다는 말과 함께 전화를 끊었다. 이제 잠시 기다리기만 하면 됐지만, 어쩐 일인지 유독 그 시간이 길게만 느껴졌다.

차에 몸을 비스듬히 기댄 그가 피곤한 눈가를 매만졌다. 자정에 가까운 시간이었던 터라 피곤했다.

그때 그의 앞에 기다란 그늘이 졌다. 고개를 들어보자 모자를 푹 눌러쓴 민자가 주머니에 손을 넣은 채 서 있었다.

민자의 시선은 비스듬히 아래로 내려가 있었다.

"잘 지내셨습니까?"

"이틀 만이잖아요."

툭, 툭.

민자가 바닥을 찼다. 그러자 도현은 허리를 옆으로 비스듬히 기울여 바닥을 향한 그녀의 시선을 애써 빼앗는다. 드디어 두 사람의 눈초리가 마주쳤다.

"전 오랜만에 만나는 것 같은데요?"

"……그건 저도 그래요."

속마음을 솔직하게 터놓은 민자가 작게 웃음을 터뜨렸다. 그녀의 웃음에 두 사람 사이에 흐르던 긴장감이 해소되었다.

항상 두 사람의 관계에 있어 먼저 손을 뻗은 건 황도현이었다.

그리고 그건 이번에도 마찬가지였다. 그는 소매에 폭 파묻혀 있던 민자의 손을 찾아내 붙잡았다.

"연락하기 힘듭니다."

좀 더 신경을 써달라는 말이었다. 그러자 민자 역시 잘못했다는 듯 사과했다.

"알았어요. 좀 더 신경 쓸게요."

원래라면 왜 그렇게 해야 하냐며 톡 쏘아붙였을 그녀였다. 사람과의 관계에 있어 기본적인 수단조차 하지 않는 그녀였지만 이번엔 달랐다.

기가 잔뜩 죽은 모습에 도현의 표정이 어두워졌다. 이런 표정을 짓게 만들려고 민자에게 숙제를 안겨준 건 아니었다. 자신의 생각을 하길 바랐지, 무서워하길 바란 건 아니었다.

"연애하는 사이는 아니지만요."

그가 장난스럽게 말했다. 그러자 민자가 고개를 퍼뜩 들더니 미간을 좁힌다.

"그전에 하고 싶은 말 없으세요?"

"미안합니다."

너무 쉽게 하는 사과에 민자의 눈이 커다랗게 떠졌다.

"조급했습니다. 사과합니다."

"정말이에요?"

"잘못한 일이 있다면 사과는 최대한 빠르게 해야 한다는 주의입니다. 하지만 속에 없는 말은 하지 않습니다."

그는 호진을 통해 만남을 이어왔던 걸 사과했다. 이 말을 듣기 참 힘들 줄 알았는데, 그가 금세 숙이고 들어왔다. 민자의 얼굴이 놀라움에 젖어들자 그는 이내 말을 바꿨다. 아니, 애초에 그렇게 할 계획이었던 듯 도현은 눈 하나 깜짝하지 않았다.

"하지만 사과는 최민자 씨가 싫어해서 하는 거지 전 여전합니다. 최민자 씨의 인생에 개입하고 싶은 건 변치 않았으니까."

"그러실 줄 알았어요."

"최민자 씨는 그렇지 않습니까? 기꺼이 제 인생에 개입해도 되는데."

그렇게 말한 도현은 그림처럼 웃었다. 그 웃음은 시선을 뗄 수 없을 만큼 매력적이어서 민자 역시 웃음 짓게 만들었다.

분명 화도 났고, 짜증도 났는데, 기분이 순식간에 풀렸다.

"전 그럼 검찰청 사람을 매수해야 하는 건가요?"

민자는 금세 가벼운 농담을 건넸다. 그러자 도현은 턱을 쓰다듬으며 자연스럽게 응수한다.

"매수되면 안 되는 직종에 있는 사람들인지라, 죄송합니다."

"그건 매니저 역시 마찬가지예요."

눈을 찡긋거리며 도현의 웃는 모습에 민자가 어쩔 수 없다는 듯이 고개를 저었다. 분위기가 가벼워졌다. 그건 황도현이 가진 수많은 재능 중 하나였다.

"생각해 보셨습니까?"

그리고 방심하는 사이에 공격해 오는 것 역시.

웃고 있던 민자가 그대로 고개를 저었다. 오늘이 되기까지 아주 많이 고민했다. 하지만 기억에 남아 있는 건 없었다. 그녀가 알고 있는 거라고는 썬 나이트에 갔던 그날, 유나에게 큰일이 일어났다는 것과 그다음 날 자신은 호텔 방에서 홀로 눈을 떴다는 것뿐이었다. 재킷의 주인에 대해서 떠오르는 건 아무것도 없었다.

"아무것도 기억이 안 나요."

민자는 순순하게 고개를 저었다. 어쩜 앞으로 그날의 일이 기억 날지도 모르지만 현재로선 그럴 가능성은 없어 보였다.

"약에 취해 있었을 테니 그럴 법도 합니다. 제가 너무 어려운 문제를 냈네요."

도현의 기억 속엔 또렷한 일이었지만 첫 번째 만남을 제외하고서 민자는 약에 취해 있었다. 물론 첫 번째 만남 역시 자신을 기억할 상황은 아니었다.


"왜? 너도 더듬었잖아."


남녀는 복도에 서 있었다. 먼저 남자가 민자의 몸을 만졌고, 이에 민자는 응수를 하듯이 남자의 몸을 쓰다듬었다. 그러다 급기야 천하의 황도현도 기겁하게 만들 행동을 했다.

"그날, 최민자 씨를 썬 나이트에서 두 번 보았습니다."

"두 번이나요?"

"네. 저도 동기들과 모임이 있어서 꽤 오래 머물렀거든요."

민자는 전혀 기억에 없다는 듯 고개를 저었다. 그러자 그는 예전에 민자가 그랬다는 듯 손가락을 세웠다. 민자는 세 개를 세웠지만 그는 검지와 중지 두 개를 세웠다.

"첫 번째는 맨정신으로 남자의 급소를 힘껏 붙잡았죠. 그건 기억나십니까?"

"……."

민자는 아무런 답도 하지 않았지만 표정만으로도 충분했다. 그 일은 기억하고 있는 모양이었다.

"화장실을 가다가 붙잡혔어요."

"그럴 것 같았습니다."

일부러 그녀가 의도한 상황처럼 보이지 않았다. 민자가 먼저 남자를 유혹한 것이었다면 급소를 붙잡진 않았을 테니까. 중지를 굽히자 검지 하나만이 남았다.

"그리고 두 번째 역시 복도였습니다. 그때 최민자 씨는 취해 있었습니다."

"취할 정도로 마시지 않았어요. 폭탄주 세 잔을 마신 게 전부였으니까."

"네. 하지만 그날은 과음을 한 줄 알았습니다. 묻는 말에 대답까지 했거든요. 술은 거의 마시지 않는다고 했습니다. 술 한 잔에 칼로리가 얼마나 높은 줄 아냐고."

"……제가요?"

"네. 젊음을 헬스장에 모두 바칠 수 없다고 했습니다."

"……."

평소 자신이 자주 하는 말이었다. 주로 아주 좋아하는 '야식'을 눈앞에 뒀을 때.

믿지 않을 수가 없어서 민자가 입을 굳게 다물었다.

"최민자 씨와 그렇게 헤어지고 난 후에 이번 사건에 대한 첩보가 들어왔습니다. 고위 자제들이 마약 파티를 열고 있다고. 이 사건과 가장 가까워 보이는 건 썬 나이트에서 있었던 신고였고, 자연스럽게 최민자 씨를 떠올렸습니다. 평범한 모습은 아니었고, 또 직업도 있었으니까요. 그래서 선 자리에 나갔던 겁니다."

"애초에 부모님께 효도할 마음은 없고요?"

"아직은요. 결혼을 하고 싶을 만큼 사랑하는 사람은 못 만나서 말이죠."

서운할 법도 한 말이었지만 민자는 말없이 고개를 끄덕였다.

"최민자 씨와 선을 보고 대화를 했을 때 알았습니다. 절 기억하지 못하고 있는 걸. 그날, 최민자 씨가 약에 취해 있었던 건 아닐까 하고요. 그리고 함께 술을 마셨을 때 확신했습니다. 엄청 잘 마시더라고요."

이제야 민자는 모든 걸 이해했나 보다. 이 남자가 왜 조신한 남자가 되겠다고 한 것인지도.

선 자리에선 자신을 놀리고 있는 거라 생각했는데 그게 아니었다. 그는 정말 자신을 만난 적이 있었기에 운명 운운했던 것이고, 자신은 그걸 기억하지 못해 계속 결혼은 생각 없다는 말만 했었다.

"하지만 그땐 최민자 씨가 술에 취한 건 줄 알았습니다. 취해서 인사불성 못하고 있는 모습을 보고서 그냥 지나칠 수가 없었습니다. 직업에서 오는 사명감 같은 거죠."

"그래서 호텔로……."

"네. 알고 계신지는 모르겠지만 그날 아무 일도 없었습니다. 엄청난 인내심이 필요했죠. 제가 신사라는 것에 감사해야 한다고 생각까지 했습니다."

그러면서 도현은 믿기지 않겠지만 자신이 엄청난 인내심을 발휘해 키스조차 하지 않았다고 했다. 의심할 것도 없는 말이었다. 황도현이라면 취한 여자를 어떻게 할 만큼 매너 없는 남자는 아니라는 생각도 들었고, 또 맨정신인 여자와 침대에 들어갈 수 있는 그가 인사불성인 여자를 굳이 안을 것 같지도 않았다.

민자가 모두 이해했다는 듯 고개를 끄덕였다.

"이제야 이해가 되네요."

"네. 그날 호텔에 명함을 두고 왔기 때문에 최민자 씨도 모두 다 알고 선 자리에 나온 줄 알았습니다."

"명함은 못 봤어요."

"그것도 곧 알게 되었습니다. 최민자 씨는 정말 아무것도 모른 다는 표정이었으니까요. 그런 걸로 거짓말할 사람처럼 보이지도 않았고."

그의 설명은 거기에서 끝이었다. 정신을 못 차리는 민자를 호텔 방에 둔 채 그는 나왔기 때문이다. 출근 시간에 임박한 시간이었다고 한다.

곰곰이 생각에 잠겼던 민자가 고개를 옆으로 기울였다.

"구해주신 거네요."

"네. 그러니까 최민자 씨는 무서워할 필요 없습니다. 최민자 씨에겐 그날 백마 탄 왕자님이 있었고, 아무 일도 일어나지 않았으니까."

그는 이 말을 해주고 싶었던 걸 거다.

아무 일도 일어나지 않았다.

그게 현재 민자에게 얼마나 큰 위로가 되는 줄 알고 있는 걸까.

그가 손을 뻗어 민자의 몸을 끌어안았다.

마음에 박혀 있던 뾰족한 가시가 뽑혀 나가는 것만 같았다.

"고마워요."

민자는 진심을 다해 고마움을 전했다. 마음속에 자리했던 두려움이 사라지고, 그 자리에 안도감만이 남았다.

"그러니까 허락해 주시죠. 최민자 씨, 쫓아다니는 것쯤은."

"……앞으로 호진이한테 물어보지 않고 제게 직접 물어보면, 그럼 허락할게요."

민자를 끌어안고 있는 팔에 힘이 들어갔다.

두 사람의 몸이 하나처럼 꼭 밀착되었다. 그렇게 두 사람은 사람의 체온을 느낄 수 있다는 게 얼마나 좋은 건지 알게 되었다. 두 사람의 입술에 동시에 미소가 번졌다.

"그럼 첫 질문입니다."

"네, 어떤 질문일지 기대되네요."

"최민자 씨는 지금부터 뭐 할 겁니까?"

그의 물음에 민자는 그의 품에서 고개만 쏙 빼냈다. 두 사람은 시선을 맞췄다. 아무것도 거릴 게 없다는 표정이었다.

특히나 최민자는 그랬다.

"황도현 검사님 집에 가고 싶네요. 그때 침실을 제대로 사용하지 못했거든요. 괜찮을까요?"

늘 최민자의 반응을 예상하지 못해 당황했던 그였다. 하지만 오늘은 다르다. 이제 최민자란 사람에 대해서 조금씩 보이기 시작한 그는 놀라는 대신에 미소 지었다.

모든 걸 예상한 질문이었다. 이에 대한 답 역시, 그는 생각해 두었다.

"검사님이란 호칭만 빼면 허락하겠습니다."

이번에는 민자가 한 방 먹었다는 표정을 지었다. 그러나 이런 식의 빈틈을 치고 들어오는 공격은 기분 나쁘지 않았다. 오히려 유쾌한 웃음을 짓게 만들었고, 즐거운 자극이 된다.

"도현 씨, 허락해 주시죠?"

물음에 대한 답은 진한 키스였다.


툭.

머리에 푹 눌러쓰고 있던 모자가 바닥으로 떨어졌다. 하지만 한 덩어리가 되어 현관문 안으로 쏟아져 들어온 두 사람은 이를 개의 치 않는 모습이다. 그들의 신경을 온통 사로잡고 있는 건 뜨겁게 달아오른 체온, 그리고 보드라운 피부. 상대의 숨결, 그리고 눈빛 뿐이었다.

게슴츠레 눈을 뜬 민자가 그를 올려다보았다. 이렇게까지 자신을 올려다보도록 만든 남자가 없었는데, 황도현은 참 대단한 능력을 가진 남자다 싶었다. 끝없는 자극이 되어주니까. 더욱, 단순히 키만 크다고 해서 그녀의 뒤꿈치를 세우게 만드는 건 아니었다. 더욱 찰싹 달라붙고 싶었다.

"하아!"

단단한 어깨를 붙잡은 민자가 옅은 신음을 터뜨렸다. 서로 다른 극의 자석이 달라붙는 것처럼 두 사람의 입술이 겹쳐졌다. 입술을 떼기가 싫었다.

허리를 비틀어 그의 몸에 제 가슴을 밀어붙인 민자가 손을 아래로 내렸다. 그의 바지춤을 더듬어 셔츠를 빼냈다. 여자치고는 커다란 손이 그의 옷 안으로 파고든다.

"음."

만족스러운 신음을 내뱉은 도현이 곧 웃음을 뱉었다. 그러더니 입술을 아래로 내려 민자의 아랫입술을 이로 짓이겼다. 그러자 민자의 고개가 뒤로 젖혀졌다. 흐응, 민자가 콧소리를 낸다.

"너무 성급한 거 아닙니까?"

그가 민자의 입술을 깨물며 물었다. 우린 아직 현관에 서 있다고. 당신은 내 침대를 쓰러 왔다고.

하지만 민자는 떨어진 입술만이 아쉬운가 보다. 입술을 삐죽인 그녀가 벨벳처럼 보드랍지만 단단한 가슴 사이에 우뚝 서 있는 가뭇한 젖꼭지를 손가락으로 자극하며 말했다.

"도현 씨는 너무나 여유롭고요. 나만 이렇게 안달 내는 건 성미에 안 맞는데."

그러면서 검지를 살살 움직여 그를 자극한다. 그게 황도현을 자극하는 것에서 그치지 않는다는 걸 모른 채.

까드득.

이를 깨문 그가 몸을 돌려 민자를 현관문으로 밀어붙였다. 갑작스럽게 몸이 돌려진 민자가 작게 입을 벌렸다. 모든 건 순식간이었다. 고개를 내린 황도현이 가느다랗고 하얀 목을 혀로 간질인 행위까지도.

"전 평소엔 몰라도 잠자리에선 주도권을 넘겨주지 않습니다."

"하악!"

말캉하고 보드라운 혀는 끔찍한 쾌감이 되었다. 사타구니 사이에 열꽃이 피어오르고, 다리는 녹아내릴 것처럼 흐물흐물거렸다.

손을 뻗은 민자가 그의 앞섶을 힘껏 붙잡았다. 그렇지 않으면 금세 주저앉아 버릴 것만 같아서.

"아무리 좋아하는 사람이라고 하더라도 말이죠."

하지만 민자의 사정을 봐주지 않았다. 귓가에 침대에서의 자극적인 밀어를 달콤한 언어인 것처럼 속여 속삭였고, 가느다란 허벅지 사이에 제 다리를 밀어 넣어 앉힌다. 민자는 이제 옴짝달싹할 수 없게 되었다. 그의 손아귀에서 놀아나는 기분이 든다.

"자, 이제 침대로 갈 마음이 생겼습니까?"

커다란 손이 가느다란 허리를 쓰다듬고 점차 위로 올라왔다. 하지만 풍만한 가슴엔 닿지 않는다. 그의 표정을 보아하니 민자가 답을 해주기 전까지 손은 감질나게 닿았다가 떨어질 것 같았다.

민자의 눈동자가 촉촉하게 젖어들었다. 하지만 슬픔이나 우울감을 담고서 젖은 건 아니다.

그녀는 즐거워 보였다. 이 관계가. 앞으로의 쾌락이. 한없이 즐거울 것만 같아서 기대감에 빛나고 있었다.

그의 허벅지 사이에 엉덩이를 붙이고 있던 민자가 작게 웃음을 내뱉었다. 그러더니 고개를 들어 그의 턱에 짧은 입맞춤을 한다.

쪽.

짧게 닿았다 떨어지는 입맞춤에 민자의 입술이 시니컬하게 휘어졌다.

"어쩌죠? 저도 똑같은데."

그는 잊고 있었다. 최민자는 사람을 미치게 만드는 사람이라고.

젖어든 목소리에 그는 결국 답을 얻어내길 포기한 채 가벼운 몸을 번쩍 들었다.

"그럼 누가 이기는지 한번 해봅시다."

"좋아요."

도현의 허리에 하얀 허벅지를 휘감은 민자가 그의 귓불을 입안으로 쏙 빨아들였다. 귓가에서 연신 힘껏 빨아들이는 소리에 그의 몸이 긴장해 굳어진다.

침실까지 향하는 그 길이 아주 멀게만 느껴졌다. 민자의 작은 행동 하나하나가 그렇게 만들었다.

쪽!

민자는 연신 그에게 입을 맞추고 있었다. 가장 먼저 그의 정수리에 입을 맞췄고, 그다음엔 관자놀이였다. 당장 입술에도 맞추고 싶었지만 자세 때문에 상황이 여의치 않아 마음에 들지 않기도 했다.

"좀 더 빨리 걸을 수 없어요?"

"지금 이 순간에 누구보다 빨리 걷고 싶은 사람입니다, 저."

진심이 그득한 말에도 민자는 그의 단단한 목과 쇄골을 손으로 어루만졌다.

천 리처럼 느껴졌던 침실에 드디어 도착했다. 그는 최대한 조심스럽게 민자를 눕히고 싶었지만 그럴 수가 없었다. 몸에 힘이 들어가서 모든 게 마음처럼 쉽지가 않았다.

침대에 벌렁 눕게 된 민자는 아파하거나 짜증내지 않았다. 오히려 그를 젖은 눈으로 올려다보며 개구쟁이처럼 군다. 삐져나온 와이셔츠 자락과 흐트러진 머리를 보며 민자가 깔깔 웃음을 터뜨렸다. 헝클어진 모습이 웃긴가 보다.

하지만 황도현은 웃을 수가 없었다. 까르르 웃음을 터뜨리는 이 여자의 안으로 당장 들어가고 싶어 미칠 것만 같았다.

하지만 최민자가 어떤 여자던가.

민자는 그가 원하는 대로 따라와 주지 않았다. 넥타이를 힘껏 잡아당겨 그의 몸을 내렸고, 곧 양 뺨을 붙잡아 입부터 맞췄다.

"난 키스하는 게 참 좋더라."

하늘로 힘껏 올라간 입술이 옹알옹알 잘도 말했다.

이 여잔 알고서 이러는 거다. 모르고 있다면 행동 하나하나가 그를 이토록 달아오르게 만들 수 없을 테니까.

"주어 빠뜨리지 마세요. 화납니다."

크르릉, 낮게 분노를 쏟아내는 말에도 민자는 연신 그의 얼굴에 입을 맞췄다. 황도현의 숨결이 점차 거칠어지자 그녀는 만족스러운 듯 느릿한 숨을 토해냈다.

"황도현 씨여서 좋아요. 엄청 좋아지는 중이에요."

새하얀 허벅지가 그의 허리를 뱀처럼 옭아맸다. 벌어진 사타구니에 힘껏 솟은 남성이 닿았다.

"흐응."

신음을 내뱉은 민자가 허리를 움직여 페니스를 힘껏 자극하였다. 황도현의 잇새로도 참을 수 없는 흥분이 터져 나왔다.

결국 그는 두 손 두 발 다 들 수밖에 없었다. 전초인 지금에서도 이렇게 흥분이 되는데, 앞으로는 어떨까.

최민자와 하는 섹스는 이제껏 해보았던 그 어떠한 경험보다도 달콤하리라는 걸 그는 알고 있었다. 그리고 최민자 역시 그랬다. 단단한 황도현의 몸에 짓눌리는 느낌만으로도 발가락 끝에 짜릿한 쾌감이 돌았다.

이번엔 황도현이 집요한 키스를 했다.

그녀가 원하는 대로. 그녀가 원하는 곳에.

그리고 그녀의 얼굴에 자잘하게 입술을 맞춘 그가 눈을 떴다. 최민자가 그의 가슴을 툭 밀어내자 힘없이 몸을 뒤로 물린다.

"하아, 하아, 하아."

두 사람은 거칠게 숨을 내뱉었다. 키스는 집요했고, 또 거칠었다.

"몸에 흔적 남기지 마세요. 며칠 뒤에 속옷 화보 있거든요."

민자가 띄엄띄엄 힘겹게 말했다. 그러자 그는 고개를 끄덕인 후에 묻는다.

"또요."

"없어요."

짧게 말한 그녀는 상체를 일으켜 세운 후에 입고 있던 옷을 훌러덩 벗어 던졌다. 곧 드러난 건 검은색 브래지어와 이를 감싼 풍만한 가슴. 그리고 양손으로 붙잡힐 만큼 얇은 허리였다.

그녀는 도현에게서 시선을 떼지 않은 채 자리에서 일어나 청바지를 벗어 던졌다. 겨우 가뭇한 숲만 가려줄 까만 팬티와 길쭉한 허벅지가 그의 시선을 어지럽힌다.

눈앞에 나타난 완벽한 몸매는 그의 정신을 아득하게 빼앗아간다. 그리고 민자는 어떻게 해야 자신의 몸이 가장 예쁘게 보이는지 알고 있는 여자였다. 자신의 몸을 잘 쓸 줄 아는, 아름다운 여자.

그녀는 자신에게서 시선을 떼지 못하는 도현에게 다가가 어깨를 툭 밀었다. 그가 침대에 눕혀졌고, 민자는 자연스럽게 그의 배 위에 올라갔다.

꿀꺽.

그의 목울대가 크게 울렸다. 예전, 이 각도에서 최민자를 본 적이 있었다. 그때 천하의 황도현도 흔들렸다. 하지만 어떻게든 참아냈다. 여자에게 리드당하는 취미는 없다고.

하지만 그때 잠재워 두었던 짐승이 다시 깨어난 모양이다. 몸을 살짝 띄워 금방이라도 바지를 뚫고 나올 것 같은 페니스 위에 몸을 내린 그녀가 원을 그리듯 허리를 움직이자 그의 얼굴이 일그러졌다.

"참으면 상 줄 텐데."

그가 몸을 일으키려 하자 민자가 눈을 찡긋거렸다. 개구쟁이처럼 얼굴을 일그러뜨린 그녀가 그의 손을 가져와 엄지손가락을 살짝 핥는다.

아, 젠장.

욕지기가 올라올 것 같았다.

이 여잔 도대체 자신을 얼마나 미치게 만들 속셈인가.

그 끝을 알 수가 없어 감당이 되지 않는다.

하지만 그는 선택을 해야 했다. 민자의 뜻에 순순히 따라 상을 받을지. 아니면 자신이 원하는 만큼, 원하는 대로 그녀를 울리고 괴롭힐지.

그의 고민은 길지 않았다. 아니. 오히려 너무 간단해 우스울 지경이다.

"내가 이날을 위해 얼마나 참았는지 아십니까?"

민자의 팔목을 붙잡아 곧장 침대에 눕힌 그가 허벅지로 그녀의 다리를 눌렀다. 그의 손아귀에 순식간에 옴짝달싹할 수 없게 된 민자가 입술을 삐죽 내밀었다.

"그래도 내 상이 더 좋지 않을까요?"

"상은, 내 스스로 타먹겠습니다. 최민자 씨."

그렇게 말한 도현이 손가락을 검은 팬티 사이로 밀어 넣었다. 자신의 손가락을 꽉 옥죄는 여린 살결에 그의 잇새에서 참을 수 없는 욕망이 터져 나온다.

"아니, 최민자."

미칠 것만 같은 충동적인 욕정에 그의 표정이 일그러졌다.


"아흐흑!"

울음과 비슷한 신음이 터졌다.

끅끅, 연신 꽉 막힌 숨을 토해내 보았지만 꽉 막힌 호흡은 터져 나오지 않는다. 눈물이 앞을 가렸고, 또 이내 흘렀다. 무게를 이기지 못한 눈물은 계속 아래로 흘러 사라졌다.

"그, 그만…… 그만해."

"아직은 안 됩니다. 기분 좋아서 울리고 싶지, 아파서 울리고 싶지는 않거든."

"하흑……!"

결국 민자의 신음은 완벽한 울음이 되었다. 고개를 힘껏 돌려보았지만 참을 수가 없었다. 몸 안으로 파고들었다가 나오길 반복하는 손가락이 축축하게 젖었다.

황도현은 무자비한 남자였다. 참을 수 없는 간지러움에 소리를 질러도 그는 앞뒤 사정 봐주지 않았다. 몸을 충분히 길들이기 위해 민자가 몇 번이고 울음을 터뜨리고 나서야 옷을 벗었다.

그사이에도 도현의 시선은 민자에게서 떨어지지 않았다. 아니, 정확하게 들썩이는 그녀의 가슴에 닿아 있다.

페니스가 튕겨져 밖으로 나왔다. 무시무시한 괴물의 형상과 닮아 있는 남성에 닿은 몽롱한 시선이 이내 또렷해졌다.

"이제 제 말을 이해하시겠습니까?"

웃으면서 묻는 말에 민자의 얼굴이 새하얗게 질렸다. 저게 자신의 안으로 들어간다니. 믿기지가 않았다.

하지만 그는 충분히 준비를 마친 민자의 사타구니 사이에 자리를 잡았다. 그런 후에 페니스를 촉촉하게 젖은 여성의 단면에 문지르기 시작한다. 질척거리는 소리가 두 사람의 귀를 현혹시킨다. 정신이 흩어지고 오로지 남은 건 어떻게든 상대의 몸을 가져야겠다는 짐승에 가까운 욕망뿐이었다.

충분히 굳어 있던 몸을 풀다 생각했지만 안으로 파고들기엔 아직도 역부족이었다. 자신의 페니스가 지나치게 흥분한 것도 있었지만 그와 반대로 민자의 몸이 너무 좁기도 했기 때문이다.

"하! 으흑! 흐으흑!"

아직 뿌리까지 다 들어가지 않았는데도 민자가 자지러졌다. 그리고 그와 반대로 도현의 이마에선 식은땀이 흘러내렸다.

그가 움직임을 멈췄다. 그녀에게 조금의 시간을 주기 위해서. 그리고 자기 자신에게도.

하지만 곧 그의 몸에서 식은땀이 아래로 뚝뚝 흘러내렸다.

젠장.

그가 이를 악물었다.

쾌락이 고통으로 변하는 것도 한순간이었다. 이 시간이 지나면 닥쳐올 쾌락 역시 고통에 가까울 것 같았다.

천천히 호흡을 가다듬은 그가 땀으로 축축하게 젖은 민자의 이마를 손바닥으로 쓸어준다.

"괜찮아요?"

"허, 흐윽."

민자는 말없이 고통에 찬 신음을 내뱉었다. 고개를 힘껏 내젓는 그녀의 모습에 그가 허리를 조심스레 뒤로 뺐다.

하지만 민자는 귀신같이 이를 알아차리곤 그를 올려다본다.

"뭐, 뭐 하는…… 들어와요."

"괜찮아요?"

"안 괜찮아요. 하아……."

크게 숨을 쉬었다가 내뱉은 그녀가 곧장 말을 이었다.

"더 안 괜찮고 싶어요."

그러면서 그녀는 발을 뻗어 그의 엉덩이에 감싸 안으로 조금씩 밀어 넣기 시작한다. 단단한 페니스는 휘어지지 않을 것 같았지만 부드럽게 민자의 몸 안으로 빨려 들어갔다. 달콤하게 감싸는 여린 속살에 그의 얼굴이 일그러졌다.

민자 역시 찰나에 고통이 쾌락으로 변하는 걸 느끼고선 막힌 숨을 울컥 토해낸다.

나는, 고통을 즐기는 변태거든요.

민자가 그렇게 말했던 것도 같았다. 하지만 도현의 귀엔 아무것도 들리지 않았다. 눈앞을 아득하게 만드는 감각에 곧장 그녀의 어깨를 붙잡아 몸을 겹쳤다.

"하윽!"

"윽!"

두 사람이 동시에 신음을 터뜨렸다.

고요한 침묵이 감도는 침실.

지난밤의 정사가 고스란히 느껴지는 집 안에 따스한 햇살이 쏟아져 들어오고 있었다.

두 사람 모두 일찍이 일어났을 시간이었지만 아직도 꿈나라였다. 날이 밝아올 무렵 겨우 잠이 들었으니 당연한 일이기도 하다.

밤새 두 사람은 몇 번의 사랑을 나눴다. 그리고 누가 먼저랄 것도 없이 잠들었다. 새벽 무렵 잠들었던 것처럼 두 사람은 여전히 실오라기 하나 걸치지 않은 모습이었다.

민자는 그의 팔을 베개 삼아 오랜만에 단잠에 빠져 있었다. 그간 그녀를 잠 못들 게 했던 문제들이 하나둘 해결이 되어서인지, 아니면 그의 품에서 안락함을 느꼈는지 모를 일이지만 등에 닿아 있는 체온을 느끼며 곤한 숨을 뱉고 있었다.

덕분에 먼저 눈을 뜬 건 도현이었다. 짧은 머리카락을 보던 그가 이게 환상인가 싶어 눈을 끔뻑였다. 그러다 곧 마지막 관계 때 그녀의 가발을 벗어 던졌던 게 떠올랐다. 시선을 힐끗 돌려보니 기억

대로 가발이 바닥에 떨어져 있었다.

"큭."

그가 작게 웃음을 내뱉었다. 짤막한 머리카락은 아직 채 다 길지 못했다. 삐죽삐죽 설 정도는 아니었지만 남자치고도 짧은 머리였다.

하지만 변태 같게도 그는 그 모습에 더욱 아랫도리에 힘이 들어갔다.

금방이라도 졸려 쓰러질 것 같은 민자의 어깨를 흔들었다. 잘 드러난 새하얀 목덜미에 이를 박아 넣고 싶은 충동을 몇 번이나 막았는지 모른다. 그녀가 일이 없었다면 수백 번도 이를 박아 넣고 달콤한 살결을 씹어버렸을 거다.

"으음."

그의 웃음소리에 잠이 깬 걸까.

민자가 몸을 돌리더니 그의 가슴에 얼굴을 묻는다. 두 사람의 하체가 맞닿았고, 곧 민자가 잠이 그득한 눈으로 올려다본다.

"뭐예요, 이거?"

갈라진 목소리로 물었다, 그녀가. 다 알고 있으면서.

"발정한 겁니다, 아침부터."

그러면서 그는 민자의 머리카락을 쓰다듬었다. 이 모습 그대로 한 번 더 민자를 안고 싶었지만, 그는 애써 다른 곳으로 말을 돌렸다.

"배 안 고파요?"

"정말 현모양처라도 되려고요?"

"원한다면."

쪽.

민자가 관자놀이에 닿는 입술에 부드럽게 웃었다. 작게 닿았다가 떨어지는 감촉이 너무나 좋다. 왜 사랑하는 연인들이 함께 붙어 있고 싶어하는지, 밤에 헤어지기 싫어하는지 알 것 같았다.

민자가 나른한 고양이처럼 웃으며 그의 손을 뺨으로 끌어왔다. 까슬한 굳은살을 얼굴에 부비던 민자가 슬쩍 눈을 뜬다.

"안 먹으면 다른 거 먹고."

그게 뭔지 알 것만 같아 민자가 검지손가락을 세웠다.

"1분만요."

"전에도 1분만 쉰다더니."

헬스장에서 봤던 모습을 떠올린 그가 웃음기가 역력한 목소리로 말하자 민자 역시 혀를 쏙 내밀며 '봤어요?' 라고 묻는다. 하지만 답을 원하던 물음은 아니었던지 곧 그의 품으로 파고들었다.

숨을 크게 들이마신 그녀는 그의 체 향에 반쯤 취한 목소리로 말했다.

"이번엔 내가 올라갈래요."

웅얼웅얼거리는 말은 지쳐 있었다. 아마도 1분 정도만 쉬어선 금세 기운을 차리지 못할 것 같다.

그래서 두 사람은 서로를 꼭 안은 채 다시 눈을 감았다.

"처음엔 봐줄 수 있지만 중간부턴 장담 못합니다. 나도 지는 걸 좋아하지 않아서."

"저도 그런데. 매번 전투겠네요."

천천히 흘러나오던 그녀의 목소리가 이내 멈췄다.

민자는 다시 깊은 잠에 빠졌다.

9

　민자는 한쪽에 세워두었던 캐리어를 질질 끌고 나왔다. 캐리어를 열어 안에 있는 옷을 대충 밖에 꺼내놓은 민자가 한숨을 푹 내뱉었다. 우습게도 가출과 출가를 반복하다 보니 짐을 싸는 일은 음식을 만드는 것보다 쉬웠다. 이렇게, 불필요한 짐은 굳이 꺼내지 않는 요령도 생겼다.

　한참 짐을 꾸리던 민자가 곁에 놓아둔 휴대전화를 힐끗 보았다. 손은 자연스럽게 짐을 싸고 있는데도 신경은 도통 휴대전화 액정에서 떨어지질 않는다. 제법, 아니, 뜨겁게 사랑을 나눴던 남자에게서 거짓말처럼 연락이 뚝 끊겼기 때문이다.

　"이건 또 어떻게 받아들여야 하는 거야?"

　기계적으로 짐을 싸던 손길이 결국 멈췄다.

　섹스는 충동적이었다. 물론 전초 과정들은 충분했지만 속옷을 신경 쓰지 못한 상태에서 밤을 보내게 될 줄은 몰랐으니 충동적인 게 맞다.

민자는 그날 황도현의 침대가 얼마나 좋은지 몸소 경험했다. 소파 역시 훌륭했다.

섹스는 만족스러웠고, 같은 레퍼토리도 없었다. 이렇게 몸이 잘 맞는 남자를 만났던 것은 처음이어서 민자 역시 충분히 달아올랐다.

문제가 있다면 첫 번째에 너무 달아올랐다는 게 문제였는데, 덕분에 다음날 민자는 마치 포경수술을 한 남자처럼 어기적어기적 걸어 다녀야 했다. 자신에 비해 황도현은 너무 멀쩡한 게 조금 화가 나긴 했지만, 만족스러운 섹스를 나눴으니 마지막엔 함께 점심인지 저녁인지 모를 밥을 함께 해 먹고 헤어졌다. 물론, 집을 나설 땐 키스도 나눴다.

"내가 뭐 잘못한 거 있나?"

민자의 미간이 모여들었다. 아무리 머릿속을 굴려보아도 적당한 이유가 떠오르지 않았다. 그러니까 이 남자가 이렇게까지 태도가 바뀐 이유 말이다. 그와 헤어진 이후에 황도현은 제때 연락이 되지 않았다. 그리고 이 이후에 온 연락은 모두 성의가 없었다.

「이제 집입니다. 바빠서 늦게 연락할 수밖에 없었습니다. 주무십니까?」

도착한 문자를 몇 번이나 읽었다. 기다리던 연락이었지만 민자는 이에 대한 답은 하지 못했다. 자신만 너무 매달리고 있다는 생각이 들자 머릿속이 복잡해졌기 때문이다.

혹시 한 번 잔 여자와는 다시는 안 자는 그런 인간인가?

그렇게 쿨하고 진한 관계도 나쁘지는 않았지만, 키스를 나누는 순간까지도 아쉬운 마음이 들었다. 황도현 역시 같은 마음이라 생각했는데 그게 아니었나?

자신이 그렇게 눈치 없는 여잔 아니었다. 다만 다른 이유는 도통 떠오르질 않으니…….

그날 입었던 속옷과 비슷한 검은색 속옷 세트를 챙기던 민자가 퍼뜩 떠오르는 생각에 입을 가린다.

"아! 올라타서 그런가 봐!"

민자의 얼굴이 구겨졌다. 역시나, 식사를 마친 후에 갑자기 소파에 밀어붙인 게 문제가 되었나 보다.

"에이씨, 아무리 그래도 그렇지."

기습적인 공격에 그의 기분이 많이 상했나 보다. 짐을 챙기던 민자가 결국 최근 통화 목록에서 도현의 번호를 찾아 통화 버튼을 눌렀다.

뚜루루— 뚜루루루—

통화음은 정상적으로 흘러갔지만, 그는 이번에도 전화를 받지 않는다.

곧 공항으로 가야 할 시간이었다. 하지만 그와 연락이 되지 않은 게 이틀이나 되어 마음이 쓰인다. 보통의 남자라면 분명 신경을 안 썼겠지만 황도현이었다. 집요하리만치 연락을 해오던 사람이어서 계속 마음이 쓰였다.

이 남자와의 만남도 이걸로 끝인가?

"그건 좀 아쉬운데."

자신답지 않게 계속 이 남자에게 전화를 걸 것 같았다. 연락은 그에게 이유를 들을 때까지 계속될 것 같기도 하다.

아니, 분명 계속될 테지.

"먹튀이기만 해봐라."

고자로 만들어 버릴 테니까.

사람 마음에 불을 질렀으면 책임을 지라던 그의 목소리가 머릿속에 명확히 울렸다.

❖

민자는 화보촬영을 위해 이탈리아 베네치아로 떠났다. 화보촬영은 하루 반나절 만에 끝이 났지만, 기왕 먼 곳까지 날아간 길이었기에 세계 패션의 도시 밀라노에서 하루를 보내기로 했다.

프리랜서로 일하기에 딱히 휴가라는 것도 없었지만 민자는 그곳에서 여유로운 마음과 불타오르는 전투력 사이에서 고된 시간들을 보냈다. 여유로운 마음으로는 아름다운 풍광을 즐겼고, 불타오르는 전투력은 쇼핑에 썼다. 그리고 홀로 숙소에 돌아왔을 때 최민자는 우울한 시간을 보냈다.

혼자 호텔에 남으면 민자는 휴대전화를 보았다. 돌아다니는 내내 애써 신경을 두지 않으려 했던 휴대전화였지만, 그게 마음처럼 쉽지 않았다. 아니, 제 마음대로는 되지 않는 일이었다.

처음 연애라는 걸 하는 건데.

끝내주는 밤도 함께 보냈는데.

아버지가 던진 달콤한 미끼이긴 하지만 도파민 덩어리였는데!

"……내가 그렇게 매달리는 여잔 아니거든? 그런데 당신이 아까워서 마지막으로 딱 한 번만 연락을 한다."

최근 그에게서 오는 연락은 꽤나 성의가 없었다. 민자가 연락을 하면 한참 뒤에야 문자가 왔다.

「미안, 문자를 이제 봤어요.」
「이제야 집이에요. 피곤하네요.」

한참 만에야 성의 없는 답이 계속 이어지고 있었다. 전화 역시 아무리 시차가 있는 곳에 떨어져 있다 하더라도 제때 연결되는 법이 없었다. 차라리 한만 못한 연락이었다.

'일이 바빠서 정신이 없었어.'

자신 역시 과거에 꽤 많이 해온 말이긴 했지만 타이밍이란 것도 있지 않은가.

휴대전화를 노려보던 민자가 통화 버튼을 눌렀다. 로밍으로 넘어간다는 알림음과 함께 통화음이 연달아 들렸다.

딱딱.

그녀가 자신도 모르게 손톱을 뜯었다. 의식을 하고 있었다면 기겁을 하며 손가락을 뗐겠지만 그녀의 신경은 온통 황도현을 향해 있었다.

딱. 딱. 딱.

연신 손톱을 뜯던 민자가 초조한 얼굴로 통화음을 듣고 있을 때였다.

[해외에 있습니까?]

도현의 음성에 민자의 얼굴이 환해졌다. 하지만 이와는 반대로 음성은 딱딱하고 고저 없이 흘러나온다. 그럴 수밖에 없었다. 이 남자가 자신을 애태운 걸 생각하면 더 크게 화를 내고 싶었다.

"네. 그걸 전할 수 없을 만큼 우리가 연락이 안 됐죠."

연락이 안 된다는 건 이토록 사람을 바보 병신으로 만드는구나.

민자는 자신이 해왔던 과거의 일들을 떠올리며 참회의 마음을 느끼면서도 곧 이어지는 사과의 말에 누그러지는 마음을 느낀다. 사람의 마음이 그렇게 간사했다.

[미안합니다. 너무 바빠서…….]

"도대체 바쁜 일이 뭔데요?"

하지만 얼추 풀린 마음과 함께 민자의 목소리는 날카로웠다. 그러자 전화 너머에서 잠시 침묵이 들리더니 이내 그 이유를 말해주었다.

[아주 큰일이 터졌는데, 엎친 데 덮친 격으로 좋은 일까지 생겨서 말이죠. 그래서 연락하기 힘들었습니다.]

"그 이유를 설명해 줄 시간도 없을 만큼이요?"

[미안합니다. 정음일보 최강자 기자가 최민자 씨 언니죠? 똑똑하다던 둘째 언니.]

연신 이어진 사과 뒤에 나온 언니의 이름에 민자의 눈이 동그랗게 떠졌다.

여기서 왜 강자 언니 이름이 나오지?

이해할 수가 없어 민자가 의문 가득한 어조로 말했다.

"그런데요?"

언젠가 가족에 관하여 이야기해 준 적이 있었기에 민자가 순순히 답했다. 하지만 둘째 언니가 정음일보에 다닌다고 말해준 적은 없었다. 기자라는 직업만 말했지.

거기까지 뒷조사를 한건 아닐 테니 이번에 연락이 안 된 것과 관련이 있을 거란 생각만 했다. 그 의문에 대한 답을 도현은 곧 해주었다.

[검찰을 아주 발칵 뒤집어놨습니다. 그것 때문에 바빴어요.]

"우리 언니가 왜요?"

[모르셨습니까? 박민충 리스트, 정음일보에서 먼저 터뜨렸는데 그게 최강자 기자라는 말이 돌고 있거든요. 물론 언론엔 보도되지 않고 있지만.]

"아. 그런 일이라면 우리 언니가 충분히 하고도 남았을 거예요."

민자는 수긍이 간다는 표정이었다. 그러자 전화 너머로 유쾌한 웃음이 들려왔다.

[대단합니다. 김태호 전 법무부장관뿐만 아니라 정일곤 검찰청장까지 관여가 되어 있어서 난리거든요. 특검 이야기까지 나오고 있습니다.]

"아마 언니는 별로 신경 쓰지 않을걸요?"

[자매니까 비슷한 면이 많다고 생각했습니다.]

"언니랑 나랑요? 설마요. 언니 패션 센스가 얼마나 끔찍한지 아세요?"

민자가 절대 그럴 리 없다는 듯이 항의했다. 그러자 다시 한 번 유쾌한 웃음이 들려왔다.

그의 웃음소리에 민자의 입술이 부드럽게 휘어졌다. 이 남자는 참 유쾌하게 웃는다. 그리고 상대방 역시 웃게 만들 수 있는 사람이었다.

"언질이라도 해줬으면 좋았을 거예요."

[미안해요.]

"미안하면 잘해요."

[네, 그럴게요.]

6일 내내 목구멍에 가시가 걸린 듯이 답답했었는데 이제야 마음이 편해졌다. 그의 웃음소리 하나에. 자신의 기분이 황도현으로 인해 일희일비한다는 것도 우스웠지만, 이미 벌어진 일이 아닌가. 이에 대해서 충분한 답은 들었지만 그래도 긁어버린 카드값이 있었기에 복수를 접을 마음은 사라지지 않는다.

어떻게 해서든 꼭 갚아주리라.

일상에서든, 아니면 침실에서든.

[아직도 화났습니까?]

"아니요. 많이 풀렸어요. 일 때문이라면 어쩔 수 없구나, 그게 언니 문제라면 더더욱, 이라고 생각 중이에요."

이해해 줘서 고맙다는 말과 함께 그는 곧 검찰 내에 풍문처럼 들리는 소문 하나를 말해주었다.

[검찰에서 가장 궁금해하는 건, 기자가 이렇게까지 큰 거물을 건드렸다는 건데, 뭔 대단한 빽이 있는 거 아니냐고 하더라고요. 최초 보도 기자 이름이 언론에 거론이 안 되는 것도 이상하고.]

"궁금해요? 그 빽."

[있는 겁니까?]

"우리 아버진 아니에요. 어때요. 더 구미가 당기시나요?"

개구쟁이처럼 웃은 민자는 전화 너머에서 아무런 답이 들려오지 않자 말을 이었다.

"만나요. 그럼 다 말해줄 테니까. 보고 싶어요."

황도현도 눈치가 있는 사람이었다. 아니, 상당히 빠른 사람이다. 민자의 기분이 썩 좋지 않다는 것을 눈치챈 그는 어떻게 해서든 이 만남을 피해야겠다고 마음먹은 건지 느릿하게 답했다.

[해외에 있다고⋯⋯.]

"화보촬영 끝났어요. 오늘 14시간 날아서 내일 아침 8시 25분

인천공항 도착 예정이고요. 황도현 검사님의 일은 언제 끝날 예정이세요?"

[다시 황도현 검사입니까? 이런. 점수를 많이 잃었네.]

그가 웃음기 섞인 목소리로 말했다. 이럴 때 보면 참 편한 남자이긴 하다. 굳이 내가 화가 났다는 사실을 말할 필요가 없으니까.

"알면 꼭 나와요. 아, 나랏일 때문에 바쁜가? 제가 검찰청으로 갈까요?"

[바빠도 나갑니다. 일주일 내내 발바닥에 땀나도록 뛰어다니기도 했고. 오랜만의 주말이니까 푹 쉬고 싶기도 하고. 그리고 당신이 보고 싶기도 하고.]

"알았어요. 꼭 봐요."

짧게 답한 민자가 전화를 끊었다. 그리고 휴대전화를 보며 가볍게 웃는다.

내가 어쩌다가 연락 하나에 일희일비하고 있는 걸까.

하지만 그것보단 자신을 완벽하게 바꿔놓은 남자의 얼굴이 더 보고 싶어 애가 끓는다.

드륵— 드르르륵—

캐리어를 끌고 입국장을 나선 민자가 주위를 두리번거렸다. 예상 시간보다 이십 분 늦게 한국 땅을 밟을 수 있었다.

기상 때문에 조금 더 늦어진 만남에 민자의 마음은 조급해졌다. 한시 빨리 그를 만나고 싶은 마음에 민자가 열심히 그를 찾고 있을 때였다.

뒤에서 갑자기 나타난 손이 그녀의 허리를 감쌌다. 깜짝 놀라 고개를 돌려보니 그곳에 황도현이 서 있었다. 그의 말대로 오늘은 출근하지 않을 참인지 가벼운 캐주얼 차림이었다. 검은색 티셔츠와 청바지 차림의 그는 처음이어서 민자는 잠시 눈을 깜빡인다.

"보고 싶었는데, 나만 그런가?"

가벼운 말에 민자의 입술이 부드럽게 휘어졌다.

"그럴 리가 있어요? 내가 얼마나 애태웠는데."

발뒤꿈치를 든 민자가 그의 입술에 짧게 입을 맞췄다. 뺨을 감싸는 손길이 기분이 좋아 눈이 저절로 감겼다.

"세상에, 한 사람만 계속 생각난다는 일이 가능하더라고. 그런 건 영화나 드라마에서만 나오는 건 줄 알았는데, 그런 일이 나에게도 실제로 일어났다니까?"

"날 엄청 좋아한다는 것처럼 들립니다?"

"몰랐어요? 나, 꽤 가벼워 보이는 건 아는데요. 한 남자랑 섹스는 해도 그 사람이 사는 집엔 안 가요. 쾌적하고 좋은 호텔에서 하는 게 더 마음 편하니까. 그런 내가, 황도현 씨 집엔 두 번이나 갔어요. 엄청 좋아한다는 뜻이죠."

"예전엔 그냥 공감했을 말인데, 지금은 안 그렇네요? 사람 마음이 참 이상합니다."

"아!"

민자가 서둘러 입을 틀어막은 후에 그의 눈치를 본다.

"실수했네요."

일반 사람들의 입장에선 상식적이지 않은 관계를 당연한 것처럼 가져왔다. 그런데 이젠 그래선 안 된다. 입장을 바꿔놓고 생각하면 자신 역시 무척 기분이 나쁠 것 같았다.

현재도 아주 중요하지만 과거는 바꿀 수 없는 그림자 같은 것이 아닌가.

민자 역시 황도현의 과거는 되도록 알고 싶지 않았다.

"알면 다음엔 그러지 마세요. 상처받습니다."

"아직 익숙하지 않아서 그래요. 이런 관계는 처음이라."

"지금 그 대답은 아주 좋군요."

"꾸며낸 말은 아니에요. 진실이에요."

"대답이 점점 마음에 듭니다?"

도현의 짧은 웃음에 민자가 그의 팔에 찰싹 달라붙었다.

"질투하니까 무섭다."

"그러니까 다시는 질투하게 만들지 마세요. 매섭게 취조 들어가는 수가 있습니다. 아시겠습니까?"

"명심하겠습니다!"

"좋아요. 짐은 이게 답니까?"

"네."

그는 왼손엔 캐리어를 오른손으로는 민자의 손을 붙들고 걸음을 옮겼다. 그의 걸음은 차를 세워둔 주차장으로 향하고 있었다.

"그래서 최강자 씨의 빽이 누구입니까?"

"그게 그렇게 궁금해요?"

"네, 많이 궁금합니다."

가벼운 어조로 답은 하고 있었지만 표정은 꽤 심각했다.

이 남자가 이 문제에 대해 궁금해하는 건 단순한 호기심 때문일까. 아니면 다른 무언가가 있는 걸까.

아직은 뭐라 단정할 수 없었기에 민자는 '왜요?' 라고 물었고, 그는 거기에 대한 답을 꽤 두루뭉술하게 했다.

"그 빽이 든든해야 나도 움직일 수 있거든요."

"우리 언니 빽이랑 황도현 씨가 움직이는 게 무슨 상관이죠?"

"김유나 씨 가해자 중에 한 명이 대형 로펌 아들입니다. 아버지는 전 법무부장관이고요."

"그런데요?"

"그 법무부 장관이 이번에 최강자 씨가 터뜨린 기사에 등장합니다. 김태호."

"……아."

민자의 표정이 급격히 어두워졌다.

"그 일 때문에 저도 바빴습니다. 뛰어들 케이스면 바로 작업 들어갈 수 있게 포석 작업을 깔아놓느라."

황도현은 사전작업을 위해 많은 시간을 보내고 있었다. 다른 사람들은 구속 수사 혹은 불구속 수사로 진행하고 있었지만 한 사람만은 아직 참고인으로 조사하고 있었다. 전 법무부 장관 김태호의 아들 김지성이었다.

"한 사람 남았습니다. 이놈만 잡으면 바로 언론 발표할 겁니다. 최종 검찰 조사결과."

그럼 곧 기소가 될 것이다. 지리멸렬한 법정 싸움이 이어지겠지만, 그가 맡기엔 덩어리가 큰 사건이기에 직접 기소에 나서진 않을 것이다. 황도현에겐 든든한 선배들이 있으니까.

"전 법무부장관이니까 법조계에 인맥이 엄청나겠네요?"

"물론입니다. 그래서 김지성만 못 건들고 있었습니다. 섣불리 건드렸다간 나머지 놈들까지 풀려나기 십상이라."

차에 도착하자 그가 트렁크를 열어 직접 캐리어를 넣었다. 그런 후에 멀뚱히 자신을 보고 있는 민자를 본다.

"이 이후엔 선배들이 할 겁니다. 하지만 전 최민자 씨와 약속한 게 있으니까. 그리고 피해자와 약속한 게 있으니까. 제 손에 있을 땐 어떻게든 완벽하게 마무리해서 선배님들께 넘기고 싶은 겁니다."

"언니 빽이라면 아주 든든해요."

민자가 고저 없이 말했다. 그런 후에 그다음 말을 기다리고 있는 도현을 보며 웃는다.

"우리나라 법 위에 권력 있고, 그 위에 돈 있잖아요."

어쩔 수 없는 사회의 고리였다. 대한민국은 돈에 의해 움직인다. 돈은 권력을 만들어준다. 한 덩어리나 마찬가지였지만, 권력이 있는 이들 모두가 돈을 가지고 있는 건 아니기 때문이다.

대한민국 사법권은 무소불위의 권력을 휘두르지만 그 역시 돈의 논리에 움직인다. 돈이 많은 사람들은 값비싼 변호사를 부릴 수도 있고, 검찰에 아는 인맥 역시 있으니까.

"언니 빽, 태원전자예요. 그 빽이 없더라도 저희 언니, 섣불리 물러설 사람 아니고요. 내가 전에 그랬잖아요. 우리 언니 무척 똑똑하다고. 난 둘째 언니 말은 다 믿어요. 작은 지식 하나까지도."

그렇게 말한 민자는 보조석 문을 열어 차에 올랐다. 그런 후에 눈을 감으며 읊조린다.

"나 배고파요."

"뭐가 먹고 싶습니까?"

"엄청 매운 게 먹고 싶네요."

민자의 말에 그가 차 문을 닫기 전에 말했다.

"직접 해 먹으면 아주 좋겠네요."

최민자는 술을 마실 때도 살이 찌는 게 걱정되어 안주를 먹지 않는 사람이었다. 그녀가 치열하게 운동을 하는 것도 두 눈으로 목격했다. 그런데 오늘의 최민자는 참 낯설었다.

"오늘은 내가 쏠게요."

민자는 곁에서 카트를 끄는 도현을 보며 활짝 웃었다. 얼마나 사려고 이런 말을 하는 건지. 그가 고개를 절레절레 저으며 민자의 뒤를 따랐다.

그녀는 다양한 식재료를 말없이 담기 시작했다.

도대체 알고나 담는 건지.

그녀의 뒤를 말없이 따르던 도현이 고개를 절레절레 저었다. 그녀가 막 싱싱한 바질을 카트에 담았을 때였다.

"스트레스받으면 원래는 자요."

민자가 얼굴을 붉히며 식재료가 가득 담긴 카트를 보았다. 분식 재료부터 양식 재료까지 아주 다양했지만, 그 순간에도 토마토소스를 담고 있었다.

"폭식은 아니군요? 이 정도 주워 담기에 폭식인 줄 알았습니다."

"와, 엄청 많네요?"

"지금이라도 뺄까요?"

그의 물음에 민자가 카트 안을 살폈다.

"떡볶이는 오늘 먹을 거고, 어묵탕도 오늘 먹을 건데……. 라면은 한숨 푹 자고 난 후에 먹고 싶고요."

"그럼 파스타 재료는요?"

"그건 다음에 만났을 때. 명란젓이 썩기 전에 갈게요."

개구쟁이처럼 웃은 민자가 계산대로 향했다.

아무래도 그녀는 거짓말을 한 것 같다. 수면이 아닌 폭식이 맞을 것 같았지만 그는 굳이 언급하지 않은 채 양파 두 개를 꺼내 보여 주며 말했다.

　"양파가 싹트기 전에 오셔야 하기도 하고, 조개가 상하기 전에 오기도 해야 할 겁니다."

　그것 말고도 아주 싱싱한 재료들이 많았다. 도현 역시 집에서 음식을 해 먹지는 않아서 이 많은 재료를 모두 구입하는 건 분명 낭비일 것이다.

　하지만 민자는 생각을 바꿀 마음이 없는 듯했다.

　"오늘 여기서 자고 갈까요?"

　"당연히 그럴 것 아니었습니까?"

　"그럼 내일 점심 메뉴는 파스타. 그럼 다 먹어치울 수 있는 거죠?"

　"내일 분명 후회할 겁니다. 재앙 수준으로 먹었다고."

　"……."

　민자가 생각에 잠긴 눈으로 카트 안을 보았다. 아무래도 이제야 정신이 돌아온 모양이었다.

　"그럼……."

　그녀의 표정이 한없이 우울해졌다. 그가 카트 방향을 계산대가 아닌 식료품이 놓여 있는 코너로 들리려고 할 때였다.

　"라면만 빼죠, 뭐."

　민자가 라면 다섯 봉지를 품에 끌어안았다. 그러더니 주머니에서 지갑을 꺼내 그에게 내민다.

　"꼭 내 걸로 계산해 줘요. 노동은 황도현 씨가 해야 하니까."

　사뿐사뿐 걸음을 옮기는 민자를 보며 그가 짧게 웃음을 내뱉었다.

"운동이나 같이해 줘야겠다."

카트를 돌린 그가 결국 계산대로 향했다.

마치 말 잘 듣는 아이처럼 민자는 연신 도현의 주위를 맴돌았다. 최민자는 훌륭한 보조가 되어주었다. 그가 시키는 대로 떡을 불렸고, 야채는 깨끗하게 씻었다. 아주 기초적인 걸 하면서도 그녀는 자신이 하는 일에 만족한 듯 연신 웃었다.

최민자가 이렇게 잘 웃는 사람이었나.

그는 곁에 어깨를 맞대고 선 민자를 내려다보다가 넓은 냄비에 기름을 둘렀다.

"아주아주 매운 떡볶이를 만들어보겠습니다."

"네, 쉐프!"

민자가 장난스럽게 웃으며 말하자 그는 끓는 기름에 가장 먼저 떡과 다진 마늘, 쫑쫑 썰어놓은 고추를 넣고 함께 볶기 시작했다. 이제 겨우 떡을 볶는 수준이었지만, 벌써부터 매운 향이 부엌에 가득 번졌다. 민자의 얼굴에 기대감이 번졌다.

"떡을 볶고 난 다음에 물을 붓고, 양념을 하면 됩니다."

그가 물을 달라고 말하자 민자가 냄비에 직접 부었다. 물 양은 그가 조절했지만 민자는 민첩하게 고추장을 물에 풀기 시작한다.

"이렇게 하면 돼요?"

"아주 잘하고 있어요."

물이 끓자 고춧가루와 어묵을 넣은 그가 민자에게 잘 저으라고 말한 후 조리대로 향했다. 민자에게 냄비를 맡긴 그는 그녀가 요청하지 않은 샐러드를 만들었다. 두 사람은 아주 오랫동안 손발을 맞춰온 사람처럼 그럴싸한 식탁을 차렸다.

"이거 정말 제가 만든 거예요?"

"물론이죠. 준비부터 조리까지 모두 민자 씨가 했잖아요."

"쉐프의 도움이 없었다면 힘들었을 겁니다."

두 사람은 한 편의 연극을 찍고 있는 것 같았다. 차려낸 건 라면을 끓일 줄 아는 사람이라면 모두 만들 수 있다는 떡볶이와 샐러드가 전부였다. 하지만 그것으로도 꽤 만족스러운 식사를 마칠 수 있었다.

한입 먹는 것만으로도 이마와 인중에 땀이 송골송골 맺힐 만큼 매운 떡볶이였지만 민자는 아주 맛있게 먹었다. 그는 몇 젓가락 먹지도 않았는데, 민자는 2인분을 모두 먹어치운 것도 모자라 샐러드까지 모두 먹어치웠다.

평소에 소식을 하는 건 다이어트 때문이었나 보다. 이렇게 음식을 맛있게 먹을 줄 아는 사람이라는 걸 오늘 처음 알았다.

두 사람은 설거지 역시 함께 마쳤다. 조리대까지 깨끗하게 치운 도현은 민자에게 먼저 소파에 가 기다리라고 했고, 그는 사과와 배를 꺼냈다.

과일을 깎아 들고 가니 민자는 만족스러운 얼굴로 배를 통통 두드리고 있었다.

"저는 분명 몇 번이고 말렸습니다."

"알아요. 알아. 그래서 어묵탕은 샐러드로 합의 봤잖아요. 너무 걱정하지 마세요. 나 아주 독하거든요. 살은 금방 빼요."

그는 분명 민자를 몇 번이고 말렸다. 그러면서도 포만감에 활짝 웃은 그녀에게 후식까지 건넸다. 인천공항에서 처음 만났을 때 분명히 좋았던 그녀의 기분이 왜 바닥까지 내려앉았는지 눈치챘기 때문이다. 그래서 부러 오버해서 음식을 함께 만들었고, 먹었다. 지금 그녀는 좀 움직일 필요가 있었으니까.

기분은 좀 괜찮아졌냐고 묻고 싶었지만, 그는 그러지 않기로 했다. 유나 때문이라는 걸 그도 알고 있었기 때문이다. 분명 그러겠지.

잘 모르는 사람이라 하더라도 김유나가 겪은 피해 사실을 알게 되면 모두 불쌍하고 가엽게 여긴다. 여자가 겪기에, 아니, 사람이 겪기에 견디기 힘든 일을 당했으니 피해 사실을 알게 되면 다들 마음 아파할 것이다. 그런데 가장 가까운 친구는 오죽할까.

더욱 최민자는 김유나의 피해 영상이 담긴 휴대전화를 직접 가져다준 장본인이었다. 2차 피해를 크게 우려하면서. 피해자와 직접 이야기한 끝에 수치스러운 상황이 담긴 영상을 검찰의 손에 넘겨주었다.

한 사람의 인생을, 영혼을 파괴하는 범죄가 일어났다. 하지만 그 일에 대한 처벌은 피해자들이 느끼기엔 너무나 늦고 더디다. 더욱 제대로 처벌이 되지 않는 경우도 많아서 걱정에 잠긴다.

끝없는 캄캄한 터널을 걷고 있는 것 같다가도 희망의 빛을 발견하는 순간, 다시 절망의 나락으로 떨어지길 반복하고, 또 반복하고. 그러다 보면 지쳐 버린다. 단숨에.

최민자는 직접 경험한 피해 당사자이자, 피해자의 친구이기도 했다. 희망의 빛을 발견하는 순간 다시 어둠 속에 남겨져 버린 기분이 들었겠지.

그래서 도현은 민자를 더 이상 말리지 못한 채 음식을 직접 만들어줬다. 땀을 뻘뻘 흘리며 떡볶이를 맛있게 먹는 민자를 보며 다행이란 생각까지 했었다.

"역시. 음식은 잘 먹는 사람이 더 잘 만드는 것 같아요. 전 요리를 잘 못해요."

"하지만 훌륭한 학생이었습니다."

"그래도요. 떡볶이도 난생처음 만들어봤는걸요."

민자가 헛헛하게 웃었다. 하지만 그는 그리 큰 문제가 되지 않는다는 듯이 오히려 오버하며 말했다.

"전에 말씀드리지 않았습니까? 조신한 남자가 되겠다고. 살림도 꽤 합니다, 저."

"엄청 마음에 드네요."

민자가 유쾌하게 웃음을 터뜨린 후에 소파에 벌러덩 누웠다.

"좋다. 엄청 편해요. 내 집보다도 더."

"이대로 잘 겁니까?"

"네, 그리고 싶어요. 비행이 아주 피곤했거든요."

"그럼 소파 말고 침대에서 같이 잡시다. 저도 많이 피곤하거든요."

민자의 가슴께가 천천히 들렸다가 아래로 내려갔다. 금방이라도 잠들 것 같이 편안해진 표정에 그가 몸을 낮춰 단숨에 민자를 들어 올렸다.

"다 끝나가는 거죠?"

침대에 등이 닿는 순간 민자는 그렇게 물었다. 그래서 그는 곁에 앉아 민자의 표정을 살폈다.

"네. 그러니까 주무세요. 아무 생각하지 마시고."

"……네, 그럴게요. 그러니까 옆에 누워주세요."

민자의 요구에 그가 곁에 누웠다. 그리고 그녀의 몸을 꼭 끌어안아 주었다.

섹스처럼 짜릿한 감각은 없었다. 하지만 서로의 체온과 체 향이 익숙해져서일까. 편안한 마음에 두 사람은 아주 깊이 잠들 수 있었다.

❖

뒤늦게 깨어난 두 사람은 하루 종일 침대에서만 뒹굴었다. 날이 훤히 밝을 때까지. 두 사람은 함께 입을 맞췄고, 농담을 건넸다.

두 사람이 침대에서 벗어난 건 12시가 조금 지나서였다. 민자는 캐리어에서 쇼핑한 옷을 꺼내 그의 앞에서 패션쇼를 했다.

"분노를 발현한 쇼핑 목록이에요. 어때요?"

"예쁩니다."

"그렇게 말해줄지 알았어. 그런데 언제까지 그렇게 딱딱하게 말할 건가요? 난 이제 우리가 아주 친숙한 사이가 되었다고 생각했는데."

"예쁘다."

"나도 그렇게 생각해요."

가벼운 농담처럼 말을 주고받은 두 사람이 다시 입을 맞췄다. 무언가를 끝없이 갈구하듯이.

함께 차에 오른 두 사람은 강자의 오피스텔로 향했다. 기어에 올려놓은 그의 손 위에 제 손을 겹쳐 놓은 민자가 입가에 미소를 머금었다.

"고마워요. 명예로운 남자가 되어주기 위해 노력해 줘서요."

"알아줘서 고맙네. 엄청 노력했거든."

"엄청 듬직하네."

혼잣말처럼 말한 민자가 입꼬리를 하늘로 끌어 올렸다. 이 남자를 선택해서 다행이란 생각이 들었다.

두 사람은 다음엔 언제 만날지, 스케줄을 가늠해 보았다. 황도현은 이번 수사가 마무리될 때까지 시간을 내기 힘들 것 같다고 말했고, 민자는 속옷 화보를 찍으면 한동안은 한가할 것이라고 말했다.

모든 일이 마무리되면 민자는 도현을 만나러 가겠다고 말했다. 그렇게 도란도란 이야기를 나누자 얼마 되지 않아 천천히 달리던 차가 강자의 오피스텔 앞에 멈췄다.

먼저 차에서 내린 그가 트렁크에서 민자의 캐리어를 내려주었다.

"이제 안녕이네."

민자가 캐리어를 가져와 옆에 놓으며 인사를 건넸다. 가벼운 인사에 그가 아쉬운 마음을 감추지 못하고 민자를 끌어안았다.

이대로 헤어지기 싫었다. 하지만 헤어져야 한다는 것도 안다. 그게 성인의 연애였다. 서로의 삶과 생활을 존중해 줘야 연애 역시 할 수 있다. 사랑 말고 챙겨야 할 것들이 너무 많은 나이이기도 하다.

"나만 아쉬운 건가?"

"가야 돼요. 일단은. 언니 집이니까."

민자가 도현의 입술에 짧게 입을 맞췄다.

"그럼 나 가요."

달콤한 웃음에 그가 한숨을 푹 내뱉자 민자가 가볍게 몸을 돌렸다. 캐리어를 끌고 멀어지는 민자의 뒷모습을 바라보자 아쉬운 마음이 왈칵 올라왔다. 결국 성큼성큼 걸음을 옮긴 그는 민자를 붙잡아 빙글 돌려세운다.

턱을 붙잡은 그가 곧장 입술을 맞췄다. 한평생 느껴보지 못한 이별의 애달픔을 이렇게 한꺼번에 느끼는가 보다. 분별력 없이 길에서 키스를 하는 걸 보면.

민자가 눈을 동그랗게 뜨며 그를 올려다보았다. 연애를 이렇게 다이내믹하게 해본 적은 없었는데, 거리낌 없는 행동에 정작 도현도 많이 놀랐다.

하지만 그는 장난스럽게 웃었다.

"나만 아쉬운 것 같아서 조금 열받는다?"

"그럴 리가요. 나도 무척 아쉬워요."

민자가 도현의 허리를 꼭 끌어안으며 말했다. 그러자 커다란 손이 자연스럽게 가발이 덮여 있는 머리로 향한다.

툭.

그가 민자의 머리를 쓰다듬었다.

"가."

짧은 인사를 건네며.


웃으며 몸을 돌린 민자가 캐리어를 끌고 강자의 집으로 향했다. 문을 열고 안으로 들어가자 정작 집 주인 없이 찬 기운만 맴돌았다.

도현의 옆에서 민자는 자신답지 않은 24시간을 보냈다. 평소 거의 간이 되어 있지 않은 음식만 먹은 것에 비해 어젠 미친 듯이 매운 떡볶이를 먹었다. 그리고 바로 잠들었다. 소화될 시간도 주지 않은 채.

그렇게 아침에 일어난 두 사람은 함께 침대에서 뒹굴었다. 배가 고픈 것도 몰랐다. 소화가 다 되지 않을 만큼 많은 음식을 먹어서 그런 걸지는 몰라도.

둘은 배가 고파질 때쯤 자리를 털고 일어난 후, 어제 이야기했던 대로 '명란 로제 파스타'를 해 먹었다. 이번에도 메인 쉐프는 황도현이었고, 최민자는 조수였다.

파스타 역시 무척 맛있었다. 그래서 과식을 해버렸다. 2인분을 뚝딱 해치우는 민자를 도현은 걱정스럽게 보았지만 민자는 애써 못 본 척 굴었다.

그렇게 자신답지 않은 하루를 보내니 민자는 속이 다 시원했다. 알게 모르게 쌓여 있던 스트레스는 그와 보낸 시간 동안 눈 녹듯 사라졌다. 곧 있을 화보촬영을 위해 해독주스로 버텨가며 운동을 해야 했지만 나쁘지 않았다. 자신에게 이런 시간이 필요했던 것 같았다.

짐을 푼 후에 캐리어를 한쪽에 세워둔 민자가 잡지책을 펼칠 때였다. 비밀번호를 누르는 소리와 함께 강자가 안으로 들어왔다.

"왜 이렇게 일찍 와?"

퇴근을 하기엔 너무 이른 시간이었다. 해도 지지 않은.

민자가 이상하다는 듯이 묻자 강자 역시 응수해 왔다.

"너야말로. 이탈리아 갔다며."

"잡지 촬영이어서 금방 끝났어."

그렇게 말한 민자는 곧 언니에게서 관심을 껐다. 도현에게 들었던 기사와 관련된 질문도 하지 않았다. 두 자매는 같은 배에서 태어나 학창 시절을 보냈지만 각자의 고민에 잠겨 서로를 보고 있지 않았다.

두 사람 모두 깊은 고민에 잠겨 있었다. 둘 중에서 먼저 침묵을 깬 건 언니 강자였다.

"민자야."

"왜?"

잡지에서 시선을 뗀 민자가 강자를 보았다. 그러다 급기야 무릎까지 꿇는 걸 보며 그녀가 몸을 일으킨다.

"뭔데 그래?"

깜짝 놀란 민자가 물었다. 헛똑똑이 언니에게 분명 문제가 생긴 게 분명했으니까.

더욱 무릎까지 꿇었다는 건 민자에게도 부탁할 일 혹은 상담할 일이 생겼다는 거다. 두 사람 모두 자신의 고민을 안으로 삭이는 버릇이 있었으니 하는 말은 핵폭탄급일 거고.

"만약에 말이야. 이건 아주 만약인데."

"만약에 뭐?"

"……."

왜 말을 하다가 말지?

민자가 굳게 닫힌 입술을 떨리는 눈동자로 보았다. 하지만 겉으로 나오는 건 걱정하지 않은 듯 내뱉는 타박이었다.

"뭔데 그래? 사고 쳤으면 순순히 자백하고 광명 찾아."

"……네가 결혼하기 전에 아이를 가졌어. 그럼 어떻게 할래?"

"임신을 하면 어떻게 할 거냐고?"

"어."

"결혼하기 전에? 속도위반?"

끄덕끄덕.

힘껏 고개를 끄덕이는 언니를 보며 민자의 입이 떡 벌어졌다.

이게 지금 말이 돼?

소, 속도위반?

민자는 상상조차 하지 못했던 이유에 급기야 쿠션을 들어 힘껏 휘둘렀다.

"미쳤어! 미쳤어! 나이가 몇인데 피임 하나 못해!"

"아파! 아프다고!"

"아프라고 때리는 거야!"

"나 걱정해서 그러는 거 알겠는데, 이래 봬도 산모……."

강자의 말에 민자의 이마에 힘줄이 섰다.

언니가 첫 연애에 눈이 멀어도 단단히 멀었다는 건 알고 있었다. 하지만 이런 사태가 벌어질 줄은 몰랐다.

강자는 민자에게 있어 늘 부러움의 대상이었고 동시에 너무 잘나서 미움의 대상이기도 했다.

하지만 언니의 초상을 치르고 싶진 않았다. 그 순간 민자의 머릿속엔 최 소장과 함께 위험 경보가 울렸다.

"미치지 않았으면 이런 사고를 칠 수 있어? 아니, 아니다. 그건 일단 뒤로하고 언니 여권 어디 있어?"

"여권은 왜?"

"일단 한국을 떠야지!"

강자가 거기까지 생각을 하지 못했다는 듯이 고개를 끄덕였다. 그러자 민자는 가장 중요한 걸 묻지 않았다는 사실이 떠올랐다.

임신을 여자 혼자서 할 수 있는 건 아니지 않은가.

"애 아빠는 차성윤 사장이지? 차성윤 사장은 뭐래?"

"……아직 말 못했어."

"미쳤어! 미쳤어! 아주! 말 안 할 생각은 아니겠지? 결혼까지 할 것 같더니 이게 뭐야!"

민자는 순간 눈앞이 핑 도는 걸 느꼈다. 그와 동시에 눈시울이 붉어지기도 했다.

"결혼은 할 건데……."

"그럼 뭐가 문제야? 빨리 차성윤 사장한테도 알리고 둘 다 해외로 떠. 그것만이 살 길이야."

"그렇지? 역시 말해야겠지?"

이걸 지금 말이라고!

한숨을 푹 쉬는 강자를 보며 민자가 자리에서 벌떡 일어났다.

"지금 말하고자 하는 주체가 누구야. 아버지야, 아니면 차성윤 사장이야?"

찰싹!

"악!"

가까이 다가온 민자가 강자의 팔뚝을 힘껏 내려쳤다.

"언니가 말 못하겠으면 내가 말할 거야."

민자는 당장에라도 차성윤 사장에게 전화를 할 기세였다. 만약 그가 이 사실을 나 몰라라 한다면 태원전자에 뛰쳐 들어가서라도 책임지라고 말할 생각이었다.

이런 최민자의 성격을 모를 리 없는 최강자다. 세 자매 중에서 가장 다혈질에다가 자신의 소신과 맞지 않는 일이라면 맞서 싸우는 게 동생 최민자니까.

"말할 거야! 말하면 되잖아!"

강자가 민자의 팔을 붙잡으며 외쳤다. 민자는 자신이 원하는 답을 얻어내자 숨을 크게 내뱉으며 호흡부터 가다듬었다.

"진짜지?"

거짓말이면 내가 어떻게 할지 언니는 알고 있겠지?

민자의 경고에 강자는 힘껏 고개를 끄덕이며 '정말이야'라고 말한다.

확답을 듣고 나서야 민자는 다시 자리에 앉았다. 하지만 포즈는 양반다리 자세여서 강자는 아직 민자의 눈치를 살살 보았다.

"대책을 세워야 해."

"무슨 대책?"

제발 가만히 있어주면 안 될까?

강자는 그런 눈치였다. 하지만 민자는 단호하게 고개를 저었다. 이런 일엔 온 가족이 나서야 불상사를 막을 수 있었다.

"이번엔 내가 언니 목숨 줄 붙여놔 줄게."

민자는 굳게 다짐한 얼굴로 본가를 올려다보았다. 분명 자신의 집이었는데도 불구하고 이젠 낯설게 느껴진다. 학창 시절 모두를 이곳에서 보냈는데도.

하지만 민자는 이내 굳게 다짐한 얼굴로 대문 앞에 섰다. 초인종을 누르자 안에서 어머니의 목소리가 들려왔다.

"엄마, 나야."

"어머, 민자니?"

띵—

답을 듣지도 않은 채 대문이 열렸다. 어머니는 항상 이런 식이었다.

대문을 열고 안으로 들어오자 현관문 앞에 서 있는 중년의 여성이 보였다. 자신 때문에 늘 마음고생이 심했던 어머니였다. 어머니는 늘 자신을 아픈 손가락으로 보았다. 세 자매 중에 가장 부모님의 뜻과 거스르는 삶을 사는 게 자신이다 보니 당연한 시선일지도 모르지만.

"엄마, 나 왔어."

"강자 집에서 지냈던 거야?"

민자가 가볍게 고개를 끄덕인 후에 말을 이었다.

"응. 아주 자유롭게 일도 하면서."

꽤 유쾌한 시간이었다. 그 시간 동안 잡아놓은 스케줄을 소화했고, 짜릿한 연애도 했다. 그렇다면 아버지에게 숙이러 들어오는 이 순간이 왔다 해서 후회할 건 없었다.

오히려 스스로의 어깨를 토닥이며 잘했다고 말해주면 된다. 많은 일을 경험했고, 나쁜 것도 있었지만 좋은 일도 있었으니까.

"아버지한테 무릎 꿇으러 왔어."

"뭐?"

경숙 역시 많이 놀란 듯 눈이 커다랗게 떠졌다. 딸아이를 키워오며 살아생전 이런 말은 들어본 적이 없었기 때문이다.

사람은 쉽게 변하지 않는다. 그리고 갑자기 변하지도 않는다. 놀란 경숙의 반응에 가볍게 웃음을 흘리는 민자는 친숙한 딸이었지만 곧 이어지는 말은 낯선 것이었다.

"강자 언니가 늘 나 때문에 눈치 보고 면박 듣고 있잖아. 양심이 있으면 나도 그렇게 해야지."

오늘 이 자리는 강자를 살리기 위한 포석 작업이었다. 그리고 경숙은 이미 강자의 임신 소식을 알고 있었기에 크게 놀라지 않은 모습이었다. 놀란 게 있다면 제 발로 찾아온 민자 때문이겠지.

"아버지 안에 있어요?"

"계시는데 무슨 말을 하려고. 혹시 또……."

"아니. 이번엔 제대로 먹힐 만한 수를 가지고 왔으니까 걱정하지 마. 알잖아. 이젠 잘릴 것도 없어."

민자가 바보같이 웃으며 가발을 쿡쿡 가리켰다.

그 모습이 오히려 경숙의 마음을 불안하게 만들었나 보다.

"민자야, 너 진짜 무슨 말을 하려고 하는 거야? 왜 그래?"

"진짜야. 사고 치려고 온 거 아니야. 들어가자."

걸음을 옮긴 민자가 현관문을 열고 안으로 들어갔다. 그러자 소파에 앉아 느긋한 표정으로 뉴스를 보고 있던 최 소장의 얼굴에 쩌적 금이 간다. 아무래도 민자의 등장이 그리 반갑지만은 않은 모양이다.

환대는 애초에 기대도 하지 않았기에 민자는 말없이 아버지의 얼굴을 보았다. 참 많이 늙으셨다. 늘 커 보였던 아버지의 몸도 오늘은 유독 작아 보였다.

"네가 무슨 낯짝으로 여길 들어와?"

"항복이에요."

"……뭐?"

최 소장의 눈썹이 꿈틀거렸다. 그러자 민자는 걸음을 옮겨 아버지의 앞에 무릎을 꿇었다.

"제가 항복하겠다고요."

"크흠!"

헛기침을 내뱉은 최 소장이 고개를 팩 돌렸다. 생각이 필요한 표정에 민자가 고개를 숙였다.

"은퇴할 거예요. 내년에."

"민자야, 엄마 좀……."

뒤늦게 따라온 경숙이 서둘러 민자의 말을 막으려 했다.

은퇴라니?

민자의 입에서 단 한 번도 나오지 않았던 단어였다. 민자가 유일하게 애정을 가지고 있었던 건 자신의 일뿐이었다. 어릴 때부터 그건 자신의 길이 확실하다는 듯 확고하게 자신의 결정을 밀어붙였다.

중2. 열다섯.

그 어린 나이에도 말이다.

"그때까지만 이해해 주세요. 내가 하고 싶은 일이니까 마지막까지 잘 마무리하고 싶어요."

"그게 정말이냐?"

"네."

민자의 눈에서는 거짓 하나 보이지 않았다. 그래서 최 소장의 얼굴은 놀라움으로 물들었다. 갑자기 왜 이러는지 알 수가 없었기 때문이다.

하지만 최 소장은 아직도 완벽하게 딸을 믿을 수 없다는 듯 곁에 선 경숙을 보았다. 경숙이 귀신에 홀린 것 같은 표정을 짓고 있는 걸 보며, 최 소장은 민자의 말을 믿기로 했다. 드디어 딸이 고집을 꺾기로 한 것을.

"그러니까 유종의 미라는 걸 저도 거둘 수 있게 해주세요. 그 뒤엔 아버지 신경에 거슬리지 않는 일, 그런 일 찾아서 할 테니까."

"그런 일이 있을 거라고 생각하는 거냐?"

"늦었지만 다시 공부를 시작할 수도 있고, 아니면 좋은 사람 만나서 결혼할 수도 있고요."

거기까지 말을 마친 민자가 최 소장의 얼굴을 뚫어져라 보았다.

"그게 아버지가 원하시는 거죠? 그렇다면 그렇게 할게요."

아버지, 항복합니다.

그렇게 말하는 민자는 어쩐 일인지 홀가분해 보였다.

# 10

귀 밑만 덮을 정도의 짧은 붉은 가발을 쓴 민자가 가벼운 걸음을 옮기고 있었다. 어떤 중요한 자리에라도 나가는 것일까. 허리가 잘 록하게 들어가는 슈트 재킷과 복숭아뼈 위만 살짝 덮는 정장 바지 는 격을 갖추고 있었다.

또각또각.

보도블록 위를 걷던 민자는 저 멀리 앉아 있는 남자를 보았다. 한동안 초췌한 모습만 보였던 영훈이었다. 하지만 그 역시 일상으 로 조금씩 돌아가는 듯 하늘색 체크무늬 셔츠와 짙은 파란색 바지 를 멋들어지게 소화해 내고 있었다.

민자는 영훈의 곁에 앉았다. 대화를 나누는 것에 문제가 없을 만 큼 적당히 간극을 둔 사람은 한동안 말이 없었다. 그저, 금방이라 도 가을이 올 것만 같은 높은 하늘을 올려다보고 있을 뿐.

"⋯⋯유나는, 만나고 왔어?"

"네. 잘 웃고, 잘 먹더라고요. 홍대에 있는 슈크림 사오라고 해서 엄청 많이 사왔어요. 오빠 것도 있으니까 유나랑 같이 먹어요."

"고마워."

민자가 고개를 돌려 영훈을 보았다. 그 역시 예전처럼 더 이상 힘들어 보이지만은 않았다.

다행이다.

민자는 안도했다.

어려웠지만 모든 것들이 제자리로 돌아간다는 것이.

평온한 일상을 곧 맞이할 수 있을지도 모른다는 기쁨이.

민자는 기뻤다.

"할 이야기가 있다면서요."

"티켓, 예매했어. 한 달 뒤. 우선은 체코 프라하부터."

그러면서 영훈은 유럽의 나라부터 줄줄이 읊었다. 모두 입원을 하면서 유나가 가고 싶다고 했던 나라였다.

"마음이 안 좋아. 사건도 마무리되지 않은 상황에서 떠나는 거. 하지만 유나를 위해서는 일단 안정을 취하는 쪽이 좋다고 생각했어."

"곧 해결될 거예요. 들었어요. 담당 검사한테. 아주 좋은 방향으로 일이 흘러가고 있다고."

"도현이가 그렇게 말했다면 그런 거겠지. 다행이다."

영훈이 안도의 한숨을 내뱉었다. 무릎 위에 마주 잡은 손이 하얗게 질려 있는 것을 본 민자가 멀리 시선을 돌렸다.

"전 오빠를 보며 다행이라고 생각하고 있어요."

그가 의아한 얼굴로 자신을 바라보자 민자가 입가에 웃음을 머금었다.

"덜 미안해해도 될 것 같아서."

나 혼자 행복한 게 아니어서. 유나의 곁에 친구를 지켜줄 남자가 있어서. 그 남자가, 유나를 불쌍하게만 보지 않아서. 정말 다행이었다.

"또 올게요."

"그래. 조심히 가."

두 사람이 자리에서 일어나 인사를 건넸다.

영훈은 유나가 있는 병실로, 민자는 자신의 차가 있는 곳으로.

똑똑.

노크 소리와 함께 안에서 들어오라는 소리가 들렸다.

심호흡을 한 민자가 문을 열고 안으로 들어가자 의외의 방문자에 정 대표의 고개가 옆으로 기울어졌다.

"어쩐 일이야? 너 또 사고 쳤어?"

민자가 말없이 사무실을 밀고 들어오면 정 대표는 무슨 일이 벌어진 게 아닌가부터 걱정했다. 과거 최민자가 저지른 전적이 있었기 때문이다.

"뭐야. 앉으란 소리도 안 하고 구박부터 하는 거예요?"

"그럼! 왜 왔는지 이유를 알아야 내가 마음 편히 이야기를 하지. 네 오색찬란한 가발을 보면 내가 마음 편하게 널 볼 수 있겠어? 또 뭐야? 또 뭔데!"

발작처럼 외치는 말에 민자가 작게 웃음을 내뱉은 후에 자리에 앉았다. 안 받아치고 조용히 앉는 모습이 더 이상한가 보다. 정 대표의 입술이 떨렸다.

"뭐야, 이번엔 네 선에서 감당이 안 되는 사건이야? 회사 법무팀……."

"그런 건 아니고요. 저 아직 블랑쉬 CF 찍을 수 있는 거예요?"

"블랑쉬, 블랑쉬……."

말꼬리를 길게 늘어뜨리던 정 대표가 뒤늦게 민자가 거절했던 CF 건을 받아들였다는 걸 알고선 눈을 크게 떴다.

"정말? 정말이야?"

"좋은 기회라고 하셨잖아요."

"당연하지! 당연히 찍을 수 있지! 아직 거절 의사 안 보냈어. 그쪽에선 가장 최근에 작업한 사진이랑 포트폴리오 보내달라고 했고."

"준비해서 바로 보내요."

차분한 얼굴로 고개를 끄덕이는 모양새가 제법 단아했다. 그게 정 대표를 갑자기 또 불안하게 만들었다.

"뭐야? 무슨 일이야? 갑자기 왜 생각이 바뀐 건데?"

기분이 바닥을 쳤다가 하늘로 날아오르길 반복했다. 오랫동안 봐온 민자는 한 번 결정한 일을 쉽게 번복하는 사람이 아니었다. 아직 교복을 입던 어린 소녀였던 시절부터 그랬다. 강단 있는 소녀는 자신의 고집으로 계속 무대에 섰고, 현재엔 톱 모델 반열에 올라 오랫동안 활동하고 있는 중이었다.

이런 성격이 아니었다면 정 대표 역시 민자와 함께 일하지 않았을 것이다. 최 소장의 반대가 있었기에 어린 소녀와 함께 일하는 건 자칫 잘못하면 법적 문제로도 번질 수 있었기 때문이다.

하지만 어린 민자를 보고서 그 생각이 완벽하게 바뀌었다. 최민자는 무대 위에서도 그리고 아래에서도 사람을 매료시킬 줄 알았다.

그런 친구가 마음이 바뀌었다니?

이해를 할 수 없어 그렇게 물었고, 민자는 더더욱 이해할 수 없는 답을 해주었다.

"아버지가 허락하셨어요."

"뭐? 진짜? 그게 진짜 가능한 일이었어?"

"조건부 허락이에요, 물론."

고개를 끄덕이는 민자를 보며 정 대표가 턱을 쓰다듬었다.

"조건부? 조건이 뭐였는데?"

그의 물음에 민자가 입가에 희미한 웃음을 머금었다. 이미 결정을 한 문제여도 입술을 떼기가 힘든 모양이다.

하지만 곧 그녀는 고개를 끄덕인 후에 답했다.

"저 내년에 은퇴하려고요."

"뭐, 뭐?"

정 대표는 마치 마른하늘의 날벼락이라는 듯 민자를 보았다. 그러자 민자는 아주 가벼운 문제로 만들어 버리려는 듯이 진한 웃음을 지었다.

"은퇴하고 맛있는 거 마음껏 먹으려고요."

"최, 최민 너……!"

"뭐. 1년에도 데뷔했다가 사라지는 모델이 얼마나 많은데. 거창하게 은퇴라는 말을 붙이는 것도 그렇지만."

그렇게 말한 민자는 하루 이틀 생각한 문제가 아니라고 덧붙였다. 정 대표의 얼굴이 일그러졌다.

"잘 부탁해요."

정 대표가 허망한 눈으로 민자를 보았다. 민자와 아주 오랫동안 일을 해왔다. 그 시간은 하루 이틀이 아니다. 어쩜 가족보다 민자를 더 많이 생각했던 시간들이었다.

일이 들어올 때면 민자의 미래부터 생각했다. 그리고 어린 소녀였던 시절부터 함께 고민했다. 되도록 민자의 생각을 들어주려 노력했고, 지금까지 손발을 맞춰왔다고 생각했는데 아니었나 보다.

정 대표의 눈시울이 붉어졌다.

"너 어떻게 나한테 이럴 수 있냐. 어떻게 이런 문제를 너 혼자 결정을 해."

"미안해요, 정 대표님."

민자가 고개를 아래로 뚝 떨어뜨렸다. 하지만 짧은 가발은 씁쓸한 민자의 표정까지 가려주진 못했다.

"하지만 어떻게 해? 나 꽤 많이 지쳤나 봐."

지금은 의사가 된 첫째 형이 어릴 적 물어본 적이 있었다.

'너희들은 의사가 될래, 검사가 될래.'

의료인이 될래, 법조인이 될래라는 물음이었다. 공부를 잘하는 집안에서 으레 묻는 질문이었고, 네 형제 모두 공부를 잘했기에 그리 이상한 질문은 아니었다. 그랬기에 지금은 법학교수가 된 형이나 변호사가 된 셋째 형은 별 고민 없이 답했다.

아버지가 법조인이었기에 다른 형제들은 모두 당연히 판검사나 변호사를 이야기했고, 다들 그런 삶을 살고 있었다. 하지만 도현은 꽤 오래 고민했다. 그러다가 어느 날 답했다.

'난 검사가 될래. 누군가의 생사를 판가름하는 의사는 너무 무겁고, 판결로 형을 결정짓는 판사는 더더욱 무섭고, 누군가를 위해 열심히 달려야 하는 변호사는 싫어.'

그때 형이 그랬었다.

'검사는 안 무섭냐? 검사는 생사람 잡을 수도 있어.'

첫째 형의 말에 도현은 기준점이 있는데, 괜찮을 것이라고 답했다. 거악을 법으로 벌할 수 있다는 점에서 멋있기도 했고, 사회적으로 보았을 때도 성공했다고 말할 수 있는 직업이었으니까 괜찮다고 생각했다.

그리고 검사가 되어서야 도현은 그때 자신의 답이 얼마나 무책임하고 바보 같은 것인지 알게 되었다. 첫째 형의 말은 하등 틀린것 없이 정확했다.

의사는 손끝에 환자를 잃을 수도, 살릴 수도 있는 생사의 판가름을 결정하는 직업이었지만 검사는 펜 끝으로 사람을 살릴 수도 죽일 수도 있었다. 자신이 어떤 직업을 선택했는지는 형사1부에 발령을 받고 나서야 알게 되었다.

사람의 말속에서 진실과 거짓을 판단하고, 사실적 증거로 사건을 판단해야 했다. 일은 방대했고, 사소한 결정 하나도 모두 어려웠다. 내가 옳은 결정을 하고 있는 것 맞나, 사건을 제대로 판단하고 있는 게 맞나, 매순간 의심의 연속이었다.

이는 자연스럽게 야근으로 이어졌다. 사회적 관심을 받는 큰 사건이든, 아니면 법조인이 봤을 땐 사소하고 작은 사건이든 상관없었다. 법조인에게 간단한 사건이라고 하더라도 그 당사자에겐 법적 분쟁에 휘말린 크나큰 일이니까.

〈클럽 마약 사건 GHB 합동수사〉 1팀 팀장 황도현이 해야 할 일은 거의 막바지에 다다랐다. 그가 이번 사건에서 검사로서 할 일은 사건을 수사하였고, 범죄 여부를 판단하는 것이었다. 참고인이었던 피고인으로 일부는 구속, 일부는 불구속으로 수사를 진행하였고 곧 공소를 제기하면 끝난다.

그래, 곧 끝이었다.

대한민국 전체를 뒤흔든 이번 사건은 자신의 손을 떠난다.

하지만 그것 말고도 산적해 있는 문제는 많았다.

지난 정부에서 120억을 투자해서 만든 창조 경제 단지가 문제였다. 그중에서 10억을 투자받은 회사가 김태호 전 법무부장관 처가 쪽 사람이었다.

언론을 시끄럽게 만들었던 두 가지 뉴스는 전혀 개연성이 없어보였지만 '김태호 전 법무부장관'이 그 중심에 있었다.

'클럽 마약 사건 GHB'의 경우에는 김태호 전 법무부 장관의 아들이 피의자로 조사를 받고 있었고, '박민충 리스트'의 경우에는 그의 처가 관련되어 있었다.

조직을 지배하는 사람은 일부였지만, 그 일부가 큰 대형 스캔들을 터뜨린다. 그럼 밑에 있는 사람들만 개고생을 한다. 그 개고생을 하는 사람 중 한 명이 황도현이었다. '제 가족 감싸기'라는 말이 나오지 않도록 철저하게 수사를 하라는 말에 요즘은 밥 먹을 시간도 없이 정말 바빴다.

오늘도 도현은 진이 빠져서야 퇴근했다. 비척이던 그가 비밀번호를 누른 후 집 안으로 들어오다 말고 걸음을 멈췄다.

검은색 하이힐이었다. 오른쪽이 옆으로 삐딱하게 쓰러진 하이힐을 보던 그가 서둘러 신발을 벗고 안으로 들어갔다. 소파 위에 서류 가방과 들고 있던 재킷을 내려놓은 그가 캄캄한 집 안을 둘러보았다.

"어디 있는 거지?"

이 집 어딘가에 있을 민자의 흔적을 발견한 그가 거실에 아무도 없다는 걸 알고선 다시 걸음을 옮겼다. 침실 문을 열자, 이불을 덮은 채 모로 누워 잠든 민자의 모습이 보였다.

오늘은 유독 지친 하루였다. 그런데 잠든 민자의 모습을 보는 순간 하루 종일 그의 기분을 내려앉게 만들었던 모든 것들이 사라지는 기분이 들었다.

그는 여전히 슈트 차림에 넥타이도 풀지 않았지만 민자의 옆을 조심스럽게 파고들었다. 그녀의 허리에 손을 얹고 보니 마음이 편히 내려앉는다.

"언제 왔어?"

"여섯 시쯤?"

자정이 조금 넘은 시간이었다. 여섯 시간이 넘도록 혼자 이 집에 있었으면서도 민자는 연락 한 통 없었다.

"많이 기다렸겠네."

"잤어요. 아주 편하게."

"왜 연락 안 했어?"

"바쁠까 봐. 일하는데 방해하는 건 싫어서."

여전히 눈을 감은 채 답하던 민자가 천천히 눈을 떴다.

도현은 웃고 있었다. 그 모습을 보자 민자의 입꼬리도 위로 슬슬 올라간다.

"안 씻어요?"

"귀찮아."

고개를 저은 그가 민자의 품으로 파고들었다. 그의 머리를 꼭 끌어안은 민자가 다시 눈을 감았다. 지친 남자를 안을 만큼 민자의 품은 넉넉지 않았지만 이것으로도 충분했다. 민자의 체취. 그리고 잠이 솔솔 오게 만드는 나지막한 목소리도.

"나도 자주 그런데."

이대로 금방이라도 잠들 수 있을 만큼 피곤했다. 하지만 도현은 지친 음성에 눈을 떠 민자를 올려다본다.

처음엔 몰랐는데 지금 보니 안색이 좋지 못했다. 손을 뻗은 그가 민자의 뺨을 쓰다듬었다.

"힘들었나 보네."

너도 나도 오늘은 참 힘들고 지친 하루였나 보다.

그렇게 말한 도현이 어수룩하게 웃자, 민자 역시 짧은 웃음 후에 다시 눈을 감았다.

이대로 잠들면 딱 좋겠다. 외부의 많은 것들에 시달린 오늘 하루를 이렇게 정리하면 더할 나위 없이 좋겠다. 두 사람 모두 그런 생각을 했다.

"나 엄청 유명한 CF 찍게 됐어요. 향수 CF."

"잘됐네. 나도 곧 수사발표 나갈 거야."

"그럼 이제 조금은 한가해지는 건가?"

"주말 정도는."

"그럼 자주 보면 되겠다."

두 사람의 목소리가 점차 잠겼고, 눈꺼풀은 들어 올릴 수 없을 만큼 무거워졌다.

하지만 두 사람은 계속 도란도란 이야기를 나눴다.

"우리 언니 결혼해요. 식은 올리지 않지만. 모두 기부할 거예요. 대단하죠? 언니는 예비 형부 집으로 들어갔고, 전 한동안 언니 집에서 지내다가 인테리어 공사 끝나면 이사 갈 거예요."

"이사하는 거 도와줄게."

그는 눈을 감은 채 민자의 입술에 입을 맞췄다. 이런 순간에도 아랫도리가 힘껏 고개를 들자 그가 물었다.

"느껴져?"

당연히 느껴졌다. 드론즈와 바지로 가리기에 존재감이 너무 컸으니까.

하지만 민자는 그의 품으로 파고들었다.

"지금은 너무 졸려요."

"……."

엄청난 존재감과는 달리 민자에게 끼치는 영향력은 미비한가 보다.

그가 깊이 숨을 들이마셨다가 내뱉었다. 뻣뻣해진 바지가 불편했지만 피곤하다는 사람을 안고 싶지는 않았다.

"그래. 자자."

토닥토닥.

도현이 민자의 등을 다정하게 두드렸다.


부스럭.

반쯤 잠긴 눈으로 상체를 일으킨 민자가 주위를 둘러보았다. 분명 어제 도현과 함께 잠들었는데 그의 모습은 어디에도 보이지 않았다.

"도현 씨……. 도현 씨. 황도현!"

여전히 침대에 누운 채로 도현을 불러보았지만 답은 들려오지 않았다.

"집에 없나?"

결국 민자가 몸을 일으켰다.

아직 출근하기엔 이른 시간이었다. 물론 어제 대화를 나눈 걸 보아 많이 바빠 보이기는 했지만 설마 여섯 시가 조금 넘은 이 시간에 나갔겠는가.

하지만 집 안 어디에도 그의 모습이 보이질 않자 민자는 결국 휴대전화를 찾았다. 도현에게 전화를 걸어볼 참이었는데, 그는 마치 이런 상황을 예상하기라도 했다는 듯이 문자를 보내놓았다.

「메모 남겨놓으면 못 찾을 것 같아서 문자로. 나 잠시 운동하러 나가.」

한 번 명함을 찾지 못했던 전적이 있어서 문자로 남겨놓았나 보다. 문자를 보낸 시간을 보니 집을 나선지 채 20분도 되지 않았다.

"피곤하다더니."

참 대단하다 싶었다. 직업을 위해 운동을 달고 사는 자신도 오늘은 건너뛸까 고민 중이었는데, 아침 댓바람부터 운동을 간 검사님을 보니 마음이 바뀌었다.

민자가 익숙하게 욕실로 찾아들어 갔다. 작게 콧노래를 부른 민자는 샤워기부터 켰다. 따뜻한 물이 머리에서 쏟아지자 그녀의 입술이 부드럽게 휘었다.

몸이 물에 흠뻑 젖자 민자가 유리 선반으로 손을 뻗었다. 용품은 모두 남자 것이었다. 남자 혼자 사는 집이니 당연했지만, 민자는 자기 것도 가져다 놓아야겠다고 생각했다. 이미 드레스 룸엔 자신의 영역이 생겼으니 욕실도 조금 침범을 해야겠다고.

샤워를 마쳤음에도 도현의 침실에서 나는 냄새가 몸에서 났다. 보통 남성 용품 중에선 향이 강한 게 많았는데, 도현은 인위적인 향보단 은은한 것을 선호하는 것 같았다.

그것 역시 자신의 취향이어서 민자는 이내 생각을 바꿔먹었다.

"이것도 괜찮은데?"

손목에 코를 묻고 킁킁 냄새를 맡아본 민자가 짧게 웃음을 뱉었다. 역시 이 집에서 자는 날엔 그의 물품을 빌려 쓰는 것도 나쁘지 않을 것 같았다.

샤워를 마친 민자는 몸을 깨끗하게 닦은 후 벽에 걸려 있던 가운을 입어보았다.

"너무 큰가?"

거울 속에 비친 자신의 모습이 웃기다. 마치 아버지의 옷을 몰래 입은 아이처럼.

하지만 민자는 가운을 입은 채 밖으로 나왔다. 가운이야 금방 벗을 테니 크다고 해서 뭔 대수랴. 자신의 가운을 벗겨줄 사람이 방금 내 눈앞에 나타났는데.

민자는 막 현관으로 들어오는 도현을 보았다.

집 안으로 들어오던 그는 가운 차림으로 나타난 민자를 발견하고서 깜짝 놀란 모양이다. 몸을 떤 그가 멍한 눈으로 민자를 바라보자 그녀는 앙큼하게 웃으며 물었다.

"출근 몇 시에 해요?"

"이, 일곱 시 반."

"흐음, 일곱 시네요. 30분밖에 여유가 없네."

아쉽게 됐다는 듯 한숨 섞인 말에 도현은 마치 한국어를 처음 배우는 사람처럼 귀에 쏙 박혀든 단어를 반복해 말했다.

"여, 여유?"

"그래도 어제 못했던 일, 지금 할까요?"

그렇게 말한 민자는 요녀처럼 웃었다. 손끝이 어깨에 있던 가운을 붙잡자 그가 자신도 모르게 침을 삼켰다.

꿀꺽.

크게 움직이는 목울대에 민자는 가운을 내리는 대신 벽에 몸을 기댄다.

"언제까지 거기 서 있을 건가? 방금 분명히 시간 없다고 말했는데."

"나 운동하고 바로 왔는데? 샤, 샤워부터."

"시간 없다니까?"

민자가 손을 앞으로 내밀었다.

"괜찮아요."

그 손길을 홀리듯 보던 도현이 성큼성큼 걸음을 옮겨 민자의 몸을 끌어안았다.

그의 품에 안긴 민자가 까르르 웃음을 터뜨렸다.

"진짜 땀범벅이네?"

"너도 곧 그렇게 만들어줄게."

도현이 고개를 내려 거칠게 입을 맞췄다.

오랜만의 가족 식사였다. 지난번 모임 때는 첫째 형 부부까지 참석을 했지만 막내인 도현은 일이 바빠 잠시 얼굴도 비치지 못했다.

아주 특별한 일을 제외하고선 무조건 참석해야 하는 절대적인 모임이긴 했지만, 그가 최근에 맡은 사건이 워낙 특별하다 보니 황진영까지 사건이 마무리될 때까지 집에 오지 않아도 된다고 허락한 것이다. 셋째 도한도 도현에게 전화해 위로의 인사까지 건넬 정도로 바빴으니 말 다했다.

하지만 도현은 조금 더 빨리 본가에 올걸, 하고 후회했다. 오랜만에 아들이 온다고 정 여사가 제대로 솜씨를 부린 산해진미 앞에서 말이다.

오랜만에 받아보는 집밥이었지만 도현의 웃음은 어딘지 어색했다. 자신의 옆에 착 달라붙은 정 여사의 과도한 애정과 관심 때문이었다.

"슬기야, 이것도 좀 먹어봐."

정 여사의 관심은 오랜만에 집에 온 도현에게 온통 쏠려 있었다. 도현은 그녀가 걱정하지 않을 정도로 밥을 먹고 있었지만, 그 와중에도 계속 먹으라고 종용했다. 모든 부모가 그러하겠지만 도현을 아직 덜 자란 아이 취급을 하고 있었다. 서른네 살의 아들도 그녀의 눈엔 아직 덜 자란 소년처럼 보였다.

정 여사가 도현의 밥 위에 조기 살을 잘 발라 올려놓았다. 생선구이는 아버지가 좋아했지, 도현은 별로 좋아하지 않았다. 하지만 정 여사에겐 그것이 그리 중요하지 않은 모양이다.

"어서 먹어."

"예, 알겠습니다."

명령 같은 말에 도현이 넙죽 받아먹었다. 빨리 이 개미지옥 같은 곳을 벗어나고 싶었다.

하지만 겉으로는 티 내지 않았다. 지금 어머니의 신경에 거슬리는 행동을 해봤자 손해라는 걸 서른네 해 동안 깨달았고, 받아들였다. 황도현은 말썽쟁이 아들은 아니었다. 공부도 잘했고, 막내 포지션을 차지하고 있었으니 적당히 살갑게도 굴 줄 알았다.

유일한 흠이 있다면 아직 결혼을 하지 못했다는 것뿐이었는데, 사회적으로 봤을 때 서른넷은 그리 많은 나이가 아니었다. 물론 매일 아들 걱정에 잠 못 이루는 정 여사에게 서른넷 먹을 동안 결혼은 물론 연애에도 관심이 없는 아들은 아주 큰 문제였지만.

정 여사가 이번에는 시금치를 도현의 밥 위로 옮기자 맞은편에서 식사를 하고 있던 셋째 도한이 섭섭하다는 듯 말했다.

"어머니, 너무 도현이만 신경 쓰는 거 아니에요? 지켜보는 셋째 아들이 무척 기분이 나쁜데?"

지켜보던 도한이 입술을 씰룩였다. 그렇게 부러우면 이 과다한 관심 모두 가져가라고 말하고 싶었지만 도현은 이번에도 어머니가 얹어놓은 시금치무침을 맛있게 먹었다.

"내가 뭘? 너한테도 얼마나 지대한 관심을 가지고 있는데."

"에이, 딱 봐도 어머니는 변호사 아들보다 검사 아들을 더 좋아하거든요?"

도한이 갈비찜을 날름 집어 먹으며 깐죽거렸다. 수위는 낮았고, 어머니의 사랑을 더욱 받고 싶은 앙탈에 지나지 않았지만 정 여사가 누구인가. 아들 넷을 키워낸 대단한 어머니이자, 이 집에서 절대적인 권력자이지 않은가.

작은 틈이라도 보이면 감당 못할 만큼 설쳐 대는 아들 넷을 키우면서 정 여사는 작은 독재자가 되었다.

"넌 거의 여기서 살다시피 하잖아."

"그럼 어떻게 해? 정아가 나가라는데."

도현이 알게 모르게 고개를 젓는다. 또 쫓겨났나 보다.

문제는 보나마나 술일 게 뻔했기에 정 여사는 도한과 함께 동거 중인 정아의 편부터 들었다.

"너도 참 너다. 나 같아도 너 같은 남자 딱 별로야. 정아가 아깝지."

"엄마! 뭔 말을 그렇게 해?"

"내가 틀린 말 했어? 1년 365일 중에서 350일을 친구들이랑 만나서 새벽 2시까지 꼬박꼬박 드시는데 어떤 여자가 안 열받아? 내

배로 낳은 자식새끼인데도 가끔 머리 뚜껑이 열리는데!"

정확한 팩트 공격이다.

도현은 일그러지는 도한의 얼굴을 보며 모르는 척 수저질을 계속 이어 나갔다. 기가 잔뜩 죽은 형의 모습이 안타깝기도 했지만, 일단 자신부터 살 일이다.

부지런히 수저질을 하던 도현은 밥그릇을 말끔하게 비웠다.

아, 미션 클리어.

차곡차곡 쌓여 있던 밥을 모두 비운 도현이 물로 입안을 헹궜다. 이제 후식을 먹으면서 부모님의 잔소리만 들으면 이 자리는 끝이 난다. 오후에 민자와 약속도 있었기에 그는 되도록 그 잔소리가 짧았으면 하고, 바랐다.

"어머, 벌써 다 먹었어? 한 그릇 더 줘?"

이런.

도현이 빠르게 고개를 저었다.

"아니, 괜찮아요. 조금 있으면 약속 있어서요."

"약속? 주말에? 네가? 누구랑?"

정 여사의 눈이 동그랗게 뜨였다. 과도한 관심에 아차 싶었지만, 도현은 작게 고개를 끄덕였다.

"정말이야? 여자야?"

"요즘도 만나는 사람 있냐?"

"왜, 전에 선본 여자 꽤 괜찮다고 하지 않았어?"

세 사람이 동시에 묻자 이번엔 도현이 놀란 표정이었다.

"뭐야. 무섭게 왜들 이래요? 주말에 누구 만나면 안 돼요?"

"동기야? 아니면 모임?"

답을 바라는 표정들이었다. 이야기 못해줄 것도 없었지만 도현은 짧게 웃음부터 터뜨렸다.

그렇게 놀랄 일인가?

곰곰이 생각해 보던 도현은 최근 자신의 삶을 떠올렸다. 그러고 보니 검사 임용을 받은 후엔 사생활이라고는 모두 포기하고 살았다. 처음으로 발령받은 곳이 악명 높은 형사 1부였고, 그곳에서 3년을 있다 보니 얕은 인맥은 자연스럽게 정리가 되었다.

"왜 웃기만 하고 말을 안 해!"

"이 상황이 재미있잖아요. 안 웃게 생겼어요?"

"넌 지금 엄마가 안달 내는 상황이 웃겨? 그렇게 웃기니? 여보, 그래요? 도한아, 그래?"

어떻게 아들을 걱정하고 있는 자신이 웃길 수가 있냐며 정 여사가 연신 물었다. 더 내버려 뒀다가는 궁금증은 히스테리로 변해 자신에게 날아올 것 같았다.

그래서 그는 웃으며 민자의 존재를 알렸다.

"있어요. 연애하는 사람."

"뭐……? 정말?"

"그럼 이 나이에 그런 걸로 거짓말을 하겠습니까? 그러니까 제 결혼 문제는 더 이상 걱정하지 마세요. 적당한 시기에 인사드릴게요."

"진짜지? 정말이지?"

"속고만 사셨어요?"

"너한테는 충분히 속고 살았다."

가만히 듣고만 있던 진영이 담담하게 말했다. 아마도 그는 이번에도 넷째 아들에게 속고 있다고 생각한 모양이었다.

그럴 수밖에.

황도현은 남자로서나 검사로서는 제법 믿음직한 사람이었지만 자식으로선 영 별로였다. 성인이 되면 당연히 가정을 꾸려야 하는 어른들의 입장에서 말이다.

"그래, 황도현이 누구예요? 가볍게 만나는 사람이야 있겠죠, 뭐. 너무 많아서 문제지."

이 자리는 가족 모임이었다. 겉만 번지르르한 외모에 현혹된 사람들이 아니란 말이다. 그들의 자식은, 동생은, 자신에게 불리한 상황이 있다면 미꾸라지처럼 빠져나가는 게 특기였다.

도한의 말에 부부가 금세 시무룩한 표정을 짓는다. 아무래도 자신의 넷째 아들 말을 새빨간 거짓으로 받아들인 모양이다.

이를 눈치챈 도현이 세 사람을 번갈아 보았다.

"뭐야? 다들 왜 절 못 믿는 눈치죠?"

"양치기 소년도 마지막에 거짓말한 벌을 받았다. 거기에서 넌 느끼는 거 뭐 없냐? 마을에 있는 양들, 전멸시키고 싶지 않으면 그만해라."

"이번에는 진짜라니까?"

"어허, 이 녀석이. 똑똑한 놈이 왜 이렇게 바보같이 굴어? 양만 죽는 게 아니라 너도……."

"진짜예요. 진짜!"

자신을 계속 매도하는 말에 도현이 결국 참지 못하고 외쳤다.

"아, 왜 소리는 지르고 그래? 간 떨어지게?"

"뭐야, 정말이야?"

도한은 자신의 깐죽거림을 잊었고, 정 여사는 다시 한 번 의심을 했다.

이 자리에서 도현의 진심을 읽은 건 아버지 진영뿐이었다.

"어떤 사람이냐."

아버지의 물음에 씩씩거리던 도현이 훅 하고 숨을 내뱉었다. 그러더니 이내 민자를 떠올리며 짧게 정의 내린다.

"어려운 사람이긴 하지만 동시에 사랑스러운 사람."

그래, 그런 사람이다.

그래서 함부로 할 수 없고, 재단할 수 없으며, 계속 고뇌에 빠뜨리게 만드는 여자다.

도현의 입술에 웃음이 서리자 세 사람이 서로를 번갈아 보았다. 이렇게 말하니 더 이상 넷째 아들의 말을 거짓이라 치부할 수가 없었다.

민자가 정 대표의 집무실 문을 벌컥 열고 안으로 들어왔다. 이미 약속이 되어 있었기는 하지만 이 방문을 아무런 언질도 없이 무작정 열고 들어올 수 있는 사람은 최민자뿐이었다.

"잡지 왔어요?"

"어, 여기."

민자는 세 달 전에 촬영한 화보부터 확인했다. 콘셉트는 유니섹스였지만 실제로는 남성 의류를 입고 찍은 화보였다.

이렇게 반복되는 콘셉트의 경우에는 더욱 신경 쓰였다. 매번 같은 포즈, 같은 눈빛이기만 하다면 화보 역시 비슷한 느낌으로 반복될 수밖에 없었다. 그런 모델은 매력이 떨어지고, 자연스럽게 이 바닥에서 도태되었다.

그다음으로 확인해야 할 건 〈블랑쉬〉 향수 라인 CF 촬영과 관련된 일정뿐이었다.

"생각보다 일정이 빠르네요. 내년에 나가는 거라면서요?"

"시리즈로 두 편 찍어야 하거든. 하나는 내년 봄에, 하나는 가을에 나갈 거야. CF뿐만 아니라 화보까지 찍어야 하니까 더 서두르는 걸 거야."

정 대표는 민자가 알아야 하는 일을 간략하게 설명해 주었다. 촬영 일자는 다음 달 말일 출국이었고, 촬영지는 프랑스 파리였다.

"그럼 일주일 정도로 생각하고 있으면 되겠네요."

"오고 가는 것까지 합치면 뭐. 그 정도는 잡아야겠지."

"알았어요. 할 이야기 끝났으면 이만 일어날게요. 약속이 있어서."

대화를 끝낸 민자가 자리에서 일어났다. 하지만 정 대표는 아직 할 말이 남았다는 듯 민자를 붙잡는다.

"마음 바꿀 생각 없어?"

"없어요."

주어가 없는 말이었다. 하지만 정 대표가 하고자 하는 말이 무엇인지 명확하게 알아들은 민자는 단호하게 고개를 저은 것도 모자라 딱 잘라 말하기까지 했다. 고집불통 최민자가 쉽게 생각을 바꿀 리 없다는 걸 알고 있었지만 이 정도로 선을 그을 줄은 몰랐다.

"그렇게 딱 잘라 말하면 내가 뭐라고 더 말할 수도 없잖아."

"네, 그러니까 포기하시죠? 서른까지 해먹었으면 많이 해먹은 거예요. 그럼 이만 가요."

가볍게 웃은 민자는 더 이상의 잔소리는 사절이라며 몸을 돌렸다.

"넌 서른 후반까지 해먹을 수 있거든? 관리만 잘하면! 야, 어디가!"

"공항 갑니다!"

손을 휘휘 저은 민자는 마지막까지 뒤 한 번 돌아보지 않은 채 모습을 감춘다.

"하아, 내가 저 애증 덩어리랑 무슨 말을 하자고."

이건 정말이지 애증이었다.

하지만 쉽게 포기가 안 되는 걸 어쩌겠는가.

자신은 이미 아주 오래전에 최민자에게 홀려 버렸는 것을.


인천국제공항엔 여름휴가가 조금 지난 시기였음에도 뒤늦게 자유를 즐기기 위해 많은 인파가 모여 있었다. 그중에서는 이별의 슬픔을 앞둔 사람들도 있다.

"마음은, 조금 내려갔어? 전에 그랬잖아. 뭔가 없힌 듯이 아프다고."

"응. 그래. 많이 내려갔어."

민자와 유나는 손을 꼭 잡고 있었다.

유나의 인생을 송두리째 뒤흔든 사건은 수사결과 발표와 함께 재판이 시작되었다. 유나는 피해 사실을 감안해 영상 진술로 대체되었고, 마지막까지 도망치지 않고 자신의 피해를 알렸다.

법원도, 검찰도, 최대한 피해자를 배려했다. 증거로 제출된 동영상 역시, 피해자에게 2차 피해가 없도록 노력하겠다고 말했다.

유나는 그렇게 긴긴 터널을 빠져나오는 중이었다. 그중 하나가 한국을 떠나는 일이었고, 모두의 이해 속에 유나는 행복을 찾기 위해 떠나기로 했다.

"우리 민자, 심심하겠다."

"최민!"

"왜. 친근하고 좋은데."

민자가 유나를 힐끗 흘겨본다. 그리고 곧 웃음을 터뜨렸다.

"이젠 재미있고, 즐겁고, 특별한 일은 별로야. 평범해지고 싶어."

"나도 그래."

"아니. 넌 좀 즐겁게 지내도 돼. 연애도 한다면서?"

"그 이야기가 지금 왜 나와?"

민자가 입술을 깨물었다. 유나가 자신을 놀리고 있다는 걸 알면서도 뭐라고 할 말이 없었다.

"잘해줘."

"충분히 잘해주고 있다, 뭐."

"우리 최민자 씨 연애 스타일을 내가 아는데?"

"……개과천선했어."

유나가 어깨를 으쓱였다. 직접 보지 못했으니 믿을 수 없다는 표정이었다.

시간은 그렇게 점차 흘렀다. 다가온 영훈은 이제 들어가 봐야 한다고 말했다.

"조심해서……."

"서운해."

왈칵 본심을 말한 유나가 눈시울을 붉혔다. 금방이라도 울음을 터뜨릴 것 같은 표정에 민자는 가볍게 고개를 저었다.

"이해해."

짧게 답한 민자가 유나를 꼭 끌어안았다.

유나는 자신의 품에 들어올 만큼 몸집이 작았다. 그 사실이 오늘따라 마음이 쓰인다.

"행복해."

"뭐 마지막처럼 말을 해."

결국 민자의 품에서 눈물을 떨군 유나가 곧 손등으로 눈물을 훔쳤다.

"프랑스에서 보자."

곧 다시 만날 것을 기약한 두 사람이 서로를 힘주어 끌어안았다.

그렇게 두 사람은 잠시의 이별을 택했다.

영훈과 유나가 출국장 안으로 들어서는 것까지 보고 나서야 민자는 뒤늦게 눈물을 훔친다. 복합적인 감정이 몰려와 연신 민자의 마음을 쳤다. 예상은 했지만 눈물을 참을 수가 없었다.

친구의 앞에서 울지 않아 다행이었다. 민자의 머릿속엔 그 생각만이 가득 들어찰 때였다.

민자는 자신의 뒤로 다가온 인기척을 느꼈다. 하지만 익숙한 향기였기 때문에 굳이 자신을 끌어안는 팔을 피하지 않는다.

"친구 잘 보냈어?"

황도현이었다.

다정한 그의 음성에 눈물이 더욱 흐른다.

"홍호진, 얠 튀겨 죽일까요? 삶아 죽일까요?"

민자는 계속 프락치 노릇을 하고 있는 매니저를 어떻게 처분해야 할지 물었다. 그러자 그는 바들바들 떨리는 몸을 더욱 힘껏 끌어안았다.

"그건 일단 다 울고 생각하자."

"……매수자 역시 가만히 안 둘 거예요."

울먹이는 말에 도현이 짧게 웃음을 내뱉었다.

"마음대로 해."

# 11

도현은 유리 찬장 안을 들여다보며 고민에 잠겨 있었다. 도수가 높은 술부터 가볍게 마실 수 있는 라이트한 것까지 다양했다.

"뭐가 좋을까."

도수가 높은 술을 둘러보던 그가 결국 이건 아니라고 생각한 것인지 찬장 문을 닫았다. 그의 걸음이 멈춘 곳은 와인 냉장고였다. 안에는 간단하게 마실 수 있는 저가의 넌빈티지 와인부터 시작해서 빈티지 와인까지 차곡차곡 쌓여 있었다.

그의 고민이 다시 시작되었다. 그리고 결국 그가 집어 든 건 검사가 되었을 때 아버지가 선물로 준 와인이었다. 그해의 빈티지 와인 역시 특별한 날에 마시려고 아껴둔 것이었다.

와인을 챙겨놓은 그가 샤워를 마치고 밖으로 나왔다. 막 휴대전화가 울리고 있었다.

[출발했어요?]

"아니, 지금 나가려고."

[알았어요. 빨리 와요.]

민자의 독촉에 그는 챙겨둔 짐들을 집어 들었다. 양손 가득 짐을 든 그가 집을 나섰다. 그녀의 집까지는 10분만 걸어도 충분히 갈 수 있는 거리였다. 모두 그가 그린 빅 픽처였다.

아파트끼리 연결되어 있는 작은 샛길 안으로 들어간 그는 몇 번이나 와본 민자의 집으로 향했다. 호진을 도와 집을 구할 때 미리 와본 것이어서 어렵지 않게 그녀의 집 앞에 도착할 수 있었다.

그는 초인종을 누를 손이 없어서 들고 있던 짐 중 반을 내려놓았다.

딩동—

초인종 소리가 끊기기도 전, 그를 기다리고 있던 민자가 확인도 없이 문을 열어준다.

"왔어."

그가 인사를 건네며 바닥에 내려놓은 짐을 번쩍 들었다. 그러자 민자는 오랜만에 보는 도현에게 반가운 인사 대신에 질문부터 했다.

"이게 다 뭐예요?"

"이건 당장의 비상식량. 이건 이사 선물."

"센스 있게 양손은 무겁게 하고 왔네요."

민자가 문을 활짝 열어주자 도현이 현관 안으로 들어섰다. 그리고 현관에 가득 놓인 구두를 보며 짐을 내려놓았다.

"이제 정리 시작하는 거야?"

"아니요. 신발장에 공간이 부족해서요."

"……신발장이 저렇게 큰데?"

"선물 받은 것도 있고, 마음에 들어서 산 것도 있고. 깊이 알려고 하지는 마세요."

더 이상 말하고 싶지 않다는 듯 민자가 바닥에 놓인 짐을 들고 안으로 들어간다.

"으음……."

홀로 남은 도현은 애써 현관에 놓인 열 켤레도 넘어 보이는 힐을 무시하며 신발을 벗었다. 그는 여자친구의 소비 습관에 대해 잔소리를 할 만큼 바보 천치는 아니었다.

"정리는 다 끝났어?"

그는 말끔하게 정돈이 된 거실을 보았다. 1인용 소파 두 개와 커다랗게 깔려 있는 러그. 벽에 걸려 있는 텔레비전이 전부였다.

벽엔 꽤 감각적인 그림이 걸려 있었지만 세 개가 전부였다. 모델의 집이었는데 인물 사진이나 그림은 보이지 않았다.

"이삿짐센터랑 청소 업체까지 불렀거든요. 보통 이 정도로 돈을 쓰면 집 주인은 물건 정리만 하면 되는데, 전 물건도 별로 없잖아요."

첫 독립인만큼 채워 나가야 할 시기였다. 그는 봉투 안을 들여다보고 있는 민자를 보며 물었다.

"구경해도 돼?"

"가이드할게요."

곁에 다가선 민자가 그의 손을 이끌었다. 방은 총 세 개였다. 첫 번째 문을 열고 들어간 방은 서재로 쓸 모양인지 가운데 커다란 책상과 의자만 덜렁 놓여 있었다. 그 흔한 책꽂이 하나, 컴퓨터 하나 없이.

"여긴 서재예요. 아마 제일 불필요한 공간이 될 거예요."

"정말 그래 보이네."

공간에 대한 애정이 전혀 보이지 않았다. 가지고 있는 책 전부는 책상 옆에 쌓여 있었다.

민자가 두 번째로 소개해 준 방은 서재와 달리 그녀의 애정이 듬 뿍 담겨 있었다. 특히 한쪽 벽면에 세워져 있는 구두 보관함이 그 래 보였다.

"여긴 드레스 룸."

"……여기에도 구두가 있네? 옷은 없고."

"모델치곤 옷이 적은 편이에요."

"구두는 많고."

"깊이 알려고 하지 말라고 했죠?"

더 이상의 잔소리는 사양이라는 듯이 그녀가 문을 닫는다. 방 두 개를 본 것만으로도 이제껏 최민자의 삶이 어땠는지 알 수 있었다. 아마 모든 애정을 구두에 쏟은 것 같았다.

"잔소리하는 거 아니야. 좋아서 그렇지."

"뭐가 좋은데요?"

"아직도 너에 대해 알아갈 게 많은 것 같아서."

구린 남자가 되지 않기 위해 미꾸라지처럼 빠져나간 그가 바로 앞방으로 향했다. 굳게 닫혀 있는 방문은 이 집에서 유일하게 보지 않은 공간이었다.

하지만 무슨 용도로 사용하는 곳인지는 알 수 있었다. 현관과 가 장 먼 곳에 배치된 방은 보통 가장 크고, 침실로 많이 이용하니까.

"하여튼 말은 엄청 잘해요."

"직업은 사람을 아주 많이 바꾸거든."

"검사님이셔서 말을 잘한다?"

"정확해."

그가 손가락 두 개를 튕기며 소리를 냈다. 어쩜 이렇게 똑똑하냐는 표정에 민자가 헛웃음을 뱉는다.

"하여튼."

당해낼 재간이 없다는 듯이 민자가 고개를 절레절레 젓는다. 그러더니 세 번째 방문을 열어 보여주었다. 앞선 방들과는 달리 민자는 가타부타 설명 없이 문틀에 몸을 기댔다.

"어때요?"

"침대 아주 좋아 보이는데?"

"역시 보는 눈이 있어. 엄청 비싼 거예요."

유혹을 할 때 민자의 눈동자는 예쁘게 반짝인다. 자신이 원하는 것을 정확하게 요구하고, 자신의 감정을 표현하는데 거리낌이 없다.

그게 최민자의 장점이기도 하지만 한편으론 도현이 해야 할 일까지 모두 빼앗아간다는 단점도 있었다. 보통의 남자라면 편한 여자라고 생각할지도 모르지만 도현은 달랐다. 연애의 주도권은 이미 넘겨준 지 오래되었지만, 밟으면 꿈틀거릴 줄 아는 남자다.

"아직 한 번도 안 써봤는데. 어때요?"

하지만 이번에도 민자는 그가 거부할 수 없는 강력한 수를 띄웠다.

이를 어쩌나.

이번에도 홀라당 넘어가 버리고 싶어졌다. 주도권이 뭐 그리 중요하냐는 생각이 들기도 했다.

"그럼 한 번 값어치를 확인해 볼까?"

그의 입술이 휘어졌다. 이런 그녀를 사랑하게 되었으니 순순히 받아들여야겠다고 생각하며.

답이 필요한 물음은 아니었다. 의사를 다시 한 번 확인해 봐야 할 상황도 아니었다. 그래서 도현은 민자의 손을 이끌어 침실 안으로 들어섰다. 걸음은 자연스럽게 침대로 향했다.

세 사람이 누워도 충분할 만큼 침대는 컸다. 다른 공간처럼 침실 역시 미니멀리즘을 직접 실천한 것처럼 보일 만큼 놓인 가구의 수는 적었다. 아니, 적다 못해 없었다. 방 한 칸 가득 있는 거라고는 침대와 협탁 그리고 그 위에 놓인 작은 조명이 전부였다.

하지만 다른 건 필요 없다. 지금 이 순간에 가장 필요한 건 두 사람이 누울 수 있는 침대가 전부였으니까.

도현은 민자의 어깨를 밀어 침대에 눕혔다. 작은 힘에도 뒤로 밀려난 민자가 작게 웃음을 터뜨렸고, 곧 다가오는 커다란 손을 환영했다.

그는 민자의 몸에 제 몸을 겹친 후에 무릎과 팔꿈치를 세웠다.

"이 각도에서 보니까 더 멋있는데요?"

민자가 양손으로 그의 뺨을 감쌌다. 말을 하는 도중에도 움찔거리는 턱이 느껴졌다.

"나만 볼 수 있다는 점에서 더 좋고?"

"최민자."

"키스 안 해줄 건가?"

"하아……."

그가 당해낼 재간이 없다는 표정으로 고개를 저었다.

하지만 혼자 미친놈처럼 날뛰는 건 사양이었다. 그의 손이 얇은 나시 안으로 파고들었다.

"손길이 너무 음흉한데?"

민자가 놀리듯 말하자 도현 역시 응수했다.

"네 눈빛은 더해."

"내 눈빛이 어때서요?"

"지금 내 눈빛이랑 같을걸?"

"아."

커다란 손이 브래지어 안으로 파고들었다.

"그럼 나 지금 엄청 야한 표정이겠네."

하악!

신음을 내뱉으면서도 민자는 계속 그를 미치게 만드는 말을 한다. 그의 손길이 더욱 노골적으로 변했다.

단숨에 민자의 옷을 벗겨낸 그가 입술을 내려 보드라운 피부에 입을 맞췄다. 민자는 보통의 사람보다 체온이 높았다. 입술이 녹아내릴 만큼.

몸에서 나는 향기는 달짝지근해서 계속 혀를 가져다 대게 된다. 그럴수록 자신의 품 아래에 있는 여자는 달콤해졌다.

풍만한 가슴을 한데 모은 그가 가뭇한 젖꼭지를 입안으로 쏙 빨아들였다. 말캉한 살을 이로 짓이기고 싶은 충동이 들었지만, 아직은 남아 있는 이성의 끈이 그것을 막았다.

타액으로 하얀 피부가 젖어 들어갔다. 그럼 민자의 몸은 물 먹은 종이처럼 축 늘어진다. 이때 최민자는 아주 노골적으로 그의 몸을 더듬는다. 급하다는 신호다.

하지만 그는 여유롭게 민자의 몸을 허리부터 발끝까지 핥았다. 심장에 묵직한 돌이 얹어진 것처럼 답답해졌다. 겉으론 티 내지 않으려 애를 썼지만 도현의 손길이 급해졌다.

사타구니 사이를 쓰다듬던 손이 검은 숲을 헤치고 안으로 들어갔다. 말캉하고 습한 살결이 그의 손가락을 꽉 조였다.

"윽."

그가 참다못한 신음을 터뜨렸다. 흥분 때문에 호흡이 급히 토해졌다. 그의 아래에 있는 민자는 이미 노곤고곤하게 녹아내린 후다.

시큼한 향은 정사 후의 것과 비슷했다. 시야를 어지럽히는 최민자와 입술을 바짝바짝 마르게 만드는 옅은 신음 소리. 거기에 만족스러운 과거를 떠오르게 만드는 향기까지 더해지니 도현은 무릎을 세울 수밖에 없었다. 입고 있던 옷을 단숨에 벗어 던진 그가 다시 민자를 찾는다.

가느다란 허벅지를 어깨에 걸친 그가 페니스를 붙잡아 여린 속살에 비볐다. 안으로 살짝 들어갔다 나오길 반복하는 행위는 감질났고, 민자는 결국 짜증스러운 콧소리를 냈다.

"하윽!"

민자가 허리를 비틀었다. 활처럼 휘는 몸의 곡선은 너무나 아름다워 부셔 버리고 싶을 정도다. 그의 안에 잠들어 있던 쾌락이 이성을 날려 버렸다.

힘껏 페니스를 안으로 밀어 넣은 그에게서 짐승의 것과 비슷한 소리가 터져 나왔다. 민자는 고개를 양쪽으로 힘껏 흔들며 까무러쳤다.

사랑이 영원하지만은 않지만 그 찰나의 순간 때문에 사람들은 한다. 그 찰나의 순간엔 세상 그 무엇보다 중요해지고, 많은 것을 주니까. 작은 일도 커 보이게 만들고, 감각 하나하나를 살아 있게 만든다.

사랑이 동반된 관계는 섹스 역시 외설적인 행동으로 안주하게 만들지 않았다. 몸을 뒤섞고, 숨이 멎을 만큼 고통스럽게 느껴지는 쾌락 역시 사랑스럽게 만들었다. 그게 사랑이고, 섹스다. 생산을 위한 행위가 아닌. 몸이 시키는 대로 하는 동물적인 감각이 아닌.

민자의 오른쪽 발목을 붙잡아 올린 그는 더욱 깊이 들어가기 위해 허리를 힘껏 움직였다. 안으로 들어갔다 빠져나오길 반복하는 페니스에서 질척이는 소리가 들린다. 아마도 침대와 마찬가지로 오늘 처음 사용하는 시트 역시 맞닿은 부분에서 흘러나오는 액체로 흥건히 젖는다.

관계는 축축했다.

"흐응……! 하앙!"

민자의 신음이 점차 높아졌다.

끝으로 달려가는 그 순간엔, 신음은 결국 울음으로 바뀌었다.

"그, 그만……!"

비명처럼 외친 민자가 침대 시트를 힘껏 움켜쥐었다.

방금 전까지만 하더라도 어서 안으로 들어와 주길 바랐던 민자가 이번엔 머릿속을 하얗게 만드는 이 관계가 끝나길 바라고 있었다.

하지만 그는 아직 모자랐다.

민자는 마시면 마실수록 더욱 갈증을 일으키는 바닷물과 같았다.


한차례 폭풍우가 지나갔다.

민자는 몸을 축 늘어뜨린 채 엎어져 있었다. 그와의 관계는 만족스러운 만큼 고통도 따랐다.

"……너무한 거 아니야?"

목이 잔뜩 쉬어 있었다. 대낮부터 얼마나 소리를 질렀는지 머리가 띵할 지경이었다.

"내가 뭘? 먼저 자극한 건 너잖아."

욕실에서 나온 도현이 민자에게 다가왔다. 그에게선 민자가 평소 사용하는 샤워 제품 냄새가 났다.

민자를 꼭 끌어안은 그가 관자놀이에 입을 맞췄다.

피식.

민자가 바람 빠지는 소릴 내며 웃었다.

"이런 느낌이었겠구나?"

"뭐가?"

그가 민자의 얼굴에 입술을 지분거렸다. 아직 사정의 여운도 가시지 않았는데 금방이라도 다시 자신을 안을 것만 같은 행동에 민자는 그의 얼굴을 살짝 밀어냈다.

"왜?"

"방금 머릿속에서 위험 경보 울렸어요."

"흐음, 감이 너무 좋아."

도현이 민자의 머리카락을 쓸어주었다.

"그런데 느낌이라니?"

"매력적인 사람에게서 내 냄새가 나는 기분."

"그럼 내가 매력적이라는 거네?"

"아니, 나."

민자가 손가락으로 자신을 쿡쿡 가리켰다. 그가 과거의 일을 떠올리며 민자의 곁에 벌러덩 누웠다.

"미치는 줄 알았지. 아, 또 생각하니까⋯⋯."

"그만 생각해요. 두 번째 위험 경보 울렸으니까."

두 사람은 침대에서 한창 노닥거렸다. 서로 장난을 걸기고 했고,

내일 뭘 할지 대화를 나누기도 했다.

그렇게 한참 시간을 보내던 두 사람이 다시 입을 맞출 때였다.

꼬르륵.

배에서 치는 천둥소리에 민자의 몸이 동그랗게 말렸다.

"……최민자 씨도 부끄러워하는 게 있나?"

"아직 남친에게 생리적인 현상을 들키고 싶지는 않거든요?"

도현 역시 슬슬 허기가 졌던 터라 짧게 입을 맞춘 후에 몸을 일으켰다.

"이사했는데 짜장면 먹을까?"

"짜장면?"

민자는 아주 좋은 메뉴라는 듯이 눈을 반짝였다. 하지만 차마 먹겠다는 말은 못하겠나 보다.

"해줄게. 레시피 봐온 게 있어. 곤약 사왔거든."

"그래요?"

"돼지고기 대신에 닭 가슴살도 사왔고."

"와, 이 센스쟁이!"

민자가 도현의 얼굴을 붙잡고서 힘껏 입을 맞췄다. '맛있게 먹으면 0칼로리'라는 허황된 말 대신 직접 준비를 해왔다고 하니 어찌 예뻐 보이지 않겠는가.

"그럼 씻고 와. 프라이팬이랑 냄비 사러 가야 하니까."

민자가 콧노래를 부르며 욕실로 향했다.

두 사람은 마치 신혼부부처럼 장을 보았다. 조리도구와 식기를 골랐고, 머그컵은 이미 있었지만, 도현 전용으로 하나 더 샀다.

부엌엔 뭐든지 두 개가 되었다. 식기도 두 개, 수저 세트도 두 개. 와인 잔 역시 두 개만 샀다.

집으로 돌아온 두 사람은 예정했던 대로 짜장면을 해 먹었다. 그가 가지고 온 와인도 함께 곁들였는데 덕분에 꽤 그럴듯한 저녁을 먹을 수 있었다.

밥을 먹은 후에 두 사람은 다시 침실로 향했다. 침대 성능을 충분히 확인하고도 남았다. 사랑을 하는 것에 전혀 문제가 없었다.

그렇게 두 사람은 11시가 조금 지나서야 겨우 잠들었다. 기진맥진한 상태로. 내일은 일요일이라는 것에 위안을 받으면서 말이다.

졸도하듯 잠들기 전만 하더라도 민자는 늦잠을 자려고 했다.

오늘은 푹 자야지. 그의 품에 안겨서.

내일도 오늘과 비슷한 하루를 보내면서 그와 시간을 보내려고 했었다.

하지만 그녀는 해가 뜨기도 전에 눈을 떴다. 흐릿했던 시야가 밝아지자마자 보이는 도현의 얼굴에 미소를 지은 그녀가 손을 뻗었다.

그는 많이 피곤했나 보다. 민자의 손길에도 도현은 눈을 뜨지 않았다. 곤한 숨을 내뱉는 그를 보며 민자가 개구쟁이처럼 웃었다.

"부담스럽게 정말."

뭐든 잘하는 사람처럼 느껴지니 그런 말이 저절로 나왔다.

도현은 자신이 한 번 내뱉은 말은 충실히 지키려고 노력하는 사람이었다. 그런데 더 놀라운 건 노력에서 그치지 않는다는 점이다. 그가 내놓은 결과들은 항상 민자를 기쁘게 했고 놀랍게 했다. 그것들이 쌓이다 보니 이젠 황도현을 믿게 됐다.

그의 얼굴을 빤히 바라보던 민자가 조심스럽게 몸을 일으켰다. 도현이 깨지 않도록 조심스럽게 움직인 그녀가 침실을 나왔다. 잠이 깨버렸다.

소파에 앉은 민자가 텔레비전을 켰다. 소리는 최대한 낮췄다.

―공찬후 변호사님, 검찰의 이런 판단 어떻게 보십니까? 국민들은 꽤나 놀라워하는 눈치인데요. 저 역시 많이 놀랐고요. 일반적으로 강간이든 특수강간이든 아동의 경우를 제외하고선 이렇게 높은 구형을 내린 것은 처음 보는데요.

첫 타임 뉴스였다. 민자가 멍한 표정으로 화면을 보았다.

―검찰의 구형이 꽤나 놀랍습니다. 법조인들 모두 그렇다는 반응들입니다. 아마도 중앙지검 강력부에서 GHB를 뿌리 뽑겠다는 의지가 강력하게 반영한 구형인 것 같습니다.
―그래도 무기징역에 15년이라니. 가해자들이 금수저, 아니, 다이아몬드 수저까지 물고 태어난 사람들에다가 연예인도 있어서 더욱 놀라운 것 같습니다.

긴 테이블엔 네 명의 남자가 앉아 있었다. 가운데 앉아 있는 앵커는 부드럽게 질문을 이어나가고 있었고, 패널은 이에 맞춰 딱딱 답을 해나가고 있었다.

―물론 일명 '물뽕'으로 불리는 마약을 사용하여 피해자를 강간하였고, 가해자 역시 두 명 이상이어서 죄목은 특수강간입니다. 특수강간

제4조 1항에 의거해 '흉기나 그밖에 위험한 물건을 지닌 채 또는 2명 이상이 합동하여 형법 제297조(강간)의 죄를 범한 사람은 무기징역 또는 5년 이상의 징역에 처한다'고는 하지만 보통 무기징역까지는 나오기 힘든데요.

그러면서 게스트로 나온 변호사는 일반적인 강간죄와 특수강간의 차이점을 설명해 주었다. 일반 강간죄는 2년 이상의 유기징역 또는 무기징역인 것에 비해서 특수강간은 최소 형량이 5년 이상으로 무거웠다.

더욱 이번 검찰의 구형은 1심은 물론이고, 3심까지 고려해 내린 것이라고 설명했다. 3년이 나올 경우 집행유예가 나올 수도 있기 때문에 이를 사전에 차단하겠다는 목적이 명확하게 보인다는 것이었다.

민자는 멀뚱히 뉴스를 보았다.

이렇게 원치 않는 순간에 사건을 마주하게 될 때마다 민자는 유나의 결정을 존중할 수밖에 없었다. 한국에 있으면 이렇게 계속 매스컴에 자신의 피해 사실이 나올 텐데, 아주 강한 정신력의 소유자라 하더라도 부서질 수밖에 없을 것이다.

"뭐 해?"

잠에서 깬 그가 민자의 곁으로 다가와 물었다. 그러자 민자는 눈하나 깜짝하지 않은 채 고저 없이 말했다.

"잘못을 저지르면 그 누구든 인생이 엿 돼야 할 텐데, 라는 생각 중이었어요."

—검찰은 피해자의 아픔이 너무 크고, 가해자들의 죄질이 워낙 나빠

주범은 무기징역, 함께 범행에 가담한 가해자들에게는 15년을 구형했습니다. 이와 관련해 재판부는 어떠한 결정을 내릴지, 모든 국민의 귀추가 주목되고 있습니다.

민자의 목소리와 앵커의 목소리가 뒤섞여 들려왔다. 도현은 소파 대신 바닥에 앉았다.

"응. 옛 되는 중이야."

두 사람은 같이 뉴스를 보았다. 잠은 어느새 아주 멀리 달아난 후였다.

첫 타임 뉴스가 끝나고 광고 몇 편이 이어졌다. 건강식품과 세제 광고였다. 두 사람의 관심사와 먼 품목들이었지만 집중해서 보는 모양새는 꽤나 진지해 보였다.

중년 배우가 안마의자에 앉아 최고라고 말하는 걸 보던 도현이 고저 없이 물었다.

"달릴까?"

그의 말에 민자 역시 비슷한 표정과 음성으로 말했다.

"좋아요."

"하아! 하아!"

민자가 힘차게 발을 움직였다. 트레이닝복은 땀으로 축축하게 젖었고, 살짝 벌어진 입술에선 연신 거친 숨이 터져 나왔다. 입안은 바싹 말랐지만 민자는 뜀박질을 멈추지 않았다. 한 번 멈춰 버리면 페이스를 찾는 게 힘들다는 점도 있었지만, 자신의 앞에서 힘차게 뛰고 있는 남자를 어떻게든 따라잡고 싶었다.

"하아!"

거친 숨을 토해낸 그녀는 흐르는 땀을 손등으로 닦아냈다. 땀이
짜지 않았다면 마셔 버리고 싶을 만큼 입안이 탔다.

이렇게 달린 지도 벌써 한 시간째였다.

처음엔 분명 가벼운 러닝이었다. 옷을 갈아입고 런닝화를 신고
나왔지만 가벼운 산책 정도로만 생각했다. 하지만 민자는 곧 그 생
각을 고쳐먹을 수밖에 없었다. 분명 어깨를 나란히 하고 달렸는데,
어느 순간 그가 앞질러 뛰기 시작했기 때문이다.

"그렇게 뛰면 얼마 못 가서 지칠걸요?"

민자가 충고하듯 말했지만 도현은 절대 지치지 않을 거라고 말
했다. 그러면서 덧붙이는 말이 민자의 승부욕을 자극했다.

"그렇게 뛰는 너보다 더 오래, 더 멀리 뛸 수 있어."

단순히 자신을 자극하기 위해 하는 말이라는 걸 알았다. 최민자
가 어떤 사람인가. 직업 때문에 꾸준하게 운동을 해온 여자이지 않
은가. 체력이라면 웬만한 남자를 이기고도 남을 정도라고 자랑했
기에 민자는 콧방귀를 뀌었다.

"누가 이기는지 해볼까요?"

"뭐, 마음대로 하세요."

그렇게 두 사람은 정말이지 쓸데없고 바보 같은 내기를 했다. 이기는 사람에게 상이 있는 것도 아니었다. 단순한 자존심 싸움, 그 이상도 이하도 아니었다.

민자는 어떻게든 도현을 잡을 생각이었다. 아니, 사실은 시간이 지나면 그를 금방이라도 잡을 수 있을 거라고 단정 지었다. 오만하게도.

그는 잡혀줄 듯 잡혀주지 않았다. 처음엔 분명 함께 페이스를 맞춰 달렸는데, 어느 순간부터 스퍼트를 올리더니 아주 멀리 가버렸다.

내가 따라잡고야 만다!

속으로 씩씩거린 민자는 숨이 왈칵 넘어갈 것 같으면서도 다리를 멈추지 않았다. 목표는 오롯이 황도현이었고, 그를 잡기 전까지 먼저 포기하진 않을 생각이었다. 목표를 이룰 때까진 말이다!

하지만 안타깝게도 민자는 정확히 10분 뒤 비틀거리며 잔디밭에 벌러덩 누워 버렸다. 숨이 꼴깍 넘어갈 것 같다 못해 심장이 터져 버릴 것만 같았다.

"흐아아, 나 죽어!"

민자가 악을 썼다. 지나가던 사람들이 그녀를 이상한 눈으로 바라보았다. 슬금슬금 피하기까지 해서 뭔가 했더니 황도현의 손에 눈에 익은 물건이 들려 있었다. 방금 전까지 민자의 머리에 씌워져 있던 가발이었다.

"이거 흘리셨어요, 아가씨."

"괴물!"

상체를 벌떡 일으킨 민자가 그를 향해 와락 소리를 질렀다. 지나가던 사람들이 또다시 두 사람을 번갈아보았다. 귀 위만 살짝 덮을 정도로 짧은 머리를 한 여자와 어떤 잘생긴 남자가 다투고 있으니 시선이 안 갈 수가 없었다.

하지만 두 사람은 사람들의 시선을 느끼지도 못한 채 투닥거렸다.

"그냥 좀 잡혀주지!"

"나도 지는 거 싫어해."

"날 사랑하면 좀 져 달라고요!"

"승부욕에 연애가 어디 있어?"

어깨를 으쓱이는 말에 '그건 그렇지'라는 말이 목구멍까지 올라왔다.

이 남자가 정말.

홀라당 넘어갈 뻔했다.

"너무 맞는 말만 하지도 말고요. 삐뚤어지고 싶어지잖아."

"밥 먹으러 갈래?"

"갑자기 밥은 왜요?"

"배고프니까 날카로워진 거야. 지금 너 엄청 날카로워. 뾰족뾰족해. 막 아파."

"도현 씨는 나만 보면 배가……."

꼬르륵.

민자가 배를 움켜쥐었다. 전에도 한 번 겪었던 상황이긴 하지만 부끄러운 건 어쩔 수 없나 보다.

"우씨."

투정처럼 내뱉은 말에 도현이 작게 웃으며 손을 내밀었다. 당장 저 손을 잡고 일어나는 건 무척 부끄러웠지만 거부할 수가 없어 잡았다.

"늘 배가 고픈 건 나네."

혼잣말처럼 말한 민자가 손바닥으로 배를 쓰다듬었다. 그녀가 민망하다는 표정으로 고개를 돌리자, 도현은 그녀의 속마음이 빤히 보인다는 듯 가발을 탈탈 털어 머리에 씌워주었다.

"움직였으니까 당연히 배가 고프지."

"뭐 먹을 건데요?"

"단골집 갈 거야."

다퉜다는 걸 잊은 걸까.

바짝 붙은 두 사람이 함께 길을 걸었다.

"단골집은 근처예요?"

"어, 검찰청 근처. 점심때 자주 가."

"맛있으면 나도 자주 가야겠다."

소소한 대화를 나누며 걷다 보니 금세 목적지에 도착했다.

도현이 말한 단골집은 〈서울 백반집〉이었다. 주요 단골들이 경찰과 검찰, 법원 사람들인 아주 무서운 식당. 그리고 그들이 하나같이 어머니라 부르는 사람이 있는 곳.

하지만 평범한 사람이 보기에 〈서울 백반집〉은 낡고 오래된 식당에 지나지 않았다. 민자 역시 예상과는 많이 다른 식당 외관 모습에 한 번 놀랐고, 굳게 닫혀 있는 문을 보며 두 번 놀랐다. 〈서울 백반집〉은 아침 장사는 하지 않는 곳이었다.

"정말 단골집 맞아요? 닫았는데?"

"나한테는 늘 열려 있어."

그렇게 말한 도현이 문을 옆으로 밀자 거짓말처럼 문이 열렸다. 정말 그에겐 늘 열려 있는 식당인 모양이다.

그를 뒤따라 식당 안으로 들어가자 콩나물을 다듬고 있던 주인이 자리에서 일어나 그들을 반겼다.

"슬기, 왔어? 그런데 이 예쁜 아가씨는 누구? 여자친구야?"

슬기?

민자가 주위를 둘러보았다. 다른 사람이 뒤따라 들어오는 건가, 하고 생각했는데 식당 안엔 세 사람밖에 없었다.

그런데 더 이상한 건 주인아주머니가 도현에게 다가와 그의 어깨를 쓰다듬는 것이다.

"네, 맞아요."

"응? 진짜?"

슬기? 슬기는 뭐지?

민자가 의아한 얼굴로 도현을 보았다.

"내 주위 사람들은 다 이런 반응이야. 내가 연애한다고 하면."

민자의 귓가에 속삭인 도현은 안쪽에 자리를 잡았다. 그러자 주인아주머니는 호기심 가득한 눈으로 민자를 보다 말고 말했다.

"아직 준비 덜 끝났는데."

"어머니 먹는 거로 주세요."

"그래도 돼? 있는 거 대충 꺼내 먹었는데."

"뭐든 좋죠."

"그래도 국이라도 끓여줘야지. 잠시만 기다려. 아가씨, 맛있게 해줄게요."

주인아주머니가 마지막까지 민자를 빤히 본 후에 부엌 안으로 들어갔다.

"나 지금 머리에 온통 궁금한 것밖에 없는데, 일단 뺨이 너무 아파요. 얼굴에 구멍 나는 줄 알았어요."

"그렇게 눈도장 찍었으니 다음에 오면 계란프라이 서비스로 주실 거야."

"엄청 큰 메리트네요. 더 자주 와야겠어요. 그런데 슬기가 뭐예요? 계속 슬기라고 하던데."

슬기로워서 그렇게 부르는 건 아닐 터다. 아무리 황도현이 똑똑한 사람이라고 하더라도 연륜 있는 어른이 젊은 남자에게 부르기엔 애매했다.

답을 바라는 눈빛에 도현이 어색하게 웃으며 뺨을 긁었다.

"최민자에서 자가 아들 자라고 했지?"

"그랬었지? 아마?"

그 말을 해줬는지 기억이 나지 않아 민자가 의뭉스럽게 답했다. 그러자 그는 '말해줬어' 라고 말했다.

"우리 집은 그 반대야. 사 형제거든. 내 위로 형이 셋. 날 가졌을 때 병원에서 딸이라고 말했대. 그래서 이름을 슬기라고 미리 지어뒀고. 아버지도 이곳 단골이라서 알고 계신 거고."

"음, 나도 도현보다는 슬기가 좋네요."

"너까지 이러지 마."

딸을 그렇게 바라는 집이 있다니. 민자는 생각조차 해본 적이 없었다. 아버지는 늘 아들만 바랐으니까. 아들 많은 집 사람들과 만나면 어머니에게 타박하기도 했다. 아직도 어머니에겐 큰 상처로 남아 있는 일들이 그렇게 많았다.

대화를 하는 도중에 주인아주머니는 음식을 차곡차곡 내왔다. 국을 끓여주신다더니 김치찌개를 놓아두셨고, 대충 꺼내 먹었다고 하더니 정작 식탁 위에 올려진 반찬 수는 열 가지가 넘었다.

"와, 김치찌개."

"이것만 먹잖아. 계란프라이는 서비스. 아가씨도 맛있게 먹어요. 그런데 우리 집은 고등어 정식이 제일 잘 팔려. 다음에 오면 꼭 그것 먹어봐요, 알았죠?"

"네, 잘 먹겠습니다."

민자가 어색하게 웃었다. 다음에 꼭 오라는 뜻이어서 그렇게 하겠노라고 답하기도 했다.

배가 무척 고팠다. 일주일 뒤가 촬영이었지만 윤기가 반지르르 흐르는 밥알을 보자 먹지 않고는 견딜 수가 없었다.

더욱 반찬에서 나는 고소한 참기름 냄새에 눈이 돌아가지 않는 게 이상할 정도였다.

일단 먹을까? 다 살려고 하는 짓인데. 일단 먹고 볼까?

답은 이미 결정되어 있는 문제였다. 하지만 마지막 양심과 이성의 끈을 놓지 않은 민자는 밥을 크게 한술 떠 뚜껑으로 옮겼다. 손길은 아주 신중했다. 딱 반만 먹을 생각이었다. 더도 말고 덜도 말고 딱 반만.

옆으로 푹 사라져 버린 밥이 아쉽긴 했지만 어쩔 수가 없었다. 당장 촬영이었기에 이 정도도 감지덕지였다.

준비가 끝나자 민자가 김치찌개부터 한술 떴다.

"와."

감탄사가 터졌다.

뭐가 이렇게 맛있어?

민자가 깜짝 놀란 눈으로 김치찌개를 보며 한술 더 떴다. 입에선 연신 맛있다는 말만 나왔다.

"단골 삼을 만하지? 그러니까 다음에 고등어 정식 먹으러 오자."

힘껏 고개를 끄덕인 민자가 이성을 잃고 젓가락을 들었다. 적당하게 간이 배어 있는 나물무침 역시 삼삼하니 맛있었다.

그 순간부터 민자는 아무것도 신경 쓰지 않았다. 바로 앞에서 자신을 놀란 눈으로 보는 도현조차 눈에 들어오지 않는 보양인지, 그릇을 착착 비워가기 시작했다. 아침부터 전력 질주하다시피 달렸으니 허기가 지는 것도 당연했다.

순식간에 밥 반 공기를 뚝딱 비운 민자가 이번엔 따로 덜어놓은 밥을 힐끗힐끗 보며 숟가락을 물었다. 눈으론 당장 퍼먹을 기세였지만, 결국 입에 넣고 있던 숟가락을 내려놓았다.

"촬영 때문에 그래?"

"응."

"그래서 서글퍼?"

"오늘처럼 서글펐던 적은 없어."

입 밖으로 은퇴를 꺼내서일까.

민자가 아쉬운 눈으로 밥을 바라보다가 이내 고개를 돌려 버렸다. 자제력을 잃을 것 같았다. 분명 허기는 나의 친구였는데.

"촬영이 언제라고 했지?"

"다음 주요. 파리에서 일주일."

"그럼 그 후에는? 촬영 있어?"

"있죠, 왜요?"

"여기에서 마시는 소주가 정말 맛있거든."

누구 놀리냐는 말이 목구멍까지 올라왔다. 지금도 밥 한술 못 먹는데 소주는 무슨 소주라는 생각도 들었다.

민자가 뚱한 얼굴로 도현을 바라보자 그는 반도 채 비우지 않은 밥그릇을 옆으로 미뤄두었다. 음식을 참고 있는 사람 앞에서 맛있게 식사를 할 만큼 황도현은 매정한 남자가 아니었다.

"사실 아까 술을 함께 마셔주고 싶었어. 그런데 일 때문에 어쩔 수 없잖아."

"아."

"어때. 속은 좀 시원한가?"

그의 말에 민자는 뒤통수를 맞은 사람마냥 입을 꾹 다물었다. 그가 자신을 약 올리며 달렸던 것도. 걷기엔 꽤 먼 이곳까지 걸어와 함께 밥을 먹은 것도. 그리고 지금 이런 말을 하는 것도.

모두 그 나름의 위로라는 것을 알게 된 민자가 짧게 웃음을 내뱉었다.

"아주 시원합니다."

가슴에 묵직하게 맺혀져 있던 응어리가 조금씩 아래로 내려가기 시작했다.

교대역은 법원 검찰청 역으로도 불린다. 이 주위에 법원과 검찰청이 많이 모여 있기 때문이었다. 민자는 이제껏 이 동네에 사법부가 모여 있다는 사실을 특별하게 생각하지 않았다. 보통의 사람들은 평생 검찰과 법원에 갈 일이 없을 거라 생각하며 살고 있었고, 민자 역시 그랬기 때문이다.

참고인 조사와 피해자 조사로 몇 번이고 와봤던 중앙지검을 눈앞에 둔 민자가 걸음을 옮겼다.

처음엔 나와는 상관없었던 공간. 그다음엔 지옥을 마주하러 오는 공간. 그리고 지금은 남자친구 직장이 되어버린 공간을 앞에 둔 민자가 한곳에 시선을 두었다. 기자들이 구름 떼처럼 모여 있었다.

최근 중앙지검 입구는 관광지 뷰포인트가 된 지 오래다. 경악을 할 만큼 큰 사건의 피의자이거나 혹은 유명 인사가 사고를 치는 경우에만 설 수 있는 포토라인은 오늘도 바빴다.

하지만 민자의 관심은 도현이 말했던 벤치였다.

뒤쪽으로 돌아오면 있다고 말했었는데…….

주위를 두리번거리던 민자는 벤치에 앉아 있는 도현을 발견하고선 빠르게 걸음을 옮겼다.

"황 검사님!"

"왜 다시 황 검사님이야? 나 또 뭐 잘못했어?"

도현이 억울하다는 표정으로 말했다. 하지만 손은 자연스럽게 오렌지색 가발로 향한다. 오늘도 최민자의 머리색은 오색 빛깔이었다.

"여기선 황도현 검사님이시잖아요. 그리고 누가 들으면 내가 엄청 뭐라고 하는 줄 알겠다."

"엄청 뭐라고 해. 나 네 눈치 보는 거 모르겠어?"

"저도 봅니다, 그 눈치."

"정말?"

"연애를 하는데 어떻게 눈치를 안 봐? 그러다 차이면 어쩌려고."

그렇게 말하면서도 민자는 턱을 들었다. 눈치 보는 사람치고 표정이 너무 도도하다.

"지금 네 표정만 보면 날 차려는 사람 같아."

"데이트 코스 들어보고 결정할래요."

"말이나 못하면. 일단 가자."

어깨동무를 한 도현이 걸음을 옮겼다. 정문 쪽으로 나온 두 사람은 막 멈춰 선 차를 보았다. 차 문이 열리고 지긋한 노인이 사람들의 부축을 받아 내리더니 이내 준비되어 있던 휠체어에 앉았다.

찰칵— 찰칵—

번쩍이는 플래시에도 노인은 눈 하나 깜짝하지 않았다.

"나보다 사진을 더 잘 찍는 거 같으셔."

"너처럼 말도 잘해. 검사들 앞에서."

작게 웃음을 내뱉은 두 사람이 인파 속으로 걸어 들어갔다.


두 사람은 함께 예약해 둔 레스토랑으로 향했다. 레스토랑 예약은 도현이 했다. 다음은 민자가 하기로 했다.

맛있게 밥을 먹고, 근처에 있는 커피숍에 가서 따뜻한 아메리카노 두 잔을 테이크아웃했다. 커피를 들고서 두 사람은 함께 길을 걸었다. 가로수가 예쁜 색깔의 옷을 입고서 사람들을 현혹하고 있었다.

소화를 시킨다는 명목으로 한참 걸음을 옮기던 두 사람은 상가가 잔뜩 모여 있는 골목 안으로 들어갔다. 의류상가와 식당이 모여 있었다.

두 사람은 또다시 한가롭게 걸음을 옮겼다. 그러다가 조명을 받고 있는 구두가 디피되어 있는 매장 앞에 멈춘다.

민자는 구두에서 시선을 떼지 못하고 있었다.

"마음에 들어?"

"화려한 게 취향인데."

구두는 심플했다. 거기까지 말을 했지만, 도현은 '그래도 마음에 드네요' 라는 뒷말을 들은 것 같았다.

"들어가자."

"사주게요?"

물음에 도현은 민자의 팔을 잡아끄는 것으로 답을 대신했다.

매장 안에 들어온 민자는 직원에게 구두를 보여달라고 말했다. 아이보리 색상의 구두는 굽이 높았다. 직원은 민자를 보며 키도 큰 여자가 이렇게 높은 하이힐을 왜 신냐는 눈빛을 보냈지만, 민자는 이를 알아차리지 못한 채 홀리듯 바라보고 있었다. 구두에게 마음이 쏙 빼앗긴 모양이었다.

도현이 직원에게 카드를 내밀었다.

"주세요."

"정말 사주게요?"

"연인에게 적절한 선물 공세는 좋거든. 좋아하는 사람이 좋아하는 구두를 보며 눈을 반짝이는데 선물해야 할 타이밍이잖아."

좋아. 좋아. 좋아.

중간중간에 나오는 그 기분 좋은 단어에 민자가 짧게 웃음을 내뱉었다. 그러더니 걸음을 옮겨 남성용 구두가 놓여 있는 곳으로 향한다.

민자는 캐주얼한 형태의 로퍼를 집어 들었다.

"사이즈 몇이에요?"

"왜? 사주게?"

"좋아하는 사람이 선물 공세를 하는데 입 싹 닦을 사람은 아니거든요. 제가."

이번엔 도현이 짧게 웃음을 뱉었다.

"내일 몇 시 비행기야?"

"새벽 6시 45분. 집에서 4시엔 나가야 돼요."

"얼굴은 못 보겠네."

그가 민자의 어깨를 끌어안으며 아쉽다는 듯이 말했다.

일주일간 잠시 이별이었다.

프랑스 파리에서 민자는 두 편의 CF와 다섯 컷의 화보를 찍었다. 콘셉트는 봄과 가을 두 가지였다. 향수 역시 봄에 쓰기 좋은 달달한 향기와 가을에 쓰기 좋은 은은한 향기였다. 색감 역시 달라서 민자의 두 편의 CF는 콘셉트부터 의상까지 완벽하게 달랐다.

봄 촬영은 뷰뜨쇼몽 공원에서 이뤄졌다. 남자 파트너까지 있었는데 사랑을 막 시작한 연인이 콘셉트였다.

가을 촬영은 에펠탑 공원에서였다. 밤 촬영이었고, 골드색의 드레스를 입은 채 이별의 아픔을 맛본 여자가 콘셉트였다. 몸매가 적나라하게 드러나는 드레스를 받았을 때 민자는 지난 시간 자신과의 싸움에서 이긴 걸 자랑스러워할 수 있었다.

촬영은 만족스러웠다. 블랑쉬 팀은 민자에게 새로운 자극을 주었고, 시한부 활동에 많은 활력을 불어 넣어줄 것 같았다. 그렇게 원 없이 카메라 앞에서 포즈를 취했다.

촬영이 끝난 후 민자는 유나를 만났다. 한국에 있을 때보다 마음 편히 웃는 유나를 보며 속으로 안도했다. 상처는 아주 오랜 시간이 흘러도 치유되지 않겠지만, 곁에 있는 사람을 믿고서 함께 살아가기로 마음먹은 친구가 고마웠다.

인천공항에 도착한 민자는 호진과 함께 집으로 향했다. 꽉 막힌 도로 때문에 공항에서 집까지 가는데 두 시간이나 걸렸지만 그사이에 민자는 졸도하듯 잠들었다. 시차와 장시간 비행 때문에 고생하기도 했지만, 마지막 날엔 유나와 함께 시간을 보내느라 몇 시간 못 잤기 때문이다.

"누님, 도착했어요."

호진의 목소리에 민자가 눈을 떴다. 무거운 눈꺼풀을 좀처럼 들 수가 없어 그냥 포기해 버렸다. 눈 감고 가지 뭐, 하고.

"벌써?"

"네. 집 앞이에요."

병든 닭처럼 비실거리는 민자가 걱정스러운지, 호진이 차에서 따라 내렸다. 하지만 민자는 그럴 것 없다며 팔을 휘저은 후 캐리 어를 끌었다. 집으로 향하는 걸음걸이에 진이 잔뜩 빠져 있었다.

"이게 왜……."

현관문을 열고 집 안으로 들어간 민자가 눈썹을 보았다. 그사이 에 센서등은 켜졌다가 꺼졌다. 하지만 어둠 속에서도 민자는 현관 에 놓인 남성 구두를 보았다.

혹시 도현이 온 것일까.

집 안을 둘러보았지만 도현의 모습은 보이지 않았다. 그렇다면 부러 구두를 벗어놓고 갔다는 것이다.

다시 현관으로 돌아온 민자가 쪼그리고 앉았다.

툭.

손가락 끝으로 구두를 건드린 민자가 입술 끝을 끌어 올렸다.

벗어놓고 간 신발은 함께 구두 쇼핑을 했던 날 도현이 신고 있던 거였다. 새벽에 그의 얼굴을 아쉽게 바라보고 몸을 돌렸을 때 놓여 있던 이 구두를 보았다.

"존재감 한번 끝내주네."

눈이 가물가물거리는 와중에도 민자는 한참 구두를 보았다.

에필로그

전혀 다른 삶을 살아왔던 두 사람이 만나 사랑을 한다는 건 힘든 일이다. 사람이 바뀐다는 게 불가능에 가까운 일이라는 것도 한몫 했지만, 삶의 패턴 자체가 달라 서로를 서운하게 만들거나 기분을 상하게 만드는 일이 종종 일어나기 때문이다.

이 시기에 연인은 격렬하게 다툰다. 화를 내고 서로를 향해 비난의 말을 토해내며 자신의 상황을 상대에게 알리기 위해 부단히도 애를 쓴다. 사랑이 미워진다.

그렇게 맞춰가는 시기를 견디지 못하면 사랑은 점차 작아지고 소멸한다. 사랑을 가득 채우고 있던 공간은 미련 혹은 미움이란 감정으로 가득 차게 된다. 그건 모든 커플이 마찬가지다.

도현과 민자 역시 맞춰가는 시기를 겪었다.

'왜 난 너한테 늘 맞춰줘야 하는데?'

'오빠, 나도 노력하는 중이야! 조금만 더 기다려 주면 안 돼?'

'힘들어서 그래!'

'나도 힘들어!'

아주 치열하게 다퉜다. 눈이 내리는 로맨틱한 날, 길 한복판에서 언성을 높여 싸우기도 했었다. 비슷한 사람이 만나 사랑을 나누면 편하기야 하겠지만, 두 사람은 참 다른 점이 많았다.

하지만 힘들고, 불필요한 시간만은 아니었다. 사랑을 유지하고 키워 나가기 위해선 양보와 배려라는 게 필요하다는 걸 알게 되었고, 상대를 인정하고 받아들였다. 싸우고, 화해하고, 끌어안고, 울고. 그렇게 반복하다 보니 두 사람이 함께한 시간도 1년이 지났다.

사계절을 함께하는 동안 그만큼의 추억도 생겼다. 불같은 사랑이 식었다고 말할 수는 없었지만 편안함 역시 생겼다. 예전처럼 긴장감이 팽팽하게 당기는 관계는 아니었지만 눈빛만 보아도 서로의 감정을 알 수 있는 사이가 되었고, 눈만 맞으면 몸을 섞는 건 아니었지만 서로에게 어깨와 무릎을 빌려줄 수 있는 사이가 되었다.

하지만 변하지 않은 것도 있었다. 여전히 함께 있는 것이 좋았고, 서로를 보았다. 앞으로도 함께하고 싶은 사람이라는 것 역시 변함이 없었다.

분명 그런 거라고 도현은 생각했다. 자신이 차츰 변하는 것처럼 민자 역시 발맞춰 바뀌어가고 있다고. 앞으로도 함께 있고 싶은 건 자신만이 아니라고 생각했었다.

하지만 지금은 그 믿음이 흔들리기 시작했다. 잠잠한 휴대전화를 보니 속이 뒤집혔다.

휴대전화를 노려보던 도현이 한숨을 푹 내뱉었다. 최근 민자는 마지막 열정을 불태우고 있었다.

최근 1년 동안 최민자는 세계 4대 컬렉션에서 모델로서 쇼에 섰다. 파리에서 밀라노로, 뉴욕으로, 런던으로. 불가능할 것 같은 스케줄을 초인적인 힘으로 소화해 냈다. 그리고 감사했다. 쇼에 설 수 있는 기회가 계속 주어진다는 것에.

봄에 방영되기 시작한 블랑쉬 CF는 민자를 더 높은 자리까지 올려놓았다. 최민자는 다시 한 번 세계를 매료시켰다.

그리고 그 봄 콘셉트의 CF가 잠잠해질 무렵, 가을 콘셉트의 CF가 방영되었다. 금빛 드레스를 입은 아름다운 모델은 다시 한 번 화제가 되었고, 민자의 무대는 점점 넓어졌다.

최근 3개월은 한국에 있는 날보다 없는 날이 더 많았다. 겨우 한국에 왔다 해도 제때 연락이 되는 법이 없었다. 예전, 민자가 연락이 안 된다며 화를 냈던 적이 있었는데 이제야 그 마음을 이해할 수 있었다. 상대에 대한 믿음과 별개로 화가 났다.

"여자친구, 언제 소개시켜 줄 거야? 왜 서울 어머니는 보는데, 난 못 보는 거냐고."

진영의 말에 도현은 아무런 답도 해줄 수가 없었다. 그도 얼굴을 제대로 못 보고 있는데 아버지에게 소개를 시켜줄 시간이 있겠는가.

언제 소개를 시켜줄지 시기를 정할 수 있는 건 황도현이 아니었다. 그걸 결정할 수 있는 최민자 역시 스케줄 표를 봐야 할 정도였다.

"서울 어머니는 식당에서 보시는 거잖아요. 누가 들으면 따로 소개해 드린 줄……."

"결혼은 언제할 거야? 너 서른다섯이야! 조금 있으면 서른여섯이고!"

진영이 소리를 바락 지르자 도현의 시선이 테이블 위를 훑었다.

아버지와 오랜만에 가지는 술자리였지만 맛있는 안주보다는 술이 먼저 눈에 들어왔다.

"나이 이야기는 왜⋯⋯."

"서른여섯 먹을 동안 장가갈 생각은 전혀 없어 보이니까 그렇지. 도대체 결혼은 어떻게 할 거야? 도한이도 결혼한단다. 정아 설득해서! 내년 봄에 식 올린다는데 넌 뭐야?"

"함께 산 지 13년이나 됐는데 결혼식은 오버 아닌가."

셋째 형의 결혼 소식이었지만 도현은 심드렁한 표정이었다. 가족의 행복과 기쁨을 빌어줄 수도 없을 만큼 그는 삐뚤어져 있는 상태였다.

그는 세상을 아주 부정적으로 보는 중이었다. 가을이라도 타는 것인지 낙엽이 떨어지는 것만 보아도 우울해지는 와중에 아버지의 잔소리까지 가슴에 팍팍 꽂혔다.

아, 우울하나.

그가 우울한 표정으로 술을 들이켰다.

"도한이 생각이다."

"누나가 용케 양보해 줬네요. 15분을 위해서 기본 수백 깨지는 식은 절대 안 올릴 거라더니."

"아, 그래서 여자친구는 소개 안 시켜줄 거냐고! 너도 결혼하고 싶다고 했잖아!"

화살은 다시 도현에게 돌아왔다. 괴로운 마음에 속만 쓰리니 술이 계속 당겼다.

결혼이야 하고 싶었다. 그 마음이 들기 시작한 건 유독 결혼식이 많은 4월부터였다. 도현의 나이가 나이이다 보니 그 달에 결혼식만 다섯 건이었다. 행복하게 웃는 신랑 신부를 보니 마음이 술렁거렸다. 계속 민자의 얼굴이 생각났고, 서로의 일이 바쁘다 보니 한참 만나지 못하는 것도 불만스러웠다.

다들 이래서 결혼하는구나.

도현은 난생처음 그런 기특한 생각을 했었다.

"지금 결혼이 문제가 아니에요."

"그러면 뭐가 문젠데?"

진영이 그제야 넷째 아들 눈치를 보았다. 심각한 표정을 보아하니 자신의 잔소리가 너무 심했나, 뒤늦게 후회하기도 했다.

하지만 도현은 이런 아버지의 마음은 모른 채 소주잔을 손끝으로 만졌다. 표정은 꼭 비 맞은 강아지 같았다.

"요즘 얼굴 보기도 힘들어요."

"뭐?"

"너무 바쁘다고요."

도현이 고개를 절레절레 저었다. 자신 역시 바쁜 삶을 살고 있다고 자부했지만 최민자보다는 아니었다. 그녀가 1년 동안 쌓은 마일리지만 해도 지구 한 바퀴는 충분히 돌 정도였다.

하지만 진영의 생각은 다른가 보다.

"……차인 건 아니고?"

"아니에요!"

"아, 왜 나한테 화를 내! 네가 덜떨어져서 차인걸!"

"차인 거 아니라니까요!"

"지금 네 행동을 보면 누가 봐도 이별을 받아들이지 못하는 찌질이 같거든?"

"아버지 너무하신 것 아닙니까?"

"너무한 건 너지. 소개시켜 주겠다고 한 지 벌써 1년이다. 희망

고문하는 것도 아니고."

원망스러운 눈길로 진영을 흘겨본 도현이 한숨을 와락 내쉰다.

"너희 어머니가 어떻게든 너 치워 버리란다."

"나에 대한 사랑이 식으셨어."

어머니도, 민자도.

"속 썩이는 아들이 마냥 예쁠 수 있냐?"

"아버지까지 그러지 마세요. 저 요즘 자존감 완전 바닥이에요."

우울한 표정으로 읊조린 도현이 다시 잔을 채웠다. 오늘따라 소주가 참 썼다.

호진이 백미러로 힐끗 뒷좌석의 분위기를 살폈다. 반쯤 실신해서 쓰러진 민사는 금방이라도 목이 꺾일 것처럼 잠들어 있었다. 최근 민자의 일정은 아무리 체력이 좋은 성인 남성이라고 하더라도 쓰러질 만큼 고됐다. 어떤 날은 밤새 비행을 한 후에 바로 스케줄을 소화해야 했던 적도 있었다. 마지막 에너지를 바닥까지 닥닥 긁어 사용하고 나면 지금처럼 배터리가 없는 기계처럼 축 늘어졌다.

9월 말까지는 대부분 해외 일정을 소화해 내느라 바빴다. 활동 무대는 미국과 유럽뿐만 아니라 중국까지 폭이 넓었다. 간간이 한국으로 들어와 서울 패션위크를 준비했다. 이번 서울 위크는 6일 동안 총 40개의 브랜드와 디자이너가 참여했지만 민자는 그중에서 열 번의 쇼에 서기로 되어 있었다. 말 그대로 마지막까지 안심할 수 없는 일정이 계속된다는 것이다. 10월 21일, 마지막 쇼를 서고 민자는 무대에서 내려오기로 되어 있었다.

그리고 10월 20일, 은퇴를 코앞에 둔 민자는 병든 닭처럼 비실거리고 있었다.

최근에 무리하더라니.

호진이 백미러를 보며 혀를 끌끌 찼다.

"누님, 집으로 갈 거예요?"

민자의 집과 가까워지자 호진이 물었다. 쇼가 끝난 직후였고, 과도한 무대화장을 하고 있었지만 애인의 집으로 가는 경우가 많았기 때문이다.

하지만 민자는 그의 물음에 답하지 못한 채 몸을 휘청거렸다.

"으응…… 으허허."

"누나?"

"끙!"

끙끙 앓는 민자를 보며 호진이 깜짝 놀라 갓길에 차를 세웠다.

끼이익!

거칠게 차가 멈췄고, 안전벨트를 하고 있었음에도 민자의 몸이 앞으로 확 쏠렸다. 평소 같으면 운전 똑바로 못하냐고 한 소리 했을 그녀였지만 오늘은 달랐다. 푹 숙인 고개는 혹 그녀가 사달이 난 건 아닌가 싶을 정도였다.

"누나 괜찮아요?"

몸을 돌린 호진이 민자를 살피며 물었다. 힘없이 흔들리는 몸에 호진의 눈망울이 흔들렸다.

지, 진짜 죽었나?

"누, 누나. 병원으로 갈까요?"

며칠 전, 그러니까 정확하게 나흘 전 민자는 컨디션이 좋지 않아 응급실까지 가야 했다. 호진이 손이 발이 되도록 부탁을 해서 겨우 데려갈 수 있었다. 의사는 잠든 민자를 보며 피로가 누적되어 그런 것이라 했다.

호진의 눈빛이 걱정으로 물들었다.

"안 좋으면 병원 가요. 누나 내일 마지막 쇼잖아요."

"아니. 밥 먹으러 갈래."

"얼마 먹지도 않을 거면서……."

"고등어 정식이 먹고 싶어."

"그러니까 두 젓가락만 먹고 내려놓을 거잖아요."

호진의 말에도 민자는 굳이 고집을 부렸다.

"배가 너무 고파."

이렇게까지 말하니 호진은 어쩔 수 없다는 듯 차를 돌려 큰길가로 나갔다. 식당은 민자의 단골 식당이었다.

〈서울 백반집〉.

호진도 몇 번이나 식사를 했던 곳이었던 터라 호진은 능숙하게 운전했다.

"같이 먹어요. 식사 끝나면 집까지 데려다 드릴게요."

"잠시만. 나 전화."

민자가 핸드백에서 휴대전화를 꺼냈다.

웅웅.

진동 소리와 함께 액정을 확인한 민자가 순간 눈을 반짝였다.

"흠흠!"

목소리를 가다듬는 걸 보면 아무래도 절찬 연애 중인 황도현 검사인가 보다.

"여보세요?"

[쇼 끝났어?]

"응. 끝나고 지금 밥 먹으러 가는 길."

방금 전까지만 해도 시들어가는 식물처럼 흐물흐물거리던 민자가 활짝 웃었다.

"오빠?"

[난 퇴근 직전. 어디로 가는 거야? 뒤풀이야?]

"아니. 혼자. 서울 어머니 집에 가려고. 오늘 한 끼도 못 먹었어."

최근 일주일 동안 두 사람이 만난 건 어제저녁에 잠시 얼굴을 본 것이 전부였다.

황도현 역시 최근 고위직 인사성 접대 사건을 수사하느라 몸이 열 개라도 모자랐기 때문이다.

[그러고 보니 저녁 시간이 지났네.]

"오빠도 안 먹었어? 퇴근 언제 해? 나 밥 사줘."

[지금 어머니한테 가는 거 아니야?]

"엉. 먼저 먹고 있을게. 같이 먹고 싶은데 아사 직전이야."

[알았어. 정리하고 갈게.]

전화를 꺼낸 민자가 파우치에서 거울을 꺼냈다. 화장이 너무 과도하긴 했지만 지울 수도 없는 노릇이었다.

"나 이상해?"

"네. 모공이 숨은 쉴 수 있어요?"

"아니. 못 쉬고 있어. 엄청 답답해."

심드렁하게 말한 민자가 어쩔 수 없다는 듯 어깨를 으쓱였다.

"검사님이랑 같이 들어갈 거죠?"

"왜? 같이 먹지."

"오랜만에 데이트하는 커플 사이에 껴서 옆구리 굶고 싶지는 않습니다, 누님."

딱 잘라 말한 호진이 몸을 돌려 민자를 보며 말을 이었다.

"내일 두 시까지 데리러 갈게요."

"알았어. 그럼 내일 봐."

차에서 내린 민자가 식당 안으로 들어가는 것을 본 호진이 한숨을 푹 내뱉는다.

"참 대단한 사람이야."

민자는 최근 정신력 하나로 버티고 있었다. 아무리 몸이 안 좋더라도 자신에게 주어진 일을 마무리하기 위해 최선을 다하는 그녀가 이젠 정말 존경스러웠다.

"그러니까 사장님이 아까워하시겠지."

한숨을 푹 내뱉은 호진이 다시 차를 출발시켰다. 민자만큼이나 홍호진 그 역시 피곤했다. 내일을 마지막으로 민자에게서는 이제 해방이었다.


드르륵.

문을 열고 식당 안으로 들어온 민자가 익숙하게 외쳤다.

"엄마, 나 고등어 정식이랑 소주 한 병이요!"

"민자, 왔어?"

"어머니. 민이요, 민."

"민은 무슨. 민자는 민자고, 슬기는 슬기지."

자신을 놀리고 있는 게 분명했지만 민자는 익숙하다는 듯 자리를 잡았다. 주인아주머니는 주방 일을 봐주는 사람에게 '고등어 정식'이라고 말한 후 민자의 곁에 다가섰다. 술 냉장고는 민자 바로 뒤에 있었다.

소주 한 병을 꺼내 테이블 위에 내려놓은 주인아주머니가 이해할 수 없다는 표정으로 물었다.

"소주는 제사만 지낼 거면서 왜 맨날 시켜?"

"자린고비 같은 거예요. 눈으로 먹는 거죠."

"그냥 먹어. 다 먹고살자고 하는 일인데."

"하루 남았어요. 하루만 꾹 참으면 돼요."

히죽 웃은 민자가 소주병을 땄다. 그런 후 작은 잔에 따른 후 입맛을 다신다. 한 잔 정도는 괜찮았지만 최근 몸 상태가 말이 아니면서 술을 멀리하고 있었다.

잔을 채운 민자는 곧 반찬과 함께 잘 구워진 고등어가 나오자 조심스럽게 밥뚜껑을 열었다. 윤기가 좔좔 흐르는 쌀밥은 늘 민자에게 금기시된 음식이었다. 쌀보다 살이 찌는 것도 없었으니까.

"맛있게 먹어."

"네. 아, 어머니. 김치찌개도 주세요. 곧 도현 씨 와서."

"슬기도 와? 데이트?"

주인아주머니의 물음에 민자가 웃음을 머금었다.

"아이고, 좋을 때다. 그런데 결혼은 안 해? 슬기 아빠가 많이 기다리는 눈치던데. 아직 인사도 안 했다며?"

"일이 바빠서요. 곧 인사 드려야죠."

"며칠 전에도 와서 둘이 엄청 다퉜어. 슬기 나이가 곧 서른여섯이잖아. 아, 주책이었다. 가끔 이 조동이를 내가 주체를 못해."

민자가 어색하게 웃자 주인아주머니가 자신의 입술을 찰싹찰싹 때렸다. 그러더니 곧 맛있게 먹으라는 말과 함께 주방으로 들어간다.

"오빠가 곧 서른여섯이구나."

그리고 자신은 곧 서른하나였다. 참, 시간도 빠르다.

고개를 절레절레 저은 민자가 고등어 살을 잘 발랐다. 생선구이는 다이어트하는데 도움이 되는 음식이 아니다. 염분도 많고, 너무 맛있어서 중간에 참지 못하기 때문이다. 네 달 전에도 조금만 먹는다는 게 거의 다 먹어치워 경악했던 적이 있었다.

그래서 민자는 자신이 먹을 양만 앞 접시에 덜었다. 밥 역시 정확하게 반만 담는다.

이것만 먹어야지.

민자가 경건한 마음으로 식사를 시작했다.

"슬기 왔어? 민자 안에 있어."

"네, 어머니 김치찌개……."

"그건 이미 민자가 주문했어. 기다리면 금방 줄게. 자, 밥 들고 가."

입구를 보자 스테인리스 그릇이 뜨거워 소매에 빈쳐 들고 오는 도현이 보인다. 오랜만에 보는 자신의 남자는 오늘도 너무 멋있어서 계속 시선이 갔다. 그러니까 방금 전까지만 해도 너무나 간절했던 음식보다도 말이다.

"왔어?"

"어. 끝나고 바로 왔어?"

"응."

도현이 민자의 맞은편에 앉았다. 그는 음식에는 관심이 없다는 듯 오랜만에 보는 여자친구의 얼굴에서 시선을 떼지 못했다.

"넌 어떻게 볼 때마다 마르냐?"

그가 걱정스럽게 말했다. 그러자 민자가 젓가락으로 밥알을 깨작거렸다.

"엄청난 칭찬인데? 그런데 몸에 체지방이 없는 거지, 다 근육이야. 요즘은 모델도 단순히 마르기만 하면 안 되거든. 힙 라인은 생명이라고."

"제대로 먹고 있는 건 맞아?"

"또 잔소리."

"이게 잔소리야? 넌……! 후우."

거칠게 숨을 토해낸 도현이 호흡을 가다듬은 후에야 말을 이었다.

"어제 네 냉장고 열어보고 얼마나 놀랐는지 알아? 물밖에 없더라."

"자주 비우니까."

"그러다가 말년에 고생한다."

"오빠가 옆에 있어주면 되지."

꽤나 자주 들은 잔소리였다. 그래서 민자는 늘 모면하기 위해 했던 답을 했지만 이번엔 먹히지 않는 모양이다. 도현은 진지한 눈으로 민자를 보았다.

"최민자, 우리 같이 살자."

"지금도 같이 사는 거잖아."

물론 살림살이는 따로지만.

민자의 말에 그가 숨을 훅 토해냈다. 결혼하자는 말이 목구멍까지 올라왔지만 누군가와 함께 공간을 공유하는 건 돼도, 함께 사는 건 싫다고 말했던 민자다. 오랜 전쟁 끝에 겨우 얻은 자유로운 삶을 조금이라도 더 즐기고 싶다고. 조금만 더 내 인생에 최선을 다하고 싶다고.

그 답을 들은 이후로 도현은 많은 인내를 하고 있었다. 민자가 곧 은퇴를 앞두고 있었기에 배려하고 있다는 말이 더 정확했다. 마지막을 잘 매듭짓기 위해 그녀가 얼마나 노력하고 있는지 가장 잘 알고 있는 것이 그였기 때문이다.

"내일 쇼 올 거지?"

한참 도현의 눈치를 보던 민자가 슬쩍 물었다. 그러자 도현은 이제껏 관심도 두지 않았던 밥을 한술 뜨며 답한다.

"마지막 쇼인데 가야지."

최민자의 삶에 아주 깊숙하게 개입되어 있다고 생각했는데, 요즘은 그런 믿음이 조금씩 사라지고 있는 중이었다.

6시 30분, 동대문디자인플라자 S1관에서는 서울 패션위크 마지막 쇼가 열리고 있었다. 디자이너는 벌써 3년째 패션위크에 참여하고 있는 디자이너로서 민자와도 꽤 오랫동안 알고 지낸 사이였다.

오늘 이 무대를 마지막으로 민자는 은퇴를 하게 됐다. 모델의 은퇴 소식이 대한민국 사회에서는 그렇게 중요한 게 아니었지만, 패션업계에서는 많이들 아쉬워하고 있었다. 관리만 잘하면 몇 년은 더 무대에 설 수 있을 텐데, 빨리 내려온다는 의견이 많았다.

그래서 디자이너는 민자에게 아주 많은 배려를 했다. 오프닝 모델과 엔딩 모델로 서게 되었다.

패션쇼는 은은한 클래식 음악으로 시작되었다. 이번 패션쇼의 콘셉트는 '날개'였다. 흰색과 미색을 절묘하게 배치한 의상은 평소에 입기에도 무리가 없는 것이었고, 톱스타들도 자주 애용하고 있는 브랜드여서 관객은 물론이고, 관중 또한 많았다. 이보다 더 좋은 은퇴 무대는 없다고 생각할 정도로.

당당하게 워킹을 선보인 민자가 의상을 훌러덩 벗었다. 다음 옷을 갈아입는 손길은 바빴고, 민자에게 달라붙은 스텝 또한 의상과 헤어를 점검하느라 바빴다. 쇼가 시작되면 무대 뒤는 전쟁통이 되었다.

하지만 무대 밖에선 이를 알지 못한다. 모델은 수면 아래에선 열심히 발짓하지만, 수면 위에선 아름답고 고고하게 떠다닌다.

쇼가 막바지로 향할수록 민자의 워킹은 더욱 당당해졌고, 표정 또한 좋아졌다. 수천 번도 더 섰던 무대이지만 마지막이라는 점 때문에 긴장을 했었는데, 갈수록 홀가분한 마음이 들었던 것이다.

그리고 대망의 피날레 의상으로 갈아입은 민자가 소품을 들었다. 마치 웨딩 부케를 연상시키는 꽃다발이었다.

"후우."

호흡을 가다듬은 민자는 마치 웨딩드레스를 연상시키는 아름다운 드레스를 입고서 무대를 걸었다. 시선은 한곳에 주시되어 있었지만 관심은 온통 어두운 무대 밖에 도현이 있을까, 하는 것이었다.

하지만 표정에선 이러한 생각이 드러나지 않았다. 그녀는 프로였고, 오늘은 그 어떤 때보다 완벽해야 할 마지막 무대였다.

짝짝짝!

박수가 이어졌고, 곧 디자이너를 선두로 모델들이 무대 위에 다시 섰다. 쇼는 성공적이었고, 디자이너의 얼굴엔 만족감이 어렸다.

그때 디자이너가 자신의 곁에 선 민자의 허리에 손을 얹었다. 이 무대의 공을 민자에게 돌리는 제스처에 민자의 눈빛이 흔들렸다.

이제 떠나는구나.

이 순간이 오면 많이 울 것 같았다. 서른 해 중에서 반을 이 무대 위에 올랐으니 모든 열정을 불태우고서 감정을 주체하지 못할 것 같았는데, 막상 닥쳐 보니 아니었다.

민자는 웃었다. 마지막까지 여유로운 표정으로 무대 위에 서다가 내려왔다.

"수고했어."

다가온 디자이너가 민자의 허리를 툭툭 쳤다.

"아니에요, 감사했어요."

주위에 몰려온 사람들은 연신 그녀에게 아쉬움에 인사를 건넸고, 민자는 그때마다 고마운 마음을 전했다. 함께 일한 동료들에게.

그때 혼잡한 무대 뒤에 한 남자가 들어섰다. 도현이었다.

주위를 두리번거리던 그가 민자를 발견하고선 곧장 다가와 꽃다발을 내밀었다.

"축하해."

꽃다발을 받아 든 민자가 고개를 끄덕였다.

그래. 수고할 일이었다. 그리고 축하할 일이다.

민자는 마지막까지 훌륭하게 마쳤다는 것에 진심으로 기뻐했다.

"뒤풀이는 나중에 하자."

사람들과 인사를 나눈 민자가 도현과 함께 밖으로 나왔다. 축제의 현장에서 그렇게 걸어나왔다.

몸은 피곤했고, 얼굴 역시 답답했지만 민자과 도현은 〈서울 백반집〉으로 향했다. 가게 앞에 차를 세운 두 사람은 주인아주머니와 반갑게 인사를 했다.

"어머니, 여기 늘 먹던 대로 주세요. 소주 꼭 주시고요."

"자린고비 끝?"

"네, 어머니. 완전 끝!"

민자가 밝게 웃으며 자리를 잡고 앉았다.

두 사람의 앞에 김치찌개와 고등어 정식이 차려졌다. 맛깔스러운 반찬과 함께 계란프라이 서비스도 나왔다. 주인아주머니는 맛있게 먹으라고 말한 후에 다른 테이블로 갔다.

"잠시만."

녹색 소주병을 신나게 흔들던 민자가 문득 생각난 게 있다는 듯 핸드백을 뒤졌다. 소주병은 어느새 도현의 손에 넘어갔고, 그가 잔을 채웠다.

"앞으론 계획 없다고 했지? 우리 어디 가까운 곳에 여행이라도 다녀올까? 내 일 끝나면."

"계획 있어."

그렇게 말한 민자가 커다란 가방 안을 연신 뒤진다.

"무슨 계획?"

"아, 이게 어디 있어."

민자는 도현에게 신경 쓰지 않은 채 가방을 활짝 펼쳤다. 그러더니 곧 원하던 물건을 찾았는지 고등어구이 옆에 놓았다.

그녀가 찾은 것은 벨벳 상자였다. 안에 무엇이 들었지 딱 보아도 알 수 있는 상자였다.

하지만 도현은 아주 생소한 물건을 본 듯 상자를 보더니 들고 있던 소주병을 내려놓는다.

이게 뭐지?

그의 의문이 한없이 커져 갈 때였다.

"우리 결혼해."

"……뭐?"

"결혼하자고."

그의 눈빛이 멍하게 변했다. 지금 자신이 제대로 들은 게 맞나, 싶은 표정이었다.

그러자 민자가 상자를 활짝 펼쳤다. 안엔 심플한 반지 한 쌍이 찬란하게 빛나고 있었다.

"넌 무슨……."

도현은 중간에 왈칵 숨이 막혀 말을 멈췄다. 하지만 이내 짧게 웃음을 내뱉었다.

"프러포즈를 백반집에서 하냐?"

금방이라도 거절할 모양새였다. 민자는 뒤늦게 자신감이 너무 지나쳤다는 걸 깨달았다.

민자의 표정이 시무룩하게 변했다. 그래, 아무리 생각해 봐도 자신은 여자로서 영 꽝이라는 생각이 들었다. 황도현은 검사라는 직업도 있었고, 외모 또한 훌륭했다. 거기에다가 현모양처가 될 소지도 충분히 있는 남자였다는 게 뒤늦게 떠오른다.

결국 민자가 한발 뒤로 물러섰다.

"한 번 생각……."

"뭘 생각까지야."

짧게 답한 그가 상체를 앞으로 숙였다.

민자의 뺨을 붙잡은 그가 입술을 맞췄다. 사람들이 힐끗거리는 것도 신경 쓰지 않았다. 그를 알아본 사람들이 숙덕거리는 소리도 들렸지만 이 역시 상관하지 않았다.

입술을 뗀 그가 민자를 빤히 바라보았다. 뺨을 빨갛게 붉힌 여자가 귀엽다. 깜짝 놀랐다며 항의하는 눈빛조차 사랑스럽다.

애초에 알고 있지 않았던가.

이렇게 과감하고 직선적인 여자라는 걸.

"나 따라 한 거지?"

"큭."

중앙지검 복도에서 했던 짧은 입맞춤을 떠올린 그가 웃음을 터뜨렸다.

이 여자를 사랑하게 됐다. 미래 역시 함께할 것이다.

이 얼마나 기적 같은 일인가.

같은 시기에 서로에게 끌리고 사랑에 빠진다는 것은.

—Fin

외전

훌륭한 선배는 후배에게 좋은 길이 되어준다. 후배에게 존경이 되고, 닮고 싶은 선배로 늘 거론되곤 하는 황진영 전 서울중앙지검 장은 오늘도 〈서울 백반집〉 구석진 자리에 앉아 술잔을 기울이고 있었다.

오늘 그의 술친구는 최종훈 소장이었다. 최근 들어 일이 바빠 만 나지 못했던 두 사람은 오랜만에 마주 앉아 술잔을 기울이고 있었 다.

하지만 앞선 만남과는 아주 다른 화기애애한 분위기였고, 얼굴 에도 웃음이 가득했다.

"아드님이 놈팽이라더니 아주 건실한 청년이던데요?"

"자네 막내딸도 무척 예쁘던데? 아주 귀하게 큰 것 같은데, 뭘."

최종훈 역시 오랜만에 아주 기분 좋은 일을 겪은 사람처럼 호탕 하게 웃었고, 진영 역시 화답해 주었다. 두 사람이 칭찬하고 있는 건 앞으로 가족이 될 사람들이었다.

양가 부모는 상견례 날짜를 잡기 전에 각자 인사를 받았다. 말썽쟁이 자식이 데리고 온 예비 배우자를 본 두 사람은 무척 만족스러워했다. 듣던 것과는 많이 달라서 놀라기도 했고.

"자식 잘 키웠더만. 아주 예쁜 사람이어서 깜짝 놀랐어."

"예쁘게 봐주셔서 고맙습니다."

"자네가 고마울 일인가? 내가 고마울 일이지. 실제로 만나보니까 더 에너지가 넘치고 건강한 아가씨더라고. 우리 아들이 왜 쩔쩔맸는지 알겠어."

말을 잇던 두 사람이 소주잔을 부딪쳤다. 오늘따라 술이 술술 들어갔고, 자리를 시작한 지 두 시간도 되지 않아 얼큰하게 취했다.

"그런데 일 그만둔다면서?"

진영은 소개를 받는 자리에서 들었던 이야기를 꺼냈다. 아주 유명한 모델이라는 건 다른 아들을 통해 들어 알고 있었다. 해외에서도 잘 알려진 모델이라고 했고, 할리우드 배우 중에서 미남 배우랑 저녁을 먹었다가 파파라치에게 사진이 찍힌 적도 있다고 했다.

젊은 사람들의 감각을 따라가려고 열심히 노력하는 진영이었지만, 그게 얼마나 대단한 건진 모르고 있었다. 첫째 며느리가 실물로 보고 싶다고 했을 때도 고개를 끄덕였을 뿐이다.

그런데 은퇴 소식을 전해 들었을 땐 단순히 두 아이가 결혼하기 위해 그런 결정을 내린 것이라 생각했다. 하지만 며느리될 아이의 직업이 어떤 것인지 잘 몰라서 질문을 몇 차례 했을 때 반짝이는 민자의 눈을 보고서 직감했다. 원해서 은퇴한 건 아니라는 걸. 그리고 언뜻 물었을 때 예전부터 아버지 반대가 심했다는 것과 그걸 다 이겨내기엔 조금 힘들다는 답을 들었다.

진영은 수심이 깊어진 종훈을 보았다.

"그렇게 됐습니다."

"왜 그렇게 반대를 했나? 나라면 응원해 줬을 텐데. 어린 나이부터 자신의 꿈을 정하고 달려가는 게 그리 쉬운 일은 아니잖아."

"그래도 중2는 너무 빠르지 않습니까. 거기에다가 거짓말까지 하며 혼자 뉴욕까지 간 아이입니다. 아비로서 걱정이 됐어요."

"그거야 자네가 너무 반대해서 그런 건 아니고?"

"그것도 있겠지요. 하지만 어떤 아버지가 그 힘든 길을 허락하겠습니까."

연예계가 얼마나 험한 곳인지 종훈은 잘 알고 있었다. 물론 모델계는 조금 다를 수도 있겠지만 중2 아이가 뛰어들기에 힘들고 고단한 곳이라는 건 부정하지 못하는 사실이다.

"거기에다가 하나밖에 못하는 아이여서요. 더욱 좋아하는 일을 하고 있는데 오죽하겠습니까."

"열정을 쏟을 수 있는 일을 선택하고 할 수 있다는 건 인생에 있어서 축복이나 다름이 없어."

"그렇죠, 보통은. 하지만 셋째는 그렇지 않거든요. 민자는, 어릴 때부터 좀 특별했습니다. 고집했던 일을 이루기 전까진 다른 곳은 보지 않았고요."

"그거야 누구나 그렇지 않나? 우리 아들도 그래."

"그래도 걱정이 되더라고요. 그땐 그랬습니다. 지금도 그렇고."

"그래도 말일세. 난 늘 아이들의 의견을 존중하는 사람이라서 말이야. 민자가 정말 내 며느리가 되고, 내 가족이 된다면 그 아이가 하고 싶은 일은 최대한 하게 해주고 싶다는 생각을 해. 눈빛이 아주 좋았거든. 그 눈빛을 내 아들도 좋아하게 됐을 거라는 생각이

들었고."

"형님, 괜찮으시겠습니까?"

종훈은 많이 놀란 표정이었다. 진영은 법조인 가족이었다. 첫째 아들 부부가 의사인 것을 제외하고선 모두 현역에서 뛰는 사람들이었고, 진영 역시 아직도 틈틈이 강의를 나갈 만큼 법조인으로 존경받고 있었는데 모델 활동을 하는 며느리가 괜찮냐는 뜻이었다.

그러자 진영은 가볍게 어깨를 으쓱인다.

"그게 뭐가 어때서. 만나보니까 원하는 걸 못하면 병 걸리는 타입 같은데. 이 역시 내 아들이랑 비슷해."

그걸로 많이 속을 썩였는지 진영과 종훈은 마음이 척척 맞아 술잔을 기울였다.

어느새 테이블 위를 차지하고 있던 소주병이 아래에 줄을 서기 시작했다. 병정처럼 술병이 도로록 일렬 했다. 주량을 넘어서는 술을 마셨음에도 어쩐 일인지 기분만 좋아질 뿐, 정신은 또렷해졌다.

"그럼 날짜는 언제 잡을까요?"

"우리 집 셋째가 내년 봄에 잔치 예정이라."

"저희 집은 둘째가 내년에 출산이라."

양가 모두에게 좋은 일이 있었다. 진영 쪽에선 오랫동안 동거만 하던 셋째 아들의 결혼 소식이 있었고, 종훈 쪽엔 둘째 딸의 출산 소식이 있었다.

"그럼 10월쯤 어떨까요?"

"그래. 그 정도면 딱 좋겠어."

술잔을 기울이며 두 사람은 대략적인 결혼 날짜에 대해 합의를 보았다. 잔치라고 하더라도 바짝 붙여서 하면 말들이 나오기에 결혼은 내년 가을쯤에나 올리는 것이 좋겠다는 생각들이었다. 물론 당사자들의 의견이 더 중요하겠지만 말이다.

두 사람은 자식의 결혼에 대해 이야기를 하며 잔을 비웠고, 결국 마지막 병은 반도 마시지 못한 채 자리에서 일어났다.

순간 종훈이 비틀거리자 진영이 서둘러 팔을 붙잡아줬다.

"자네 많이 취했어!"

"오늘이 마지막이지 않습니까. 다음부터는 어려운 관계가 될 텐데."

"뭐, 둘만 있을 땐 이렇게 지내면 되지."

"그럼, 그럴까요?"

두 사람은 '사돈 관계'가 된다 하더라도 남자끼리 모이면 앞으로도 술친구로 지내자고 말했다. 남자들만의 비밀이라고 말하며.

다음을 기약할 수 있으니 오늘 이 자리는 그만하는 것이 좋겠다는 합의에 이르렀다. 하지만 문제는 남아 있었다.

"이건 내가 살게."

"아닙니다, 제가 사겠습니다."

"어허, 거참. 내가 언제 자네한테 사라고 한 적 있나?"

"그래서 이번엔 제가 사겠다는 거죠. 사고뭉치 딸 예쁘게 봐달라는 뇌물이기도 하고."

"그럼 더욱 내가 사야겠……."

가볍고 즐거운 대화를 나누던 두 사람의 음성이 동시에 멈췄다. 시선 또한 같은 곳을 향해 있었다.

"……."

"……."

두 사람은 동시에 말을 잃었다. 화장실 앞에서 키스를 나누고 있는 남녀 때문이었다.

진영은 식당에 올 때면 자신에게 인사를 건네는 제자와 후배들을 피해 가장 구석진 방에 자리를 잡았다. 이 방과 입구를 연결하는 길목 중간에 화장실이 있었는데, 간혹 토를 하는 사람은 보았어도 오늘처럼 키스를 나누는 젊은이들을 본 것은 처음이었다.

하지만 처음 목도한 젊은 남녀의 애정 행각이라 놀란 것도 있었지만, 그들의 얼굴이 낯익어 더욱 놀랐다.

황도현과 최민자였다. 방금 전까지 서로가 입이 마르도록 이야기를 했던 예비 부부!

말없이 두 사람을 바라보던 종훈과 진영이 동시에 고개를 돌렸다. 눈을 맞춘 두 사람은 많이 당황한 것 같았다. 자식의 노골적인 애정 행각을 보았으니 놀라지 않는 게 더 이상했다.

하지만 둘 중 먼저 정신을 차린 건 종훈이었다.

"최민자, 이 기집애를……!"

"아, 요즘 젊은애들 다 저렇지 않나."

거기에다가 두 사람은 예비 부부였다. 양가에 인사까지 했고, 결혼과 관련된 세부 사항만 조율하면 된다. 큰 산이 남아 있었지만 양가 아버님은 절친한 사이였고, 살림살이를 꾸리기에 충분한 돈도 있었다. 이 결혼이 뒤집어질 일은 극히 적었음에도 종훈의 얼굴이 붉게 타올랐다.

"그래도 제 딸은 안 됩니다!"

"이 꽉꽉 막힌 양반. 왜 이렇게 구닥다리처럼 굴어?"

"셋째까지 혼전 임신은 안 됩니다!"

"혼전 임신? 그게 뭐가 어때서."

"아, 형님!"

진영은 여전히 그게 뭐가 큰 문제냐는 표정으로 종훈을 보았다.

하지만 두 딸자식 모두 식도 올리지 않은 채 임신을 하는 건 용납할 수 없다며 종훈이 불을 뿜었다.

"다리몽둥이를 확! 오늘부터 외박 금지를!"

"우리 아들 괜찮은 사람이라며?"

"그래도……!"

종훈의 반응에 진영은 도현의 피가 마르는 소리가 들리는 것 같았다.

그래서 사랑하는 아들을 위해 진영은 당장이라도 방 밖으로 튀어나가려는 종훈의 손을 붙잡아 의자에 앉혔다.

"자, 그럼 더 마시자고."

짠.

두 사람의 소주잔이 다시 부딪혔다. 자식 '새끼'들이 식당을 나서기 전까지 이곳에 숨어 있어야 할 것 같다는 생각을 하며.

작가 후기

안녕하세요, 정이연입니다.

전 이렇게 첫 인사를 할 때가 가장 좋습니다. 한 작품을 마무리 지었다는 인사니까요.

〈절대강자〉를 쓰면서 몇 번쯤 상상해 보았던 민자의 이야기를 이렇게 마무리합니다. 평범하지 않은 여자주인공을 쓰면서 즐겁기만 했습니다. 남자주인공 역시 처음 써보는 캐릭터여서 즐거웠습니다.

시리즈 작품이었기에, 시간이 겹치고 대사가 겹치는 부분들도 있어서 조금 애를 먹었습니다. 독자님들께서 '최 소장님 사위들은 죄다 멋있네요'라는 말에 슬쩍 웃기도 하면서, 시리즈의 묘미를 제대로 즐기기 위해 노력했습니다.

예원북스와 함께 많은 작품을 했습니다. 항상 글은 혼자 쓰는 것이 아니라는 생각을 하고 있습니다. 출판사 관계자님들께 늘 감사하고 있습니다. 많은 도움을 받고 있고, 이번 작품 역시 그렇습니다.

늘 애정 어린 눈으로 봐주시는 독자님들께도 감사의 인사를 전합니다. 그리고 마지막 이 페이지를 읽고 계시는 독자님들께도요. 부족한 글을 조금이라도 재미있게 읽어주셨으면 합니다.

마지막으로, 그녀의 서재 작가님들.
힘들 때나 기쁠 때나 슬플 때, 제 우는 소리를 들어주셔서 감사합니다.

감사 인사만 하며 작가 후기를 마칩니다.


—정이연 올림.